JAN BEINSSEN

Feuerfrauen

GEGEN DIE ZEIT Die Nürnberger Antiquitätenhändlerin Gabriele Doberstein hat sich auf die Beschaffung wertvoller Gemälde spezialisiert, die in der Fachwelt als verschollen gelten. Unterstützt wird sie dabei von ihrer jüngeren Freundin Sina Rubov, einer Studentin der Elektrotechnik.

Nach dem Fall der Mauer ist das ungleiche Duo im Osten unterwegs: Auf der Ostseeinsel Usedom soll sich in einem alten Nazi-Bunker bei Peenemünde eine verborgene Schatzkammer befinden. Doch im Inneren der Festung stoßen die beiden Frauen nicht auf vermisste Kunstwerke, sondern auf eine Gruppe Fremder, die sich an den scheinbar verrotteten Schalt- und Steueranlagen des Bunkers zu schaffen macht. Was Gabriele und Sina sehen, können sie kaum glauben: Offensichtlich nehmen die Unbekannten Kontakt zu einer Rakete in der Erdumlaufbahn auf – zu einer Rakete, die in den letzten Jahren des Zweiten Weltkriegs von Peenemünde aus gestartet sein muss und mehr als 40 Jahre danach immer noch im All kreist …

Jan Beinßen, Jahrgang 1965, kam 1993 aus Hameln nach Nürnberg und ist dort als Journalist und Autor tätig. Seit 1997 veröffentlichte er zahlreiche Kriminalromane und Anthologien. Nach der Trilogie um das ungleiche Ermittler-Duo Sina Rubov und Gabriele Doberstein startet er nun mit ›Familienpakt‹ eine neue Krimiseri

Bisherige Veröffentlichungen im Gmeiner-Verlag:
Familienpakt (2012)
Todesfrauen (2011)
Goldfrauen (2010)

JAN BEINSSEN

Feuerfrauen

Kriminalroman

GMEINER

Personen und Handlung sind frei erfunden.
Ähnlichkeiten mit lebenden oder toten Personen
sind rein zufällig und nicht beabsichtigt.

Die Originalausgabe erschien 1997
unter dem Titel » Zwei Frauen gegen die Zeit«
bei Reclam, Leipzig.
Neu überarbeitete Fassung des Autors.

Immer informiert

Spannung pur – mit unserem Newsletter informieren wir Sie
regelmäßig über Wissenswertes aus unserer Bücherwelt.

Die automatisierte Analyse des Werkes, um daraus
Informationen insbesondere über Muster, Trends und
Korrelationen gemäß § 44b UrhG (»Text und Data Mining«)
zu gewinnen, ist untersagt.

Bei Fragen zur Produktsicherheit gemäß der Verordnung über
die allgemeine Produktsicherheit (GPSR) wenden Sie sich
bitte an den Verlag.

Besuchen Sie uns im Internet:
www.gmeiner-verlag.de

© 2010 – Gmeiner-Verlag GmbH
Im Ehnried 5, 88605 Meßkirch
Telefon 07575/2095-0
info@gmeiner-verlag.de
Alle Rechte vorbehalten

Lektorat: Claudia Senghaas, Kirchardt
Herstellung: Julia Franze
Umschlaggestaltung: U.O.R.G. Lutz Eberle, Stuttgart,
unter Verwendung eines Fotos von aboutpixel.de / Last Exit... © i-one
Druck: Libri Plureos GmbH, Friedensallee 273, 22763 Hamburg
Printed in Germany
ISBN 978-3-8392-1043-7

Im Juli 1996 kam es bei dem französischen Spionagesatelliten Cerise zu einem Totalausfall aller Systeme. Cerise wurde in 700 Kilometern Höhe von einem Trümmerteil getroffen, wobei ein sechs Meter großes Stück des Stabilisationsauslegers abriss. Verursacht wurde der Schaden durch ein außer Kontrolle geratenes Fragment einer Ariane-1-Raketenoberstufe, die mit einer Geschwindigkeit von 14 Kilometern pro Sekunde die Laufbahn des Militärsatelliten gekreuzt hatte.

1

Nürnberg, im Frühjahr 1991

Mit einem Glas Wein saß sie am Schreibtisch ihrer kleinen Dachgeschosswohnung. Das Licht einer Kerze ließ ihr kastanienbraunes Haar rötlich schimmern. Sina tippte mit dem Zwei-Finger-Such-System auf ihrer betagten Reiseschreibmaschine und kam zu ihrem Leidwesen nur langsam voran. Genau genommen kam sie gar nicht voran, denn Sina scheiterte bereits am Einstiegssatz. Aber es war ja auch ein schwieriges Unterfangen, dem sie sich verschrieben hatte.

Nach mehreren erfolglosen Anläufen und etlichen zerknüllten Papierbögen lehnte sich Sina frustriert in ihrem Drehstuhl zurück und gab dem Kasten vor ihr einen verächtlichen Klaps. Das fing ja gut an. Bereits nach den ersten Versuchen verließ sie die Lust. Die Schreibmaschine war schuld. Sie hakte, einige Tasten klemmten bei jedem Anschlag fest. Für Sina ein willkommener Vorwand, von ihrem Plan vorläufig abzulassen. Nein, einen Roman zu schreiben, dazu war sie wohl nicht geboren. War ja auch eigentlich nur eine Schnapsidee. Am Abend zuvor war sie darauf gekommen. Als Sina mit Gabriele eine Flasche Portwein geleert und den alten Zeiten nachgetrauert hatte. Wie so oft – immer wieder »die alten Zeiten«. Nach dem vierten Gläschen fing sie an zu schwärmen. Sie wollte alles niederschreiben. All die gemeinsamen Abenteuer der beiden ungleichen Frauen. All die Erlebnisse, die die beiden in den ersten Monaten nach der Grenzöffnung zusammen durchgestanden hatten.

Ein Roman sollte es werden. 500 Seiten stark oder mehr. Alles sollte drin stehen. Natürlich mit verfremdeten Namen, denn Sina wollte ihre beste Freundin nicht um den Job bringen. Und ihr schon gar keinen Ärger mit der Staatsanwaltschaft einbrocken. Denn rechtens waren die Abenteuer der Frauen nicht. Ganz im Gegenteil.

Kein Wunder also, dass Gabriele sehr skeptisch reagierte, als sie von dem Buch erfuhr. »Lass den Unsinn«, war ihr einziger Kommentar gewesen, als Sina am Vorabend auf ihre Schriftstellerpläne zu sprechen gekommen war. Bloß: »Lass den Unsinn.« Aber damit spornte sie ihre junge Freundin nur noch mehr an. Wenigstens einmal wollte Sina ihren Kopf durchsetzen und sich nicht von Gabi vorschreiben lassen, was sie tun sollte und was nicht. »Lass den Unsinn.« Pah! Sina würde es dieser altgewordenen Schatzgräberin zeigen! Alles würde sie aufschreiben und mit ihrem Roman Millionen machen. Mehr als Gabriele jemals aus ihrer illegalen Suche nach verschollenen Kunstwerken herausholen könnte. Sina wollte es ihr zeigen!

Sie gab sich einen Ruck, spannte ein neues Blatt ein und beugte sich wieder über die Schreibmaschinentastatur. Ein neuer Anfang:

»Sachsen-Anhalt. Ein stillgelegter Salzstock unweit des niedersächsischen Gorleben. Zwei Schatten tasten sich durchs Halbdunkel, die Gesichter geschützt mit Gasmasken. Die Gänge sind vollgestellt mit Kisten und Fässern. Chemische Sonderabfälle aus ehemaligen Ostkombinaten. Überall warnende Aufkleber: ›Gift!‹ Die beiden Figuren nähern sich zielstrebig dem Ende des Stollens. Die

Sicht wird schlechter, schwefelgelbe Dämpfe hängen in der Luft.«

Das Telefon klingelte. »Verdammt, nicht jetzt!«, schimpfte Sina vor sich hin. Gerade war sie so schön drin. Eine Unterbrechung, und sie konnte von vorne anfangen. Also weiter.

»Vor einer Mauer machen die beiden halt, schlagen Steine heraus. Eine der Gestalten zwängt sich durch das Loch in eine kleine Kammer. Im Licht der Taschenlampe tauchen verzierte Kelche, alte Handschriften und Gemälde auf. Das meiste stark lädiert, von Säure zerfressen. Dumpfes Fluchen unter der Maske. Ein wütender Tritt gegen einen verrosteten Kerzenhalter. Hände greifen sich ein paar besser erhaltene Kleinigkeiten. Wieder im Tageslicht ziehen die beiden die Masken von ihren Köpfen. Zum Vorschein kommen – zwei Frauengesichter.«

Es klingelte immer noch. »Ich hasse Telefone!« War das nun gut, was sie da in die Kiste getippt hatte? Immerhin besser als nichts. Aber die Einführung der beiden Hauptdarstellerinnen – war sie nicht zu kurz geraten?

Das Läuten ging ihr langsam auf die Nerven. Wer war denn da so penetrant? Sina nahm den Hörer kurz von der Gabel, legte gleich danach wieder auf. Ein alter Trick. Nicht höflich, aber wirksam. Und wie sollte es nun weitergehen? Die Handlung einfach fortsetzen? Aber nein, noch konnte der Leser nicht wissen, wer die beiden Frauen in dem Salzstollen waren. Sina würde eine kurze Einführung schreiben müssen. Ein kleines Porträt von ihren beiden Protagonisten. Es könnte am Anfang ihres Romans stehen. Als Einleitung.

Zunächst Gabriele. Sie würde sie in ihrem Buch Beate nennen. Ein Name, den Gabi noch nie leiden konnte. Das würde sie mächtig ärgern. Selbst schuld, was musste sie auch so gegen ihren Roman wettern. Also Beate oder besser noch Bea:

»Anfang 40. Elegant-konservativer Typ, mit Hang zum Vollschlanken. Sie ist die Temperamentvollere von den beiden.« Das musste sie ihrer Freundin wohl zugestehen. »Alleinstehend, selbstbewusst, kompetent.« Nun aber die schlechten Eigenschaften. Das fiel Sina weiß Gott nicht schwer: »Leicht aufbrausend, egoistisch, rücksichtslos in geschäftlichen Angelegenheiten. Hang zum Autoritären.« Nun noch mehr Fakten: »Betreibt eine kleine Antiquitätenhandlung, bessert ihr Gehalt ab und zu durch den Verkauf von Hehlerware und das Aufspüren verschollener Kunstgegenstände auf. Ihr ungesetzliches Handeln bereitet ihr keine großen Gewissensbisse. Ist ständig auf der Suche nach einem bedeutenden Fund, um vielleicht einmal Anerkennung in der Fachwelt zu finden.« Nein, das war gemein. Sina x-te den letzten Satz durch. Dann auch den vorletzten.

Friedhelm durfte in Gabis Porträt nicht fehlen. Der Name war so furchtbar, dass Sina ihn auch ohne weiteren Grund geändert hätte. Sie würde ihn Fritz nennen. Kurz und bündig – wie Friedhelm eben war: »Gespanntes Verhältnis zu ihrem jüngeren Bruder Fritz, den sie, nach dem Willen ihrer verstorbenen Eltern, am Gewinn ihres geerbten Antiquitätenladens beteiligen muss.«

»Das darf doch nicht wahr sein!« Wieder das Telefon! Wieder wurde Sina aus ihren Gedanken gerissen. Und wieder brachte sie den Anrufer mit ihrer Auflegetaktik zum Schweigen. Sie musste sich unbedingt konzentrieren – jetzt war sie selbst an der Reihe. Verdammt schwierig, sein eigenes Porträt zu schreiben. Grübelnd kauerte Sina vor ihren Tasten und knabberte gedankenverloren am Nagel ihres kleinen Fingers.

Die Beschreibung füllte nur fünf Zeilen auf dem Blatt: »Anfang 30. Sportlich-leger, fröhlich und ungezwungen. Etwas unbeständig. Praktisch veranlagt, ewige Elektrotechnik-Studentin. Schwankt zwischen fester Anstellung und den kleinen Abenteuern, zu denen sie von Bea immer wieder überredet wird.« Sina zögerte. »Lebt getrennt ...« Nein. Sie strich die beiden Worte durch. »Ist liiert ...« Noch einmal entschied sie sich um: »Ist *locker* liiert mit Klaus, mit dem sie einen gemeinsamen Hund hat. Tom, ein Beagle. Manchmal das Einzige, was die beiden noch verbindet.«

Diesmal bemerkte sie das Telefon erst nach dem dritten Klingeln. Wer auch immer der Anrufer sein mochte, er war verdammt hartnäckig.

»Wenn man vom Teufel spricht. Das kann nur Klaus sein. Wer sonst ruft um diese Zeit an? Es ist längst nach Mitternacht. Typisch.« Sina griff genervt nach dem Hörer. Am anderen Ende der Leitung meldete sich Gabriele.

2

»Warst du aus? Ich hab's mehrmals probiert. Dein Telefon ist kaputt. Das schaltet dauernd auf besetzt um, wenn man es 'ne Weile läuten lässt. Also, was ist: Hast du noch Zeit auf 'nen Schlummertrunk?« Bei Gabis Redefluss hatte Sina keine Chance. Gabi plapperte munter weiter: »Weißt du, Kleines, ich muss dich dringend sehen. Hab dir 'ne Menge zu erzählen. Wichtig, wichtig. Ist 'ne tolle Sache für dich.«

»Ein neuer Mann?«

Schweigen. Mit dieser Frage hatte Sina ihre Freundin tatsächlich aus dem Konzept gebracht.

»Was, Mann? Nein. Wie kommst du darauf? Hast du etwa schon geschlafen und geträumt oder so?«

»Und wenn es so wäre? Hättest du dann ein schlechtes Gewissen?« Wieder Schweigen. Langsam bekam Sina doch noch Spaß an dem nachmitternächtlichen Schwatz. »Sollte ich dich etwa wirklich mal zum Nachdenken gebracht haben, Gabi?«

»Nein – nicht du. Aber das mit dem Nachdenken stimmt. – Sina , Schatz, ich glaub, ich muss Schluss machen.«

»Was?« Sina war verwirrt. Die Runde ging also doch an Gabriele. Wieder hatte sie die Nase vorn und bestimmte den Verlauf des Gesprächs. »Aber Gabi, du hast mir noch nicht einmal erzählt, was du eigentlich von mir wolltest. Du kannst doch nicht einfach –«

»Vergiss es, Sina. Ich ruf dich morgen wieder an.«

»Halt! So nicht. Ich will wissen ...« Klick. Gabriele hatte aufgelegt. Sina hielt den Hörer weiter ans Ohr gepresst. »Das gibt's doch nicht. So dreist kann nicht mal Gabi sein.« Sina war perplex, überrumpelt von der Kaltschnäuzigkeit ihrer Freundin.

Sie knallte den Hörer auf und ließ ihren Drehsessel mit Wucht herumsausen. »Die schafft mich immer wieder.«

Dass sich die beiden gern und leidenschaftlich zankten, gehörte einerseits ebenso zu ihrer langjährigen Freundschaft wie andererseits das gegenseitige absolute Vertrauen. Aber was Gabriele da heute ablieferte, hatte nur noch wenig mit ihren üblichen Spielchen zu tun, sondern war einfach nur nervtötend.

Das Telefon klingelte erneut.

»Hallo?«

»Sina, ich bin's noch mal.«

»Gabi, du –«

»Sina, hast du noch immer diese dumme Idee im Kopf, in den Kreis der Bestsellerautoren aufzusteigen?«

»Gabi, ich weiß nicht, was –«

»Lass es sein. Lass die Finger von der Schreiberei. Verstanden?«

»Gabi, was willst ...« Klick. Ihre Freundin hatte wieder aufgelegt. Sina schäumte. »Was bildet die sich ein?« Unter dem Wust zerknüllten Papiers neben ihrem Schreibtisch fand sie ihr Adressbüchlein und blätterte es hastig durch. »Da, Gabriele Doberstein, 53... 86...« Ihre Hände zitterten vor Wut, als sie die Nummer eintippte.

»Na, Sinalein, kannst du dir meine Nummer noch immer nicht merken?«, meldete sich ihre Freundin nach dem ersten Läuten.

»Woher weißt du –«

»Sonst hättest du nicht so lange gebraucht. Und eh du dich weiter aufregst. Morgen früh, sagen wir um halb zehn, erfährst du, warum ich mich so verhalte. Ich habe meine Gründe.«

Da blieb Sina fast die Spucke weg. »Und ich habe die Nase voll von –«

Klick. Gabriele war schneller.

3

Nieselregen. So fein und unter die Haut gehend, wie es Sina aus ihren Jugendurlauben an der Nordsee in Erinnerung hatte. Nieselregen – und das ausgerechnet in Nürnberg! Noch dazu um diese Jahreszeit, in der es eigentlich schneien sollte. Sina hatte sich die Kapuze ihrer Regenjacke tief ins Gesicht gezogen, als sie am nächsten Haltepunkt die Straßenbahn verließ. Die paar Meter bis zu ihrer Freundin müsste sie schaffen, ohne restlos nass zu werden. Sina legte einen Spurt hin, von dem sich mancher Jogger eine Scheibe hätte abschneiden können.

Gabrieles Laden an der Pirckheimerstraße, kurz vor der belebten Kreuzung zur Bayreuther Straße, sah so wenig einladend aus wie immer. Dieser ganze Ramsch in ihrem Schaufenster. Lauter wertloser Plunder – jedenfalls sah es Sina so. Nicht ein Teil, das sie sich ins Wohnzimmer gestellt hätte. Aber es musste Leute geben, denen die zerbeulten Keksdosen aus Uromas Zeiten, die Lampen mit vergilbtem Glasschirm und diese grässlichen Ölgemälde (vorwiegend Alpenmotive) gefielen. Wie hätte sich das Geschäft sonst so lange halten können? Über drei Generationen. Das reichlich verschnörkelte ›Antiquitäten-Doberstein‹-Schild hatte wohl bereits Gabis Großvater an die Wand montiert. Sie selbst hatte als persönliche Note ein ›G‹ darunter setzen lassen. Ebenso verschnörkelt, ganz wie ein mittelalterlicher Zierbuchstabe.

Eine Türklingel kündigte Sinas Eintreten lautstark an. Ein dämliches altes Ding. Längst wollte Sina ihrer Freundin einen modernen Sensor mit Summton über der Tür installieren. Aber nein. Gabi weigerte sich partout. Sie sagte, das nehme ihren Kunden die Illusion, in ihrem Geschäft sei alles antik. So ein »modernes Elektroteil« passe einfach nicht in einen Antiquitätenladen.

Zugegeben: Die Innenräume von Gabis Trödelladen (ein Wort, das Gabriele auf den Tod nicht leiden konnte) hatten ihren Reiz. Und zumindest die ausgestellten Möbel waren wohl etliches wert. Schränke, Truhen, Kommoden aus verschiedensten Stilepochen. Zierliche Sekretäre aus Mahagoniholz, wuchtige Tische mit Füßen wie Löwentatzen. In einer Glasvitrine an der Wand warteten verstaubte Gläser, Schatullen, silberne Krüge und angelaufene Broschen auf zahlungskräftige Liebhaber. Die Wände selbst waren behangen mit Bildern. Das meiste wieder in Öl. Erdrückend, wie Sina fand.

»Na, fühlst du dich immer noch nicht wohl in meinem Königreich?« Gabi kam aus dem Hinterraum. Sie trug ein kleines gerahmtes Gemälde unter dem Arm.

»Hallo, Gabi. Es ist ziemlich genau halb elf. Wie steht es also mit deinem Versprechen?«

Gabi schob den braunen Vorhang beiseite, der den Verkaufsraum vom Schaufensterkasten trennte. »Ich erinnere mich nicht, ein Versprechen gegeben zu haben.« Sie setzte das kleine Bild vorsichtig ab und griff sich eines der Alpenmotive aus dem Fenster.

Sina stellte sich hinter ihre Freundin. »Doch, du hast mir ein üppiges Frühstück versprochen.«

»Ha! Üppiges Frühstück! Das wüsste ich aber.« Gabi legte das Alpenbild achtlos beiseite, platzierte an seiner Stelle das kleine gerahmte Werk. Ein Porträt, das das rotwangige Gesicht eines Jungen zeigte.

Sina baute sich vor ihr auf. »Wenn du einen schon um Mitternacht aufschreckst und dann auch noch auf den Arm nimmst, dann ist ein Frühstück ja wohl das Mindeste, was man erwarten kann.« Vorsichtig, aber bestimmt drückte sich Gabriele an Sina vorbei und ging in Richtung Hinterzimmer. »Moment, Gabi, willst du mich heute wieder abfertigen wie gestern Abend?«

Gabi blieb stehen, drehte sich kurz um. »Humor, Sina, mehr Humor!«

»Ich finde Humor nur lustig, wenn beide Seiten darüber lachen können.«

Gabi kehrte um und legte ihren Arm freundschaftlich um die Schultern ihrer Freundin. »Also hör mal zu, Schätzchen. Wir gehen ins Büro, trinken gemeinsam einen Kaffee und sprechen uns aus, o. k.?«

»Bloß einen Kaffee? Naja, besser als gar nichts.«

In dem engen, finsteren Raum stand ein übervolles Holzregal. Einfach, aber stabil gebaut wie das Günstigste vom Möbelmitnahmemarkt, aber wahrscheinlich bereits lange vor dem Krieg zusammengeschustert. Auch hier Vasen, Leuchter, Schmuck. Das Büro fasste sonst nur noch eine kleine Kochnische, einen windschiefen und mit Papier übersäten Schreibtisch, eine Anrichte mit Telefon, Fax, Anrufbeantworter. Ein geschmackloser Mischmasch aus Altem und Neuem. In einer Ecke lagen Gummistiefel, Klappspaten und halbleere Jutesäcke. Der einzige Ruhepunkt war ein Biedermeiertischchen in der Mitte des Raums. Er war bis auf ein Zuckerdöschen aus feinem Porzellan und einer gefalteten Tageszeitung leergeräumt.

Sina hockte sich rittlings auf einen Schemel vor dem Tischchen. Gabi goss in der Kochnische Wasser auf. Wahrhaft ein ungleiches Paar. Nicht nur der Altersunterschied stand zwischen den Frauen. Allein die äußere Erscheinung ließ nie vermuten, dass es sich hier um beste Freundinnen handelte.

Sina mit ihrem frechen Kurzhaarschnitt, der ihre kräftigen kastanienbraunen Haare wild in alle Richtungen abstehen ließ. Gekleidet nicht eben wie aus einem Modemagazin, aber doch flott und sportlich in knackig engen Jeans und figurbetontem, gerippten Rolli. Gabi dagegen trug ein fessellanges Kleid, hielt die Haare streng zurückgekämmt. »Nicht schön, aber selten«, sagte sie immer, wenn Sina über das eingestaubte Outfit der Älteren lästerte. »Die Kunden wollen hier keine aufgestylte Modetussi sehen«, begründete sie stets. »Sie wollen, dass derjenige, der sie bedient, ins Umfeld passt.« Sina wagte das zu bezweifeln. Die Nürnberger, speziell diejenigen, die bei Gabi kauften, mochten zwar ein wenig konservativ und spießig sein, passend zum Butzenscheiben-Image der Stadt, aber Sina war sicher, dass Gabriele mit ihrem Auftreten doch ein wenig übertrieb. Schade war's vor allem um Gabis schulterlanges, gelocktes Haar. Ihre dunkelblonde Mähne kam nicht einmal annähernd zur Geltung. Am liebsten hätte sie sie wahrscheinlich in einem Dutt versteckt.

»Was schaust du mich so an? Stimmt was mit meiner Frisur nicht?« Hastig strich Gabriele eine lose herabhängende blonde Strähne hinters Haarband zurück.

»Nein, entschuldige, Gabi. Ich frage mich nur, wann du endlich damit rausrückst?«

Gabi kam mit den zwei Kaffeetassen zu ihr an den Tisch. »Womit?«

»Na, mit der tollen Sache, die du mir gestern Abend erzählen wolltest, und es dir dann doch anders überlegt hast.«

»Richtig.« Gabi setze sich Sina gegenüber und schaufelte zwei gehäufte Löffel Zucker in ihren Becher.

»Was heißt hier ›richtig‹?«, bohrte Sina.

»Richtig heißt, dass ich es mir tatsächlich anders überlegt habe.«

Sina richtete sich auf: »Du willst es mir also nicht erzählen?«

Gabi rührte ihren Kaffee in aller Ruhe um und sah ihrer Freundin dann direkt in die Augen. »Nur, wenn du deinen Roman nicht schreibst. Das heißt – ...«

Sina beugte sich weiter vor: »Das heißt – was?«

Gabi machte eine nachdrückliche Pause. »Das heißt – noch nicht.«

Genervt ließ sich Sina zurückfallen. »Gabi, mach's nicht so spannend. Was ist los? Hast du das Bernsteinzimmer gefunden oder was?«

Gabriele nahm einen großen Schluck aus ihrer Tasse und atmete tief durch. »Sinalein, du bist gar nicht mal so weit entfernt.«

Sina wurde wieder aufmerksamer und angespannter: »Nein! Du hast doch nicht wirklich den großen Coup gelandet? Und das ohne mich und ...«

Gabi fiel ihr ins Wort: »... und das zwei Jahre nach der Grenzöffnung. Das wolltest du doch sagen, oder?«

»Ja, wollte ich tatsächlich. Ich meine, immerhin ist unsere letzte Tour schon eine ganze Weile her. Das Land ist wiedervereint, und für Schatzsucher wie uns wird's langsam eng.«

Gabi ging zur Kochecke und schenkte sich noch einmal nach. »Ja, unsere letzte Tour liegt mehr als ein halbes Jahr zurück. Aber die Auswertung ist erst jetzt so langsam abgeschlossen.«

»Auswertung! Was für ein hochgestochener Ausdruck für eine einfache Sache, Gabi. Alles, was du tun musstest, war doch bloß, zahlungskräftige Käufer für gestohlenes Kunstgut zu finden. Auswertung, pah!«

Gabi setzte sich wieder und stützte ihr Gesicht auf ihre Hände: »Noch so 'ne Bemerkung und ich erzähl nicht weiter.« Wieder gab sie reichlich Zucker in den Kaffee. »Also, Sina. Mit Auswertung meine ich eine Kleinigkeit mehr. Selbst als Antiquitätenhändler kann man nicht jedes Kunstwerk auf Anhieb richtig einordnen. Gut, ich kann Ramsch von echten Kostbarkeiten unterscheiden. Aber gerade bei den wirklichen Wertstücken habe ich oft keine Ahnung, was ich dafür verlangen soll. Es gibt einfach keine einschlägigen Informationen darüber, kaum Kataloge, geschweige denn Preislisten.«

»Kein Wunder. Die meisten Sachen sind längst abgeschrieben. Hat doch kaum jemand dran geglaubt, dass diese Dinger nach fast 50 Jahren noch einmal auftauchen.«

Gabi zog eine Leidensmiene. »Eben. Und deswegen hat sich erst recht keiner Gedanken darüber gemacht, was sie heute wert wären. Der Quedlinburger Domschatz zum Beispiel: Der Texaner, der ihn Jahrzehnte lang bei sich zu Hause gehütet hat, konnte den wahren Wert letztlich auch nicht genau kennen. Sonst hätte er ihn wahrscheinlich bis heute nicht rausgerückt. Und das ist nur *ein* Schatz, der im Krieg verloren gegangen war.«

Sina rückte ihre Tasse beiseite. »Du willst mir doch nicht etwa erzählen, dass du so was wie den Quedlinburger Domschatz unter unseren Beutestücken *ausgewertet* hast!«

Gabi setzte ihr Siegerlächeln auf. »Beinahe, Sina. Beinahe.«

4

Sie hatte sich fest vorgenommen, ihn nicht mitzubringen. Sie wusste genau, dass sie sich später darüber ärgern würde. Und das tat sie nun auch prompt. Seit zehn Minuten saß Gabi grübelnd über Sinas Romanentwurf. Immer wieder las sie die wenigen Zeilen, die Sina bisher geschafft hatte, mit grimmigem Ausdruck durch, schüttelte den Kopf und strich energisch auf dem Manuskript herum.

»Nein, nein, Sina. Nein, was für ein Stil!«

Sina hätte sich in den Hintern beißen können. Es war ja klar, dass Gabi ihrem Buch nichts abgewinnen würde. Aber musste sie ihre Vorbehalte so provokativ vor ihr auskosten? Immerhin hatte Sina ihr die Seiten nur gegeben, weil Gabriele einmal mehr zu einem Druckmittel gegriffen hatte. Glatte Erpressung, wie Sina meinte: Gabi wollte nur dann weiter über ihre Entdeckung berichten, wenn Sina mit dem Romanentwurf rausrückte.

»Also wirklich nicht! So kannst du die Sache nicht angehen. Außerdem …« Gabi faltete die Seiten zusammen und schob sie Sina mit missbilligendem Blick über den Tisch.

»Was außerdem?«, wollte Sina wissen.

»Außerdem kommst du in deinem Porträt ja wohl ein wenig zu gut weg, meinst du nicht auch?«

Sina steckte die Papiere beleidigt in die Hosentasche. »Mach du's doch besser, Gabi. Mit Meckern allein hat es jedenfalls noch niemand zu was gebracht!«

Die Ladenglocke unterbrach den Disput der beiden. Gabriele schob ihren Stuhl zurück. »Mit gedrucktem Unsinn meines Wissens auch nicht!« Sie verließ den Raum mit ausladenden Schritten.

Ein junger Mann, so um die 25, trat in den Verkaufsraum. Sehr hager, der Kleidung nach zu urteilen ein wenig heruntergekommen. Das unrasierte Gesicht und Schuhe, die mit Schuhcreme wohl seit Monaten nicht mehr in Berührung gekommen waren, besagten ein Übriges. Mit ängstlichem Blick blieb der Mann wie angewurzelt stehen, als er Gabriele aus dem Hinterzimmer kommen sah.

»Bitte, schauen Sie sich in Ruhe um«, ermunterte Gabi den Besucher zum Nähertreten. Mit zögernden Schritten bewegte sich der Unbekannte auf sie zu und sah sich dabei auffällig nervös nach allein Seiten um. Erst jetzt fiel ihr die ausgebeulte Sporttasche auf, die ihr Kunde verkrampft festhielt. Als Gabi ihn auffordernd heranwinkte, traute sich der Hagere vorsichtig zu ihrem Tresen und stellte die Tasche auf der Tischplatte ab. Mit zitternden Händen zog er einen mit alten Lappen umwickelten Gegenstand hervor.

»Na, was haben wir denn da?« Neugierig beugte sich die Antiquitätenhändlerin vor.

Der Mann schob die Tücher beiseite. Plötzlich erkannte Gabi den Grund für die Nervosität ihres Besuchers: Auf ihrem Tresen lag ein filigran gearbeiteter antiker Globus. Nicht viel höher als 30 Zentimeter, eingefasst in nachgedunkeltem Buchenholz. Die stellenweise schrumpelige Oberfläche der Erdkugel war offenbar von Hand bemalt worden. Das Weltbild des Künstlers wich auffällig vom heutigen ab. Proportionen und Entfernungen der abgebildeten Erdteile ließen darauf schließen, dass der Erschaffer dieser Kostbarkeit auf Kartenmaterial aus dem frühen 18. Jahrhundert zurückgegriffen hatte. Keine original Behaim-Erdkugel also, aber immerhin.

Gabriele bemühte sich, ihre Begeisterung zu zügeln. Sie sah ihrem Gegenüber direkt in die Augen, als sie in trockenem Ton fragte: »Ich nehme an, den haben Sie von Ihrer Großmutter geerbt?« Der Mann trat unsicher einen Schritt zurück. Gabriele setzte ein gütiges Lächeln auf: »Wollen Sie das Stück bei mir schätzen lassen? Da will ich Ihnen gleich die Illusion nehmen: Reich werden Sie damit nicht.«

Der Mann sprang jäh auf den Tresen zu und griff nach dem Globus. »Sie wissen, was er wert ist! 5.000 und er gehört Ihnen.«

Gabi zog alle Register ihrer Schauspielkunst und setzte die abfälligste Miene auf, die sie mit Aussicht auf das Geschäft des Monats zustande brachte. »5.000 Mark? Utopisch. Solche Globen wurden damals in Massen hergestellt. Die finden Sie auf jedem besseren Flohmarkt.«

Die Stimme des Mannes überschlug sich fast, als er antwortete: »Es ist ein Einzelstück! Das wissen Sie!«

Damit fing er sich einen kühlen, abschätzigen Blick ein. Ein kleiner Hehler, der dringend Geld brauchte. Das war Gabi inzwischen klar. Sie würde ihn runterhandeln. Auf das Minimum. Aber wie weit konnte sie gehen?

»Also, wollen Sie ihn nun haben oder nicht? 4.500 und keine Mark weniger!« Der Mann hatte plötzlich etwas Bestimmendes in seinem Ausdruck. Offenbar wollte er beim Feilschen nicht nachgeben.

Höchste Zeit für Gabriele, um ihren Trumpf auszuspielen: »Der Globus ist gestohlen.« Der junge Mann war nun restlos verunsichert und verlor das bisschen Selbstsicherheit, das er Sekunden zuvor noch hatte. Hilfe suchend sah er sich um. Gabriele kam hinter ihrem Tresen hervor und baute sich direkt vor dem Jüngling auf: »Sie haben diese Erdkugel geklaut.« Mühelos konnte sie ihm das Meisterwerk aus den Händen nehmen. »Zugegeben, es ist ein Prachtstück. Aber es ist Diebesgut – und deshalb nichts wert! Er taucht in jeder Polizeiliste auf. Das ist allenfalls etwas für billige Hehler! Mich können Sie damit nicht locken. Nicht für 4.000, nicht für 3.000, nicht mal für 1.000 Mark. Der Globus muss zu seinem rechtmäßigen Besitzer zurück!«

Ihr Besucher geriet in Panik. Blitzschnell riss er seinen Schatz wieder an sich, umklammerte ihn wie einen Säugling. Er stürzte fast, als er zum Ausgang spurtete. Im Nu war Gabi hinter ihm und drückte die soeben geöffnete Tür mit ihrem vollem Gewicht ins Schloss zurück. Zu schnell für den Flüchtenden, um noch seine Hand aus dem Rahmen ziehen zu können. Der Hagere quiekte wie ein Ferkel, starrte seine Peinigerin voller Furcht an. Gabriele ließ einige Sekunden vergehen, bevor sie seine Finger freigab.

Als wäre nichts geschehen, setzte sie ihren letzten Satz fort: »Andererseits – ich kann nicht zulassen, dass ein solches Kleinod unsachgemäß behandelt wird. Wenn Sie bei diesem Wetter weiter damit durch die Straßen irren, können Sie ihn genauso gut in den nächsten Müllcontainer werfen. Deshalb –« erneut wechselte der Globus den Besitzer. »Deshalb werde ich mich darum kümmern.« Betont langsam ging sie zur Kasse. Der Mann blieb wortlos an seinem Platz. Seine Gesichtszüge waren erschlafft. Er verfolgte Gabi mit dem Blick eines traurigen Hundes. Beim lauten Klingeln der antiken Kurbelkasse fuhr er zusammen.

Mit einem angedeuteten Lächeln schritt Gabriele auf ihren Besucher zu, in ihrer Hand ein paar Hunderter. Sie musste ihn erst an den Arm stupsen, bevor er begriff. Der Schmächtige schnappte sich die Scheine und war im nächsten Augenblick verschwunden.

5

»... nein, Klaus, hör mir doch mal zu ...« Sina hatte von Gabrieles gewinnträchtigem Handstreich nichts mitbekommen. Als Gabi zu ihr ins Hinterzimmer zurückkehrte, kauerte sie noch immer auf dem Schemel vor dem Tischchen, war aber im Geiste längst ganz woanders. In ihrer Hand verdrehte sie die Schnur von Gabis Telefon und hielt den Hörer zwischen Kopf und Schulter geklemmt. »Du sollst nur einfach mal einen Moment still sein und mir zuhören! Klaus ...« Jetzt hatte sie ihre ältere Freundin bemerkt, die mit einem Siegerlächeln im Türrahmen lehnte, stolz den Globus schwenkte und ihr signalisierte, das Gespräch zu beenden. Von Sina erntete sie nur einen hilflosen Blick.

Aha – Gabriele hatte verstanden. Es war Klaus, Sinas »Lover«, wie es Gabi gern ausdrückte. Das konnte dauern. Schulterzuckend gab Gabi ihre heroische Pose im Türrahmen auf. Sie schlenderte zur Regalwand und ließ dabei den eben noch hochgehaltenen Globus wie einen erlegten Fasan nach unten baumeln.

Sina war erneut in ihr Gespräch vertieft. »... Also wirklich, Klaus, ...« Ihr Ton wurde resoluter. »Ein ausgewachsener Beagle braucht am Tag mehr Bewegung als bloß eine Runde auf dem Balkon!«

»Männer!«, warf Gabriele abfällig ein, »verstehen von Tieren keinen Deut mehr als von Frauen und Kindern.«

»Halt dich da raus!«, zischte ihr Sina zu.

Gabriele wandte sich kopfschmüttelnd dem Katalogisieren einer Reihe von angeschlagenen Vasen zu.

Sinas Gesichtsfarbe hatte mittlerweile die Tönung einer Blutorange angenommen. Wie wild fuchtelte sie beim Reden mit den Armen. »Nein, Klaus, deshalb komme ich nicht zurück! Du musst halt mal allein mit dem Kleinen fertig werden. Warte nur ab, der frisst schon wieder.«

Gabi ließ den Kuli, mit dem sie eine Zahlenkolonne in ihre Auflistungsstatistik geschrieben hatte, demonstrativ fallen.

Sina steigerte sich immer mehr in ihre Wut hinein: »Klaus, ich lasse mich von dir nicht vereinnahmen. Nicht auf diese Art.« Sie hielt abrupt inne, blickte verdutzt auf den Hörer in ihrer Hand. »Klaus? Klaus, bist du noch dran?«

Erst jetzt bemerkte sie Gabis grimmigen Gesichtsausdruck – ihr Zeigefinger ruhte auf der Gabel des Telefons. »Gabi! Warum hast du die Leitung unterbrochen? Wir waren nicht fertig!«

»Das weiß ich.« Sie setzte sich Sina gegenüber und streichelte über deren Hand. »Aber das kann ja keiner mit anhören. Immer derselbe Mist. Und am Ende hast du euren blöden Köter –«

Sinas Blicke glichen Pfeilspitzen.

Gabriele unterbrach sich kurz. »Also gut: euren Hund, den Tom. Am Ende hast du den doch wieder am Hals. Und Klaus macht sich ein schönes Wochenende.«

Sina wurde aufmüpfig: »Das ist nicht fair! Ich mische mich auch nicht in deine Privatangelegenheiten.«

Gabi schwang sich auf und hievte ihren Stuhl neben Sinas. Sie schlug einen Verschwörerton an: »Wir sollten endlich zur Sache kommen und uns nicht dauernd ablenken lassen. Sina, Schatz, ich habe dir etwas Entscheidendes mitzuteilen.«

Sina gab es auf, mit ihrer Freundin weiter zu streiten, wusste sie doch, dass sie ohnehin wieder den Kürzeren ziehen würde. Außerdem wollte sie endlich wissen, um was Gabi seit dem Vorabend herumredete.

Gabi zauberte ihre Auflistung hervor, die sie eben am Regal ergänzt hatte. »Hier. Das ist er. Mein großer Wurf.«

Verständnislos blätterte Sina in dem Zahlenwerk und sah ihre Freundin fragend an.

»Ja. Und?«

»Und, und!«, äffte Gabi sie nach und blickte sie gleich darauf gewinnend an: »Diese Zahlen stehen für bares Geld. Und zwar für Tausende, ach, was sag ich, für Zehntausende von Mark!« Immer noch verstand Sina nur Bahnhof. Gabi holte weiter aus: »Unsere letzte Tour, die in den Schacht östlich von Gorleben – «

»Die aus meinem Roman«, warf Sina ein.

»Genau, die aus deinem Groschenroman. Unsere letzte Tour war ergiebiger, als ich es mir jemals erträumt habe. Wir sind da auf eine richtige kleine Goldgrube gestoßen. Die Liste der im Krieg verschollenen Kunstgegenstände kann um etliche Punkte verkürzt werden.«

Sina wollte sich nicht länger auf die Folter spannen lassen, griff sich Gabis Hände und drückte sie fordernd: »Rück schon raus damit! Was genau haben wir aus diesem gottverdammten Salzstollen rausgeholt? Was haben die Nazis in dieser Höhle verschwinden lassen?«

Gabi gönnte sich noch einmal eine Atempause, bevor sie feierlich erklärte: »Zum Beispiel einen Flinck.«

»Flinck?« Sina ließ sich enttäuscht zurückfallen. »Sagt mir gar nichts. Null!«

»Sina, denk nach! Du hast ihn bereits gesehen. Das Bild, das ich vorhin ins Schaufenster gestellt habe.«

»Diesen minderjährigen Bubi in Öl? Was wird der Schinken denn bringen?«

Ihre Freundin quittierte diese Bemerkung mit einem pikierten Blick. »Über die aktuellen Fleischpreise bin ich nicht informiert. Ich handele mit Bildern, nicht mit Schinken.«

Sina verdrehte die Augen. »Also, das Bild mit dem Kind drauf – was würde ein kunstgeiler Millionär dafür hinblättern?«

»Etwa 2.000 Mark. Natürlich muss es erst noch restauriert werden.«

Nun war auch die letzte Hoffnung aus Sinas Augen verschwunden. Sollte das etwa Gabis große Überraschung gewesen sein? »Nur 2.000? Aber das Ding ist uralt!«

Gabi würdigte ihre Freundin keines Blickes mehr. »Nicht jedes Bild ist begehrt, nur weil es alt ist. Ja, wenn es ein Rubens wäre, ein de Hooch oder ein Vermeer …«

Die Jüngere stützte gelangweilt den Ellenbogen auf. »Aber es ist ja nur ein Flinck, ein unbekannter Stümper, stimmt's?«

Gabi konterte schnippisch: »Ein Stümper auf keinen Fall. Ein Kleinmeister eher. Aber ich schätze ihn nicht weniger als einen Vermeer.«

Langsam wusste Sina wirklich nicht mehr, warum ihre Freundin überhaupt so ins Schwärmen geraten war. »Und die anderen Bilder aus dem Stollen? Sind die wenigstens die großen Bringer?«

Gabi wandte sich wieder ihrer Aufstellungsliste zu. »Leider auch nichts Umwerfendes. Die muss ich mir noch genauer ansehen«, druckste sie kleinlaut herum. Dann blickte sie auf: »Oh, aber das soll nichts heißen. Andere Händler wären froh, wenn sie nur die Hälfte davon anbieten könnten.«

Für einen Moment verschlug es Sina die Sprache. Beinahe verlegen strich sie sich durch ihr Haar. »Gabi. Ich versteh das alles nicht. Du hast von einer Goldgrube gesprochen. Du wolltest mir sogar ausreden, meinen Roman zu schreiben, damit diese Goldgrube bloß nicht auffliegt. Aber alles, was du bisher bieten konntest, war ein Ölschinken, der mit viel Glück 2.000 Mark bringt. Und die vage Hoffnung auf ein paar andere Schnäppchen in dieser Größenordnung.«

Gabriele schlug aufgebracht mit ihrem Katalog gegen das Regalbrett: »Aber nein. Das ist doch erst der Anfang! Wenn wir *einmal* fündig geworden sind, werden wir es wieder! Ich bin ganz sicher: Da drüben lagern noch ganz andere Werte. Der Quedlinburger Domschatz ist ein Klacks dagegen!«

Sina fühlte sich immer unwohler in ihrer Haut. Wie sollte sie ihre Freundin auf den Teppich zurückholen? »Gabi, die Wende liegt schon zwei Jahre zurück. Der Osten ist abgegrast! Da ist nichts mehr zu holen!«

Kampflustig ballte Gabi die Faust. »Du täuschst dich! Die Kunstwerke, die wir bisher geborgen haben, sind Beweis genug für meine Theorie!«

Sina senkte betrübt den Blick. Sie hatte an sich ja viel übrig für den Enthusiasmus ihrer Freundin, aber diesmal war er wohl fehl am Platz. »Ich kann beim besten Willen nichts Umwerfendes darin erkennen. Schon gar keinen Grund, um einen nachts um zwölf aus dem Bett zu werfen. Ich tippe mal, dass allein dieser Asbach-Uralt-Globus dahinten mehr Gewinn abwirft als zehn Bilder aus deinen Zoni-Stollen. Gib doch zu, dass du dich in eine fixe Idee verrannt hast! Du willst es nur nicht wahrhaben, Gabi!«

Gabriele stand auf und strich unbeholfen um den Tisch. »Du verkennst die Relationen, Sina. Du verlierst deinen Sinn für das, was wichtig ist und was nicht.«

»Bitte?« Sina spürte wieder den Zorn in sich aufsteigen: »Ich dachte, die Nazis hätten nur Kunstwerke geklaut, die richtig gut Geld bringen, damals im Osten. Das hast du mir jedenfalls immer einreden wollen.«

Gabi lenkte sich mit einem reichlich verzierten Kerzenhalter aus dem Regal ab und musterte ihn eingehend. »Sina, du musst bedenken: Da waren meist keine Experten am Werk, sondern einfache Soldaten, die auf Befehl alles mitgenommen haben, was ihnen in die Finger kam. Die konnten nicht entscheiden, ob so etwas –«, sie winkte mit dem Leuchter, »ob so etwas vom Hofe Karl des Großen stammt oder lediglich belangloser Plunder ist.« Dabei ließ sie den Kerzenhalter demonstrativ auf den Boden fallen. Sina fuhr erschrocken zusammen. Gabi setzte ungerührt fort: »Und dann diese dilettantische Einlagerung! Ich mag gar nicht daran denken, wie diese Bastarde mit den wirklich kostbaren Stücken umgegangen sind.«

Sina unterbrach, indem sie mit sarkastischem Tonfall fortfuhr: »Ja, wirklich Kostbares haben sie in KZs gesteckt und umgebracht.«

Die Ältere guckte sie für einen Augenblick entsetzt an, fand dann aber ihren Faden wieder: »Den Menschen können wir heute jedenfalls nicht mehr helfen. Die vielen verschollenen Schätze der Kunst aber – die können wir vielleicht noch retten. Die können wir aufspüren und sie aus ihren Gefängnissen befreien.«

»Nun bist es aber eindeutig du, die den Sinn für Verhältnismäßigkeiten verliert. Und außerdem: Diesen ganzen Schmarrn hast du mir bereits erzählt, als sich ganz Deutschland im Einheitstaumel in den Armen lag. Als du mich überredet hast, drüben in der Zone in ausgedienten Bergwerkstollen nach deinem Ramsch zu wühlen, hast du genau die gleichen dünnen Argumente vorgebracht.«

Mit großen Augen sah Gabi sie an: »Und? Hatte ich nicht recht?«

»Nein! Hattest du nicht! Vor allem hattest du nicht das Recht, mich da mit reinzuziehen. Ich habe für dich Bergungsgeräte, Gasmasken und all das andere Zeug besorgt, habe mein Studium dafür sträflich vernachlässigt! Und wofür? Was hat es letztendlich gebracht? Ein paar Kleinmeister, von denen du die meisten nicht einmal zuordnen konntest. Nach so vielen Jahren. Du bist eine Träumerin, Gabi.«

Gabriele stand wie festgenagelt vor ihrem Regal. Sie sah blass aus. Und übernächtigt, so, als wäre sie in den letzten Minuten sprunghaft gealtert.

Sina hatte sie an einem empfindlichen Nerv getroffen. »Gabi, es tut mir leid. Aber du hast es dir selbst eingebrockt. Diese ganze Schatzsucherei hat irre Spaß gemacht, aber sie war eben auch irre blöd. Wenn es in den neuen Bundesländern wirklich so viel zu bergen gegeben hätte, dann wären wir beiden wohl die Letzten gewesen, die davon profitiert hätten. Sieh es doch mal realistisch.«

Die andere wollte widersprechen: »Die haben da genug vielversprechende …«

Aber ihre Freundin unterbrach: »Nein, diesmal will ich das letzte Wort haben. Ich sage: Lass uns aufhören mit diesem Quatsch. Ich will davon nichts mehr hören. Wenn du mit all dem nur bezwecken wolltest, dass ich den Roman nicht schreibe, gut. Dann hast du dein Ziel erreicht. Ich lass ihn sausen! Und nun ist Schluss mit dieser Sache, o. k.? Gib mir dein Telefon und erlaube mir, mich um wirklich wichtige Dinge zu kümmern, ja?«

»Um wichtige Dinge? Sag nicht, dass du Klaus damit meinst?«

Sina stand auf und versetzte Gabi einen freundschaftlichen Knuff in die Seite. »Doch, ich meine Klaus. Der ist wenigstens real. Kein Hirngespinst wie deine verschollenen Rubens-Pinseleien, deine Flincks oder Van Dammes ...«

»Vermeer«, korrigierte Gabi. »Vermeer heißt der Gute.«

6

»Bist du der Weihnachtsmann?« Mit breitem Grinsen deutete Klaus auf den Jutesack, der Sina über die Schulter hing. Klaus hatte die 30 kürzlich überschritten. Sein Bauchansatz verriet, dass der frühere Leichtathlet seinen Sport seit längerer Zeit vernachlässigte. Die ersten feinen Silberstreifen in seinem dichten schwarzen Wuschelhaar gaben ihm trotz seiner jugendlichen Gesichtszüge eine gewisse Reife.

Sina boxte ihn kumpelhaft in den Magen: »Vielleicht lässt du mich erst mal reinkommen.«

Klaus blieb breitbeinig im Eingang stehen: »Nein, erst muss ich deine herrlich hilflose Lage ausnutzen. Selten genug, dass du mal keine Hand frei hast.« Er setzte der verdutzten Sina einen schmatzenden Kuss auf die Wange. »So, jetzt darfst du reinkommen und deine Geschenke verteilen.«

In der Zweizimmerwohnung unter dem Dach eines etwas heruntergekommenen Jugendstilhaues im Stadtteil St. Johannis sah es aus wie auf einem Schlachtfeld. Alte Zeitschriften waren über den ganzen Flur verteilt, überall lagen Wäschestücke, dazwischen leere Joghurtbecher. Da kein Tisch oder Stuhl frei war, ließ Sina ihren Sack einfach auf den Boden fallen. »Freu dich nicht zu früh, Klaus. Ich bin *nicht* der Weihnachtsmann. Auch nicht die Weihnachtsfrau.« Klaus sah sie verständnislos an, als Sina einen massiven Messingkerzenhalter aus dem Sack zog. »Aus Gabrieles Schatzkammer. Sie hat mich gebeten, ein paar Antiquitäten zu katalogisieren.« Nun fischte sie einen daumendicken großformatigen Wälzer aus dem Beutel. »Hier drin darf ich nachschlagen, aus welcher Stilepoche die Dinger stammen.«

Klaus hockte sich neben sie. »Ist das etwa immer noch Zeug von euren Raubrittertouren durch die Ex-DDR?«

Sina drückte ihm ihren Zeigefinger auf den Mund: »Pssst! Offiziell weißt du nichts davon!«

»Sorry, hatte ich wohl einen Moment vergessen. Aber mal im Ernst: Habt ihr eure Pleiteaktion immer noch nicht ad acta gelegt?«

Sie nickte: »Ich für meinen Teil hätte es längst. Aber du kennst ja Gabi. Du wirst es nicht glauben: Sie will sogar noch mal rüber.«

Klaus verdrehte die Augen: »Was? Das ist doch Schwachsinn. Wir sind inzwischen wiedervereinigt. Was will sie denn da noch holen?«

Sina drehte sich kurz um: »Meine Worte! Genau das habe ich ihr auch gesagt.«

Er schlug sich mit der flachen Hand gegen die Stirn: »Deine Freundin hat nicht alle Tassen im Schrank. Außerdem hinkt sie ihrer Zeit weiter hinterher als die Armbanduhr, die mir deine Mutter letztes Jahr zum Geburtstag geschenkt hat. Mensch, Sina, was soll der Unsinn? Warum lässt du das mit dir machen? Und dieser ganze Plunder in dem Sack hier: Weshalb sortiert ihr ihn erst jetzt, Monate nachdem ihr das Zeug ausgebuddelt habt?«

Sina klappte Gabis Buch demonstrativ wieder zu. »Ich weiß auch nicht, Klaus. Irgend etwas muss Gabi auf die Idee gebracht haben, die Geschichte neu aufzurollen. Ich habe auch gedacht, das hätten wir hinter uns.« Sina erhob sich und ging zum Sofa neben Klaus' Stereoanlage. Als sie sich in dem verblichen-roten Klappsofa niederließ, sank sie fast bis auf Fußbodenhöhe ein. »Meine Güte, Klaus! Ich dachte, du hättest dieses alte Ding endlich ausgemustert. Da kann ja keiner mehr vernünftig drin sitzen.«

Er sah sie vorwurfsvoll an. »Leichter gesagt als getan. Find erst mal eins, was nicht so verdammt spießig aussieht und andererseits auch nicht zu viel kostet. Und außerdem ...«

Sina grinste ihn schelmisch an. »Ja, ich weiß. An dem Ding hängen sentimentale Erinnerungen. Wahrscheinlich hast du darauf bereits deine allererste Freundin entjungfert.« Mit diesen Worten stand sie auf und ließ ihn mit offenem Mund im Zimmer stehen.

Sina bahnte sich ihren Weg durch die Unordnung des Flurs. »Sag mal – wo ist denn der kleine Kläffer? Schläft der so fest, dass er nicht mal mitkriegt, wenn ihn sein Frauchen besuchen kommt?« Sie verschwand im gegenüberliegenden Raum. Klaus war ihr ins kombinierte Schlaf- und Arbeitszimmer gefolgt, antwortete aber nicht. Sina musterte das leere Körbchen, hob Toms zerknüllte Schmusedecke an. »Sag schon: Wo hast du ihn versteckt?« Klaus guckte sie Hilfe suchend an. Sina begriff, drehte sich wütend weg. »Er ist bei Sonja, stimmt's?«

Klaus fasste ihre Schultern und wollte sie wieder zu sich ziehen: »Sina, das ist nicht so wie du denkst.«

Sina löste sich aus seinem Griff. Klaus hatte sich einmal mehr aus der Verantwortung gestohlen und den Hund einfach weggeben. Als sei Tom ein Ding, dem man sich nach Belieben entledigen könnte. »Wie feige!«, fauchte sie. »Du könntest zumindest soviel Rückgrat haben, es mir frei heraus zu sagen.« Sie blickte ihm finster in die Augen: »O. k., du gehst deinen Weg, ich gehe meinen. Und wenn du dich an eine solche Schlampe ranschmeißt ...«

Klaus unterbrach: »Moment! Sonja ist keine – «

Sina lief zum zweiten Mal an diesem Tag rot an: »Auf

jeden Fall ist sie nicht die geeignete Halterin für meinen Tom!«

»Unseren Tom, Sina! Es ist immer noch unser Tom.« Sina verließ das Zimmer. Klaus blickte sich einen Moment unentschlossen um, lief ihr dann nach. »Sina! Ich musste zwischendurch einfach mal meine Ruhe haben. Tom ist ein nettes Hündchen. Verschmust, gutmütig und goldig verfressen.«

Ganz wie sein Herrchen, wollte Sina dazwischenreden, verkniff es sich jedoch.

»Wie gesagt, ein feiner Kerl. Aber er ist gleichzeitig eben auch eine Nervensäge. Und was für eine!«, versuchte sich Klaus aus der peinlichen Situation herauszuwinden.

Sina quittierte das mit dem abfälligsten Blick, den sie zustande bringen konnte. Doch tief in ihrem Herzen hatte sie ganz andere Gefühle: Eigentlich hätte sie ihn am liebsten einfach nur umarmt und sich mit ihm versöhnt. Warum nur konnte es mit Klaus nicht wieder so sein wie früher?

7

Der feine Nieselregen hatte wieder eingesetzt. Die Scheiben-
wischer von Klaus' betagtem VW-Golf quietschten müde
über die Frontscheibe. Schweigend kauerte Sina auf dem
Beifahrersitz, blickte nicht ein einziges Mal zur Seite. »Hast
du nicht langsam ausgemuffelt?«, bohrte Klaus. »Du hast es
mir versprochen: Ich lade dich zum Essen ein, und du hörst
dafür auf, die beleidigte Leberwurst zu spielen.«

Sina blieb zumindest nach außen hin stur und antwortete ihm nicht. Langsam schob sich der dunkelgrüne Volks-
wagen durch den Feierabendverkehr auf der Bucher Straße.
Eine Viertelstunde zuvor hatte Sina enttäuscht die Wohnung ihres früheren Freundes verlassen wollen, weil der
keine Lust gehabt hatte, sich weitere Verunglimpfungen
über seine neue Bekannte Sonja anzuhören. Aber er wollte
Sina auch nicht zum Teufel jagen. So egal war sie ihm nun
doch nicht. Noch im Flur hatte er sie eingeholt und schließlich mit sanfter Gewalt in sein Auto befördert.

Vor der Schöller-Eiscremefabrik stellte er den Wagen ab,
gleich gegenüber ihres gemeinsamen Lieblingsrestaurants
›El Coyote‹. Die letzten Meter über die Fahrbahn und Stra-
ßenbahnschienen rannten sie, um der Nässe zu entkommen.

Aus der Kneipe schlug ihnen dichter Zigarettenqualm entgegen. Sina und Klaus gingen an der großen, dunkel gestri-
chenen Bar vorbei, wo sie ein junger Mann mit einem angedeuteten Nicken begrüßte. Ein anderer Mann, das Haar
frisch gescheitelt und zu einem kleinen Zopf im Nacken

gebunden, wies ihnen den letzten noch freien Rundtisch in der Mitte des spärlich möblierten Saals zu. Das Licht war gedämpft, an den Wänden flimmerten amerikanische Neonleuchtreklamen. Sinas Augen blieben einige Momente auf dem Barkeeper haften: Er trug Jeans, dazu ein lässig aufgekrempeltes Hemd mit einer locker sitzenden schwarzen Weste. Akribisch genau maß er Tomatensaft ab, gab ihn zu einer Handvoll zerstoßener Eiswürfel in einen Shaker. Ein Spritzer Tabasco, etwas Pfeffer und Salz. Lässig, mit kurzen kräftigen Bewegungen riss er den Shaker nach oben, dann wieder nach unten. Das wiederholte er einige Male, goss den Saft geschickt durch ein Stahlsieb in ein Glas. Als er an dessen Rand ein Tomatenstückchen geheftet hatte, warf er ein charmantes, aber dennoch distanziertes Lächeln in den Raum. Sina folgte seinem Blick bis zu einem jungen Mädchen in einem schwarzen Stretch-Minikleid. Das junge Mädchen erwiderte den Blick des Barmannes mit einem koketten Lachen.

Klaus bat Sina, sich zu setzen. Sie nickte und ließ sich auf den ungepolsterten Holzstuhl fallen. Das Pärchen fühlte sich schlagartig in vergangene Zeiten zurückversetzt: Nichts hatte sich hier seit ihren früheren Besuchen getan. Die alte, angeschlagene Schiefertafel zählte nach wie vor brav die Tagesgerichte auf. Die Wände schrien noch immer nach einem frischen Anstrich. Selbst das Publikum, zumeist Studenten, hatte sich offenbar seit Jahren nicht verändert. Die Jungs im schwarzen Rolli, einige mit modischen Kinnbärtchen. Die jungen Frauen mit kurzen, engen Hosen und weiten Pullis oder schlichten grauen Bodys. Einige wenige hatten sich in lange, hochgeschlitzte Kleider gewagt. Sie kamen in einer Clique oder zu zweit. Paare, aber auch viele Singles hatten sich um die Tische gedrängt. Und alle knabberten sie einträchtig an ihren Chips, Tacos und Enchiladas. Neugierige, manchmal sehnsüchtige oder verliebte Blicke kreuzten durch den ungeteilten Raum. Und im Hintergrund dudelte die aktuelle CD der »Gipsy Kings«.

So war es auch vor fünf Jahren gewesen, als Sina und Klaus sich hier zum ersten Mal begegnet waren. Klaus mit seinen Kommilitonen von der Wirtschafts- und Sozialwissenschaftlichen Fakultät, Sina mit ihrer Freundin Gabi. Die gleiche laszive, vielversprechende Atmosphäre hatte auch an dem Abend geherrscht, als sie sich nähergekommen waren: Sina und Klaus hatten eine Flasche mexikanischen Wein geleert und waren dann eng umschlungen durch das Burgviertel gezogen. Auf dem Rücksitz von Klaus' Golf hatten sie sich geliebt.

»Ich bin sicher, dass du dich täuschst.«

»Was?« Sina wurde durch Klaus' Anmerkung völlig aus ihren Gedanken gerissen. Fragend schaute sie ihn an: »Womit täusche ich mich?«

Klaus lächelte gewinnend: »Damit, dass der Polizist uns absichtlich übersehen hat.«

Sina lief rot an. Damals, in ihrer ersten Nacht, war ein Streifenbeamter am VW-Golf vorbeigegangen. Er hatte einen Augenblick gestutzt, als sein Blick auf die fast völlig beschlagenen Scheiben des Wagens gefallen war. Sina, mehr oder weniger unbekleidet, wäre in dieser peinlichen Situation am liebsten im Erdboden versunken. Doch der Polizeibeamte hatte sich augenblicklich wieder abgewendet und seinen Streifengang fortgesetzt. Woher wusste Klaus, dass Sina gerade an diese Nacht dachte? »Kannst du Gedanken lesen?«

Klaus' spitzbübisches Lächeln verwandelte sich in ein forsches Grinsen: »Ich kann zumindest deine Blicke deuten. Wie sagt man so schön: Du bist für mich wie ein offenes Buch.«

Sina verschränkte die Arme. »Recht habe ich aber trotzdem. Es war halt ein netter Bulle. Einer, der auch mal verliebt war und sich daran erinnert hat, als er uns ertappte. Deshalb hat er uns in Ruhe gelassen.« Feixend fügte sie hinzu: »Und wenn du dir einbildest, dass jeder verzückte Blick von mir bedeutet, dass ich an unsere erste Nacht denke, dann bist du es, der sich täuscht.«

Klaus beugte sich vor, setzte erneut sein schelmisches Lächeln auf: »Das ist wohl wahr. Genauso gut könntest du an unseren zweiten Abend denken oder an den Vormittag danach oder an die Mittagspause, in der wir uns in der Uni-Toilette …«

Sie fuhr auf: »Sei still, Klaus!« Peinlich berührt blickte sie sich im Saal um. »Willst du hier unser ganzes Liebesleben ausbreiten?«

»Warum eigentlich nicht? Dann merkst du vielleicht, was dir heute fehlt.«

Sina drehte den Kopf weg. »Wer sagt denn, dass mir was fehlt? Du bist nicht der einzige Mann auf der Welt, Klaus.« Ihr Blick blieb auf einem Pärchen am Nachbartisch haften: Beide hatten sich weit vorgelehnt, stießen beim Reden beinahe mit ihren Nasenspitzen zusammen. Sie himmelten sich an. Ganz so, wie es Sina und Klaus damals getan hatten. Sina schossen diese Gedanken wieder durch den Kopf: Ihre Erinnerungen waren so klar, als wäre das alles erst gestern passiert. Und da war auch wieder dieser Zwiespalt zwischen der Leidenschaft, die sie für Klaus entwickelt hatte, und ihrem Argwohn, weil er sich immer wieder auch anderen Frauen zugewandt hatte. Mal mehr und mal weniger – so genau wollte sie es gar nicht wissen. Sina selbst war es ursprünglich zwar gewesen, die sich gegen eine allzu enge Beziehung gesträubt hatte, aber dass Klaus das als Freifahrtschein für seine Eskapaden nutzte, verletzte sie tief. Deswegen gingen sie momentan wieder getrennte Wege. Er war somit nur noch ihr Ex. Eine Regelung, unter der Sina mehr litt als Klaus.

Sinas angeschlagenes Ego suchte prompt nach Ablenkung – und ebenso prompt musste sie an Gabi denken. Mit ihr konnte sie wenigstens ihre wahren Gefühle teilen. Ihre Sorgen und Probleme, aber auch Freude und Glück, selbst wenn sie von letzterem in den vergangenen Tagen herzlich wenig gespürt hatte. Gabi – immer wieder Gabi! Sina fragte sich, was ihre Freundin nach dem Krach von vorhin wohl gerade machte. War sie längst wieder in ihre Arbeit vertieft?

Sie war es. Gabriele hockte auf dem Boden ihres Büros, umgeben von Antiquitäten aus dem Regal. Sie waren zu kleinen Häufchen aufgestapelt und umschlossen die Frau wie eine Burgmauer. Die meisten Stücke trugen selbstklebende Etiketten mit Zahlen, andere waren mit dem handschriftlichen Vermerk ›W‹ für ›wertlos‹ versehen. Gabi hatte sich fast durch den gesamten Regalinhalt gearbeitet. Nur einige unscheinbare Gegenstände waren noch nicht zugeordnet.

»Habt ihr euch schon entschieden?« Die Stimme der Kellnerin riss Sina erneut aus ihren Gedanken.

Klaus antwortete für sie: »Wir nehmen zwei Zirndorfer Kellerbier und zweimal die Spezialplatte.«

Die Bedienung war bereits wieder verschwunden, ehe Sina einwilligen oder ablehnen konnte. »Klaus, der Spezialteller ist riesig. Den schaffe ich nie.«

Ihr Ex streichelte ihr sanft über den Arm. »Das weiß ich. Aber ich muss doch irgendwie mein schlechtes Gewissen beruhigen können.«

Sina konnte sich ein Schmunzeln nicht verkneifen: »Alter Schleimer! Willst dich ja bloß wieder Liebkind bei mir machen.«

Gabriele heftete einen weiteren ›Wertlos‹-Aufkleber an ein Bild und legte es enttäuscht beiseite. Nun war sie fast durch – ohne den ersehnten Sensationsfund gemacht zu haben. Lustlos schnappte sie sich eine angerostete Blechbüchse, die mit unleserlichen Gravuren versehen war. Unbeholfen machte sie sich daran, den Deckel zu öffnen. Aber er gab nicht nach, und ihre Fingernägel waren zu kurz, um in den Spalt gegenüber den Scharnieren vorzudringen. Sie wünschte sich Sina herbei: Mit ihren spitzen Krallen müsste sie die Dose spielend leicht aufhebeln können.

Der Spezialteller war wirklich nur etwas für Leute mit Riesenappetit. Sina war schon vom Anblick satt: der Brei aus dicken Bohnen, die doppelte Käseschicht auf den Tortillas, die üppige Salatbeilage. »Du musst mir helfen, Klaus!«

Klaus setzte eine beleidigte Miene auf. »Fang doch einfach erst mal an.«

Gabriele hatte sich inzwischen einen Schraubenzieher geholt und versuchte, sein flaches Ende zwischen Dose und Deckel zu stoßen. Beharrlich drehte sie das Werkzeug hin und her. Wieder und wieder rutschte es ab und fuhr quietschend über das Metall. Mit einem blechernen Scheppern gab der Deckel schließlich nach. Die Büchse glitt ihr aus den Fingern, polterte über den Fußboden, überschlug sich und verteilte ihren Inhalt dabei quer durch Gabis Büro. Fluchend richtete Gabi sich auf, um die Unordnung zu beseitigen.

»Ich platze gleich!« Sina schob den Teller nach vorn. Sie war satt und müde, und als Klaus sie ausgerechnet jetzt zu küssen versuchte, zog sie ihren Kopf zurück. Er hatte einfach nicht das richtige Timing.

Gabriele sah erstaunt auf. Eben noch war sie schimpfend über den Fußboden gekrochen, um die kleinen Papierrollen und Notizzettel zusammenzuklauben, die aus der Dose gefallen waren. Nun saß sie still da und starrte mit geweiteten Pupillen auf das vergilbte Blatt Papier in ihren Händen. »Ich habe es gewusst ... ich hab's einfach gewusst.« Sie drehte und wendete den unscheinbaren Zettel. Leise, fast andächtig murmelte sie vor sich hin: »Poussin, Tibaldi ... nein, das darf doch nicht wahr sein: sogar ein ... ein Stich von ... Dürer ...«

8

Albrecht Dürer! Wohl bei den meisten Nürnbergern würde das Herz höher schlagen, wenn sie ein Original dieses großen Sohnes der Stadt in ihren Besitz bekommen könnten, was normalerweise natürlich völlig utopisch war. Gabi jedenfalls besaß soviel Heimatverbundenheit – und das nötige Kunstverständnis. Von Geschäftssinn ganz zu schweigen. Ihre Zusammenkunft mit Sina hatte sie deshalb inszeniert wie einen Bühnenauftritt. Am Anfang stand ihr übliches Versteckspiel am Telefon. Sina reagierte abweisend und wollte keinesfalls bei Gabi vorbeischauen. Aber natürlich war sie wieder ihrer Neugierde erlegen ...

Pünktlich zur verabredeten Zeit stand Sina in Gabrieles Laden. Es folgte die übliche Prozedur, frei nach dem Motto: lange Rede, kurzer Sinn. Gabi genoss es, sich in Sinas Unwissenheit zu suhlen. Sie machte sie regelrecht heiß auf ihre Informationen.

»Überspann den Bogen nicht! Ich weiß, dass du irgend etwas ausbrütest. Und dass du irgendwas entdeckt hast, das nicht gerade unwichtig ist, ahne ich inzwischen auch.«

Gabi dachte einen Moment lang nach, schien unentschieden. Dann beschloss sie, dass ihre Freundin genug gezappelt hatte. Ja, nun könnte wohl auch Sina reif dafür sein, die Bedeutung ihrer Mitteilung zu begreifen. Gabi holte aus: »Sagt dir der Name Dürer etwas?«

Sina starrte sie finster an: »Wenn du willst, dass ich gehe, sag es offen. Aber verkauf mich nicht für dumm!«

Gabi lenkte ein. »O. k., o. k., ist ja schon gut. Aber von seinem Kupferstich ›Maria mit dem Wickelkind‹ hast du wahrscheinlich noch nichts gehört, oder?«

Sina überlegte, auf welche Weise sie von ihrer älteren Freundin nun wieder bloßgestellt werden sollte. Einen Moment zögerte sie, bevor sie zugab: »Nein, habe ich tatsächlich nicht.«

»Kannst du auch gar nicht. Der Stich war nämlich den größten Teil deines Lebens verschwunden. Seit dem Krieg hat ihn niemand mehr gesehen. Verschollen in den Wirren des Zweiten Weltkrieges, wie es in den Kunstführern so schön heißt. Erst vor Kurzem ist dieses Meisterwerk wieder aufgetaucht – auf dem russischen Schwarzmarkt.«

Sina legte eine gelangweilte Miene auf: »Geht das nun wieder los? Warum erzählst du mir das? Was haben wir davon, wenn sich irgendwelche Russen eine goldene Nase verdienen?«

Gabi hielt ihrer Freundin den vergilbten Zettel vor die Nase, den sie in der Dose gefunden hatte. »Hier, lies! Da steht alles drauf. Da ist fein säuberlich aufgelistet, von welcher SS-Einheit der Dürer wann und wo abgehängt worden ist, wer ihn verladen hat, wer ihn transportierte, wo er zwischengelagert wurde und wo man ihn schließlich eingebunkert hat. Dort müssen ihn die Russen dann auch gefunden und – äh – requiriert haben.«

Sina griff sich das Blatt. »Du meinst ... – tatsächlich – ›Maria mit dem Wickelkind‹ – ... A. Dürer ... – da steht's.«

Gabi trumpfte auf, schlug Sina überschwänglich auf die Schulter. »Es kommt noch besser. Wir sind da auf hochbrisantes Material gestoßen. Lagepläne, Ortsbeschreibungen und Wegskizzen, von denen andere nur träumen. Zugegeben: Der Dürer ist verloren. Den haben längst die Russen entdeckt. Der ist passé. Leider auch dieser Tipp hier.« Gabi hielt Sina ein weiteres Schriftstück hin. Ebenfalls ausgebleicht, an den Kanten eingerissen. Eine Karte – eine *Schatzkarte*! Im Mittelpunkt eingezeichnet war ein Schloss. Schloss Karnzow. In unmittelbarer Nähe ein Kreuz. Ganz so wie auf den Pergamentrollen, um die sich die Haudegen in einem Piratenfilm schlagen. Gabi erklärte: »Noch ein heißer Tipp, aber eben auch längst ausgebrannt: Ein Fremdarbeiter gab den Alliierten 1945 den Hinweis, die Gegend ums Schloss umzukrempeln. Stalins Rotarmisten waren die Schnellsten: Im Keller fanden sie, was sie suchten. Hinter einem Schrank – und einer frisch verputzten Wand: 50 Gemälde, fast 2.000 Aquarelle und Zeichnungen, 3.000 Grafiken. Beinahe das gesamte Inventar der Bremer Kunsthalle, das wegen der Bombenangriffe ausgelagert worden war. Van Gogh, Tizian, Cranach, Rubens, Raffael – alles dabei! Und was tun diese Idioten? Haben keine Ahnung von Kunst und schänden die Werke! Sina, stell dir vor: Diese Soldaten haben die Bilder zerknittert, zerrissen, einfach in die nächstbeste Pfütze geworfen! Nur die Aktmalereien haben sie eingesteckt. Wohl, um sie als Pin-ups in ihren Spind zu hängen. Diese Bastarde haben unsere alten Meister sogar als Toilettenpapier benutzt!«

Sina rückte näher an ihre Freundin und wollte sie beruhigen: »Du hast ja schon hektische Flecken im Gesicht! Reg dich nicht so auf! Woher sollten die armen Teufel denn wissen, mit was für Kostbarkeiten sie sich den Hintern abgewischt haben? Sie haben Gold und Silber und vielleicht noch ein paar Orden erwartet – aber bestimmt keine Bilder. Die waren in ihren Augen nur Plunder, nichts als belanglose Pinseleien.«

Gabi fand ihre Fassung wieder. »Hast ja recht. Das waren arme Schweine. Waren wahrscheinlich froh, dass sie den Krieg überhaupt überlebt hatten. Was sollten die in ihrer Lage mit Schöngeistigem anfangen?«

»Na bitte, Gabi. Aber nun würde mich langsam mal interessieren, was von dieser Liste *nicht* überholt ist. Oder willst du dich weiter in vertanen Chancen aalen?«

Sinas letzte Bemerkung baute Gabi auf: »Ja … natürlich, das stimmt. Es war eine etwas übertrieben lange Einleitung …«

»Ich bin es nicht anders von dir gewohnt. Solange du mir nicht auch noch mit Görings privatem Gemäldelager im Salzstollen am Altaussee kommst.«

Gabi schüttelte den Kopf und griff sich einen weiteren Zettel. »Hier. Das ist der Schlüssel.« Sie reichte ihn Sina. Wieder eine Skizze, wieder eine Liste mit Namen und Zahlen.

Sina versuchte, die verlaufene Schrift zu entziffern: »Ve… Verm… – nein, doch nicht etwa …«

Gabi unterbrach sie: »Doch, genau der: Jan Vermeer van Delft! Meiner Meinung nach im gleichen Atemzug zu nennen mit Rubens und Rembrandt. Zumindest sehe ich das als Expertin so.«

Sina studierte das Papier eingehend. Wo war der Haken an der Sache?, fragte sie sich. Irgendetwas musste hier doch wieder faul sein. Sie las Zeile für Zeile, vermied es, zu Gabi aufzusehen. Dann entdeckte sie, was sie gesucht hatte. »Du, Gabi, hast du auch registriert, wo deine Vermeers von den Nazis versteckt worden sind?« Gabi druckste herum. »Gabi! Da steht ›Usedom‹. Wenn mich nicht alles täuscht, ist das ziemlich weit im Osten. Kurz vor Polen. Das klingt mir verdammt nach Führerhauptquartier. Wer weiß, hinter was für meterdicken Stahltüren deine ollen Schinken da liegen.«

Gabi schnaufte ärgerlich. »Quatsch, von wegen Führer-hauptquartier. Usedom ist an der Küste. Hat nichts zu tun mit der Wolfsschanze.« Sie kramte in ihrem Gedächtnis nach den wenigen Brocken Wissen, die sie über dieses neue Ziel im Kopf hatte. Viele waren es nicht. »Usedom, das ist die Raketeninsel. Da haben die Nazis mit zu groß geratenen Feuerwerkskörpern experimentiert, wenn mich nicht alles täuscht.« Sie legte eine Pause ein, bevor sie in aufmuntern-dem Tonfall weitersprach: »Und außerdem, Kind: Du bist doch bisher mit jeder Tür und jedem Schloss fertig gewor-den. Oder habe ich etwa nicht recht?«

Sina schluckte den Köder. Sie hatte angebissen, ihre Neu-gierde war geweckt.

9

Gabrieles grauer VW-Bus raste über die Landstraße. Der schmucklose Kastenwagen fügte sich nahtlos in das Landschaftsbild: regenverhangener Himmel, kahle Bäume am Fahrbahnrand, eine von Frostschäden gezeichnete Asphaltdecke. Ein Gemälde in Grautönen, wie es Sina empfand, freudlos und nicht wirklich optimistisch stimmend. Gabi trat das Gaspedal fast bis zum Anschlag durch. Sie holte aus dem sieben Jahre alten Motor, der hinter ihnen klopfte, heraus, was ging. Seit Stunden starrte sie nun durch die Frontscheibe und vermied den Augenkontakt mit ihrer Beifahrerin. So kannte Sina ihre Freundin: stur ein Ziel verfolgend. Nichts konnte sie in solchen Momenten ablenken. Bereits kurz vor Berlin hatte sie ihr angeboten, das Steuer zu übernehmen. Gabriele hatte darauf nicht einmal geantwortet. Auch nach der Tankpause hatte sie sich nicht umstimmen lassen: Nein, sie wollte die Tour allein zu Ende bringen. »Das ist völlig unvernünftig«, hatte Sina sie umzustimmen versucht. »Du hast schon ganz rote Augen. Und deine Haare hängen total schlaff herunter. Bei dir kräuselt sich fast kein Löckchen mehr. Selbst die sind müde, Gabi.« Nein, nicht einmal ein sanftes Lächeln erntete Sina für diese gut gemeinten Worte. Nichts half. Gabriele blieb eisern und klemmte sich wieder hinters Steuer. Sie wollte Wolgast noch am selben Tag erreichen. Unbedingt!

Der Kleinbus preschte weiter durch Pfützen und über Bodenwellen. Im Laderaum befanden sich etliche, noch zusammengefaltete Umzugskartons, ein Schweißgerät, zum

Teil zerschlissene Seile, Grubenlampen, mehrere bereits beschädigte Werkzeugkisten. Sina hatte eine ebenfalls stark in Mitleidenschaft gezogene Landkarte auf ihren Knien ausgebreitet. Offenbar umsonst. Ihre Freundin hatte sie bisher nicht ein einziges Mal nach einem Autobahnkreuz, einer Abzweigung oder wenigstens nach einem Ortsnamen gefragt. Gabriele musste sich die Strecke in den zwei Tagen vor ihrer überstürzten Abreise aus Nürnberg genauestens eingeprägt haben. Frustriert zog sich Sina den Kopfhörer ihres Walkmans auf. Das hätte sie wohl längst tun sollen: Sina hatte nicht einmal eine Kassette ausgewählt, da trat Gabi unvermittelt in die Bremsen. Ihr Walkman fiel mitsamt der Landkarte in den Fußraum.

»Rechts, links, geradeaus?« Sie hatten an einer Kreuzung gehalten. Kein anderes Auto war weit und breit zu sehen. Die Wegweiser an der gegenüberliegenden Böschung waren vom Spritzwasser völlig unleserlich. Gabi wandte sich ihrer Freundin zu: »Ich habe gefragt, wohin ich fahren soll. Rechts, links oder geradeaus?«

Sina war für einen Augenblick perplex. Sie dachte daran, den Hörer vom Kopf zu reißen und sofort in der Karte nachzuschlagen. Aber – nein! Wer war sie denn? Gabi konnte nach dem stundenlangen Schweigen nicht von ihr erwarten, dass sie widerspruchslos parierte. Betont langsam bückte sie sich, hob aber nicht die Landkarte auf, sondern den Walkman. Sina schnappte sich eine Kassette mit Uraltsongs von Billy Idol, schob sie in den Apparat und drehte den Ton auf Maximum.

Gabi warf ihr einen finsteren Blick zu. Hinter ihrem VW hatten sich inzwischen zwei andere Wagen eingereiht. Sie sah die ungeduldigen Blicke eines Fahrers durch den Rückspiegel. »Wohin?« Gabis Ton war aggressiv.

Sina ließ sich nicht stören, schloss sogar die Augen. Provozierend machte sie nur: »Hm?«

Gabi klopfte erbost auf das Lenkrad. Hinter ihrem Kastenwagen begann bereits ein verhaltenes Hupkonzert. »Sina! Wohin muss ich?«

Sina schlug die Augen nicht auf und summte weiter vor sich hin.

Einer der wartenden Wagen hatte inzwischen zum Überholen angesetzt. Er manövrierte rückwärts und zog dann hupend an Gabis VW vorbei. Gabriele wurde immer gereizter: »Was soll der Unsinn? Bist du nun mein Lotse, oder soll ich das etwa auch noch allein machen?«

Sina ließ sich nicht aus der Ruhe bringen. »Ich versteh überhaupt nichts.«

Dann fuhr auch das andere Auto an ihnen vorbei. Eine junge Frau mit einem Kind auf dem Rücksitz zeigte den beiden einen Vogel. »Unverschämt!«

Gabi war kurz davor, ihre hektischen Flecken zu bekommen. Wütend riss sie ihrer Freundin den Hörer herunter.

»Ach?« Sina reagierte gespielt überrascht. »Nimmst du mich also doch noch wahr?«

Gabi stierte sie böse an: »Was soll der Mist? Wieso sollte ich dich nicht wahrnehmen?«

»In den letzten sechs oder sieben Stunden hast du's jedenfalls nicht getan.« Gabi hatte sichtlich Mühe, ihre Beherrschung nicht vollends zu verlieren. Sina merkte das und lenkte ein. In beschwichtigendem Tonfall sagte sie: »Ja, ja, schon gut. Du hast Glück, dass ich so ein Harmonie liebender Mensch bin. Sonst hätte ich es wirklich mal drauf ankommen lassen.« Sina bückte sich nach der Karte und hatte die richtige Seite im Nu aufgeschlagen. »Nach rechts.«

Der Motor heulte auf, als Gabi den Gang eingeworfen hatte. Der Wagen setzte sich jaulend in Bewegung.

»Nein, nein! Halt! Doch nach links. Wir müssen nach links!« Sina ruderte aufgeregt mit den Armen.

Gabi legte eine Vollbremsung hin. Wieder flogen Karte und Walkman in den Fußraum.

»Gut, dass hier so wenig Verkehr ist.« Sina war ganz bleich um die Nase.

Gabriele wendete auf der schmalen Trasse und fuhr dann mit Karacho in die entgegengesetzte Richtung.

Von der alten Garnisonsstadt Wolgast bekam Sina kaum etwas mit. Gabi hatte die Geschwindigkeitsbegrenzung für Ortschaften kurzerhand außer Kraft gesetzt. Der graue Kastenwagen schoss wie ein Rettungswagen im Einsatz durch die 12.000-Seelen-Gemeinde. Die dreischiffige Pfarrkirche St. Petri im Ortskern sah Sina nur undeutlich. Das Backsteinbauwerk verschwamm durch die beschlagene Scheibe, die von außen mit Regentropfen benetzt war.

Minuten später sauste der graue VW bereits wieder aus dem Städtchen heraus und hielt auf eine Zugbrücke zu. Sina bekam, trotz Gabis Raserei und dem kleinen Disput von vorhin, wieder Lust an ihrer Unternehmung. Sie schlug in einem schmalen Reiseführer nach, was sie in dieser für sie völlig unbekannten Gegend so alles an Sehenswürdigkeiten passieren würden. Sie legte einen belehrenden Tonfall auf, als sie vorlas: »Die Wolgast-Zugbrücke. Jetzt sind wir auf der Insel Usedom. Linker Hand sehen Sie das bekannte Achterwasser.« Sie wies aus dem Seitenfenster. Die Sonne hatte sich durch eine kleine Lücke in der Wolkenwand gekämpft und tauchte die zuvor triste Landschaft in ein sanftes Gold. In ihrem Licht glänzte der breite Streifen Wasser, der Usedom vom Festland trennt. Sina wollte es kaum glauben: Trotz der Kälte tummelten sich

Surfer in schwarzen Neoprenanzügen auf den ansehnlichen Wellen. Und das Anfang April. Ein zähes Völkchen hier oben.

Sie wollte wieder zu ihrem schulmeisterlichen Vortrag zurückkommen, als Gabi barsch dazwischenfuhr. »Lass den Unsinn, Sina! Sag mir lieber, wie es nun weitergeht.«

Weniger diese Aufforderung als vielmehr der strenge, geradezu scharfe Ton ließ Sina von ihrem kleinen Spielchen abkommen. Sie überlegte sich, einen Moment lang zu schmollen, verkniff es sich aber. Nach einem kurzen Blick auf die Landkarte sagte sie lapidar: »Die nächste Abzweigung links zum Peenemünder Haken.«

»Haken?« Gabriele fühlte sich offenbar auf den Arm genommen.

Sina erklärte: »Der nördliche Teil der Insel sieht halt aus wie'n Haken.« Sie zeigte es ihrer Freundin auf der Karte. Tatsächlich schien sich die Insel an ihrer Nordspitze zu einem nasenförmigen Haken zu verjüngen. Sina fuhr mit ihrem Finger die gewölbte Form des Hakens auf ihrer Karte nach und versuchte dabei, die kleinen Buchstaben daneben zu entziffern. »Die Leute scheinen hier 'ne ziemlich bildhafte Sprache zu haben: Haken, Achterwasser. Das liegt achtern, hinter Usedom, abgetrennt von der eigentlichen Ostsee. Oder der Ortsname Peenemünde. Da, wo die Peene mündet. Und siehst du hier: Greifswalder Bodden …«

»Bodden?« Gabi musterte Sina ungläubig von der Seite an.

»Na, Bodden wie Bo-den. Weil da die Ostsee so flach ist, dass man mit 'ner Stange überall den Boden erreichen kann.«

Gabi blieb skeptisch und stierte mit verkniffener Miene zur Frontscheibe hinaus. »Woher willst du das denn alles so genau wissen? Du bist doch auch noch nie hier gewesen.«

Sina gönnte der Fahrerin ein mildes Lächeln. »Nee, aber lesen bildet.« Mit diesen Worten hielt sie ihr ihren kleinen

Reiseführer unter die Nase, aus dem sie auch schon ihre Weisheiten über die anderen passierten Orte entnommen hatte. Aufmüpfig setzte Sina noch einen drauf: »Müsstest du eigentlich wissen.« Sina genoss den verdutzten und – wie sie fand – recht blöden Gesichtsausdruck ihrer Freundin. Sie lehnte sich in ihrem Sitz zurück und kostete den kleinen Sieg, den sie in ihrem verbalen Scheingefecht errungen hatte, aus. Still schmunzelte sie vor sich hin.

Der unscheinbare Kastenwagen suchte sich seinen Weg entlang des Ostufers der Insel. Nach den vielen Stunden Fahrt, die die beiden Frauen hinter sich hatten, schien die Straße unendlich lang zu sein. Zwischen dem Sandstrand, der um diese Jahreszeit alles andere als einladend aussah, und der Fahrbahn standen vereinzelt Bäume. Kiefern, robust genug, um in dem kargen Boden zu überdauern. Nach wenigen Kilometern verdichteten sie sich zu einem schmalen Waldstreifen. Sina stutzte: Die Baumgruppen waren eingezäunt. Eine Schonung? Hier, direkt am Strand? Und ausgerechnet für Kiefern? Sie versuchte ihren Blick auf die Schilder zu fokussieren, an denen der Wagen vorbeirauschte. Beim fünften Schild gelang es ihr, und sie las: ›Betreten verboten‹. Auf einem weiteren Schild nahm sie vage einen mahnenden Totenkopf wahr.

Unvermittelt endete der Wald kurz vor der Ortseinfahrt von Peenemünde. Das Dorf machte auf die Frauen keinen besonders guten ersten Eindruck. Die Gebäude lagen eher weitläufig verteilt, einen Ortskern konnten Gabi und Sina nicht entdecken. Zumindest nichts, was in den Augen der Nürnbergerinnen diesen Namen verdient hätte. Eine Kreuzung kurz hinter dem Ortseingangsschild zwang Gabriele zu einer Entscheidung. Sollten sie zunächst zum Historisch-Technischen Informationszentrum oder zum Hafen? Gabriele traf eine Wahl, ohne Sinas Rat zu suchen und steuerte den Hafen an. Bereits nach wenigen 100 Metern machten sie ein Wirtshaus aus. ›Schwedenschanze‹ stand auf dem Schriftzug, der über der Eingangstür befestigt war. Gabi bremste leicht ab, stoppte dann ganz.

»Soll's das wohl sein?«, erkundigte sich Sina.

»Wieso, passt es dir nicht?«

»Och, so würde ich das nicht nennen. Ist zwar nicht das Maritim, aber abstoßend wirkt's auch nicht gerade.«

Gabi stupste sie leicht an: »Denk dran: du bist eingeladen. Ich zahl die Zeche. Also fang gar nicht erst an zu meckern.« Der VW-Bus bog in den Schotterparkplatz neben dem Gasthof ein.

10

Keine Frage: Das Gasthaus war für das kleine Örtchen viel
zu groß. Völlig überproportioniert. Schon von außen wirkte
der schlichte 50er-Jahre-Bau klobig. Von innen erschien er
den beiden Frauen noch riesiger. Das Foyer, oder treffender:
der Vorraum, war spärlich möbliert. Regelrecht karg. Billige, wenig ansehnliche Einrichtungsgegenstände. Einzig der
wuchtige Empfangstisch gegenüber der Eingangstür machte
einen soliden Eindruck. Eine etwa 60-jährige, wohlgenährte
Frau war damit beschäftigt, den Holzfußboden zu wischen.
Das heißt: nicht Holz, sondern Laminatboden mit holzähn-
licher Farbgebung und Maserung. Nichts für den verwöhn-
ten Geschmack Gabrieles. Nun fielen ihr auch die verstaubten Blumensträuße und Topfpflanzen in den Ecken und auf
den Fensterbänken auf. Allesamt aus Plastik. Gabi schau-
derte. Die Putzfrau unterbrach ihre Arbeit und wischte sich
die rechte Hand an ihrem Kittel ab. Gabriele und Sina gingen auf die Theke zu, die Frau kam ihnen entgegen.

»Guten Tag.« Gabriele hatte sich wohlweislich ein Grüß
Gott verkniffen.

»Tach«, fügte Sina hinzu und blieb einen Schritt hinter ihrer
Freundin. Ihr war dieser Laden genauso suspekt wie Gabi.

Die Reinemachefrau, die wohl auch gleichzeitig die Wirtin war, musterte die beiden kurz und bildete sich offenbar
schnell ihre Meinung über die Unbekannten. Sie streckte
Gabriele auffordernd ihre Hand entgegen. »Guten Tag, die
Damen.«

Gabi zog ihre Hand ein wenig angewidert zurück, bemühte sich dann aber um einen freundlichen Ton: »Draußen steht, Sie vermieten Zimmer. Haben Sie eins frei?«

Die Wirtin schmunzelte: »Sogar zwei, wenn Sie wollen.«

Die beiden Frauen blickten sich an, Sina runzelte fragend die Stirn. »Eins reicht, wenn's ein Doppelzimmer ist.«

Die Antwort war ein verständnisvolles Nicken: »Ist es.« Die üppig gebaute Vermieterin holte ein Anmeldeformular unterm Tresen hervor. »Wie lange wollen Sie bleiben?«

Wieder tauschten die Frauen fragende Blicke aus. Diesmal redete Gabriele: »Erst einmal eine Nacht. Das hängt davon ab, wie viel es hier zu sehen gibt …«

Die Wirtin ging auf diese versteckte Frage nicht ein, reichte das Formular und einen Plastikkugelschreiber zu Sina herüber. Doch energisch nahm Gabriele beides an sich. »Tragen Sie bitte Namen und Anschrift ein«, forderte die Wirtin.

Während Gabriele schrieb, griff Sina nach einem der Faltblätter, die in einem Pappschuber auf dem Tisch auslagen. Eine bilderreiche Schilderung von Peenemündes bewegter Vergangenheit. Sina überflog den Bogen flüchtig. Aufmunternd zwinkerte sie der Wirtin zu und winkte mit dem Zettel. »Ja, wissen Sie, alte Festungen, Bunker und so'n Zeug – darauf steht meine Freundin.« Mit interessiertem Unterton fügte sie hinzu: »Von so was gibt es doch hier reichlich, oder?«

Diesmal biss die Einheimische an: »Ja, wir haben da zum Beispiel die historische Schwedenschanze. Da, wo früher einmal der Schwedenkönig …«

Sina blieb am Ball: »… und da gibt's dieses ganze Nazizeug, stimmt's? Immerhin haben die doch von hier aus ihre V2-Raketen fliegen lassen, damals.«

Ihre Gesprächspartnerin winkte ab, griff sich das ausgefüllte Formular und nahm einen Zimmerschlüssel von der Bretterwand. »Davon ist nicht viel übrig. Das alte Kraftwerk, Reste des Sauerstoffwerkes und die Leitwarte. Die werden Sie sich bestimmt anschauen, da ist nämlich das Museum drin.« Schnell verlor sie das Interesse an dem Thema und setzte mit geschäftlichem Tonfall fort: »Das macht 80 Mark pro Nacht, Frühstück inklusive.« Mühsam kam sie hinter der Theke hervor. »Ich zeige Ihnen Ihr Zimmer. Sie wollen sich sicher frisch machen.«

Auf dem Weg nach oben – die Treppe knarrte erwartungsgemäß bei jedem Schritt – nahm die Wirtin der schmalen Sina den Koffer ab. Gabriele trug ihre schwere Reisetasche selbst. Auf dem oberen Flur stieg der Gruppe ein frischer Schwall Bohnerwachs in die Nasen.

Das Gästezimmer selbst wich nicht großartig von dem Bild ab, das sich Sina und Gabi inzwischen von dem Gasthaus gemacht hatten. Es war wie die Empfangshalle sehr bescheiden eingerichtet. An der Seite lehnte ein schlichter Kleiderschrank, exakt in der Mitte des Raumes stand ein wuchtiges Doppelbett mit gestreifter Tagesdecke. Dasselbe Muster fand sich auf dem Vorhang vor dem auffallend hohen Fenster wieder. Neben dem Bett war ein kleiner Tisch platziert worden, in einer Ecke eine Kommode mit Spiegel, der einen Sprung hatte. Verloren, mitten im Raum, stand ein Sessel. Alles in allem ein Zimmer, das man nach wenigen Wochen bereits wieder aus seinen Erinnerungen gestrichen haben würde. Nichts, aber auch gar nichts Bemerkenswertes haftete ihm an.

Gabriele warf ihre Tasche aufs Bett und rümpfte die Nase. »Und sonst gibt's hier nichts?«

Die Wirtin lachte kurz auf, schlurfte dann zurück zur Zimmertür. »Fernseher und Minibar und der ganze Westluxus? Nee, das kann ich mir nicht leisten. So viele von euch verirren sich weiß Gott nicht hierher. Vor allem nicht um diese Jahreszeit.«

Sina zog den Vorhang auf. Sie hatte einen freien Blick auf die Straße, konnte sogar noch das Heck des VW-Busses erkennen.

Gabi hüstelte verlegen: »Entschuldigung, ich meinte natürlich nicht das Zimmer. Ich meinte, ob es hier denn nichts anderes gibt als diese Leitwarte, das ... äh ... Kraftwerk und dieses andere ...« Sie kratzte sich verärgert am Kopf, suchte nach dem richtigen Ausdruck.

Sina half nach: »Sauerstoffwerk.«

Die Hausherrin nahm den Faden auf – allerdings mit verwundertem Ausdruck: »Ich will Sie ja nicht enttäuschen, aber viel mehr ist hier nun mal nicht. Vielleicht die Landebahn und einige Trümmer irgendwo im Wald.« Für einen Moment zögerte sie, bevor sie fortfuhr: »Sie wissen ja, die Russen haben nach dem Krieg alles vernichtet.« Ihre eigenen Worte hatten die Frau offenbar erzürnt. Aufgewühlt öffnete sie die Tür und trat in den Flur hinaus. Dann drehte sie sich noch einmal um: »Nur die Strände konnten sie nicht zerstören – jedenfalls nicht völlig. Versucht haben sie es mit ihren verdammten Manövern ja lange genug.«

Gabriele hakte nach: »Manöver?«

Die Wirtin beruhigte sich und kam zurück ins Zimmer. »Ja, der ganze Nordteil der Insel war Manövergelände. Erst die Nazis, dann die Russen und ab 1952 dann die NVA mit ihrer ersten Flottille.« Ihr Tonfall wurde beängstigend ernst: »Darum beachten Sie die Warnschilder, wenn Sie spazieren gehen. In den Wäldern liegen jede Menge Blindgänger und Minen.« Die Alte zog die Augenbrauen zusammen. »Da hat's schon Tote gegeben. – So, jetzt muss ich wieder runter.

Sie haben ja alles. Angenehmen Aufenthalt. Wenn Sie noch was brauchen, sagen Sie Bescheid. Ich bin eigentlich immer da. Wiedersehen.« Diesmal ging sie wirklich.

Sina, die inzwischen das Bett als gemütlichste Sitzgelegenheit ausgemacht hatte, ließ sich zurückfallen. »Müssen wir nicht auch in eines dieser Wäldchen?« Gabriele zuckte mit den Schultern und widmete sich ihrer Reisetasche. Eine Antwort blieb sie Sina schuldig. Vorerst wenigstens.

11

Die Freundinnen hatten sich schnell ein bisschen frisch gemacht. Beide fühlten sich deutlich wohler als während der stressigen Autofahrt. Dass die Sonne inzwischen die Oberhand gewonnen und die dichten Wolken verdrängt hatte, steigerte das Wohlgefühl der beiden noch mehr. Sie hatten sich eine kleine Stärkung gegönnt: je ein Brötchen mit Lachsersatz (»Was Warmes gibt's erst ab 18.30 Uhr«, hatte die Wirtin sie belehrt). Nun stiefelten beide die Uferpromenade entlang und freuten sich über die wilden Schaumkronen auf den Wellen. Das gleichmäßige Rauschen des Meeres, das Klatschen der Brecher gefiel ihnen.

»Bin ewig nicht an der Küste gewesen.« Sina konnte ihren Blick nicht vom Wasser lösen.

Gabi hakte sich bei ihr unter, animierte sie zum Weitergehen. »Ich auch nicht. Das heißt: nicht an der Nord- oder Ostsee. Ich glaub bald, man bekommt das Mittelmeer und die Karibik im Leben öfter zu Gesicht als die eigene Küste.«

»Zumindest, wenn man aus dem tiefsten Bayern kommt«, frotzelte Sina.

»Lass das mal keinen echten Franken hören. Der würde dich lynchen für diesen Frevel.«

Sina spielte die Empörte: »Na hör mal, ich *bin* eine echte Fränkin.«

»Zugereiste!«, feixte Gabi weiter.

Sina gab sich nicht geschlagen: »Das ist mehr als acht Jahre her. Inzwischen bin ich genauso eine echte Nürnbergerin, wie du es bist.«

Gabi beschleunigte den Schritt. »Einmal Zugereiste, immer Zugereiste. Du wirst nie eine wirkliche Fränkin sein.«

Sina machte eine wegwerfende Handbewegung. »Ihr Franken seid wirklich ein ignorantes Pack! O. k., gut: Dann bleibt eben unter euch. Und überhaupt: Renn nicht so! Wir haben's nicht eilig.«

Die andere offenbar doch: Gabi hielt geradewegs auf das Hafengelände zu. Eine überschaubare Anlage. Recht lang gezogen, aber bei Weitem nicht vergleichbar mit den Anlegestellen der größeren Küstenstädte. Abgesehen von ein paar Fischerbooten, die am Kai dümpelten, war nicht viel los. Gabi kannte den Hafen von Fotos aus alten Zeitungen. Auf den Bildern hatte es allerdings noch ganz anders ausgesehen. Dichte Reihen von NVA-Booten lagen an der Ufermauer, reichlich vergammelte Restbestände der früheren DDR-Marine. Inzwischen waren sie offenbar allesamt verkauft, verschenkt oder einfach verschrottet worden.

Sina, die bemerkte, dass ihre Freundin in Gedanken versunken war, stieß sie leicht an: »He, Madame! Aufwachen!«

»Ja, ja, kann man denn nicht mal eine Minute lang nachdenken?«

Sina meinte nein und ergriff die Initiative. Sie hakte Gabi ein und zog sie ans andere Ende des Hafenbeckens. Die frische Luft, der leichte Fischgeruch und der Wind wirkten auf sie anregend. »Herrlich! Ich glaube, für ein Leben am Meer wäre ich eher geschaffen als für die Großstadt im Binnenland.« Sina sog die Luft in tiefen Atemzügen ein. »War eine gute Idee von dir, einen kleinen Bummel hierher zu machen.«

Gabi nickte: »Und gerade habe ich noch eine gute Idee. Komm mit!«

Noch immer untergehakt, schlenderten sie die um diese Uhrzeit kaum mehr befahrenen Straßen entlang. Sie passierten eine Bahnstrecke, die auf die Frauen einen ebenso maroden Eindruck machte wie die Hafenanlage. Gerade rumpelte ein kurzer Güterzug an ihnen vorbei.

Wenig später erreichten sie ein baufälliges Gebäude. Hoch wie ein gewaltiges Silo und mit einem schmutzigen Grün überzogen wie jahrzehntealter Beton. Das hässliche Bauwerk war stark zerfallen. Offenbar hatte sich seit Ewigkeiten niemand mehr um diese Industriebrache gekümmert. Auch die Gebäude drum herum, offenbar verlassene Verwaltungsräume und Lagerhallen, gaben ein trostloses Bild ab. Von den meisten Gebäudeteilen standen nur noch Seitenwände und Fragmente von Zwischendecken. Hier und da ragte ein verloren wirkender Pfeiler aus dem Erdreich. Ähnlich wie der Wald vor der Ortseinfahrt war auch dieses Terrain umzäunt.

Missmutig blickte Sina sich um: »Ehrlich gesagt: Am Hafen hat's mir besser gefallen. Wo sind wir hier?«

Gabi schmunzelte: »Diesmal habe ich mir den Begriff gemerkt. Sauerstoffwerk heißt dieses Ding. Zumindest hieß es mal so, als es noch funktionierte.«

Sinas Interesse war wieder geweckt: »Was? Das ist das Sauerstoffwerk? Mehr soll davon nicht übrig sein? In dieser Anlage wurde durch Luftverflüssigung der Flüssigsauerstoff hergestellt, der den Raketen als Oxidator diente. Darüber habe ich mal etwas gelesen: ein enorm aufwändiges Verfahren. Meine Güte – da müssen aber gewaltige Bombenmassen draufgeknallt sein. Ich schätze mal, dass zur Versorgung der Raketenbasen ein fünf- oder sechsmal so großer Komplex nötig gewesen ist. Das hier sind dann wohl die kümmerlichen Reste.«

Die Sonne hatte sich bereits tief in den Westen geneigt, doch Sina und Gabi hatten vom Frische-Luft-Tanken noch immer nicht die Nase voll. Sie hatten das Städtchen ein ganzes Stück hinter sich gelassen, als sie ein weiteres Trümmerfeld erreichten. Wie schon rund ums alte Sauerstoffwerk fanden sie auch hier nur unförmige Betonklumpen und Mauerreste mit dicken rostigen Stahlarmierungen vor. Über die steinernen Zeitzeugen hatte sich ein dichter Pelz aus Gras, Moos und Gestrüpp gelegt.

Sina ging in die Hocke und versuchte sich daran, ein rostrotes Stahlseil aus dem Boden zu ziehen. »Unsere Wirtin hat recht gehabt. Hier steht ja echt nix mehr. Deinen Bunker kannst du dir abtoasten.«

Gabi beugte sich zu ihr hinunter. »Ich hör wohl nicht recht: ›abtoasten‹ – wo hast du denn dieses Vokabular her?«

Sina grinste: »Von meiner Schwester Sabine. Als Lehrerin hat sie noch jede Menge andere Ausdrücke dieses Kalibers auf Lager. Ihre Schüler beliefern sie jeden Tag mit Nachschub. Willste noch 'ne Kostprobe?«

Gabi stand wieder auf. »Nein, danke. Auch in Sachen Sprache ziehe ich eher das ›Antike‹ vor. Und was den Bunker betrifft: Ich glaube, du gibst zu schnell auf. Nur weil es hier oben ausschaut wie auf dem Mond, muss das lange nicht für die unterirdischen Anlagen gelten. Kennst du nicht die Geschichte vom Führerbunker?«

Sina ließ von ihrem Stahlseil ab und erhob sich ebenfalls wieder. »Der in Berlin?«

»Ja. Erst nach dem Fall der Mauer wurde er näher untersucht. Und drinnen war alles so, wie es verlassen wurde. Obwohl die Anlage im Krieg mehrmals schweren Bombardements ausgesetzt war.«

Sina wirkte skeptisch: »Du vergisst das Wasser. Wenn künstliche Höhlen nicht ständig abgepumpt werden, laufen sie voll.«

Gabi trumpfte auf: »Eben nicht! In Berlin stand das Wasser kniehoch. Also kein Problem, da noch durchzukommen.«

»Und wer sagt mir, dass deine Geschichten wahr sind?«

Die beiden setzten ihren Rundgang fort. Inzwischen kratzte die Sonne bereits an den Baumwipfeln am Horizont. Gabi bemühte weitere Beispiele, um Sina zu überzeugen: »Der Obersalzberg sagt dir doch auch was, oder?«

Sina nickte beiläufig. »Nun, Sina, auch da gab es jede Menge unterirdischer Gänge, Räume, sogar ganze Säle für das Archiv des Innenministeriums. Und auch der Obersalzberg war natürlich Ziel alliierter Bombenangriffe. Hitlers Haus – du weißt ja: das mit dem Panorama-Fenster und Blick auf den Königsee – wurde zerstört. Auch die Villen aller anderen Nazibonzen, die der Oberboss um sich herum geschart hatte, sind bis auf die Grundmauern vernichtet worden. Nicht aber der Bunker.« Gabi ging regelrecht in ihrem Vortrag auf. »Die Amerikaner betreiben eine Freizeitanlage oberhalb von Berchtesgaden. Im General-Walker-Hotel. Von da aus wurden Führungen für Angehörige der US-Streitkräfte und deren Familien angeboten, und zwar in den ›Führer's Bunker‹ und in ›Eva Braun's Bunker‹. Die Amis genießen es wie einen Ausflug nach Disney-World. Kurz und gut: Auch diese Untergrundanlage hat überlebt. Was spricht also dagegen, dass nicht auch wir Glück haben?«

Sina wollte Gabis Redefluss unterbrechen, kam aber nicht zum Zuge. Ungebremst sprach die Ältere weiter: »Nehmen wir einmal an, dass von unserem Bunker nur die Eingänge und angesichts der schweren Bombenlast auch das oberste Stockwerk zerstört sind. An die Ebenen darunter konnte in diesem Fall niemand mehr herankommen. Sie müssten folglich im selben Zustand sein, in dem sie damals aufgegeben worden sind.«

Gabi stolperte über einen überwucherten, fußballgroßen Betonklotz. Für Sina eine Gelegenheit, sie zu unterbrechen: »Deine Theorie funktioniert aber nur dann, wenn es mehrere Ebenen gab. Und überhaupt: Wenn du behauptest, dass bisher niemand bis da unten vordringen konnte, wieso glaubst du dann, dass ausgerechnet wir beide es schaffen sollten?« Gabriele zuckte mit den Schultern und ließ ihren Blick über die Trümmer gleiten. Sina bohrte weiter: »Das klingt alles reichlich vage. Wenn du mich fragst, dann sollten wir hier keine Zeit mehr verschwenden.«

Gabis Kopf schnellte herum. Voller Elan sagte sie: »Habe ich bisher nicht immer etwas gefunden, wenn ich einer heißen Spur nachgegangen bin?«

»Du sagst es, Gabi. Aber die Betonung liegt auf dem Wörtchen *heiß*. Hier kann ich weit und breit nichts von einer heißen Spur erkennen. Die ist inzwischen nämlich genauso erkaltet wie die Triebwerke von Hitlers ollen V2-Raketen!«

Gabi lief rot an. Umrahmt von der ungezähmten Lockenpracht, um die sich ein gleißender Kranz aus dem Licht der untergehenden Sonne legte, sah ihr Gesicht beinahe furchterregend aus. »Nein, nein, nein!«, beharrte sie starrsinnig. »Auch diesmal werde ich recht behalten. Und wenn du nicht dauernd rummäkeln würdest, dann hätten wir den Bunker vielleicht längst entdeckt.«

Sina war sauer. »Ach – soll das heißen, dass dieser ganze Spaziergang überhaupt nicht zum Ausspannen gedacht war, sondern nur deiner ach so wichtigen Bunkersuche diente?«

Gabriele setzte zu einer Antwort an, ließ es dann aber bleiben. Schweigend gingen die Frauen nebeneinander her.

Wieder einmal war es Sina, die einlenkte. »O. k., entschuldige. Ich glaube, ich muss endlich respektieren, dass es dir mit deiner Kunstschatzsuche wirklich ernst ist.«

Gabi sah sie nicht an, als sie antwortete: »Wenn das wieder eine deiner ironischen Bemerkungen …«

»Nein, wirklich. Es tut mir leid. Weißt du, eigentlich finde ich deinen Einsatz echt bewundernswert. Ich hatte nie die Ausdauer, ausreichend Energie in die Verwirklichung meiner Ideen zu stecken. Was ja allein schon die Sache mit meinem Roman beweist – dem *unvollendeten* …« Gabi ließ sich nicht anmerken, ob sie Sinas Entschuldigung annahm. Sina versuchte es weiter und zog den Faltprospekt aus der Jackentasche, den sie im Wirtshaus ›Schwedenschanze‹ eingesteckt hatte: »Aber eins musst du zumindest zugeben: Übers Knie brechen kann man eine solche Suchaktion nicht. Wir haben kaum noch Tageslicht, und laut dieser Karte kannst du die Sache mit dem Bunkereingang in diesem Bereich der Insel eh vergessen.«

Gabi blieb stehen, sah ihre Freundin interessiert an: »Gut, Schätzchen. Schwamm über unseren Disput. Was schlägst du also vor?«

»Nichts. Jedenfalls heute nicht mehr.« Sina bemerkte, dass sich Gabis Nasenflügel bereits wieder bedrohlich zu blähen begannen, und fügte schnell hinzu: »Schau: Den Westteil des Geländes haben wir mit unserem Spaziergang quasi erledigt. Hier brauchen wir nicht weiter zu suchen, denn die Architekten müssen von Anfang an einkalkuliert haben, dass auf dieses Versorgungszentrum im Falle eines Angriffs die größte Wucht treffen würde. Folglich werden sie ihre Bunkereingänge wohl kaum in der Nähe platziert haben.« Gabi kniff ihre Augen zusammen, konzentrierte sich auf Sinas Kurzvortrag. Ihre Freundin nahm den Faden wieder auf: »Wenn es also einen unentdeckten Eingang zu den unterirdischen Anlagen gibt, dann in einem gut getarnten Gelände. Und das heißt in diesem Fall: Es muss ein Bereich sein, der von oben, aus der Luft, schwer einsehbar ist. Da kommt nur *ein* Inselteil in Frage ...«

Gabis Lippen formten ein breites Lächeln, als sie fortsetzte: »Der Wald!«

Die Frauen blieben stehen und blickten zu den Baumgruppen hinüber, die nur noch schemenhaft zu erkennen waren. »Genau«, sagte Sina, »der Wald, in den sich wegen der Blindgänger keiner mehr reintraut.«

Gabis Stimme überschlug sich vor Begeisterung, als sie verkündete: »Gut. Dann werden wir uns den Wald vornehmen. Gleich nachdem wir uns ein bisschen unter der Bevölkerung umgehört haben.«

Sina musste Gabis Optimismus bremsen: »Die Minen, Gabi! Auch wir sind nicht unverwundbar. Glaubst du denn, dass die Warntafeln für uns keine Bedeutung haben?«

Gabi ließ diesen Einwand nicht gelten: »Mein Gott, dann musst du eben aufpassen, wo du hintrittst. Außerdem halte ich die ganze Sache für reichlich übertrieben. Da will nur jemand nicht, dass die Touristen den Wald zertrampeln. Ich wette, die Schilder stammen aus den 50ern. Die Minen sind längst geräumt, aber ein weiser Förster hat die Tafeln einfach stehen lassen, damit seine Schonungen ungestört gedeihen können.«

Sina schaute ihre Freundin scheel an. »Für heute sind wir aber genug gelatscht, oder?«

»Ja. Lass uns umkehren. Ich habe einen Bärenhunger von der ganzen Lauferei. Ich lade dich zu einem Glas Wein ein.«

Nun musste auch Sina grinsen: »Der erste vernünftige Satz, den ich heute von dir höre. Aber zwei, drei Bier wären mir lieber.«

Auf ihrem Rückweg zur Pension schlenderten die Freundinnen einträchtig nebeneinander her. Die Sonne war längst hinter dem Horizont verschwunden und das Trümmerfeld, durch das die Frauen spazierten, in ein diffuses Licht getaucht. Gabis Wissensdurst über die Insel und ihre verborgenen Geheimnisse war jedoch nicht gelöscht. »Mir ist nicht ganz klar, wozu das alles mal gedient hat.«

Sina atmete tief durch. Nun konnte sie ihre Rolle als Fremdenführerin, an der sie im Auto so viel Spaß gehabt hatte, noch einmal aufnehmen. Sie wählte wieder den schulmeisterlichen Ton, als sie ausholte: »Du kennst doch die V2. Die überdimensionale Silvesterrakete, wie du es, glaub ich, neulich ausgedrückt hast.«

Gabi kramte in der hintersten Ecke ihres Gedächtnisses: »Ja, ja, ich weiß: Das fliegende Ungetüm, das London in Angst und Schrecken versetzt hat, stimmt's?«

Sina nickte: »Die wurde von genau hier aus abgefeuert – und auch auf dieser Insel entwickelt und gebaut.«

»In diesem entlegenen Winkel?« Gabi vermochte es sich kaum vorzustellen, dass in dieser Einöde, die noch dazu weit ab von jeder bedeutenden Industrieregion lag, ein wichtiges Forschungszentrum existiert haben sollte.

»Das war ja der Trick«, begründete Sina. »Das Gelände war leicht abzuschirmen. Niemand hat hier damals die modernste Raketenentwicklungsanlage Europas vermutet. Hat den Nazis aber auf Dauer auch nichts genutzt. Die Engländer haben's irgendwie spitzgekriegt und die ganze Insel mit einem Bombenteppich überzogen. Draufgegangen sind dabei aber nur die Arbeiter, die allerletzten im Glied. Arme Schweine. Die schlauen Köpfe aus der Raketenforschung sind, soviel ich weiß, nach dem Krieg in die Staaten rüber. Haben da die Mondrakete entwickelt. Wernher von Braun, Name schon mal gehört?«

Gabi warf ihr einen leicht pikierten Blick zu: »Also, ein bisschen Bildung habe selbst ich. Sogar in diesen, äh, technischen Dingen. Und außerdem fasst du die ganze Geschichte recht lax zusammen. Der von Braun hat seine Forschungsarbeit unter den Nazis meines Wissens nach ja nicht ganz freiwillig geleistet.«

Sinas Antwort fiel ausgesprochen scharf aus: »Was? Nicht freiwillig? Wer verbreitet denn diesen Käse?«

»Von Braun und die anderen Weltraumpioniere haben in der Zeit vor dem Krieg vom Mondflug und meinetwegen auch von einer Marsexpedition geträumt. Also von friedlichen Zielen. Sie wollten aber niemals Waffen bauen. Nicht freiwillig jedenfalls«, beharrte Gabriele.

»Natürlich hat er freiwillig mitgemacht«, hielt Sina dagegen. »Für ihn war das doch die Gelegenheit, seine Himmelsfantasien zu verwirklichen. Das ist ihm ja nicht einmal zu verdenken. Aber er hätte dafür nicht sein Gewissen verkaufen dürfen. Und gerade das hat er getan, Gabi. Oder denkst du allen Ernstes, dass von Braun nichts von den Gräueltaten der Nazis gewusst hat? Er hätte die Notbremse ziehen müssen. Er hätte nicht für diese Unmenschen arbeiten dürfen. Aber alles, was er tat, bestand darin, beide Augen ganz fest zuzudrücken. Bis zum Schluss. Bis 1945. Spricht nicht für einen Menschen mit hehren moralischen Ansprüchen, wenn du mich fragst.«

Die andere wollte sich damit nicht zufriedengeben: »Du unterschlägst, dass es die Raumfahrt ohne den Krieg bis heute wahrscheinlich gar nicht geben würde. Zumindest wäre sie erst viel später in Gang gekommen. Denn keiner hätte in friedlichen Zeiten Geld dafür ausgegeben.«

Die beiden erreichten das Gästehaus. Sina verzichtete darauf, ihrer Freundin abermals zu widersprechen, denn sie wollte ja in Frieden ihren Appetit stillen und dann ein Bier mir ihr trinken. Doch innerlich kochte sie.

12

Sina stand bei halb geöffneter Tür im Badezimmer und putzte sich die Zähne. Sie trug ein pinkfarbenes Schlafshirt, ihren Pagenkopf hielt sie mit einem Haarband locker zurück. Gabi – im weiten Morgenrock über ihrem Seidenpyjama – hatte ihre Haarpracht ebenfalls wieder mit einem Tuch gebändigt. Sie saß auf dem Sessel in der Zimmermitte und kramte in der Reisetasche. Mit einem seitenstarken Fachschmöker über Antiquitäten ging sie zum Bett, schlug die Tagesdecke zurück und knipste die Nachttischlampe ein. Sie wollte es jedenfalls. Aber die Birne zersprang mit einem lauten Knall. Erschrocken fuhr Gabriele zurück: »Aah!«

Sina spülte ihren Mund aus, als sie Gabis kurzen Aufschrei hörte. Neugierig steckte sie ihren Kopf zur Badezimmertür hinaus und sah ihre Freundin irritiert vor der kaputten Lampe verweilen. Sina tupfte sich den Mund mit dem Handtuch trocken und musste über die Hilflosigkeit der anderen schmunzeln.

Gabi schnappte ihren amüsierten Gesichtsausdruck auf: »Schau nicht so! Tu lieber was!« Verzweifelt knipste sie den Schalter mehrmals an und aus und warf Sina dabei vorwurfsvolle Blicke zu.

Sina konnte sich ihr Lächeln noch immer nicht verkneifen: »Is' doch nur die Birne durchgeknallt. Kein Grund zur Panik.«

»Und wie – bitte schön – soll ich mein Buch lesen?«

Sina verzog belustigt den Mund, schritt dann langsam zur Zimmertür. Sie schaltete die Deckenleuchte an. »Schon besser, was? Und wenn dir das immer noch nicht reicht – dann schrauben wir einfach eine andere Birne in die Fassung deiner Lampe.«

Gabi setzte sich auf die Bettkante und entgegnete schnippisch: »Wo willst du die hernehmen, wenn ich fragen darf?«

Sina machte einen Bogen um die Freundin und ging zu ihrer Seite des Bettes. »Ach Gabilein, wenn du mich nicht hättest.« Sie drehte die Birne aus der Nachttischlampe und robbte damit zurück zur anderen Bettseite. Während sie die Birnen austauschte, sagte sie: »Das erinnerte mich an dein Problem mit der Weihnachtsdekoration. Weißt du noch? Du warst kurz vor einem Nervenzusammenbruch!«

Gabi tat uninteressiert: »Erinnere mich bloß nicht daran. Tausende von diesen kleinen blinkenden Lämpchen – und die ganze Bedienungsanleitung auf chinesisch! Da gab es doch nur zwei Möglichkeiten: Übersetzer oder Elektriker.«

Sina verpasste der Birne einen letzten Dreh. »Gut, dass du dich für den Elektriker entschieden hast. Sonst hätten wir uns vielleicht nie kennengelernt.«

»Dabei war ich zuerst ganz schön sauer: Ich forderte einen Fachmann an, und was schickten die mir? Ein junges Mädchen.«

»Dieses junge Ding hatte die Sache dann aber sehr schnell im Griff. Wie auch diesmal. Was hältst du von einer kleinen Gefälligkeit im Gegenzug?«

Gabriele blinzelte ihre Freundin misstrauisch an. Sina kroch auf ihre Seite zurück, bückte sich nach ihrer Sporttasche und zog einen Bildband heraus: das Werk über Vermeer aus Gabis Antiquitätenladen. Sie zeigte es Gabriele erwartungsvoll. »Ich habe die Bilder betrachtet – und ich versteh's einfach nicht. Kannst du mir mal erklären, was an diesem Vermeer so doll sein soll, dass er dermaßen viel Kohle bringt?«

Gabi nahm ihr das Buch aus der Hand, blätterte darin. »Tja, wie soll ich dir das erklären … also, Vermeer … das heißt, fangen wir lieber beim Barock an.« Sie schlug eine Seite auf, die eine Farbtafel mit dem Gemälde ›Der Soldat und das lachende Mädchen‹ zeigte. »Schau dir einfach mal dieses Bild an. Obwohl jedes Detail darin bewusst arrangiert wurde, wirkt es wie ein Schnappschuss. Wie aus dem ganz alltäglichen Leben gegriffen.« Gabriele blätterte um. Abgebildet war Vermeers Werk ›Dienstmagd mit Milchkrug‹. »Was hat er gemalt? Keine Fürsten, keine Historienschinken, sondern ganz normale Bürger bei der Arbeit. Genremalerei nennt man so was. Und wie er das gemacht hat! Dieses Licht und diese Farben!« Gabriele geriet ins Schwärmen. Sie schlug eine Tafel mit der ›Ansicht von Delft‹ auf.

Sina ließ das Gemälde einige Augenblicke auf sich wirken, bevor sie meinte: »Die Bilder sehen gar nicht aus wie Barock. Keine Engelchen, keine fetten, nackten Weiber …«

Gabi ließ sich in ihrem Ausflug durch die Kunstwelt von Sinas laienhaftem Einwurf nicht stören. »So, wie er das Licht einfängt – das ist fast schon impressionistisch.«

»Muss mir das was sagen?«, wandte Sina ein.

Gabi ging darauf nicht ein. Sie blätterte weiter in dem Buch: »Und wo wir schon dabei sind – *es* müsste eigentlich auch hier drin sein …« Sie schlug die Seiten weiter um, stoppte dann plötzlich. »Ja, da ist es.« Sie hielt Sina den Abdruck von ›Christus bei Maria und Martha‹ unter die Nase.

Sina reagierte ablehnend: »Huch, was Religiöses!«

»Genau. Die Fußwaschung. Vermeers einziges bekanntes religiöses Bild. Mit dem dramatischen Halbdunkel und den beiden dominanten Farben rot und blau erinnert es an Caravaggio.«

Sina stützte ihren Kopf in den Händen. Inzwischen bereute sie es bereits, ihre Freundin nach Vermeer gefragt zu haben. »An was?«

»Caravaggio! Der Italiener! Manche Experten vermuten, dass Vermeer eine Italienreise gemacht hat und dort von Caravaggio beeinflusst worden ist.«

Sina versuchte abzuwiegeln: »So genau wollte ich es eigentlich gar nicht wissen, aber trotzdem danke.« Sie wollte sich zu ihrer Bettseite herüberrollen, doch Gabriele hielt sie an der Schulter fest.

»Ich vermute«, sagte Gabi in eindringlichem Ton, »dass die Bilder im Bunker nicht einfach *nur* Vermeers sind.« Sie richtete sich auf, ließ ihren Blick in Richtung Decke gleiten. »Ich glaube, dass wir im Untergrund noch weitere religiöse Darstellungen im Stil von Caravaggio finden werden.«

Sina griff sich Gabrieles Kinn, lenkte den Kopf ihrer Freundin wieder zu ihr herab. »Unterliegst du da nicht einem gewissen Denkfehler? Sagtest du nicht, dass von Vermeer unter Caracas oder Karatschis Einfluss nur ein einziges Bibelbild entstanden ist?«

Gabi legte eine Pause ein, bevor sie antwortete: »Das steht in den Büchern. Aber ich bin noch nie dem Irrglauben erlegen, dass literarische Quellen unfehlbar sind.«

Sina ließ sich gelangweilt zurückfallen. »Ach nein?«

Gabi bediente sich eines energischen Tons, um das Interesse ihrer Freundin wieder wachzurufen. »Sina! Wenn das wirklich so ist, dann kommt das einer Sensation gleich! Die Kunsthistoriker müssen völlig umdenken. Wir sind einer ganz großen Sache auf der Spur.«

»Irgendwo habe ich das schon mal gehört«, murmelte Sina müde. »Dauernd erzählst du mir von irgendwelchen heißen Spuren, die sich dann höchstens als lauwarm entpuppen.«

Gabi ließ sich nicht stören: »Das ist die Chance meines Lebens! Ich kann mir richtig ausmalen, was für ein dummes Gesicht diese elitäre Clique von sogenannten Experten machen wird, wenn ich die Ergebnisse meiner Forschungsarbeit auf den Tisch lege«, schwärmte Gabi verzückt weiter.

»Unsere.«

Gabi war irritiert. »Wie – ›unsere‹?«

Sina verzog verstimmt den Mund: »*Unsere* Forschungsarbeit. Immerhin bin ich auch noch da!«

Das holte Gabriele auf den Boden der Tatsachen zurück. Sie klappte den Kunstband zu. »Ende der Vorlesung. Du machst am besten gleich deine hübschen Äuglein zu und schläfst. Morgen wird ein anstrengender Tag. Ich blättere noch ein wenig in den Fremdenverkehrsbroschüren.« Gabi ging ums Bett herum, griff sich die Faltblätter von Sinas Nachttisch und schaltete das Deckenlicht aus. Sie streckte sich genüsslich und ließ ihre verkrampften Schultern kreisen. Mit einem wohligen »Mmh« ließ sie sich neben Sina ins Bett fallen. Als sie ihre Leselampe anknipsen wollte, gab auch die zweite Birne mit einem scharfen Zischen ihren Geist auf.

»Scheiß-Ostlampen!«

13

Sina warf sich hin und her. Schweiß stand auf ihrer Stirn. Die Bettdecke war zerwühlt, das Laken hatte sie bis aufs Fußende zurückgetreten. Sie träumte schlecht in dieser Nacht. Düstere Bilder von unterirdischen Gängen jagten ihr durch den Kopf. Sie sah sich mit einer Taschenlampe durch steinerne Irrgärten hasten. Neben ihr ging Gabriele mit einem ungewöhnlich besorgten Gesichtsausdruck. Gabriele mahnte zur Eile. Beide hetzten durch die scheinbar endlosen Stollen. Es war feucht, klamm, gespenstisch. Dann diese tiefen Männerstimmen. Sie kamen von überall. Und diese unheimlichen Schatten! Sina fühlte sich hilflos, allein. Dazu kam ein beklemmender Anflug von Angst, den sie auch in Gabis Augen lesen konnte. Sie fühlte sich auf einmal für ihre Freundin verantwortlich. Ausgerechnet Sina, die sich sonst eher wie die wohlbehütete Tochter der starken Gabriele vorkam. Wenn, dann war es Gabriele, die Sina beschützt. Aber umgekehrt?

Die Stimmen wurden immer lauter. Sina zog Gabi am Arm in eine dunkle Ecke. Die unheimlichen Schatten huschten an ihnen vorbei. Offenbar hatte Sina die Verfolger abgehängt. Sie atmete auf. Doch was war das? Gabriele drängte sich näher an Sina heran – sie zitterte am ganzen Leib. Einer der Schatten kehrte schlagartig um und bewegte sich langsam auf das Versteck der Frauen zu. Gabi begann hektisch zu atmen. Sina gab ihr zu verstehen, still zu sein. Der Schatten wurde immer größer. Gabriele hechelte. »Ruhig«, flüsterte

Sina. Doch Gabrieles angsterfülltes Atmen wurde immer heftiger. Sie schnappte nach Luft wie ein Fisch auf dem Trockenen.

Gabrieles Röcheln hallte im Gang wider. Keiner konnte es mehr überhören. Der Schatten nahm eine bedrohliche Größe an, er bewegte sich kaum noch. Dann war alles dunkel. Gabriele verstummte urplötzlich. – Sina konnte sie nicht mehr an ihrer Seite spüren. Sekundenlang geschah gar nichts, absolute Stille und völlige Finsternis umgaben sie. Plötzlich ein kalter Hauch, der Sinas Haut streifte. Dann sah sie es: das Gesicht. Weiß, schemenhaft wie eine Fratze. Eine grinsende Grimasse, die in ein hysterisches Lachen verfiel: das Lachen einer Frau.

Sina fuhr auf. »Ich bin wach, ich bin wach!«, machte sie sich klar. Angewidert schüttelte sie den Kopf. »Mein Gott, was für ein Albtraum!« Sie streifte ihre Badelatschen über und schlurfte ins Bad. Den Becher Wasser stürzte sie in einem Zug herunter. Als sie sich im Spiegel sah, erschrak sie. Die Geister, die ihr im Schlaf durch den Kopf gespukt waren, hatten sie sichtlich in Mitleidenschaft gezogen.

Sie glättete das völlig verrutschte Laken und zog ihr zerwühltes Bettzeug zurecht. Missmutig legte sie sich wieder hin. »Gerade mal drei Uhr«, ärgerte sie sich leise.

»Ich kann auch nicht schlafen«, wisperte es von der anderen Seite des Bettes.

»Gabi? Bist du wach?«

»Glaubst du etwa, dass ich bei deinem Herumgezappel und Gestöhne Ruhe finden konnte? Welchen deiner abgelegten Liebhaber hast du denn in deinen Träumen vernascht? So, wie es sich anhörte, wohl alle auf einmal.«

Sina musste prompt kichern und versuchte, die Augen ihrer Freundin im diffusen Halbdunkel des Zimmers zu fixieren. »Na hör mal! Erstens hatte ich in letzter Zeit nicht mal *einen* Lover – und zweitens war das ein Albtraum! Und was für einer!«

»Also gut.« Gabi warf ihr Deckbett zurück, nahm den Schneidersitz ein. »Wie kriegen wir diese verflixte Nacht rum?«

Sina zuckte mit den Schultern. »Weissauchnichwiie.«

»Spaßen kannst du wenigstens schon wieder. Trotz deines Albtraums. Nun, ich würde vorschlagen, du erzählst mir einfach ein bisschen von Klaus.«

»Klaus? Das fehlt mir noch! Wie kommst du denn ausgerechnet auf diese bescheuerte Idee?«

»Ganz einfach: Albträume kommen ja nicht von ungefähr. Es gibt immer einen Grund dafür. Irgendwas – tief in deinem Inneren – belastet dich. Und da du ja sonst ein unbeschwertes und sorgenfreies Leben führst, muss es mit Klaus zusammenhängen.«

Sina feixte: »Ach? Merkwürdigerweise kam aber nicht Klaus in meinem Traum vor, sondern du!«

»Lenk nicht ab. Deine Schlaflosigkeit kann nur mit Klaus zusammenhängen. Also rück raus damit: Was lief denn so neulich Abend, als ihr zusammen in eure alte Stammkneipe ›El Coyote‹ gegangen seid? Was hat er dir da angetan?«

»Angetan? Klaus tut mir nichts an. Er tut niemanden was an. Weißt du, es sind die Kleinigkeiten, durch die er mich immer wieder aus der Bahn wirft.«

»Hatte ich also doch recht …«

»Der Abend mit Klaus war wirklich gut. Wir haben uns – wie sagt man so schön? – toll verstanden. Friede, Freude, Eierschaum.«

»Kuchen heißt das.«

»Ja, meinetwegen. Dann eben Eierkuchen. Auf jeden Fall hatte ich zwischendurch stark das Gefühl, mit uns beiden könnte es noch mal was werden.«

Stille. Sina schwieg.

»Und weiter? Was hat dieses Gefühl zerstört?«, wollte Gabriele wissen.

»Wahrscheinlich war es meine eigene Blödheit: Wir waren uns also gerade richtig schön einig. So, als wenn man gemeinsam auf einer Welle surft. Er wollte mich sogar küssen. Und ich Depp lehne ab und frage ihn stattdessem ausgerechnet in diesem Moment nach seinem Liebesleben. Frage ihn, wie es denn so mit seiner neuen Flamme klappt.«

»Ich hoffe, er hat gesagt, dass *du* für immer und ewig seine einzige Flamme bleibst«, betonte Gabriele.

»Sehr witzig. Hat er natürlich nicht. Anfangs hat er mich zwar weiter umgarnt, wie üblich. Aber als ich auf seine Anzüglichkeiten nicht ansprang, erzählte er mir von …«

»Lass mich raten: vom akrobatischen Geschick dieser Zicke Sonja?«

»Falsch. Das hätte ich vielleicht geschluckt. Nein, er rückte plötzlich mit einer Tina raus. 'Ne Braut, die er bei seinem Kumpel Ulrich auf einer Fete kennengelernt hat. Beide waren bereits ziemlich blau, als sie ›sich fanden‹. Sie hockte stockbesoffen auf 'ner Treppenstufe, er setzte sich daneben. Das erste, was die beiden festgestellt haben, war, dass sie eigentlich gar nicht zusammen passen. Weil sie nämlich einen guten Kopf größer ist als er.«

»Na dann. Was ist so schlimm an der Geschichte?«

»Den Größenunterschied hat sie neckisch ausgeglichen. Die Schlampe hat meinen Klaus bei der Hand genommen und ihn einfach eine Treppenstufe über sich drapiert.«

»… und schon konnten sich die beiden in die Augen blicken«, vollendete Gabriele. »Trotzdem: Albträume hätte ich deswegen nicht.«

»Es kommt noch dicker, Gabi«, jammerte Sina.

»Also? Ich bin ganz Ohr.«

»Sie hat ihm ihren Bauchnabel gezeigt.«

Gabi glaubte sich verhört zu haben: »Bitte?«

»Weißt du, wie er das beschrieben hat?«

»Ich befürchte Schlimmes.« Gabriele griff sich ihr Kopfkissen und knautschte es, aufgewühlt durch eine Mischung aus Verlegenheit und Neugierde.

»Er hat wörtlich gesagt: ›Dieser süße Bauchnabel war wie ein Strudel, in dem ich sofort versinken wollte.‹«

»Geschmacklos!«

»Wem sagst du das?«

»Typisch Mann.« Das Kissen flog ans Kopfende des Bettes.

»Typisch Klaus, würde ich eher sagen.«

»Ich glaube, auf diesen Schreck haben wir uns doch noch ein paar Stündchen Schlaf verdient, was meinst du?

»Du hast wohl recht. Versuchen können wir es zumindest.«

»Gute Nacht.«

»Schlaf schön, Gabi.«

»Bauchnabel, pfff!«

14

»Du Hure!«

Das saß. Wie konnte es dieser schmuddelige alte Mann nur wagen, sie so zu beleidigen. Gabi fackelte nicht lange und knallte dem Alten ihre Handtasche ins Gesicht.

Der Mann taumelte einige Schritte rückwärts, hatte sich aber schnell wieder gefangen. Er setzte eine provozierende Grimasse auf. »Das hat dir wohl dein Zuhälter beigebracht, was?«

Und wieder bekam er Gabis Tasche zu spüren. Diesmal erwischte sie ihn am linken Ohr.

Der Alte schrie spitz auf und warf Gabriele einen bösen Blick zu.

Inzwischen hatten die beiden Streithähne Gesellschaft bekommen. Ein junger Mann, vielleicht Ende 20, war aus einem Schreibwarenladen gerannt und wollte die Auseinandersetzung beenden. »Aber, aber, beruhigen Sie sich. Worum geht es eigentlich?« Hinter dem jungen Herrn war eine kleine blonde Frau in der Ladentür erschienen. Sie trug ein Baby auf dem Arm und beobachtete die Szene aus sicherer Distanz. Gabriele würdigte die beiden keines Blickes. Sie wollte den Alten keinesfalls aus den Augen lassen. Wer konnte denn wissen, was er als Nächstes anstellen würde?

Dabei hatte alles ganz harmlos angefangen: Gabriele hatte den Senior auf der Straße getroffen und sich bei ihm ein wenig über Land und Leute kundig machen wollen. Sina tat das Gleiche in einem anderen Winkel des Örtchens. Der alte

Mann hatte Gabrieles Nachfrage aber offenbar missverstanden und angefangen, sie auf übelste Weise zu beschimpfen.

»Opa Bernhard!«, setzte der junge Mann an und griff den wütenden Alten am Arm. »Diese Dame hat dir bestimmt nichts Böses tun wollen. Du solltest dich bei ihr entschuldigen.«

Der Greis ließ sich nicht beirren. Kaum hatte er sich vom letzten Schlag erholt, wagte er den nächsten Angriff. Er schnappte sich seinen zur Gehhilfe umfunktionierten Einkaufswagen und hielt auf Gabi zu: »Du Teufelsweib! Noch mal erwischst du mich nicht!«

Doch das ›Teufelsweib‹ tat genau das. In diesem Moment war das rechte Ohr des aufmüpfigen Opas dran.

Wieder jaulte er auf, aber noch immer wollte der sture Dickkopf nicht locker lassen: »Ja, fein. Du gefällst mir. Wenn ich doch nur ein paar Jahre jünger wäre … – Ach, sei's drum: Willst du meine Frau werden?« Damit hatte der Greis sein Ziel erreicht. Gabi war so perplex, dass sie einige Sekunden lang nicht aufpasste. Der Warnruf der jungen Frau, die immer noch in der Tür des Schreibwarenladens stand, kam zu spät. Der Alte hatte seinen Einkaufswagen direkt gegen Gabrieles Schienbein sausen lassen. Jetzt war sie es, die aufschrie. Mit einem albernen Lachen machte sich Opa Bernhard davon.

Gabi rieb sich wütend das Knie. »So ein widerlicher Tattergreis. Wenn der mir noch mal über den Weg läuft, kriegt er zu spüren, was ein wirkliches Teufelsweib ist.«

»Ich muss mich für Opa Bernhard entschuldigen. Aber wissen Sie, er ist über 90, und seinen Verstand hat er bei seiner Pensionierung mitsamt seiner Uniform abgegeben.«

»Was? Dieser Wurm hatte mal einen Job? Und sogar in Uniform?« Gabi konnte es kaum fassen.

Der junge Mann legte seinen Arm freundschaftlich um Gabrieles Schulter und deutete in Richtung seines Geschäfts: »Ja, er hatte einen Beruf. Er war Wachmann, im Staatsdienst. Aber kommen Sie doch erst mal herein und erholen sich von Ihrem Schrecken. Meine Frau brüht Ihnen sicher gern einen Kaffee auf.«

»Danke, wirklich sehr nett von Ihnen.«

Der Schreibwarenladen entpuppte sich als kunterbuntes Universalgeschäft mit allem, was man in Büro, Haushalt oder sonst wo benötigte. Stapelweise Papier und Pappen, dahinter diverse Geräte wie Locher und Tacker, in einer Ecke Nähzeug, in der anderen eine Auswahl kitschiger Souvenirs. Vor einer Wand standen übervolle Kleiderständer mit T-Shirts und Hemden in den schrillsten Farben. Es gab sogar ein Regal mit Fertigsuppen – was auch immer diese in einem Bürofachhandel zu suchen hatten.

»Gibt es bei Ihnen auch Brot oder Wurst?«, scherzte Gabriele.

»Nein, aber das ist gar keine schlechte Idee. Wir wollten unser Sortiment ohnehin erweitern.« Die Antwort kam von der kleinen Frau, die Gabi zuvor in der Tür stehen gesehen hatte. Ihr Baby hatte sie in eine Wiege gelegt, die zur Hälfte von einem plüschigen grünen Vorhang verdeckt war. Die Frau kam näher und schüttelte Gabriele freundschaftlich die Hand. »Unser Laden ist zu abgelegen, und Büroartikel gehen auf der Insel ohnehin nicht besonders gut. Wir sind auf Nebeneinnahmen dringend angewiesen«, erklärte sie.

Ihr Mann nahm ihr die Tasse ab, in die sie tiefschwarzen Kaffee geschüttet hatte, und gab sie an Gabi weiter: »Vor allem, seit der Kleine geboren ist, ist's finanziell recht eng. Da ist uns jedes Zusatzgeschäft recht.«

So skurril dieser Laden auch sein mochte: Das junge Ehepaar war Gabriele auf Anhieb sympathisch. Dankbar nahm sie einen tiefen Schluck aus der Tasse. »Sagen Sie: Attackiert Ihr Opa Bernhard eigentlich öfter Touristen?«

Der Mann lief rot an. »Oh, das ist nicht *unser* Opa Bernhard. Das ist nur der Name, unter dem ihn das ganze Dorf kennt«, erklärte er sichtlich verlegen.

Gabi war das peinlich: »Entschuldigen Sie bitte, so habe ich das nicht gemeint. Es ist mir klar, dass Sie mit diesem Unmenschen nicht verwandt sind.«

Die Frau widersprach: »Opa Bernhard ist kein Unmensch, nur etwas absonderlich. Aber wirklich getan hat er bislang niemandem etwas.«

»Nein?« Gabi rieb sich ihr schmerzendes Knie, das sich inzwischen sogar bläulich verfärbt hatte: »Dann möchte ich lieber nicht in der Nähe sein, wenn er jemandem wirklich etwas tun will«, sagte sie bitter.

Der junge Mann, sichtlich um eine Wiedergutmachung bemüht, zog Gabi schnell einen Stuhl heran: »Setzen Sie sich, vielleicht geht es Ihnen dann besser. Sie dürfen nicht denken, dass so was öfter vorkommt. Normalerweise ist Opa Bernhard recht friedlich. Er kommt hier alle Tage rein, lässt für 20 Pfennige Fotokopien von immer den gleichen uralten Gasrechnungen machen und redet jedes Mal eine halbe Stunde auf mich ein. Ich glaube, er sucht nur ein wenig Unterhaltung. Das ist alles, was er will.«

Gabi gab sich damit nicht zufrieden: »Das war es eigentlich auch, was ich wollte. Allerdings keine Unterhaltung, die mit Beleidigungen gespickt ist. Was genau für einen Job hatte man diesem Typen denn anvertraut? Kann ja nichts Weltbewegendes gewesen sein.«

Die Antwort traf Gabriele wie ein Schlag: »Er war Wachmann auf dem Gelände des früheren Raketenforschungszentrums hier auf der Insel«, erklärte der Schreibwarenhändler mit unschuldiger Miene. »Opa Bernhard hat da unter den Nazis gearbeitet, später dann ist er wegen seiner guten Ortskenntnisse von den Russen und schließlich von der NVA übernommen worden.«

Seine Frau ergänzte: »Opa Bernhard hat mehr Zeit seines Lebens zwischen den Ruinen der Raketenbasen zugebracht als bei sich zu Hause. Er kennt dort jeden Winkel und hat mehr Ahnung von der Geschichte dieser Insel als irgendjemand anderes.«

Gabriele musterte das Paar ungläubig. Dann schlug sie sich mit der flachen Hand vor die Stirn. »Ich Idiotin! Ich verdammte Idiotin!« Die Gesichtszüge des Verkäufers bildeten ein einziges Fragezeichen. Auch seine Frau war verwirrt. Gabriele stand auf, ging eiligst zur Tür. »Vielen Dank für den Kaffee. Sie haben mir sehr geholfen.« Kurz vor der Tür hielt sie inne und fragte: »Wohin muss ich gehen, um Opa Bernhard zu finden?«

15

»Was? Ein unrasierter, schludriger Opa, der mit einem Einkaufswagen durch die Gegend rollt und harmlose Touristen terrorisiert, den soll ich mit dir zusammen besuchen? Das ist nicht dein Ernst!«

»Doch, ist es.« Gabriele hatte Sina nur zwei Straßen weiter an einem Kiosk getroffen. Sie unterhielt sich angeregt mit der Kioskbesitzerin und zeigte ausgesprochen wenig Verständnis dafür, dass Gabriele sie so einfach aus ihrem Gespräch riss. Aber Gabi hatte offenbar guten Grund für ihr Drängen. »Sina, wir haben genau den Mann gefunden, den wir gesucht haben.«

Sina verzog den Mund. »Bis vor zwei Sekunden habe ich nicht einmal gewusst, dass wir überhaupt einen Mann suchen. Und nun erzählst du mir, dass wir ihn gefunden haben? Was soll das, wozu brauchen wir diesen durchgedrehten Opa?«

Gabriele zog sie von dem Kiosk weg, denn die Zeitungsverkäuferin spitzte schon die Ohren. »Wir brauchen diesen Opa, weil er uns eine Menge Arbeit ersparen kann. Wir würden wahrscheinlich noch Tage benötigen, um das Terrain so weit einzugrenzen, dass wir uns gezielt auf die Suche nach dem Bunker machen können. Aber er –«, Gabi juchzte. »Er kann uns womöglich sofort sagen, wo wir zu suchen haben.«

»Wenn er mitspielt. Deine Schilderung seines Charakters spricht nicht wirklich dafür. Lieber wird er uns beide mit seinem Einkaufswagen über den Haufen fahren, bevor er sein Wissen mit uns teilt. Und außerdem …«

»Außerdem?«

»Außerdem sollte unsere Suche doch geheim bleiben. Wie soll sie das, wenn wir diesen Opa einweihen müssen?«

Gabi setzte ein überlegenes Lächeln auf. »Lass das mal meine Sorge sein. Notfalls lüge ich wie gedruckt, um einen Mann an der Nase herumzuführen.«

Wenig später erreichten sie einen armseligen Straßenzug an der Peripherie des Ortes. Die Häuser, allesamt klein und geduckt, hatten ihren letzten Putz wahrscheinlich Anfang der 40er Jahre gesehen. An vielen Stellen war er aufgeplatzt und legte schlampig gemauerte Wände frei. Auch die Dächer hatten eine Erneuerung dringend nötig; zersprungene Ziegel waren nie ersetzt worden. »Die Hausnummer sieben soll es sein, hat der nette Herr aus dem Bürogeschäft gesagt.« Gabi suchte vergeblich nach der besagten Nummer.

Sina half: »Also die Fünf habe ich gefunden. Und hier, gleich dahinter, kommt die Neun.«

Gabi machte einen kleinen Weg zwischen den beiden Häusern aus. »Dann muss die Sieben genau dazwischen liegen. Wohl am Ende von diesem Stichweg. Komm!«

Wenige Meter weiter erwartete sie ein noch trostloserer Anblick: ein windschiefes Haus. Schmal, klein, grau. Die ›7‹ hing, ebenfalls schief, neben einer verrosteten Klingel. »Na dann versuchen wir unser Glück.« Gabi hatte kaum den Klingelknopf gedrückt, da wurde die Tür aufgerissen.

Der alte Mann, diesmal am Stock, stand den Frauen grinsend gegenüber. »Oha! Hätte ich mir denken können, dass Sie mir folgen, um sich zu entschuldigen.«

Gabi schnappte nach Luft. »Also, um, äh, um eine Entschuldigung geht es eigentlich nicht.«

Der Mann schob die Tür bis auf einen schmalen Spalt zu. »Dann weiß ich nicht, was Sie hier verloren haben. Sehen Sie zu, dass Sie Land gewinnen!«

»Land gewinnen?«

»Er meint, wir sollen verduften«, erklärte Sina.

Gabi stemmte sich gegen die Tür. »Nein, nein, Opa Bernhard. So schnell sind Sie uns nicht los.«

»Bin ich doch.« Ehe sich Gabi versah, ließ ihr Gegenüber seinen Stock an ihr Bein knallen. Genau an die Stelle, wo ihr bereits der Einkaufswagen einen dicken blauen Fleck vermachte.

Gabi verkniff sich einen Aufschrei, bemühte sich sogar um ein Lächeln: »Mein lieber Herr. Wissen Sie nicht, dass man Damen gegenüber eine gewisse Höflichkeit walten lassen sollte?«

Der alte Mann kratzte sich an seinem weit zurückliegenden Haaransatz. »Damen gegenüber ja.«

Gabi war misstrauisch: »Bin ich für Sie denn keine Dame?«

»Für meinen Geschmack sind Sie eine profilneurotische überdrehte Spinatwachtel.«

Sina konnte nicht an sich halten: »Nicht schlecht. Woher kennt er dich so gut?«

»Ich gewinne allmählich den Eindruck, der Kerl ist gerissener, als ich gedacht habe«, zischte Gabi.

Opa Bernhard schien das entbrennende Wortgefecht zu gefallen. Er lehnte sich in den Türrahmen und stellte sich offenbar auf einen längeren Disput ein. Gabi wagte einen neuen Vorstoß: »Nehmen Sie das zurück! Immerhin wollten Sie mich vorhin noch zur Frau haben, da können Sie mich nicht so verletzen.«

Sina sah verblüfft auf: »Was? Er wollte dich …«

»Still!«, bestimmte Gabi.

Opa Bernhard kratzte sich abermals am Kopf: »Als ich Ihnen den Antrag gemacht habe, hatte ich ja noch nicht Ihre vielen Schwächen bemerkt.«

»Schwächen?«, brauste Gabi auf.

»Ja. Ich habe mich von ihrer Haarpracht blenden lassen. Und von Ihren schönen Funkelaugen. Hab aber nicht bemerkt, wie stämmig Sie gebaut sind. Ich ziehe schlankere Frauen vor. Ihre Freundin zum Beispiel.«

Gabriele packte blitzschnell zu, hielt den verschrumpelten dünnen Hals des Alten fest in ihrer rechten Hand: »Vollschlank, ja. Aber nicht *stämmig*! Das hat noch keiner zu mir gesagt.« Sina ging dazwischen und löste Gabis Griff.

Der Alte stolperte erschrocken zwei Schritte zurück. »Hoppla! Was für ein Temperament! Was für ein Teufelsweib!«

Gabriele fauchte: »Von diesem Temperament bekommen Sie gleich mehr zu spüren, als Ihnen recht ist!«

Gabrieles Vorhaben schien aussichtslos. Am liebsten hätte sie das Handtuch geworfen und sich einen geeigneteren Informanten gesucht. Sina konnte diese Gedanken deutlich vom verkniffenen Gesichtsausdruck ihrer Freundin ablesen. Sie beschloss, die Sache selbst in die Hand zu nehmen. »Gabi, kann ich dich kurz sprechen?«

Opa Bernhard witterte eine neue Chance, seine Position auszubauen, und kam flink zwei Schritte näher: »Na, geben Sie etwa auf?«

Gabis rechte Hand zuckte bereits wieder gefährlich, als Sina sie ein Stück beiseite führte. Der Alte verrenkte sich fast den Hals, um mitzubekommen, was da vor seinem Haus getuschelt wurde. Doch Sinas Flüstern war zu leise für seine schwachen Ohren: »Ich glaube, es ist besser, wenn ich mit ihm rede.«

Gabi war verwundert: »Du? Meinst du, du kommst besser mit ihm zurecht? Was, wenn er sich als Nächstes über *deine* Figur auslässt?«

»Keine Sorge. Das werd ich verkraften. Ich schlage vor, du gehst einen Kaffee trinken oder so, und ich übernehme den Kerl hier, o. k.?«

Gabi traute der Sache nicht, gab aber angesichts ihrer eigenen geringen Erfolgsaussichten nach. »Einverstanden, versuch dein Glück. Aber beschwer dich hinterher nicht über die blauen Flecken.« Im Weggehen rief sie ihrer Freundin zu: »Und lass dich vom Charme des Alten nicht verführen, Süße!«

16

Gabriele hatte sich in Richtung Kiosk zurückgezogen. Nicht genug damit, dass dieser garstige Opa ihr abermals gründlich in die Parade gefahren war. Nein, nun stahl ihr Sina auch noch die Show. Aber weit würde sie wahrscheinlich nicht kommen. Warum sollte sich der senile Bastard ausgerechnet mit Sina besser verstehen? Auf diesen doppelten Schrecken brauchte sie eine Stärkung. »Ein Krabbenbrötchen, bitte«, bat Gabriele die Kiosk-Frau. Sie würde dieses Brötchen in aller Ruhe verspeisen. Und dann vielleicht noch eins. Und wenn Sina sich bis dahin nicht gerührt hatte, würde sie die Zügel wieder selbst in die Hand nehmen.

»Bitte, Ihr Brötchen.« Die Frau im Verkaufsstand – drinnen war es so düster, dass man sie kaum erkennen konnte – reichte Gabriele ein blasses Etwas. Es sah eher wie ein weiches Toastbrot als ein Brötchen aus. Und auch die Krabben – waren es vier oder nur drei? – machten nicht gerade einen appetitlichen Eindruck. Aber sei's drum. Gabriele war nicht nach einem neuen Streitgespräch zumute. Sie nahm das Brötchen, zahlte brav, und biss kräftig hinein. Es schmeckte gar nicht mal schlecht.

Ein zweites Brötchen konnte sie sich sparen. Kaum hatte sie das erste verspeist, kam Sina aus der Häuserschlucht hervor, hinter der Opa Bernhards Hütte stand. Sie machte nicht den niedergeschlagenen Eindruck, den Gabriele erwartet hatte. Ganz im Gegenteil.

»Schöne Grüße von Opa Bernhard«, rief sie ihr entgegen. Gabriele wollte ihren Ohren nicht trauen.

Sina strahlte über beide Wangen, als sie stolz verkündete: »Ich habe mit ihm gesprochen. Richtig vernünftig. Ohne Pöbeleien und weitere blaue Flecken.«

Gabriele wusste nicht, ob sie sich nun freuen oder angesichts dieser persönlichen Niederlage doch eher ärgern sollte.

Aufmunternd fügte Sina hinzu: »Mach dir nichts daraus. Du konntest ihn gar nicht selbst zum Reden bringen. Weil …« Sina musste schmunzeln. »Weil: Er ist nämlich in dich *verliebt*, hat er gesagt. Bis über beide Ohren. Ganz stolz hat er von seinem *Teufelsweib* gesprochen.«

Gabi war platt. »Verliebt? Dieser alte Knacker? Und ausgerechnet in mich? Der ist doch steinalt!«

Sina grinste immer noch. »94, um genau zu sein.«

»Ja, und warum kann er nicht ein wenig freundlicher zu seiner Angebeteten sein?«

»Weil er so schüchtern ist.«

»Bitte? Der und schüchtern! Frag mal mein Knie, was das von seiner Schüchternheit hält.«

Sina musste sich beinahe biegen, so sehr amüsierte sie sich über die Reaktion ihrer Freundin. »Er sagt, er sei schon immer so grob gegenüber seinen Auserwählten gewesen. Da gehe es halt mit ihm durch, sagt er. Unter dem Motto: Raue Schale, weicher Kern.«

Die beiden Frauen machten sich auf den Weg zurück in die Unterkunft. »Na, da habe ich mir ja einen tollen Verehrer aufgehalst«, ächzte Gabriele.

Sina boxte ihr in die Seite: »Kann durchaus seinen Reiz haben: Heißt es nicht, dass die reiferen Semester die besseren Lover stellen? Versuch's doch wenigstens mal.« Für diese kesse Aufforderung fing sich Sina einen bitterbösen Blick ein. »Na gut, war ja nicht so gemeint.«

Gabriele grummelte: »Statt mir einen scheintoten Liebhaber anzudichten, solltest du mir lieber erzählen, was Opa Bernhard übers Testgelände ausgeplaudert hat.«

Sina versuchte sich zu fassen. »Der hat geredet wie ein Lexikon.« Gabi wollte widersprechen, aber Sina fuhr augenblicklich fort: »Ja, ja, ich weiß: Lexikonne reden nicht.«

»Lexika.«

»Ja, die wohl auch nicht. Auf jeden Fall kennt er das Gelände tatsächlich so gut wie seine Westentasche. Das heißt: Er *kannte*.«

Gabriele stutzte: »Wieso kannte?«

»Seit ungefähr einem halben Jahr hat er das Gebiet nicht mehr betreten. Weil er drüber weg ist, sagt er. Er wollte endlich mit seiner beruflichen Vergangenheit abschließen. Einen Schlussstrich ziehen. Aber irgendwie nehme ich ihm das nicht ab. Denn in einem halben Jahr verliert man ja nicht sein ganzes Wissen über die Gegend. Klang eher so, als würde er was verbergen.«

Die Frauen hatten ihre Herberge beinahe erreicht. Lautes Gelächter hallte ihnen entgegen. In der Gaststube der Pension schien eine Menge los zu sein. Und das bereits kurz nach 17 Uhr. Gabi kam wieder zur Sache: »Was glaubst du, was das für eine Sache sein mag, mit der der Alte hinterm Berg hält?«

Sina druckste. »Keine Ahnung. Hat sich nicht drauf eingelassen. Auf jeden Fall können wir ihn als Führer wohl vergessen.«

Gabi blieb stehen: »Was? Hast du ihn etwa gefragt, ob er uns übers Gelände führen kann? Spinnst du? Wenn der was ahnt!«

»Keine Bange. Der hat keinen Schimmer. Ganz so blöd bin ich nicht. War mir klar, dass ich bei dem nicht mit der Tür ins Haus fallen kann. Habe mich strikt an deine Anweisung gehalten: höchste Geheimhaltungsstufe. Erzählte ihm nur, dass uns diese Sache rein privat interessiert. Dass ich schon immer ein Raumfahrtfreak war und so. Aber es hat nicht gezogen.«

»Warum denn nicht? Hat er nicht wenigstens eine Andeutung gemacht?«

»Nein. Er hat bei diesem Punkt einfach wieder auf stur geschalten. Doch ich bin sicher, dass er die Eingänge zum Untergrund kennt, wenn es denn überhaupt noch welche gibt.«

Gabriele wirkte niedergeschlagen: »Tja, das klingt nicht so, als hätten wir den großen Durchbruch geschafft.«

Sina freute sich diebisch, als sie endlich mit ihrem Vorschlag rausrücken konnte: »Es sei denn, du spielst sein Spiel mit.«

»Du meinst doch nicht etwa?«

»Doch. Seiner großen Liebe wird er den Wunsch nach einer Geländebegehung kaum abschlagen.«

Auch das noch! Das hatte Gabriele noch gefehlt. Da sollte sie mit dem von ihr wohl meist gehassten Menschen im ganzen Dorf turteln. Gab es keinen anderen Weg? Sina hatte bereits wieder ihr breites Lächeln aufgesetzt. Sie genoss es, ihre Freundin in der Klemme zu sehen. Und noch dazu in einer so delikaten.

17

In der Gaststube war tatsächlich mächtig viel los. Die Freundinnen schoben sich nur widerwillig durch den übervollen Raum im Erdgeschoss ihrer Pension. Beißender Rauch hing in der Luft. Die Männer an der Theke und an den fünf Tischen im Raum glotzten, als würden sie das erste Mal in ihrem Leben weibliche Wesen sehen. Scheußlichste Kneipenatmosphäre. Gabriele und Sina sahen zu, dass sie schnell bis zum Tresen vordrangen. Die Wirtin begrüßte sie mit einem aufmunternden Nicken. »Auch ein Bierchen?«

Gabi und Sina schüttelten den Kopf. »Danke, nein«, meinte Gabriele.

»Jedenfalls nicht um diese Uhrzeit«, setzte Sina hinzu.

Die Wirtin nahm es kommentarlos zur Kenntnis, wies dann auf den einzigen freien Tisch in einer Ecke. »Sie können sich schon mal hinsetzen. Das Essen kommt gleich. Linseneintopf mit Speck. Ich hoffe, das ist Ihnen recht.« Die beiden Frauen dachten gar nicht daran zu widersprechen. Sie wollten sich den guten Kontakt zu ihrer Vermieterin auf jeden Fall warmhalten. Sie würden wohl kaum einen besseren Draht zu Land und Leuten bekommen als über die eigene Wirtin.

Beide wollten sich in Richtung ihres Tisches wenden, als der Hausherrin etwas einfiel. »Ach, hätte ich beinahe vergessen. Mein Sohn, der Bernhard – ...«

»Oh nein, nicht noch ein Bernhard«, unterbrach sie Gabriele.

»Was?« Die Wirtin war irritiert.

»Schon gut. Also, was ist mit Ihrem Sohn?«

Die Wirtin zog skeptisch die linke Augenbraue hoch, bevor sie antwortete: »Der Bernhard hat vorhin einen Anruf für Sie entgegengenommen. Ein Herr aus Nürnberg. Er hat nach Ihnen verlangt, Frau Rubov.«

»Nach mir?«, fragte Sina überrascht.

»Ja, er wollte Sie sprechen. Hatte irgendetwas mit einem Hund zu tun. Er brauchte wohl Ihren Rat. War das Ihr Gatte, Frau Rubov?«

Sina fuhr sich nervös mit der Hand über den Mund. »Ja, das heißt: nein. Es war mein, äh, mein ...« Hilfe suchend schaute sie zu Gabi.

Die sprang ihr bei: »Die beiden sind geschieden. Tragische Geschichte. Deshalb sind wir ja auch hier. Meine junge Freundin braucht ein wenig Ruhe, muss mal ausspannen. Diese Scheidung, die ganzen Rennereien zum Anwalt, das war alles zu viel für sie.« Sina staunte nicht schlecht über die fix erdachte Lügengeschichte ihrer Freundin. Was sie dann allerdings sagte, überspannte den Bogen: »Am besten ist es, Sie ignorieren diese Anrufe künftig. Meine Freundin kann derzeit keinen Kontakt zu ihrem Ex-Mann gebrauchen. Das schadet ihr nur.«

»Moment!«, protestierte Sina. »Natürlich will ich ihn sprechen, wenn er noch mal anruft. Wer weiß, was mit Tom los ist.« Die Wirtin verfolgte das Zwiegespräch wachsam.

»Du wirst ihn nicht sprechen! Noch mehr Probleme sind das, was wir im Moment am wenigsten gebrauchen können, oder?«, zischte Gabriele.

Sina plusterte sich auf: »Du hast wohl kaum das Recht, mir vorzuschreiben, wann und wie oft ich mit meinem Mann spreche.«

»Ex-Mann, Sina!«

»Pah! Und wenn schon. Auf jeden Fall lasse ich mich nicht von dir herumkommandieren.«

Gabriele wollte sie vom Tresen wegziehen. Mit einem entschuldigenden Blick in Richtung Wirtin sagte sie: »Du bist in dieser Beziehung im Moment überempfindlich. Und ich will weiteren Schaden von dir abhalten.«

Sina war fast am Platzen, als die Wirtin dem Disput plötzlich eine neue Wendung gab: »Er kommt hierher.« Die beiden Frauen starrten sie fragend an. »Der Herr meinte, dass er Sie besuchen möchte. Er kommt morgen mit dem Wagen. Hat auch ein Zimmer bestellt. Im gleichen Flur wie Ihres. Ich hoffe, es bereitet Ihnen keine größeren Unannehmlichkeiten, aber Bernhard konnte ja schließlich nicht ahnen – …«

Sina war die erste, die sich gefasst hatte: »Schon gut, schon gut.« Sie gab Gabriele einen Stups und lotste sie an ihren Tisch.

Beide waren wie geplättet. Ermattet ließen sie sich auf ihre Stühle fallen. »Erst zwei Bernhards und nun auch noch ein Klaus. Gerade momentan, wo wir Männer überhaupt nicht brauchen können«, stöhnte Sina.

»Sag ich ja«, pflichtete ihr Gabriele bei. »Wir haben unsere Mission nicht mal ansatzweise begonnen und stecken längst bis zum Hals in Schwierigkeiten.« Beide schauten so niedergeschlagen, dass die Männer von der Skatrunde am Nachbartisch ihnen statt weiter lüsterne nun teilnahmsvolle Blicke zuwarfen. Eine Tatsache, die Sina und Gabriele nicht wirklich aufmunterte.

Klaus käme also morgen. Und damit würde es den Frauen noch schwerer gemacht, ohne großes Aufsehen nach ihrem Bunker zu suchen. Bereits jetzt waren sie ja ganz offensichtlich Gesprächsthema Nummer eins im Dorf.

Der Linseneintopf war besser als erwartet. Die deftige Hausmannskost stellte sich als das genau Richtige heraus, für die Verfassung, in der sich die beiden befanden. Doch der Missmut hatte sie schnell wieder eingeholt. Und er sollte sich am nächsten Morgen steigern.

18

Die Nachricht traf sie wie ein Schlag. Die Wirtin erzählte es beim Frühstück. Diese stattliche Person, die so wirkte, als sei sie durch nichts zu erschüttern, kam den beiden plötzlich sehr zerbrechlich vor. Ihre roten Augen verrieten, dass sie geweint hatte. Sie klang wie verschnupft, als sie sagte: »Heute morgen hat man ihn gefunden. Es hat ihn mitten auf der Kreisstraße erwischt. Jemand muss ihn mit vollem Tempo erfasst haben. Sein Einkaufswagen war völlig zertrümmert. Keine Chance hatte er – unser lieber Opa Bernhard.« Eine dicke Träne rann der robusten Frau über die Wange. Hektisch zerrte sie ein großes Stofftaschentuch aus ihrer Kitteltasche und bemühte sich, die Trauer aus ihrem Gesicht zu wischen.

»Wie konnte denn das passieren?«, fragte Sina betroffen.

»Man rätselt noch. Es war Fahrerflucht. Das erzählt man sich wenigstens. Von dem Auto keine Spur. Aber es musste ja so kommen. Ich meine, Opa Bernhard hat gar nicht mehr so genau gewusst, wo er mit seinem Wagen entlangrollte, Bürgersteig oder Straße. Das war für ihn ein und dasselbe. Es war absehbar, dass es ihn irgendwann trifft. Armer Opa Bernhard.«

Gabriele schob ihren Teller mit dem eben aufgeschnittenen Brötchen beiseite. »Verdammt!«, sagte sie, als die Wirtin zum Tresen zurückgegangen war. »Verdammt, verdammt, verdammt! Soviel Pech auf einmal ist ungerecht! Hätte sich dieser senile Trottel nicht einen Tag später überfahren lassen können? So nimmt er sein ganzes Wissen über unseren Bunker mit ins Grab. Verdammt!«

Sina wies sie zurecht: »Ist das alles, woran du in so einem Moment denken kannst? Wir haben diesen Mann gekannt, Gabi! Er hatte sich sogar in dich verliebt.«

Sie machte eine wegwerfende Handbewegung. »Ach, lass endlich diese Sentimentalitäten! Der Alte ist tot und damit absolut nutzlos für uns. Vergiss ihn.«

Es fiel Sina schwer, mit der Gefühlskälte ihrer Freundin fertig zu werden. Meinte sie ihre pietätlosen Worte tatsächlich ernst? War das Schicksal des alten Mannes ihr wirklich so egal? Oder überspielte sie nur die eigene Betroffenheit?

Gabrieles nächstes Handeln sprach dagegen: Sie zog den Teller zu sich heran, belegte das Brötchen mit dicken Salami-Scheiben und biss herzhaft hinein. »Los, Sina, greif zu. Wir haben heute ein volles Programm vor uns. Mit leerem Magen kommst du nicht weit.«

19

Ihre kniehohen Stiefel ließen das Unterholz knackend bersten. Beide trugen Handschuhe. Die brauchten sie auch, denn wenn es hier jemals begehbare Pfade gegeben haben sollte, so waren diese längst zugewuchert. Gabriele und Sina mussten sich ihren Weg freikämpfen. Sie kamen nur langsam voran, mussten immer wieder Äste zur Seite drücken, die ihnen das Weitergehen erschwerten. Beide hatten sich lange Regencapes übergeworfen. Ein guter Schutz nicht nur vor dem Tau, der ihnen von den Büschen auf Kopf und Körper rieselte, sondern auch vor schmerzhaften Kratzern durch das Geäst.

Sina bildete die Vorhut. Hinter ihr hörte sie plötzlich ein ärgerliches Schimpfen. Gabriele hatte sich mit ihrem kleinen Rucksack in einem Zweig verfangen, zappelte hilflos in der Falle. »Besser von 'nem Ast schachmatt gesetzt zu werden als von einer verfluchten Mine«, frotzelte Sina und befreite ihre Freundin.

»Glaubst du etwa immer noch an die Mär von den Minen? Ich habe dir doch schon gesagt, dass das nur ein alter Förstertrick ist. Hier gibt's keine Minen mehr, Sina, glaub mir endlich.«

Dieser Beruhigungsversuch hielt Sina nicht davon ab, einen großen Bogen um ein aus dem Boden ragendes Metallstück zu machen, das sie vor sich im Dickicht entdeckt hatte.

»Wir sollten uns trennen«, schlug Gabriele vor. »Dann kommen wir doppelt so schnell mit unserer Suche voran.«

Sina willigte ein: »Aber lass uns in Rufweite bleiben. Sonst wird mir die Sache zu gewagt.«

Gabriele blickte sie vorwurfsvoll an: »Noch immer ängstlich? Meine Güte! Das ist ein ganz normaler Wald. Vergiss die blöden Warntafeln. Das Schlimmste, was uns passieren kann, wäre, in den Bunker zu fallen, den wir suchen. Aber das hätte dann ja auch sein Gutes – weil wir ihn nämlich gefunden hätten, stimmt's?«

In ungefähr zehn Metern Abstand voneinander durchstreiften die beiden das Waldstück und fahndeten nach einem unversehrten Seitenzugang zum unterirdischen Raketenbunker. Drei Tage hatte Gabriele für den ersten Teil ihrer systematischen Erkundung des Terrains eingeplant. Keineswegs eine großzügige Zeiteinteilung. Eher im Gegenteil: Sie hatte nicht damit gerechnet, dass der Wald so dicht bewachsen sein und ihnen das Vorankommen entsprechend schwerfallen würde.

Gabriele überstand die Strapazen, indem sie unentwegt an ihr Ziel dachte: das Auffinden der verschollenen Kunstschätze. Sie malte sich aus, wie sie endlich in die dunklen Stollen treten und die längst aufgegebenen Gemälde ihrer geschätzten Meister in den Händen halten würde. Sie sah sich in der Rolle der großen Entdeckerin. Fotos vom Troja-Entdecker Schliemann geisterten ihr durch den Kopf. Über diesen Anflug von Größenwahn musste sie aber selbst schmunzeln.

Sina hatte ganz andere Gedanken im Sinn. Und die kreisten um Klaus. Die Ankündigung, dass er nach Peenemünde kommen wollte, hatte sie nicht gerade begeistert. Spätestens heute Abend würde sie ihm gegenüber stehen. Und dann? Was würde er von ihr erwarten? Warum war er überhaupt hierher gekommen? Ging es wirklich um den kleinen Kläffer Tom? Oder war ihr gemeinsamer Hund doch bloß wieder ein vorgeschobener Grund? Ein Vorwand, um dieses ungelegene Treffen zu rechtfertigen? Sina kam ins Schwitzen. Einerseits aufgrund ihrer Gedanken, die sich im Kreis drehten, aber andererseits auch wegen der anstrengenden Sucherei. Die Sonne stand inzwischen weit oben am Himmel und hatte für die Jahreszeit eine ungewöhnliche Kraft entwickelt. Vor sich sah Sina die Baumreihen allmählich dünner werden. »Da hinten ist eine Lichtung, Gabi. Sollen wir umdrehen und in der anderen Richtung weitermachen?«

»Nein«, rief Gabriele herüber. »Wir machen eine Pause. Geh weiter bis zur Lichtung. Da werden wir uns ein gemütliches Fleckchen suchen. Muss dringend ein wenig verschnaufen.«

20

Sina war ziemlich erschöpft, als sie sich die kleine Anhöhe am Rande der Lichtung hinaufschleppte. Gabriele folgte in mehreren Metern Abstand und machte einen mindestens genauso erschlagenen Eindruck. »Renn doch nicht so.«

Sina blickte sich nach ihrer Freundin um. Sie musste zugeben, dass sie eine gewisse Genugtuung empfand: Zu sehen, wie Gabriele, die große Antreiberin, die anderen normalerweise nie eine Chance zum Ausspannen gab, völlig erschöpft einen Hügel hinaufkraxelte, war für Sina aufbauend. Endlich hatte sie mal die Nase vorn und war ihrer Freundin überlegen. Das kam selten genug vor.

Beide machten es sich auf dem struppigen Grasboden gemütlich, soweit das eben ging. Sina hatte ihren Rucksack abgesetzt, Gabriele stellte ihren daneben. Ein morscher, auf dem Boden liegender Baumstamm diente den beiden Frauen als Lehne und sie begannen, den Inhalt ihrer Rucksäcke vor sich auszubreiten. Sina kramte eine Thermoskanne und eingewickelte Brote hervor. Gabriele war wieder ganz bei der Sache und zerrte ihre kopierten Lagepläne aus dem Sack.

Ein kräftiger Biss ins Schinkenbrot bewirkte bei Sina wahre Wunder. Sie spürte, wie ihre Lebensgeister zurückkehrten. Sie reichte die Stulle an Gabriele weiter, massierte dann ihre strapazierten Waden. »Da haben wir ganz schön was geschafft, heute.«

Gabriele gönnte sich ebenfalls einen Bissen von dem Brot, kaute genüsslich und sagte dann: »Naja, wie man's nimmt. Wir haben zwar eine recht große Fläche abgeklappert. Aber das, worauf es ankommt, haben wir nicht gefunden. Von ›geschafft‹ kann also keine Rede sein.« Sie gab das Brot an ihre Freundin zurück und vertiefte sich erneut in ihre Unterlagen.

»Nach allem, was ich mir bisher über diesen Bunker zusammenreimen kann, müssen wir nach einem ausgeprägten Gebilde Ausschau halten«, erklärte Gabriele. »Die Fachliteratur verrät kaum etwas über die unterirdischen Anlagen bei Peenemünde. Aber man kann sich wohl an der Konstruktion der 15 Führerhauptquartiere orientieren, die im Laufe des Krieges aus dem oder besser in den Boden gestampft wurden.«

Sina sah verblüfft auf: »Sagtest du 15?«

»Ja. So viele Höhlen hat sich dieser Größenwahnsinnige bauen lassen. Das hat ihm auch den Vorwurf eingebracht, dass er für seine Privatbunker mehr Stahlbeton verbraucht hat als der gesamtem deutschen Bevölkerung für ihre Luftschutzbauten zur Verfügung stand.«

Sina schüttelte verächtlich den Kopf: »Kaum zu glauben, was für Irrsinnsbauten die sich damals erlaubt haben.«

»Tja, die haben sich noch so manches andere erlaubt.«

»Und dabei die eigenen Leute kaputtbomben lassen.« Sina beschloss, diese düsteren Gedanken beiseite zu schieben. Neugierig guckte sie in die Kopien, die Gabriele vor sich ausgebreitet hatte. »Dann erzähl mal: Was genau zeichnet diese Bunkeranlagen aus? Auf was müssen wir besonders achten?«

Gabriele deutete auf die Skizzen und Fotos, die sie aus Büchern und Zeitschriften zusammengestellt hatte. »Gehen wir vom Führerhauptquartier in Berlin aus: Die Sohle lag zwölf Meter unter der Erdoberfläche.«

»Ein ziemlich tiefes Loch«, warf Sina ein.

Gabriele nickte beiläufig. »Vor Bombenangriffen von oben war der Bau durch eine 3,50 Meter starke Betondecke geschützt. Die Seitenwände maßen immerhin stattliche 2,20 Meter.«

Sina schwenkte abwägend den Kopf: »Recht imposant, das Ding. Dürfte nicht schwer sein, ein solches Monstrum aufzuspüren.«

Gabriele blickte sie missmutig an: »Eben doch, Sina. Denn die Betondecke ragte nicht etwa aus dem Boden heraus, so dass sie jeder Passant leicht erkennen konnte. Nein, über dem ganzen Bauwerk lag eine zwei Meter dicke Erdschicht. Zwei Meter, Sina! Da können wir schaufeln, bis wir umfallen.«

Sina grübelte einige Augenblicke lang. Gabrieles Vortrag hatte ihren Ehrgeiz angestachelt. Ein Bunker, noch dazu von dieser Größenordnung, musste sich aufspüren lassen! Es wäre gelacht, wenn sie da nicht weiterkäme. Eindringlich musterte sie die Pläne vor sich im Gras und strich dann mit dem Zeigefinger darüber hinweg: »Auch wenn eine solche Anlage 100 Meter tief in der Erde stecken würde, gäbe es etwas, das ihren Standort verrät.«

Gabriele warf ihr einen neugierigen Blick zu: »Und was sollte das deiner Meinung nach sein?«

Sina fuhr weiter mit ihrem Finger suchend auf dem Plan entlang. »So ein Keller braucht eine Entlüftung. Schau hier, beim Berliner Bunker: Da ragte mal ein richtiger kleiner Stahlbetonturm mit Spitzdach aus der Erde. Außerdem muss es irgendwo einen Eingang geben.«

Gabriele griff sich die Thermoskanne. »Klar, da hast du recht. Aber vergiss nicht, dass die Anlage wahrscheinlich kurz nach dem Krieg geschleift oder auf gutdeutsch plattgemacht worden ist. Vielleicht sogar schon während des Krieges, um den Gegnern nicht die komplette Forschungsarbeit in die Hände zu spielen.«

Sina dachte einige Momente angestrengt nach. Sicher: Gabrieles Einwand war nicht von der Hand zu weisen. Andererseits waren sie hier auf einer Insel. Also nahe am Wasser. Das bedeutete, dass die Baumeister mit ganz anderen Problemen fertig werden mussten als die Konstrukteure des Berliner Bunkers. »Ich glaube, Gabi, unsere Suche ist gar nicht mal so aussichtslos. Überleg doch: Wenn du hier ein Loch buddelst, dann stößt du ziemlich schnell auf Grundwasser. Du bekommst deutlich früher nasse Füße als in Berlin.«

Gabriele blickte sie fragend an.

»Nun denk mal nach, Gabi. Warum gibt es denn zum Beispiel in Bremen keine U-Bahn? Weil der Boden viel zu sandig für den Tiefbau ist und wegen der Probleme mit dem eindringenden Wasser. Also bleibt nur eins …«

Gabriele griff den Faden auf: »Man muss den Tiefbau in die Höhe verlegen.«

»So ungefähr. Auf jeden Fall ist es unmöglich, in unmittelbarer Küstennähe eine größere Bunkeranlage so weit in die Tiefe zu verlagern, dass man sie von außen nicht erkennen kann. Wonach suchen wir dann also?« Sina kostete die von ihr gefundene Antwort aus: »Nach einem Hügel.«

»Zumindest ist das *ein* Anhaltspunkt. Wir tappen also nicht mehr vollends im Dunkeln.«

21

Einerseits war sie nervös. Natürlich. Immerhin waren sie nicht in Frieden auseinander gegangen. Eher im Gegenteil: Sina hatte ihr letztes Treffen mit Klaus nicht in guter Erinnerung. Sein zärtliches Getue auf der einen und seine Anbiederungen an ›die Neue‹ auf der anderen Seite – all das war Sina übel aufgestoßen. Sie hatte gemerkt, dass sie nach wie vor verdammt viel für ihn übrig hatte, aber dennoch einen Schlussstrich gezogen. Und den wollte sie nicht einfach so ausradieren. Nein, sie hatte sich fest vorgenommen, nicht weich zu werden. Mit seiner Schwärmerei für Tina mit ihrem verschlungenen Erotik-Bauchnabel machte ihr es Klaus dabei sogar recht leicht.

Doch in dieser Situation, da er ihr direkt gegenüberstand, durchdrang sie wieder dieses Gefühl. Dieses Gefühl der Wärme, der Milde, der enormen Anziehungskraft. Sina wusste, dass sie diesem Gefühl nicht widerstehen konnte. Wenigstens nicht heute Abend.

Gabriele las die Gedanken wohl recht genau von Sinas Gesicht ab. Als sie zu dritt im Foyer des Gasthauses standen, musste sie zumindest nicht lange nachdenken, um Pläne für den Abend zu schmieden – mit Sina war ja ganz offensichtlich nicht mehr viel anzufangen. Am besten wäre es also, sich auf leisen Sohlen davonzumachen und die verbleibenden Stunden fürs Studium der Lagepläne zu nutzen, die sie für ihre Exkursion aus den vergilbten Papierfunden herauskopiert hatte. Deshalb fackelte sie nicht lange: »Also

Freunde, ich sehe schon: Ihr wollt unter euch sein.« Eine Reaktion wartete sie nicht ab, sondern setzte gleich nach: »Tut euch keinen Zwang an, ihr Lieben. Genehmigt euch ein oder zwei Bier und trinkt meinetwegen noch eins für mich mit. Aber was auch immer ihr beide vorhabt – denkt dran, dass Sina morgen frühzeitig raus muss.« Damit wandte sie sich ab und verließ das Paar.

»Na dann ...«, Klaus lächelte seiner Flamme aufmunternd zu. »Wenn Gabi ausnahmsweise so verständnisvoll ist, sollten wir das honorieren. Was hältst du von einem gepflegten Pils?«

Sina zögerte nur einen Moment, nickte dann aber einwilligend. Was hatte es für einen Zweck zu protestieren? Klaus war nun mal da. Es war nicht zu verhindern, dass man miteinander redet. Und wenn schon, dann doch bitte sofort. Beide nahmen in der Schankstube am selben Tisch Platz, an dem sich tags zuvor die beiden Frauen niedergelassen hatten. Klaus winkte der Wirtin, und wenig später hatten sie zwei randvolle Gläser Bier vor sich stehen.

»Also«, eröffnete Sina die Diskussion, »warum bist du hier? Und vor allem: Was hast du mit Tom angestellt?«

Klaus genehmigte sich erst einmal einen kräftigen Schluck aus seinem Glas, bevor er antwortete: »Um deine zweite Frage vorweg zu nehmen: Er ist gut untergekommen.«

Sina wollte unterbrechen, doch Klaus signalisierte ihr, einen Moment abzuwarten: »Er ist nicht bei Sonja, falls du das annehmen solltest. Sonja gibt's nicht mehr. Jedenfalls nicht für mich. Ich habe den kleinen Kläffer bei meinen Eltern abgegeben. Du weißt, wie abgöttisch sie ihn lieben. Da geht es ihm unter Garantie nicht schlecht. Wahrscheinlich übertreiben sie es sogar wieder mit ihrer Fürsorge. Tommy hier, Tommy da. Du kennst das ja noch.«

Sina war beruhigt. Um ihren Hund brauchte sie sich also keine Sorgen zu machen. Trotzdem war ihre erste Frage noch offen. Sie setzte ein zweites Mal an: »Nun? Warum bist du gekommen?«

Wieder nahm Klaus zunächst einen Schluck aus dem Glas. »So eine lange Fahrt macht durstig. Hätte nie gedacht, dass dieses Peenemünde so weit weg ist. Frau Wirtin, bitte noch ein Jever! Oder, nein, warten Sie: Ich probiere mal das Rostocker.«

Sina riss der Geduldsfaden: »Spann mich nicht auf die Folter, Klaus. Das macht Gabi schon zu Genüge.«

»Also gut: Ich bin ganz einfach hier, weil ich mir Sorgen um dich mache.«

»Sorgen?« So etwas hatte sie von Klaus seit Monaten nicht mehr gehört.

»Ja, Sorgen. Schließlich ist das eure erste Räubertour seit kurz nach der Grenzöffnung. Ihr habt 'ne ganze Weile pausiert. Ich glaube kaum, dass ihr noch so gut in Form seid wie damals.«

Sina musste lächeln: »Das hast du nett ausgedrückt. Alles, was du wirklich sagen wolltest, war ja wohl: Du glaubst kaum, dass zwei alternde Jungfern einer solchen Herausforderung gewachsen sind.«

Klaus zuckte verschämt mit den Schultern: »Naja. Du übertreibst zwar. Aber meine Gedanken gehen in die Richtung.«

Sina wollte es trotzdem nicht recht glauben. Warum sollte sich Klaus, der sich – bis auf wenige Ausnahmen – seit Monaten nicht um sie gekümmert hatte, ausgerechnet heute um sie sorgen? Und das, obwohl er dafür eine gut 700 Kilometer lange Strecke zurücklegen musste. Hätte er mit seinen ›Sorgen‹ nicht warten können, bis sie wieder zurück in Nürnberg war? Oder war es etwa tatsächlich die neu erwachte Liebe? Bei diesem Gedanken fühlte Sina, wie es sie angenehm warm durchströmte. Ihre Lippen formten ein sanftes, glückliches Lächeln.

Klaus sorgte schnell für Abkühlung: »Zugegeben: Es geht nicht *nur* um dich.« Das Lächeln schwand aus Sinas Gesicht. »Es geht selbstverständlich in erster Linie um Tom«, fügte Klaus schnell hinzu.

»Ja, aber …« Sina musste nach Worten ringen: »Aber du hast doch eben erzählt, dass die Sache mit Sonja vorbei ist. Du hast genug Zeit für den Kleinen und musst dich nicht dauernd nach jemandem umsehen, der mit ihm Gassi geht. Ich verstehe nicht, was Tom –«

Klaus legte ihr den Zeigefinger auf die Lippen: »Psst. Ganz ruhig. Du bist ja richtig rot geworden. Warum regst du dich denn so auf?« Die Wirtin stellte das neue Pils ab, Klaus griff dankbar danach und nahm einen weiteren tiefen Schluck. »Ich bin hier, um unsere Absprache noch einmal mit dir abzustimmen. Du weißt schon: Diese Vereinbarung in Bezug auf den Beagle. Dass du ihn mal nimmst und dann wieder ich. Diese stille kleine Absprache, damit jeder was von dem Hund hat – die Freude und die Last.« Klaus gab sich auffallend große Mühe, die Sache nicht beim Namen zu nennen.

Sina hörte ihm eine Weile zu. Mit einer Mischung aus Mitleid, Enttäuschung und Verachtung. Schließlich sagte sie: »Du willst ihn also wieder loswerden.«

Daraufhin schlug er mit der Faust auf den Tisch. Allerdings nur so laut, dass es Sina zwar einen kleinen Schrecken einjagte, die anderen Gäste davon aber nichts mitbekamen. »Sina! So kannst du das nicht sagen. Es geht nicht darum, Tom loszuwerden. Alles, was ich will, ist lediglich ein bisschen Zeit. Weißt du ...« Er zögerte einen Moment, warf Sina dann einen charmanten Blick zu: »Du erinnerst dich an die Frau mit dem, du weißt schon, die Frau mit dem bezaubernden Bauchnabel.«

Da war er wieder: der Bauchnabel. Sina fühlte sich vor den Kopf gestoßen. Und zwar wie mit einem schweren Hammer. Wie konnte Klaus, wie konnte dieser wichtige Mann aus ihrem Leben bloß so taktlos sein, so gemein? Sina versuchte, die Kränkung wegzustecken.

Nachdem sich Klaus einen weiteren Schluck Bier genehmigt hatte (auch sein zweites Glas war leer und er orderte bei der Wirtin), lehnte er sich in seinem Stuhl genussvoll zurück. »Sina, lass es mich so beschreiben: Diese Frau ist seit langem die erste, die es schafft, mein Herz höher schlagen zu lassen.«

Sina wollte kaum glauben, was sie sich da anhören musste.

Doch Klaus setzte ungerührt fort: »Sie hat etwas, naja – wie soll ich sagen?« Für einen Moment schien er verlegen zu sein. Dann fasste er sich: »Was soll ich um den heißen Brei herumreden: Mit dir kann ich offen reden. Also: Sie hat halt das gewisse Etwas.« Klaus redete sich richtiggehend in Stimmung. »Weißt du, Sina, das habe ich früher so bei dir vermisst.«

Sina klappte die Kinnlade herunter. »Du hast bei mir das gewisse Etwas vermisst?« Sie konnte sich leicht ausmalen, welche seiner sexuellen Vorlieben er hinter dieser Floskel verbergen wollte.

»Nein, nein, ich meine: Ich habe vermisst, dass man sich mit dir so frei und offen unterhalten konnte«, stellte Klaus klar. »Wie mit 'nem richtigen Kumpel. Heute geht das plötzlich. Unsere Trennung hat also auch ihre Vorzüge.«

Das war das Stärkste, was sich Sina seit langem anhören musste. Sie konnte es kaum fassen. Waren sie beide tatsächlich so weit, dass Klaus sie als einen seiner Biertischkumpels ansah? War ihm völlig entgangen, dass sie mal ein Paar gewesen waren? Hatte er seinen Sinn für Romantik, Takt und Anstand absolut verloren? »Du fährst also wirklich nur deshalb hierher, um mir zu erzählen, dass du dein Herz an eine andere verloren hast und ich mich mehr um den Hund kümmern soll?«, grollte Sina. »Das hättest du besser am Telefon erledigen sollen, denn hier läufst du Gefahr, dass du dir gleich eine gewaltige Ohrfeige einfängst.«

Klaus hob beschwichtigend die Hände und wiederholte – bereits etwas lallend – den ersten Grund für sein Kommen: »Ich mache mir ernsthafte Sorgen um dich! Deswegen bin ich gekommen. Ich will verhindern, dass ihr eine Dummheit begeht.«

Sie ersparte es sich, darauf einzugehen. Lieber wollte sie die Rechnung verlangen. Doch daraus wurde nichts. Der Abend sollte für Sina noch lang werden.

22

Gabriele kannte dieses Spiel inzwischen recht gut: Erst drehte und wendete sich ihre Freundin wie wild auf ihrem Laken. Dann setzte eine Mischung aus Stöhnen, Wimmern und Fluchen ein. Danach war es einen Moment lang still, bevor der ganze Zirkus von vorne losging. Gabriele war kein Mensch, der nur in mucksmäuschenstillen Räumen schlafen konnte. Schließlich lag ihre Nürnberger Wohnung oberhalb ihres Antiquitätengeschäfts an einer belebten Straße. Doch diese Unruhe, die da von ihrer Bettgefährtin ausging, war schlimmer als jeder Verkehrslärm.

»He! Nun langt's!«

Sina wurde ruppig aus dem Schlaf gerissen. »Wer, was, wie?« Sie brauchte einige Sekunden, um ihre Traumwelt zu verlassen. Erst dann nahm sie das entnervte Gesicht ihrer Freundin wahr.

»Tut mir leid, aber bei dem Lärm, den du fabrizierst, kann kein vernünftiger Mensch die Augen zuhalten.«

»Sorry, auf meine Schlafgewohnheiten habe ich keinen Einfluss«, bemühte sich Sina um eine Entschuldigung.

Gabriele ließ sich zurück auf ihr Kissen fallen und starrte an die Decke. »Dein Albtraum – oder war es etwa diesmal ein Lusttraum?«

»Quatsch!«, raunte Sina. »Von Lust kann nicht die Rede sein.«

»Da also dein heutiger Albtraum ganz offensichtlich mit deiner Abendverabredung zusammenhängt, würde ich vorschlagen, wir wiederholen unsere Therapie von neulich.«

Sina musste einen Moment nachdenken, bevor sie begriff: »Ach, ich soll mich wieder einmal ausquatschen?«

»Immerhin hast du dich nach unserem letzten gemeinsamen Nachtplausch deutlich besser gefühlt, oder?«

Da konnte Sina nicht widersprechen. Außerdem würde es ihr nur guttun, wenn sie durch ein Gespräch ein wenig von ihrer Wut auf Klaus abbauen könnte. »Na gut. Dann will ich gleich in die Vollen gehen, wenn's recht ist.«

Es war recht. Gabriele atmete tief durch und konzentrierte sich aufs Zuhören.

»Wie soll ich sagen?«, setzte Sina an. »Mein verehrter Herr Ex-Freund hat sich heute Abend als eines der beschissensten Macho-Arschlöcher entpuppt, die frei herumlaufen.«

Gabriele drehte ihren Kopf: »Komm schon, Schätzchen. Das Ganze wird sich ein wenig gesitteter ausdrücken lassen, oder?«

Sina prustete verächtlich: »Gesitteter? Dass ich nicht lache! Gesittet ist nämlich genau das, was Klaus nicht ist. Der hat sich meinem angeknacksten Selbstwertgefühl gegenüber benommen wie der Elefant im Porzellanladen.«

»Nun mal sachte, Sina. Was genau hat er verbrochen?«

»Nachdem er mir unter die Nase gerieben hatte, dass mir das gewisse Etwas fehle, musste er nach dem fünften Bier auch noch unseren alten Beziehungsknatsch aufrollen.« Sina fiel es schwer, den Inhalt ihrer Unterhaltung mit Klaus noch einmal durchzukauen. »Der Kerl hat tatsächlich versucht mir weiszumachen, dass Männer nicht treu sein *können*. Stell dir das mal vor! Er hat allen Ernstes darüber diskutieren wollen.«

Gabriele schien davon nicht sonderlich berührt zu sein. Lapidar erkundigte sie sich: »Wie hat er das denn erklären wollen?«

Sina legte einen verächtlichen Tonfall auf: »Er hat den Akademiker herausgekehrt. Hat sich in Genetik versucht. Klaus meint, Untreue sei bei Männern erblich bedingt. Irgendwelche obskuren Wissenschaftler – wahrscheinlich Männer – hätten angeblich festgestellt, dass der Mann genetisch darauf gepolt ist, den Erhalt der Rasse sicherzustellen und seinen Samen möglichst weit zu streuen. Untreue sei also geradezu ein von der Natur gefordertes Muss.«

»So hat er das gesagt?«, fragte Gabriele amüsiert nach.

»Ja. Und ich weiß nicht, was daran lustig ist«, entgegnete Sina schnippisch.

Gabriele schmunzelte trotzdem weiter. »Hast du wenigstens gekontert, Sina?«

Die Jüngere stutzte: »Gekontert? Wie denn? Was soll man auf so einen Blödsinn noch antworten?«

Gabi lächelte fürsorglich: »Du hättest ihm zum Beispiel den wichtigsten Unterschied zwischen Mensch und Tier näher bringen können: nämlich, dass der Mensch seine Triebe zügeln kann. Oder wie wär's mit der Geschichte der Heiligen Maria Goretti?«

Sina wusste damit nichts anzufangen: »Was hat ausgerechnet eine Heilige mit meinem Klaus zu tun?«

»Maria Goretti war eine besondere Verfechterin der Keuschheit. Sie hat ihre Jungfräulichkeit sogar mit dem Leben verteidigt.«

»Ach.« Sina war einmal mehr erstaunt über die schier unerschöpfliche Bildung ihrer Freundin. »Und wie hat sie das getan?«

»Die kleine Maria – sie mag damals zwölf gewesen sein – wurde in den Sümpfen bei Rom überfallen. Sie sollte vergewaltigt werden, wehrte sich dagegen jedoch mit allen Kräften.«

Sina nickte anerkennend: »Mutig, die Kleine. Und was wurde aus ihr?«

»Der verprellte Vergewaltiger hat sie erstochen.«

Sina strafte ihre Freundin mit Blicken: »Na toll. Ausgesprochen hilfreich, diese Geschichte. Soll ich Klaus etwa vorschlagen, dass er sich lieber selbst umbringen könnte, statt der nächsten Versuchung zu erliegen?«

Gabriele schmunzelte noch immer: »Diese Geschichte hätte ihn zumindest aus dem Tritt gebracht. Ich bin überzeugt, er hätte sich mit seiner nächsten Männerweisheit ein wenig zurückgehalten.«

Sina ging darauf nicht mehr ein. Sie streckte sich aus und ließ sich Gabrieles Erzählung noch einmal durch den Kopf gehen. Sicher, die Leidensgeschichte dieser heiliggesprochenen Märtyrerin war weit hergeholt. Andererseits gab es tatsächlich eine Parallele zu Klaus' Vortrag: Beides waren Extreme, beides war ziemlich überspitzt. Sina grübelte eine Weile weiter, schlief dann über ihren Gedanken ein. Diesmal fiel sie in einen ruhigeren Schlaf.

23

Wenn sie wollte, konnte Gabriele richtig kameradschaftlich sein. Und sogar hilfsbereit. Vielleicht auch eine Spur selbstlos. Aber beim letzteren war sich Sina nicht so sicher: Denn es war zwar nett von ihr, Klaus für eine Weile ›verschwinden‹ zu lassen, aber sie hatte das wohl kaum nur Sina zuliebe arrangiert. Es spielte sicher eine Rolle, dass Klaus ihr ohnehin ein Dorn im Auge war. Außerdem sah sie offensichtlich ihre Bildersuche durch dessen Anwesenheit gefährdet. Wie dem auch sei: Gabriele hatte dafür gesorgt, dass Sina ungestört im Speiseraum Platz nehmen und ihr Frühstück genießen konnte, ohne sich dabei von ihrem Ex-Freund neue Gemeinheiten an den Kopf knallen lassen zu müssen.

Zufrieden klopfte Sina ihr Frühstücksei auf. »Das hast du nett gedeichselt für mich, Gabi. Ich habe fast auf das Frühstück verzichten wollen, bloß um ihm nicht über den Weg zu laufen.«

Gabi griff sich ein Brötchen. »Kein Problem. Im Männer-Austricksen war ich immer gut. Manchmal offenbar zu gut – sonst wäre ich heute wahrscheinlich verheiratet.«

Sina schlürfte flüssiges Eigelb vom Löffel: »Und was genau hast du Klaus für eine Geschichte aufgetischt, um ihn loszuwerden?«

Gabriele schien nicht zu wissen, ob sie ihr Brötchen lieber mit Marmelade oder mit etwas Herzhaftem belegen sollte. Sie entschied sich für eine Scheibe Schinkenwurst. »Ich habe ihm gesagt, dass er bei unserer ›Räubertour‹, wie er das immer so nett bezeichnet, dabei sein darf. Da hat er leuchtende Augen bekommen. Ich weiß nicht, ob wegen des Abenteuers, das er sich davon verspricht, oder weil er eine Chance gewittert hat, sich wieder an dich ranzumachen.« Gabi biss in ihr Brötchen und genehmigte sich danach einen Schluck Kaffee. »Auf jeden Fall hat er eingewilligt. Er war ganz Feuer und Flamme.«

»Und wo ist der Trick an der Sache?«, wollte Sina wissen.

»Kein Trick. Klaus ist tatsächlich auf Räubertour gegangen. Ich habe ihm gesagt, dass wir unsere Expeditionen grundsätzlich nachts durchführen, damit uns niemand erwischt. Er sollte sich gegen drei Uhr morgens auf den Weg zu unserem Treffpunkt machen.«

Sina konnte nicht recht folgen: »Treffpunkt?«

Gabi trumpfte auf: »Ja. Der liegt ungefähr 200 Kilometer westlich von hier. Ich habe ihm gesagt, dass die Spur von Peenemünde aus die Küste entlang in Richtung Schleswig-Holstein führt und dass wir dort mit der Suche weitermachen. Ich habe mir aus dem Autoatlas einfach irgendein Rasthaus rausgesucht – und da wartet dein Ex auf uns.«

Sina prustete vor Lachen in ihren Kaffee: »Was? Das ist ja toll. Darauf ist er reingefallen?«

»Und ob! Der hat nicht mal ansatzweise gezweifelt. Die nächsten Stunden über dürften wir unsere Ruhe haben.«

Sina freute sich diebisch. Gabis Finte war gemein, aber eine wirklich gelungene Revanche für seine Frechheiten vom vorangegangenen Abend. Gabi hatte eine Belohnung verdient. Und Sina musste nicht lange darüber nachdenken, wie sie sich bei ihr erkenntlich zeigen konnte: »Ich glaube, ich habe da eine Idee, wie wir mit unserer Bunkersuche zügig weiterkommen.«

Gabi blickte interessiert auf: »Hört, hört. Sollte meine

werte Freundin plötzlich echte Lust an unserer Aktion bekommen haben?«

»Ich würde es eher als Wiedergutmachung für deine Gefälligkeit bezeichnen.«

»Auch recht. Was schwebt dir da so vor? Wie willst du die Suche effizienter gestalten?«

Sina verputzte die Reste ihres Eis, strich mit der Serviette über ihren Mund und schob den Stuhl zurück. Im Aufstehen sagte sie: »Gib mir dein Auto und ein paar Stunden Zeit. Dann wirst du's sehen.« Sie ließ Gabriele keine Gelegenheit zu widersprechen.

24

Sina war hochzufrieden. Alles klappte wie am Schnürchen. Mit Gabrieles Kastenwagen hatte sie den Weg über Wolgast nach Greifswald schnell zurückgelegt. Die Stadtbibliothek hatte gerade geöffnet, so dass sie keine Zeit mit Warten verplempern musste. Die Dame an der Bücherausgabe war äußerst hilfsbereit und vor allem kompetent. Sie stellte Sina eine Liste von Büchern zusammen und schickte sie damit weiter zu ihrem Kollegen in Stralsund. »Mit etwas Glück sind dort ein oder zwei Werke vorrätig«, hatte sie Sina mit auf den Weg gegeben. Und tatsächlich: In der Bücherei von Stralsund fand Sina das, wonach sie gesucht hatte. Sie holte aus dem VW-Bulli heraus, was nur ging, und war deutlich früher zurück in Peenemünde, als sie zuvor einkalkuliert hatte.

Sie fand Gabriele in ihrem Pensionzimmer damit beschäftigt, in einem ihrer Kunstführer zu schmökern. »Hier. Lies lieber das. Kann uns wesentlich besser weiterhelfen als deine Bilderbücher.«

Fragend griff sich Gabriele das broschierte Büchlein, das Sina ihr aufs Bett geworfen hatte. »Botanik? Ein Buch über Pflanzen? Tickst du nicht richtig? Was soll ich damit anfangen?«

Sina holte sich das Büchlein zurück, deutete auf den Klappentext auf der Rückseite: »Das ist nicht irgendein Pflanzenführer, Gabi. Das ist der Schlüssel zu unserem Rätsel.«

Gabi konnte noch immer nicht einsehen, was eine Abhandlung über die Pflanzenwelt mit ihrem Problem zu tun haben konnte und gab das Sina auch unmissverständlich zu verstehen.

»Mensch, Gabi, überleg doch mal: Pflanzen können uns wahrscheinlich ziemlich zuverlässig bei unserer Suche helfen. Denk bloß an die vielen archäologischen Funde, die nur mit Hilfe von Pflanzenkundlern gemacht werden konnten.«

»Ich versteh nur Bahnhof.«

»Schau, Gabi, hier sind Beispiele aufgeführt: Nehmen wir diese frühmittelalterliche Befestigungsanlage. Kein Mensch wusste vorher, dass es sie überhaupt jemals gegeben hatte. Nur durch Zufall wurde sie entdeckt: Beim Überfliegen des Bereichs sind Verfärbungen in den Wiesen aufgefallen.«

Langsam waren bei Gabriele die Groschen gefallen. Sie schnappte sich das Buch und betrachtete die abgedruckten Fotos: »Stimmt. Davon habe ich auch schon mal was gehört.«

Sina setzte mit ihrem Exkurs in die Botanik fort: »Wenn Ruinen im Laufe der Zeit verschüttet und überwuchert werden, können Mineralien aus dem Gestein der vergessenen Bauwerke ausschwemmen und die Farbgebung der Pflanzen beeinflussen, die einige Meter darüber wachsen. So ungefähr wenigstens. Jedenfalls kann uns dieses Wissen sehr nützlich sein.« Sina schlug eine Seite des Buches auf, die sie bereits durch ein Eselsohr markiert hatte. Eine Angewohnheit, die ihr oft eine Schelte von Gabi einbrachte. »Hier kann man nachlesen, was bestimmte Gesteinsarten für Stoffe absondern und worauf man bei den Pflanzen in seiner näheren Umgebung achten muss, um sie aufzuspüren. Zugegeben: Ich bin genau wie du ein absoluter Laie in diesen Dingen. Aber ich finde, dieses Verfahren klingt vielversprechend.«

Gabriele nickte anerkennend: »Nicht schlecht, Kleine. Damit hätten wir dann zwei Anhaltspunkte, an denen wir uns orientieren können.«

»Ja«, bestätigte Sina mit fast kindlicher Freude. »Ein Hügel soll es sein, und das Gestrüpp drauf darf nicht so grün aussehen wie normales Gras.«

Einen Einwand konnte sich Gabi trotz ihres Stolzes auf Sinas Einsatzfreude nicht verkneifen: »Das mit dem Drüberfliegen können wir allerdings vergessen. Erstens wäre es zu auffällig, zweitens ist der Bereich größtenteils durch Bäume abgeschirmt.«

Sina gestand das zähneknirschend ein: »Klar, das ist mir natürlich auch schon durch den Kopf gegangen. Trotzdem glaube ich, dass die Chancen nicht schlecht stehen.« Sie zauberte einen zweiten Band aus ihrer Umhängetasche und blätterte eifrig darin herum. »Da haben wir's: Hier steht, dass sich diese Methode auch bei einer Feldbegehung anwenden lässt. Wir müssen auf *shadow marks* achten.«

»Bitte?«

Sina kroch förmlich in ihr Buch: »Äh, *shadow marks*. Sorry, das Ding hier ist englisch. Schattenmerkmale muss das wohl auf deutsch heißen.«

»Und weiter?«, fragte Gabriele zweifelnd.

»Ehemalige Gräben, Gruben und *hills*, also Hügel, und Wege sind laut dem Eierkopf, der das hier verfasst hat, auch nach Jahrhunderten niemals ganz eingeebnet. Selbst geringe Unebenheiten werfen bei tiefem Sonnenstand lange *shadows* – Schatten.«

»Können wir uns bitte auf eines verständigen?«, hakte Gabriele ein. »Entweder, du trägst auf englisch vor oder auf deutsch. Aber bitte nicht diesen Mischmasch.«

Sina fuhr unbeeindruckt fort: »Auch Verfärbungen lassen sich aus Fußgängerperspektive erkennen. Da nämlich, wo durch Erdarbeiten die natürlich gewachsene Struktur des Bodens zerstört worden ist.«

»Soso.«

»Und jetzt kommt's noch besser. Hör zu: Wenn mit Kalkmörtel gebundenes Mauerwerk in der Erde versteckt ist, kann man das ebenfalls an Verfärbungen des Bodens erkennen.« Sina schaute kurz auf: »Selbiges gilt natürlich für Beton!« Und schon steckte Sinas Kopf wieder im Buch: »Mauern, die nicht tief im Boden verborgen sind, behindern außerdem die Wasserzirkulation und bringen den Bewuchs darüber vorzeitig zum Vergilben. Das heißt, …«

»… dass wir auf verdorrtes Gestrüpp achtgeben müssen«, vollendete Gabriele den Satz. »Jedenfalls ist es einen Versuch wert«, bestimmte sie. »Und den sollten wir nicht länger als nötig hinauszögern – schließlich dürfte Klaus inzwischen auf dem Weg zurück sein. Und ich verspüre nicht unbedingt das Bedürfnis, ihm in den nächsten Stunden in die Arme zu laufen. Komm, Sina, packen wir's!«

25

Eigentlich war es von vornherein abzusehen, dass Sinas Methode nicht zwangsläufig von Erfolg gekrönt sein würde. Gabis Zweifel an der neuen Vorgehensweise wuchsen, je länger die beiden durch den Wald streiften. Sicher: Sinas Vorschlag war besser als gar nichts. Aber die Schatzsuche auf Botanikerart kam Gabriele bei jedem weiteren Schritt skurriler vor. Sie ertappte sich dabei, dass sie ein Grasbüschel, das sie am Rand des Waldes ausgerissen hatte, vergleichend neben ein Wiesenstück vor ihr hielt – und sich dabei unbeschreiblich albern vorkam.

»Sina«, rief sie ihrer Freundin zu, die ihrerseits einige Meter weiter, aber noch in Sichtweite, den Boden nach auffällig gefärbtem Gras absuchte. »Sina, ich gewinne allmählich den Eindruck, wir machen uns lächerlich. Jeder Pflanzenkundler würde sich bei unserem Anblick wahrscheinlich vor Lachen verbiegen.«

Sina stapfte in ihren schweren Gummistiefeln zu ihr herüber. »Warte doch erst einmal ab. Wenn wir unsere Suchmethode verfeinert haben, bringt es bestimmt was. Wir sind ganz am Anfang, unsere Augen müssen erst geschult werden.« Sina redete mit Engelszungen auf die Ältere ein, denn sie war stolz auf ihre Idee und wollte sie nicht sang- und klanglos untergehen lassen.

Gabriele schmiss das Grasbüschel weg und kreuzte die Arme: »So leid es mir tut, Kleine: Ich habe nicht das Gefühl, dass diese Methode irgendetwas bringt. Zumal die Vegetation um diese Jahreszeit noch viel zu wenig fortgeschritten ist.«

Sina schmollte: »Eine halbe Stunde. Nur eine halbe Stunde noch, Gabi. Wenn wir bis dahin nichts gefunden haben, mache ich einen Rückzieher und dann Schwamm drüber. Einverstanden?«

Gabi wiegte den Kopf und stimmte schweren Herzens zu. Beide trennten sich wieder einige Meter voneinander und stierten konzentriert auf den moosig-grünen Waldboden.

Die vereinbarte halbe Stunde verstrich, ohne dass den Frauen auch nur eine nennenswerte Färbung der Pflanzendecke aufgefallen wäre. Sina bildete sich für Sekundenbruchteile zwar immer wieder ein, verschiedene Grün- und Gelbtöne auszumachen, doch bei näherem Hinsehen blieb das Gras ganz normales Gras und war höchstens in Schattenlagen mit bräunlichen Flecken durchsetzt. Sie sah ein, dass ihr Plan zu optimistisch war. Gabriele hatte recht: Jeder Botaniker, jeder Mineraloge, ja selbst jeder Hobbyarchäologe wäre skeptisch gewesen. »Du hast gewonnen, Gabi. Ich gebe auf!«, rief sie ihrer Partnerin zu.

»Mit ›gewonnen‹ hat das nichts zu tun«, meinte Gabi im Näherkommen. »Denkst du etwa, dass es mich freut, wenn meiner besten Freundin etwas nicht gelingt?«

»Nein. So habe ich das nicht gemeint«, korrigierte Sina und schloss Gabi freundschaftlich in die Arme. »Ach, Gabi. Was sind wir beide doch für Loser.«

»Auf keinen Fall, Sina. Nenn uns nie Verlierer. So schnell werfen wir die Flinte bestimmt nicht ins Korn. Was hältst du von einer Kaffeepause?«

Sina stimmte bereitwillig zu: »Wäre wohl gerade das Beste. Außerdem wird's Zeit für ein neues Brainstorming. Neue Ideen müssen her, wenn wir diesen verfluchten Bunker jemals finden wollen.«

Sie waren nur wenige Minuten von der Lichtung entfernt,

auf der sie vorhin einmal Rast gemacht hatten. Wieder gingen sie bis zu der kleinen Anhöhe in der Mitte des baumlosen Rondells, schnürten dort ihre Rucksäcke ab. Sina zog sich ihre Stiefel aus und krempelte dann ihre dicken Baumwollsocken nach unten. »Hätte ich gewusst, wie warm es heute wird, hätte ich dünnere genommen. Schau mal, meine Füße dampfen richtig.« Gabi konnte darauf nicht eingehen, denn zwischen ihren Zähnen klemmte ein Stoß Kopien, die sie aus ihrem Rucksack gezogen hatte. Weitere Blätter breitete sie vor sich auf dem Waldboden aus. »O. k., ich sehe, du willst sofort loslegen. Also gut, Gabi: Wie wollen wir die Suche eingrenzen?«

Gabi hatte sämtliche Zettel verteilt und mit zwei Bechern, einem Feldstecher und der Thermoskanne beschwert. »Ich hoffe, meine Unterlagen werden uns darauf eine Antwort geben können. Sehen wir uns noch einmal alles genau an: Was zeichnet einen Bunker aus? Wie kann man einen solchen Unterstand von außen erkennen?«

Sina vertiefte sich in die Auszüge auf dem Boden. »Es ist immer das Gleiche, Gabi. Nur ein Luftschacht oder der Eingangsbereich kann den Bunker verraten. Sonst gibt es nun mal nichts Auffälliges an so 'nem Riesengrab.«

Gabi wollte partout nicht glauben, dass sie nicht doch noch etwas Verräterisches entdecken würde: »Lass uns den Faden von neulich aufgreifen.«

»Du meinst die Sache mit dem feuchten Küstenboden. Von wegen Hochbunker und so.«

»Nicht gerade Hochbunker, aber wie gesagt: Ein Hügel könnte es sein.«

Sina schüttelte den Kopf: »Aber Gabi, das bringt genauso wenig wie meine gescheiterte Grasfahndung. Die Suche nach einem oberirdischen Bunker ist doch nichts anderes, als einer Illusion nachzujagen. Der letzte Hügel, den ich seit unserer

Abreise aus Nürnberg wahrgenommen habe, war irgendwo in Bayerisch Sibirien, kurz hinter Hof. Hier oben gibt's keine Berge oder Hügel. Nicht mal ein Häufchen. Wenn es also eine einigermaßen anständige künstliche Erhebung gäbe, wäre sie uns längst aufgefallen.«

Das war's! Sina hatte die Lösung gefunden. Freilich ohne dass sie auch nur den blassesten Schimmer davon hatte. Gabriele sprang wie von der Tarantel gestochen auf und schüttelte Sina an der Schulter: »Mensch, Kleine! Du bist ein Goldstück. Wie konnten wir nur so blind sein?«

Sina ahnte nicht im Geringsten, worauf sie hinauswollte. Gabi lief ein Stück in Richtung Wald zurück, hüpfte dabei wie ein Reh auf und ab. Albern, fand Sina. Völlig albern.

Gabriele blieb stehen, sah zu Sina hinüber – nein, nicht bloß hinüber: Sie blickte zu Sina *hinauf*. Sina stutzte. Dann sprang auch sie auf und rannte auf ihre Freundin zu. Gut 20 Meter von ihrem Rastplatz entfernt standen die Frauen und nahmen Maß. Ja, tatsächlich. Es gab keinen Zweifel: Die Rucksäcke und Sinas Stiefel thronten deutlich über ihnen. Zwischen ihrer jetzigen Position und der ihrer Sachen lagen grob geschätzt zwei bis zweieinhalb Höhenmeter. Keine bemerkenswerte Steigung. Eher ein sanfter Bogen. So sanft, dass er ihnen zuvor nicht richtig bewusst geworden war. Aber es gab diesen Bogen, diese Steigung, diesen – Hügel.

»Ist das etwa kein Hügel?«, jauchzte Gabriele vergnügt.

»Und was für einer!«, jubelte Sina und feixte: »Ich finde den Eingang vor dir! Wetten?« Sie preschte los.

»Zieh dir lieber erst mal wieder deine Stiefel an, Sina. Bunker sind in ihrem Innern gewöhnlich ziemlich klamm. Da holst du dir ohne Schuhe gleich eine Erkältung.«

Sina grinste zurück: »Wenn wir den Eingang wirklich so schnell finden, ist mir das 'ne Erkältung wert.«

26

Sie fanden ihn natürlich nicht so schnell. Obwohl sich Sina eine leichte Erkältung einfing. Schniefend saß sie auf dem grüngrauen Filzpulli, den sie sich für alle Fälle in ihren Rucksack gesteckt hatte und der nun als Wärme spendende Unterlage diente. Gut eine Stunde hatten die beiden gesucht. Erst mit überschwänglichem Optimismus, später dann mit deutlich nachlassender Zuversicht. Sina war die erste, die aufgab. Wohl auch, weil sie aus Trotz oder Übermut tatsächlich die ganze Zeit über auf ihre Stiefel verzichtet hatte und die letzten Minuten ihrer Suche meinte, auf Eisklötzen zu gehen. Gabi durchforstete noch immer das Terrain rings um den Hügel, suchte hinter jedem Strauch, rückte einen Stein nach dem anderen zur Seite. Sie hatte sich in die Vorstellung verrannt, der Lösung nun ganz nah zu sein. Sina konnte das nur zu gut nachvollziehen. Schließlich hatte ihre Freundin inzwischen genug Schlappen einstecken müssen. Erst die Mühe, sie zu dieser Tour überhaupt bewegen zu können, dann der trostlose Zustand der alten Nazibauten hier auf der Insel. Später folgte die Erkenntnis, dass das in Frage kommende Gebiet viel größer und viel unzugänglicher war, als die Frauen erwartet hatten. Schließlich die Sache mit dem tragischen und irgendwie auch ziemlich rätselhaften Autounfall von Opa Bernhard. Ja, und zu guter oder besser zu schlechter Letzt diese beiden gewagten und ganz sicher zum Scheitern verurteilten Theorien zur Spurensuche. Kein Wunder, dass Gabi krampfhaft versuchen musste, sich an diesem offenbar letzten Strohhalm, der ihnen blieb, so lange wie möglich festzuhalten.

Sina beugte sich vor, massierte ihre unterkühlten Füße.

Gabriele sah das und rief belustigt: »Du verrücktes Huhn! War doch klar, dass du dir mit deinen Eskapaden einen Schnupfen holen würdest. Warum machst du eigentlich immer wieder solchen Unfug?«

Sina wunderte sich, dass ihre Freundin in diesem Augenblick einen Gedanken an sie verschwendete, ging aber um so lieber darauf ein: »Vielleicht, weil ich mir damit einen Teil meiner Kindheit bewahren will.«

Diese Antwort war so unerwartet, dass Gabi für einen Moment ihre Suche vergaß: »Was? Willst du mich auf den Arm nehmen?«

»Auch das würde ich tun. Warum nicht. Schau, Gabi: Wenn ich mir einen Schnupfen, meinetwegen auch eine Grippe geholt habe – was soll's? Denkst du denn immer genau nach bei allem, was du tust? Kalkulierst du jede Folge deiner Handlungen ein?«

»Also hör mal, Kleine. Fang nicht an, mir 'ne Moralpredigt ob meiner verloren gegangenen Kindheitsideale zu halten.«

Sina streckte sich auf ihrem Filzpulli aus, hob ihre Beine an und ließ die Füße in der Luft kreisen. »Doch. Und zwar genau heute und hier. Einen besseren Moment dafür gibt es nicht. Denn wir sind eben am Ende unseres Abenteuers angelangt. Wahrscheinlich dem letzten überhaupt. Ich finde, das ist Grund genug, sich einmal Gedanken darüber zu machen, wie das Leben denn so weitergehen soll.«

Gabriele stemmte ärgerlich die Arme in die Hüften: »Ausgerechnet du willst mir da Ratschläge erteilen? Das ist ja lächerlich.«

Sina konzentrierte sich auf die Bewegung ihrer Füße, die allmählich wieder von wärmendem Blut durchströmt wurden. »Ich wäre keine schlechte Lehrerin in Sachen Lebenshilfe. Ich war immer die clevere von uns beiden. Zumindest, was das wahre Leben betrifft.«

»Pah! Wahres Leben. Für unausgegorene Faxen, für Albernheiten, ja, dafür warst du wirklich immer zu haben. Aber fürs wahre Leben? Da muss ich wohl nur das Stichwort Klaus anbringen, um dich wieder auf den Teppich zu holen, oder?«

Daraufhin ließ Sina ihre Beine abrupt fallen. Sie setzte sich in die Hocke, warf Gabi einen finsteren Blick zu: »Mensch, Frau! Sei nicht immer so verdammt ernst. Ich wollte ein bisschen mit dir spielen, ein bisschen flachsen. Mehr nicht. Und was machst du? Du legst jedes Wort auf die Goldwaage und wirst zum Schluss auch noch gemein. Dabei will ich unsere Pleite nur ein wenig versüßen. Mit kleinen Neckereien geht das doch am besten. Ist immerhin besser, als eine beleidigte Grimasse zu ziehen und irgendwann wortlos den Heimweg anzutreten.«

Gabriele beschloss, nicht darauf einzugehen. Sie setzte ihre Suche fort und machte sich daran, den Radius um einige Meter zu vergrößern. Sina schüttelte über diese aussichtslosen Bemühungen nur den Kopf und ließ sich wieder auf ihren Pulli sinken. Spätestens in einer Stunde, dachte sie sich, würde auch Gabriele zur Vernunft kommen. Und dann wäre dieses ganze Kasperletheater hoffentlich vorüber.

Gabrieles Aufgabe hatte sich durch den erweiterten Aktionsradius erheblich vergrößert. Das abzusuchende Gebiet war sprunghaft gewachsen. Die Hilfe von Sina hätte sie jetzt nur allzu gut gebrauchen können. Aber egal, es musste auch so gehen. Zu allem Überfluss wurde das Gestrüpp, je näher sie den Bäumen kam, dichter und erschwerte ihr das Vorankommen. Außerdem trugen einige Zweige Dornen, an denen sich Gabriele immer wieder die Haut aufriss. Schweißtropfen, die in die winzigen Wunden ihrer Unterarme rannen, bereiteten ihr einen brennenden Schmerz.

Die Schneise, die Gabriele im Gebüsch vor sich auszumachen glaubte, war dicht zugewuchert. Gabi musste ihre Fantasie spielen lassen, um in der vage zu erkennenden Furche einen schmalen Weg zu sehen. Sie zog ihre Mini-Machete, einem Gelegenheitskauf von Sina, aus der Gürtelscheide und bearbeitete das Strauchwerk. Das gestaltete sich deutlich mühseliger als angenommen. Doch nach einigen Minuten war Gabriele so weit, dass sie tatsächlich eine schmale Schneise vor sich hatte. Sie haute weiter auf die Äste ein, bis die Machete plötzlich einen harten Schlag an ihre Arme weitergab. Sie war gegen irgendetwas Festes gestoßen. Gabriele bückte sich, um die Ursache des Widerstandes näher zu untersuchen. War es ein Felsen?

Hinter einer dicken Wand aus verwobenen Bodendeckern kratzte sie eine grasgrüne Masse frei. Sie war eben und fest. »Beton«, stammelte Gabriele. »Es ist wirklich Beton.« Aufgebracht scharrte sie an der Stelle weiter und bemühte sich, so viel wie möglich davon freizulegen. Vielleicht war das ein Teil des Belüftungsschachtes. Oder, mit etwas Glück, sogar der Eingang.

Sina beschäftigte sich noch immer ausschließlich mit ihren Füßen. Erneut ließ sie sie in der Luft kreisen und pfiff dabei unbeschwert vor sich hin. Für sie war die Sache gelaufen. Den Bunker hatte sie abgeschrieben. Wenn sie ganz ehrlich war, war sie nicht einmal traurig deswegen. Wahrscheinlich hätte dieses Ding eh nur Ärger gebracht und ganz sicher hätte es für sie eine Menge Arbeit bedeutet. Darauf konnte sie eigentlich gut und gern verzichten.

Gabriele musste all ihre Kraft zusammennehmen, um das Messer stark genug in die Sträucher zu rammen. Diese waren über viele Jahre hinweg dermaßen dicht miteinander verwachsen, dass sie kaum zu trennen waren. Einen besseren Schutz vor unliebsamem Besuch, wie ihn die Natur hier geschaffen hatte, hätten sich die Sicherheitsingenieure der Wehrmacht auch nicht einfallen lassen können. Trotzdem machte Gabriele unverdrossen weiter und bearbeitete das Dickicht mit unnachgiebiger Entschlossenheit. Inzwischen hatte sie auch auf der anderen Seite des Weges Beton gesichtet. Offenbar wurde die Schneise an beiden Rändern durch stabile Mauern gestützt. Die Befestigung zog sich nun bereits über gut fünf Meter. Und wenn sich Gabi nicht täuschte, führte der Weg leicht abwärts.

Sina hatte allmählich genug davon, ihre Füße bei den Luftübungen zu beobachten. Sie richtete sich auf und suchte den Hang ab. Es war mal wieder an der Zeit, Gabi ein wenig zu ärgern. Aber wo steckte sie bloß? Sina drehte sich, suchte mit zusammengekniffenen Augen die Ränder der Lichtung ab. Keine Spur von der Freundin.

Inzwischen hatte Gabriele sich knapp fünf Meter vorgearbeitet. Der Schweiß rann ihr in dicken Tropfen von der Stirn, die klatschnassen Löckchen hingen schlaff herab. Gabriele schnaufte vor Erschöpfung. Abermals holte sie weit aus und ließ die Machete in den Busch sausen. Es klirrte ohrenbetäubend. Erschreckt fuhr Gabriele zurück, um sich sogleich zu fangen und neugierig vorzubeugen. Interessiert betastete sie den Boden. Die Oberfläche war hart und rau wie zuvor bei den Betonwänden. Diesmal aber auffällig kühl. Gabriele klopfte vorsichtig mit den Fingerspitzen darauf.

Sie nahm ein metallenes Geräusch wahr. »Stahl! Ich habe es gefunden. Ich habe dieses verdammte Mistding endlich gefunden.«

Der harte Schlag, den Gabriele der Stahltür verpasst hatte, war auch Sina nicht entgangen. Wie angespitzt saß sie auf ihrem Pulli, reckte aufgeschreckt den Kopf. Sie versuchte sich zu orientieren und bemühte sich herauszufinden, von wo genau das Geräusch gekommen war.

Gabriele holte erneut aus, durchtrennte eine Schicht Strauchwerk mit einem einzigen Hieb und stieß bis zum Grund. Ein weiterer Krach – diesmal war kein Zweifel möglich: Metall auf Metall. Aufgeregt zerrte Gabriele die restlichen Äste beiseite. Ganz deutlich konnte sie die verrostete und mit Moos bedeckte Stahlplatte erkennen. An ihrem Rand war sie von einem zylinderförmigen Gebilde überlagert. Gabriele glaubte zunächst, einen weiteren, besonders dicken Ast vor sich zu haben. Aber als sie es anfasste, fühlte sie, dass der Gegenstand genauso kalt war wie das Tor selbst. Vorsichtig versuchte sie, das sperrige Teil beiseite zu drücken.

Sina hatte sich inzwischen auf den Weg zum Rand der Lichtung gemacht. Auch den zweiten Metallschlag hatte sie nicht überhören können und war durch ihn zu der kleinen Schneise geführt worden. Misstrauisch folgte sie dem Weg ins Dunkel.

Da sich der merkwürdige Zylinder nicht bewegen, geschweige denn verbiegen ließ, beschloss Gabriele, weniger zimperlich vorzugehen. Sie griff zur Machete und bearbeitete das störende Metall mit der Klinge. Doch es erwies sich als zäh und gab nur wenige Zentimeter nach. Gabriele drosch noch härter drauf ein.

Sinas Missmut wuchs. Die klirrenden Schläge, die sie dicht vor sich wahrnahm, behagten ihr gar nicht. Sie steigerte das Tempo, sofern das bei den grünen Stolperfallen auf der Erde überhaupt möglich war.

Gabriele bekam davon nichts mit, hämmerte unverdrossen auf den Stahlzylinder ein. Er verbeulte, wollte aber partout nicht den Weg freigeben.

Sina konnte ihre Freundin nun sehen. Sie bemerkte die Machete, die Gabriele über dem Kopf schwingen und mit Wucht auf den Boden niedergehen ließ. Und sie bemerkte das Metallrohr, auf das Gabriele so vehement eindrosch. Sina wurde kreidebleich. Mit aufgerissenen Augen taumelte sie einen Schritt zurück. »Oh mein Gott. Das darf nicht wahr sein.«

Gabriele hatte bereits zu einem weiteren Schlag ausgeholt, als sie eine Hand an ihrer Schulter spürte. Ehe sie sich versah, hatte Sina sie herumgerissen, ihr die Machete aus der Hand geschlagen und sie grob zu Boden gerissen. Gabriele war so überrascht, dass sie unbeholfen in die Knie ging und seitlich gegen die Betonmauer fiel. Beim Versuch, sich abzustützen, schürfte sie sich ihren Ellenbogen auf.

»Sina!« Gabrieles Augen waren gläsern vor Schmerz. Sie umfasste verkrampft ihren blutenden Arm. »Was zum Teufel ist in dich gefahren?« Sina, kreidebleich, wankte benommen zurück. Fassungslos starrte sie auf das rohrförmige Metallstück, dem Gabriele einen letzten harten Schlag hatte verpassen wollen. Gabriele blaffte sie an: »Steh nicht so unbeholfen rum, sondern sag mir, warum du dich wie eine Furie auf mich gestürzt hast.«

Sina gewann allmählich ihre Fassung zurück: »Tut mir leid, Gabi, aber du warst kurz davor, dich ins Jenseits zu befördern.«

Gabi starrte sie fragend an. Dann folgte sie Sinas Blick – geradewegs auf das Metallrohr. Erst jetzt wurde

Gabriele bewusst, in welcher Gefahr sie in den letzten Minuten geschwebt hatte. »Eine ... – meinst du etwa, das ist eine Bombe? Mein Gott. Habe ich da etwa auf einen Blindgänger eingeschlagen?«

Sina näherte sich vorsichtig dem zerbeulten Etwas. »Sieht ganz so aus, Gabi. Sieht ganz so aus.«

Nun wurde auch Gabriele reichlich blass um die Nase. »Meine Güte, Sina! Du hast mir das Leben gerettet!«

»Jaja, reg dich ab. Ist ja gut.« Sina hatte sich wieder voll im Griff. Mit zaghaften Tastversuchen ergründete sie den gefährlichen Munitionsfund. »Viel verstehe ich von den Dingern nicht. Aber es schaut so aus, als ob diese Höllenmaschine noch scharf ist. Sieht verflucht intakt aus – wenn man einmal von der Hülle absieht. Ist mir ein Rätsel, warum das Ding bei deiner Attacke nicht in die Luft gegangen ist.«

Auch Gabriele hatte den Schreck schnell wegstecken können und beugte sich neugierig über ihre Freundin. »Und? Wie kriegen wir die Bombe da weg?«

Sina drehte sich ihr mit fragendem Blick zu: »Wegkriegen? Dieses Ding? Natürlich überhaupt nicht. Bin ich etwa ein Sprengkommando?«

Gabriele legte freundschaftlich ihre Hand auf Sinas Schulter. In säuselndem Tonfall sagte sie: »Süße, wenn du nur wirklich willst, nimmst du es mit jedem Sprengmeister dieser Welt auf. So schwer kann es ja wohl nicht sein, die Elektronik eines völlig antiquierten Zünders lahmzulegen, oder?«

Sina erhob sich, wischte die Erdkrumen von ihrer Jeans. »Doch. Kann es. Und zwar verdammt schwer. Diese Dinger sind unberechenbar. Das einzig Vernünftige wäre es, um die Bombe herum einen Kranz aus Plastiksprengstoff zu legen und die ganze Sache aus möglichst großer Entfernung hochgehen zu lassen.«

Von Gabis Gesicht war unschwer abzulesen, dass sie von diesem Vorschlag gar nichts hielt. »Du hattest bereits bessere Einfälle, Sina. Ich warte auf ernst gemeinte Beiträge.«

Sina stellte sich stur: »Es gibt keine Alternativen. Ich gehe an dieses Ding jedenfalls nicht dran. Ein falscher Handgriff und du kannst mich portionsweise als Fleischsalat verkaufen. Willst du das riskieren?«

Gabriele nahm einen weiteren Anlauf: Sie wollte Sina bei ihrem Stolz packen. »Sina, Kleines. Du hörst dich an wie deine eigene Großmutter: Bloß keine Risiken eingehen, bloß keine unnötigen Gefahren. Bloß nichts wagen. Vorhin hast du noch ganz anders geredet und warst auf Abenteuer aus. Also, Sina! Sei nicht so übervorsichtig! Das ist stumpfsinnig und bringt uns nicht weiter.«

Sina rieb sich die Nase. »Weißt du, Gabi: Großmütter sind im Allgemeinen nicht mehr sehr belastungsfähig. Brauchen viel Schlaf.« Sie gähnte gespielt übertrieben. »Oma Sina wird sich deshalb zurückziehen. In unsere Pension.« Sie wandte sich bereits zum Gehen, als sie sagte: »Und wenn ich dir einen großmütterlichen Rat geben darf: Lass auch du die Finger von dem Blindgänger. Noch mal rette ich deine Haut nämlich nicht.«

27

Die Stimmung am kleinen Tisch in der Ecke der Gaststube
›Schwedenschanze‹ war denkbar schlecht. Da saßen sie nun
vor ihrer deftigen Krabbensuppe, aßen mehr oder weniger
teilnahmslos vor sich hin, aber weder Sina noch Gabriele
oder Klaus sagte einen Ton. Nur die eisigen Blicke, die sie
sich zuwarfen, verrieten etwas über die Gedanken, die den
Dreien durch den Kopf schwirrten. Die angespannte Atmosphäre lockerte sich erst, als Gabriele während des Haupt-
gangs ihre Serviette beiseite legte, ohne Erklärung aufstand
und verschwand. Ihr Teller mit Röstkartoffeln und Seelachs-
filet blieb halb geleert stehen.

»Ich glaub, sie ist sauer«, versuchte Sina das Schweigen
zu brechen.

»Ach«, bemerkte Klaus trocken. »Wenn du das nicht
gesagt hättest, wäre ich nicht drauf gekommen. Du hast
offenbar ein einmaliges Talent darin, deine Freunde zu ver-
prellen.«

Nun schob auch Sina ihren Teller beiseite. »Mach mal 'nen
Punkt, Klaus! Wenn Gabi sauer ist, liegt das nicht an mir,
sondern an ihrer eigenen Bockigkeit. Sie ist halt ein Dickkopf, der es nicht vertragen kann, wenn nicht alles nach seinem Willen geht. Und was dich betrifft…«

Klaus sah neugierig auf.

»Was dich betrifft: Du bist selbst schuld, dass wir dich
reingelegt haben. Keiner hat dich eingeladen, hierherzu-
kommen. Du darfst dich also nicht wundern, wenn wir ver-

suchen, dich so schnell wie möglich wieder loszuwerden.«
Leise fügte sie hinzu: »Vor allem nach dem, was du dir gestern Abend geleistet hast.«

»Beruhige dich mal wieder, Kleines«, sagte Klaus und versuchte, ihre Hand zu greifen.

Doch da hatte er Sina falsch eingeschätzt. Die lief prompt rot an und es brüllte aus ihr heraus: »Nenn mich nicht Kleines! Damit regt mich Gabi genug auf. Und behalt deine Grapscher unter Kontrolle, sonst vergesse ich mich.«

Für einen Moment sah es so aus, als wollte Klaus Sinas letzte Bemerkung mit einer Anzüglichkeit begegnen. Doch er überlegte es sich anders. »Bist du vielleicht schon mal auf den Gedanken gekommen, dass du mich falsch einschätzen könntest?«

Mit dieser Frage hatte Sina wirklich nicht gerechnet, denn sie hakte verdutzt nach: »Wie meinst du das?«

Klaus gewann seine Selbstsicherheit zurück: »Nun. Ich *hätte* heute wahrlich sauer auf euch sein können. War ja eine Gemeinheit, mich 200 Kilometer durch die Pampa zu jagen. Aber ich war nicht sauer. Zumindest nicht lange.«

Sina wurde ungeduldig: »Schwätz nicht, Klaus. Rück raus damit: Warum sollte ich dich falsch eingeschätzt haben?«

Klaus sonnte sich sichtlich in der Aufmerksamkeit, die seiner kleinen Geschichte zuteil wurde. »Wie gesagt: Meine Wut hielt sich durchaus in Grenzen, zumal ich ohnehin ein schlechtes Gewissen wegen meines Überraschungsbesuchs bei euch hatte.«

»Es geschehen also noch Zeichen und Wunder«, warf Sina ironisch ein.

»Ja, da hast du recht. Ich saß also in meinem Auto und hab mir überlegt, wie ich die Sache mit euch wieder ins Reine bringen könnte.«

Sina horchte auf.

»Da kam mir die Idee, dass ich eure Räubertour auf meine eigene Weise unterstützen, euch sozusagen ein wenig zuarbeiten könnte.«

Sina beugte sich vor: »Was hast du getan, Klaus? Was?«

Klaus lehnte sich entspannt zurück: »Naja, ich habe eins plus eins zusammengezählt. Ich meine, was ihr hier sucht, ist mir ohnehin klar: Kunst, Kunst, Kunst. Und wo ihr die sucht, ist auf diesem begrenzten Fleckchen Erde auch nicht schwer zu erraten. Also habe ich mir gedacht, dass ich mich nützlich mache, indem ich die Leute hier ein wenig ausquetsche.«

Sina war in heller Aufregung: »Ausquetschen? Klaus, sag schon: Was genau hast du den Leuten von uns erzählt? Willst du die ganze Sache zum Platzen bringen? Willst du, dass Gabi und ich im Gefängnis landen?«

Klaus sah sie erschreckt an: »Um Himmels willen, nein. Ich habe ganz harmlos ein wenig herumgefragt. Habe mich erkundigt, ob jemandem irgendwelche merkwürdigen Vorkommnisse in den letzten Kriegsmonaten aufgefallen sind. Ich meine, ungewöhnliche Transporte oder Versiegelungen von Bunkeranlagen.«

»Du hast unsere Namen nicht erwähnt?«

»Nein, natürlich nicht. Ich sagte doch bereits, dass du mich offenbar ziemlich falsch einschätzt.«

Langsam beruhigte sich Sina wieder. Dankbar nahm sie das Bier entgegen, das die Wirtin den beiden an den Tisch brachte. »Und? Was haben die Leute so erzählt? Ich meine: Auffällige Transporte hat es zur Zeit der Raketenfertigung hier auf der Insel ja wohl genug gegeben. Ich glaube kaum, dass ihnen da ein unscheinbarer Möbelwagen mit Bildern drin aufgefallen sein könnte.«

»Sag das nicht. Die Insulaner haben von all dem mehr mitbekommen, als man denken sollte.« Klaus wollte – sehr zum Missfallen Sinas – einen kräftigen Schluck aus seinem Glas. »Keine Angst, heute bleibt es bei einem Bier, Sina.«

Diese bohrte weiter: »Was hast du denn aus den Leuten rausholen können?«

»Zunächst einmal, dass es hier ein Museum gibt.«

»Das ist nichts Neues«, kanzelte Sina ihn ab. »Am Ortseingang steht ein riesiges Hinweisschild.«

»Ja, ja. Aber ihr wart noch nicht drin, stimmt's?«

Sina musste zustimmen. Sie nickte, ohne dabei ihren skeptischen Blick abzulegen.

»Solltet ihr aber. Denn dieses Museum muss einen ziemlich cleveren Leiter haben. Vielleicht merkst du dir den mal für eure Recherche vor. Der soll alles über die jüngere Geschichte Usedoms wissen, was für euch von Belang sein kann. Und zweitens – …« Wieder war erst das Bierglas dran. Sina trommelte ungeduldig mit ihren Fingern auf dem Tisch. »Zweitens seid ihr offenbar nicht die Einzigen, die sich hier in der Nebensaison herumtreiben und auffällig viele Fragen stellen.«

»Nein, ich weiß. Du bist auch da«, scherzte Sina.

»Quatsch. Nicht ich. Es geht um so 'n paar komische Gestalten, die kurz nach euch auf der Insel eingetroffen sind.«

Sinas Interesse an Klaus' Erzählungen schwand. »Komische Typen? Eine Familie mit Dackel vielleicht? Oder ein Rentnerklub auf Kaffeefahrt?«

Klaus wippte mit dem Kopf: »Nein, wirklich: Da sind ein paar Jungs genauso scharf auf Peenemünde-Infos, wie ihr es seid. Glaub mir, Sina: Das sind keine normalen Urlauber.«

»Woher willst du das wissen? Haben sie vielleicht ein

Krabbenbrötchen zu wenig gekauft und sind deswegen bei der Dorfbevölkerung in Ungnade gefallen?«

»Nein. Aber sie haben euren Großvater besucht, diesen Bernd, von dem du mir erzählt hast.«

Sina war wieder voll bei der Sache: »Bernhard. Du meinst Opa Bernhard.«

»Ja, meinetwegen auch Opa Bernhard. Auf jeden Fall haben sie ihn besucht. Das muss kurz nach eurem Gespräch gewesen sein. So sagte es jedenfalls die Frau in diesem gammeligen Kiosk, das beim alten Bernhard am Eck steht.«

Sina war alarmiert: »Sag mal, Klaus. Hast du noch mehr rauskriegen können über diese ominösen Männer?«

»Ja, habe ich.«

»Dann rück raus damit.«

»Erst wenn du zugibst, dass mein Aufenthalt hier doch nicht ganz ohne Sinn ist.«

»Ja, o. k., du bist der beste und tüchtigste Helfer von in Not geratenen Abenteurerinnen, den es gibt. Und nun leg los: Was weißt du noch?«

»Dass es mindestens fünf sind. Dass sie überhaupt nicht wie Touristen ausschauen. Dass sie vorher noch niemand hier gesehen hat. Und, dass …«, Klaus legte eine Pause ein.

»Spuck schon aus. Dass was?«

»Dass sie Dialekt sprechen.«

Sina musste unwillkürlich lächeln. »Was? Etwa auch Fränkisch wie wir?«

Klaus blieb ernst: »Nein, es ist weniger ein Dialekt als vielmehr ein Akzent. Und zwar ein Akzent, der den Inselbewohnern nur allzu vertraut ist. Es sind Russen, Sina. Russen.«

28

»Der muss sich in alles einmischen«, jammerte Sina, als sie ihren bis zum letzten Winkel bepackten Rucksack auf den Rücken wuchtete. Gabriele erwiderte nichts. Sie war selbst viel zu sehr mit Packen beschäftigt. Außerdem hatte sie nicht die geringste Lust, sich neue Klagelieder über Klaus anzuhören.

»Er hat mir gestern fast ein Ohr abgequatscht, hat sich eingebildet, dass er die Entdeckung schlechthin gemacht hat.« Gabriele hatte noch immer kein Interesse, ihr zuzuhören. »Gabi, ich sag dir, dieser Mensch raubt einem den letzten Nerv. Wenn es nach ihm ginge, müssten wir sofort die Zelte abbrechen, um nicht den Russen in die Hände zu fallen.«

Gabriele lachte einmal kurz auf: »Den Russen? Die sind doch längst mit Sack und Pack abgerückt. Hat dein Klaus das etwa verschlafen?«

»Nein, er meint, dass sich hier ein paar rumtreiben.« Sina kicherte verstohlen. »Das Beste kommt noch: Er hat sich in den Kopf gesetzt, das wären welche von der Russenmafia. Ha! Und die Schlimmen führen – natürlich – Böses im Schilde«, spöttelte sie.

Auch Gabis Rucksack saß fest auf ihrem Rücken. Ohne auf das eben Gehörte einzugehen, fragte sie: »Also, Kleine: Bist du fertig? Kann's losgehen?«

»Klar doch. Auch wenn ich …«

Gabi unterbrach sie: »Ja, ich weiß: Auch wenn du nicht viel Sinn darin siehst, noch einmal zu diesem Blindgänger zu gehen. Aber überleg mal: Wenn wir einen Eingang gefunden haben, finden wir sicher auch einen zweiten Weg. Irgendwo in der Nähe muss es einen Luftschacht geben. Wir brauchen also bloß ein wenig weiter zu suchen.«

Sina, die Klaus' Story inzwischen selbst ad acta gelegt hatte, stimmte leise protestierend zu und folgte Gabriele in Richtung Wald. Immer noch besser, als in der Pension zu bleiben und den Vormittag mit Klaus verbringen zu müssen.

Keine halbe Stunde später waren sie an der Stelle angelangt, an der sie tags zuvor aufgegeben hatten. Die zerbeulte Bombe lag unberührt dort, wo sie wahrscheinlich die letzten Jahrzehnte auch gelegen hatte. Gabriele blieb stehen, um den sperrigen Gegenstand intensiv zu mustern.

Sina drängte: »Diese Granate kennen wir ja, Gabi. Hier brauchen wir also keine Wurzeln mehr zu schlagen.« Als hätte sie das nicht gehört, stellte Gabriele ihren Rucksack ab und ging zwei weitere Schritte auf den Blindgänger zu. »He, Frau! Da gibt's kein Reinkommen. Das haben wir gestern geklärt.«

Gabriele ließ sich nicht beirren. Sie suchte sich einen einigermaßen haltbar aussehenden Wurzelstrang und hievte sich daran an der seitlichen Betonmauer empor.

»Wo willst du hin?«, erkundigte sich Sina mit einer Mischung aus Sorge und Entnervtheit über diese neue Extratour ihrer Gefährtin.

Gabriele war etwa anderthalb Meter oberhalb der Granate, als sie endlich erklärte: »Bevor ich einen weiteren Tag opfere, um einen zweiten Eingang zu finden, will ich wenigstens alles versucht haben, die dämliche Bombe zu umgehen.«

Sina schüttelte den Kopf. »Wie oft soll ich es noch sagen: Hier gibt's kein Reinkommen. Dieses Ding davor ist viel zu gefährlich. Das ist die Sache wirklich nicht wert, Gabi.«

Die Ältere protestierte: »Aber genau hier ist der Eingang, Sina! Ich kann von hier oben die Stahltür erkennen. Sieht ziemlich vergammelt aus. Wäre für dich sicher nur ein Klacks, die aufzukriegen.«

Sina kam sich allmählich vor, als hätte sie es nicht mit ihrer Freundin, sondern mit dem kleinen Tom zu tun. Der konnte genauso unvernünftig sein. Sie versuchte es deshalb mit wohlwollendem Tonfall: »Würdest du da bitte runterkommen, Gabi? Wenn du dir diesen Eingang nicht aus dem Kopf schlägst, kehre ich sofort um und gehe zurück in die Pension. Dann kannst du sehen, wie du allein zurechtkommst.«

Und tatsächlich sprach ihre Freundin darauf an. Lammfromm kletterte Gabriele von ihrem ›Hochsitz‹ und ließ sich vorsichtig an dem Wurzelstrang zu Sina herab.

Na also, es geht doch, wollte Sina noch sagen. Doch Gabrieles Gesichtsausdruck sah aus der Nähe betrachtet nicht mehr annähernd so einsichtig aus und ihre Augen strahlten eine enorme Entschlossenheit aus. Sina ahnte Schlimmes.

»Ich muss da rein! Koste es, was es wolle«, keifte Gabriele. Wie wild fuhr sie sich mit den Händen durchs Haar. »Es ist nicht zu glauben: Nur ein paar Meter unter mir ist das, wonach ich so lange gesucht habe. Und ich soll da nicht drankommen? Das gibt's einfach nicht!«

»Reg dich ab, Gabi. Wir wollen da ja rein. Nur nicht von hier aus. Will das denn partout nicht in deinen Kopf? Eine kleine Erschütterung, und dieses Ding pustet alles weg, was nicht niet- und nagelfest ist.«

In dem Augenblick, in dem Sina ihre letzten Worte gesprochen hatte, wusste sie bereits, dass sie ein Fehler waren. Ein großer Fehler. Gabriele blickte sie listig an und schaute sich dann für Bruchteile von Sekunden um. Ehe Sina reagieren konnte, stürzte Gabriele auf einen morschen

Baumstumpf am Rande der Schneise zu und versetzte ihm einen harten Tritt.

»Gabi! Um Himmels willen! Was tust du?« Sina versuchte, ihre Freundin festzuhalten. Doch es war zu spät. Mit einem zweiten Tritt hatte Gabriele den Stumpf ins Rollen gebracht. Sina stellte ihren Fuß vor das Holz, doch es preschte einfach darüber hinweg – der Hang hinab zum Tor war zu steil.

Ehe sie sich versah, hatte Gabriele ihren Arm gepackt und zog sie von dem Bunkereingang weg. Beide stolperten mehr, als dass sie rannten, dann ergriff Sina wieder die Initiative. »Runter!«, brüllte sie. Die Frauen warfen sich flach auf den Boden, legten ihre Arme instinktiv schützend über ihre Köpfe.

Gerade noch rechtzeitig. Im nächsten Moment hatte der Stamm die Bunkertür erreicht. Er prallte hart auf das Metall der Bombe. Dann ging alles ganz schnell. Der Blindgänger löste sich aus seiner Verankerung zwischen Wurzeln und Unterholz, bewegte sich auf die Stahltür zu und stieß frontal dagegen.

Es tat einen ohrenbetäubenden Knall. Lauter als beim stärksten Gewitter. Eine Explosion, wie sie Sina und Gabriele noch nicht erlebt hatten. Sie nahmen einen hellen Lichtblitz wahr. Nahezu im gleichen Moment fegte eine kräftige Druckwelle über die beiden hinweg. Ein armdicker Ast schoss um Haaresbreite an Sinas Kopf vorbei. Ein Stück Strauchwerk, dicht besetzt mit Dornen, verfing sich in Gabrieles Bein und scheuerte daran entlang. Staub drang in ihre Augen.

Sina wusste nicht, ob sie schreien oder weinen sollte. Sie hatte fürchterliche Angst. Gabi war wie benommen. Sie fühlte sich, als hätte jemand mit einem Vorschlaghammer auf sie eingeprügelt. Auch sie war sich nicht im Klaren, was sie tun sollte. Laut um Hilfe rufen, kreischen oder einfach nur bewegungslos daliegen?

Wenige Sekunden später war der Spuk vorbei. Die Freundinnen wagten sich dennoch nur langsam aus ihrer Deckung. Gabriele sah sich von oben bis unten genau an, befühlte die eigenen Gliedmaßen behutsam, als könnten überall grauenhafte Wunden lauern, deren Schmerzsignale noch nicht bis zum Gehirn vorgedrungen war.

Sina schüttelte das Laub aus ihren Haaren und rieb sich den Staub aus dem Gesicht. »Dabei hätten wir draufgehen können, Gabi. Das weißt du.«

»Sind wir aber nicht«, antwortete diese trocken. Sie stützte sich auf ihren Knien ab und richtete sich dann ganz auf. Als sie den Dreck von der Jacke klopfte, fragte Gabi, als sei nichts geschehen: »Na, alles in Ordnung?«

Sina hatte kaum die Furcht verarbeitet, die ihr diese enorme Explosion eingejagt hatte, da stieg bereits ein neues starkes Gefühl in ihr auf: Wut. Sie belastete vorsichtig beide Beine, wagte sich ans Aufstehen. »Sieht so aus«, meinte sie auf Gabrieles Frage und fügte bitter hinzu: »Aber langsam frage ich mich, ob auch bei dir alles in Ordnung ist.«

»Reg dich nicht so auf«, sagte Gabriele lapidar, »es hat doch alles geklappt. Wir leben.«

Sinas Tonfall war hart: »Verantwortungslos! Das war völlig verantwortungslos von dir.«

Ohne darauf einzugehen, schritt Gabriele die Schneise entlang auf den Ausgangspunkt der Detonation zu und verschwand hinter den angesengten Sträuchern. Das Buschwerk hatte die Explosion erstaunlich gut überstanden. Es war nur teilweise, aber manche Sträucher vollständig verbrannt. Doch durch ihre Elastizität konnten die meisten Büsche der Druckwelle verblüffend gut standhalten. Ein paar Tage, und die Äste würden bereits wieder von neuem Grün überwuchert. Auch der Bunkereingang war nach wie vor schwer einzusehen.

Gabriele fackelte nicht lange, sondern bahnte sich mit energischen Armbewegungen ihren Weg durch das Dickicht vor der Stahltür. Sie hatte einige Mühe, das Tor leidlich gut freizulegen. Denn immer wieder schnellten widerspenstige Äste dorthin zurück, von wo sie sie weggeschoben hatte. Dann gelang es ihr, den Verschluss der Pforte zugänglich zu machen. Er war durch die Explosion beschädigt worden. Offensichtlich hatte ein Granatsplitter das schwere Schloss zerschmettert. Gabriele griff nach einer Art Knauf, der neben dem Schloss befestigt war und zog mit aller Kraft daran. Doch die Eisentür bewegte sich keinen Millimeter. Sie stemmte den rechten Fuß gegen die Betonwand, grub den linken stützend in den Boden und versuchte sich abermals daran, die Tür aufzuziehen. Wieder ohne Erfolg. Erschöpft ließ sie von dem Tor ab und wandte sich suchend nach hinten. »Sina?«, rief sie, bekam jedoch keine Antwort. Dann energischer: »Sina! Wo zum Teufel steckst du?«

Sina stand noch immer vor dem Gebüsch, das die Schneise zum Bunker abschirmte. Sie zögerte und wusste nicht, ob sie Gabriele tatsächlich weiter folgen sollte. Nur widerwillig schob sie das Dickicht auseinander und brummelte dabei vor sich hin: »Dass diese Frau nie den Hals voll kriegen kann.« Sie fand ihre Freundin hilflos vor der zerbeulten Stahltür stehen – und schaltete sofort: »Oh, nein. Einmal in die Luft sprengen reicht pro Tag.«

Sie wollte sich bereits wieder zum Gehen aufmachen, als Gabriele ihr zurief: »Du bleibst hier. Du wirst mich nicht allein lassen. Nicht, nachdem du soweit gegangen bist.«

Sina hielt einen Moment inne. Doch dann entschloss sie,

sich nicht beirren zu lassen. Gabriele hatte den Bogen mehr als überspannt. Diesmal war es um Leben und Tod gegangen. Das konnte Sina ihrer Freundin nicht durchgehen lassen. Sie beschloss, von diesem Ort zu verschwinden.

»Sina, bitte!« Gabrieles Stimme klang flehend. »Wenn du mir den Kopf dafür abreißen willst, dass ich uns beide einer so schrecklichen Gefahr ausgesetzt habe, dann tu es. Du hättest damit sogar recht. Ich habe wirklich unverantwortlich gehandelt.«

Sina konnte sich ein zufriedenes Lächeln nicht verkneifen, hütete sich aber davor, sich wieder ihrer Freundin zuzuwenden. Wie eingefroren blieb sie stehen und wartete, was Gabriele vorzubringen hatte.

»Aber wenn du mir schon den Kopf abreißen musst, dann warte wenigstens so lange, bis wir diese gottverdammte Tür geöffnet haben. Ich möchte nach all den Unannehmlichkeiten der letzten Tage zumindest einmal in dieses Loch hineinsehen, bevor ich sterbe. Dann kann ich wenigstens sagen: Ja. Ich hatte recht. Oder: Nein. Ich habe mich geirrt. Schwamm drüber.« Und nach einer Pause: »Also, Kleine? Gewährst du mir diesen Aufschub?«

Natürlich hatte Gabriele auch diesesmal gewonnen. Aber weniger, weil sie Sina mit ihren Worten um den Finger gewickelt hatte. Nein, der ausschlaggebende Grund lag bei Sina selbst: Ihre Neugierde war beim Anblick der beschädigten Stahltür geweckt worden. Es konnte schließlich nicht schaden, wenn sie sich das Tor genauer ansahen. Vielleicht war es wirklich nur ein kleiner Handgriff, und das Innere des ominösen Bunkers würde ihnen endlich offen stehen. Ohne sich umzusehen, sagte sie: »O. k. Ich hol das Werkzeug.«

29

Finsternis. Nichts war zu sehen, nicht einmal die Hand vor den eigenen Augen. Das gedämpfte Licht, das von außen durch die armbreit geöffnete Tür fiel, erhellte kaum die ersten beiden Treppenstufen, die vom Eingang ausgehend in die Tiefe führten. Sina schaltete den Strahler an der Front ihres Grubenhelms an. Mit dem gleißend hellen Strahl beleuchtete sie die von Moos bewachsenen Wände an beiden Seiten. Sie senkte den Kopf und ließ das Licht die Stufen zu ihren Füßen hinab folgen. Vor ihr ging es beängstigend steil abwärts. Unsicher suchte sie am feuchten, bröckelnden Wandputz Halt. Ihre Hand fuhr tastend über die glitschig-weiche Oberfläche und stieß dann auf ein vom Rost zerfressenes Geländer.

Sina hatte tatsächlich nur ein paar Minuten gebraucht, um die angeschlagene Bunkertür aufzuhieven. Zwei Versuche mit ihrer Rohrzange, danach hatte die zentimeterdicke Stahlkonstruktion unter schwerem Ächzen nachgegeben. Den Rest besorgte Sina mit dem Wagenheber aus Gabrieles VW: Sie klemmte ihn in die schmale Öffnung zwischen Tor und Stahlrahmen und pumpte. Als sie die Pforte einen halben Meter weit geöffnet hatte, stiegen beide Frauen hinein.

»Knips deine Lampe auch an, Gabi. Sonst machst du gleich Purzelbäume in Richtung Erdmittelpunkt. Hier geht's nämlich verdammt steil abwärts.« Gabriele befolgte brav Sinas Rat. Langsam wagten sich die Frauen die Treppe hinunter. Nach ein paar Metern verschwand der schwache Schimmer des Tageslichts, der durch den Spalt der Toröffnung fiel. Kühle, modrige Luft schlug den beiden entgegen. Von der Decke tropfte ihnen Wasser ins Gesicht.

Sina fühlte sich an eine ihrer ersten Exkursionen mit ihrer Freundin erinnert. Es war bereits Jahre her. Damals hatten sich die beiden erst kennengelernt. Gabriele hatte ihr so gekonnt von ihrem Hobby vorgeschwärmt, dass Sina sich zu einem Ausflug in die Unterwelt hatte verführen lassen. Zu einem vergleichsweise harmlosen Trip allerdings: Die beiden waren in die unterirdischen Schutzräume unter Nürnbergs Innenstadt abgestiegen. Ein riesiges System aus Gängen und Räumen, das sich vom Stadtzentrum über Verzweigungen 16 Kilometer weit bis zum Rathenauplatz am Rande der mittelalterlichen Stadtmauer erstreckt. Die Stollen waren an die Felsenkeller nahe der Nürnberger Burg angeschlossen und boten bei Luftangriffen während des Krieges bis zu 15.000 Menschen zuverlässigen Schutz.

Gabriele kannte sich bestens in den Stollen aus. Denn der größte Raum unterhalb des Paniersplatzes war während des Krieges dem Kunstluftschutz vorbehalten: Der ›Englische Gruß‹ von Veit Stoß und andere Kostbarkeiten aus Kirchen und Museen waren hier eingelagert worden. Auch die weltbekannten Reichskleinodien, Krone, Zepter und Reichsapfel, waren vorübergehend in den Gängen eingemauert. Kein Wunder, dass sich Gabriele immer wieder in den Stollen herumtrieb, um nach dem ein oder anderen vergessenen Kunstschatz zu fahnden.

»Willst du länger Löcher in die Dunkelheit starren, oder geht's bald weiter?« Damit riss Gabriele Sina aus ihren Gedanken.

»Nein, entschuldige, ich will erst meine Augen an die Dunkelheit gewöhnen, bevor ich mich weiter auf diesen nassen Stufen vorwage.« Sina schritt vorsichtig voran. Ganz langsam, behutsam, einen Schritt nach dem anderen. Auf der

Betonwand links neben ihr erblickte sie einen kaum mehr leserlichen Schriftzug, der schwach rötlich unter dem Moos hindurch schien. Sie blieb stehen und kratzte die Pflanzenschicht beiseite. »Wer Gerüchte verbreitet, begeht Hochverrat«, las sie mit mattem Tonfall.

Gabriele legte ihr die Hand auf die Schulter: »Ich glaube, wir sind hier richtig. Das klingt ganz nach Einschüchterung im besten Nazistil.« Sina nickte stumm und ging weiter.

Die Stufen endeten jäh auf einem steinernen Plateau. Links und rechts grauer Beton, auf dem Boden ein grünlich-grauer Belag. Sina bückte sich, strich vorsichtig darüber. »Fühlt sich weich an. Und irgendwie eklig.«

»Vielleicht war das mal so was ähnliches wie ein Teppich«, meinte Gabriele ohne Interesse. Ihre ganze Aufmerksamkeit galt den Korridoren, die zu beiden Seiten des Vorraumes abzweigten. Sie bewegte sich langsam auf den ersten Gang zu, tastete sich mit dem Lichtstrahl ihrer Helmleuchte voran. Zuerst mit vorsichtigen, kleinen Schritten, bald zügiger. Sina folgte ihr. Nach wenigen Metern teilte sich der Korridor erneut. Links ging es in einen langen Gang mit Türen und weiteren Abzweigungen entlang. Rechts in einen Flur, der bald vor einer tristen Wand endete.

Die Frauen verständigten sich mit einem Kopfnicken darauf, den linken Weg einzuschlagen. Die Betonwände waren hier holzvertäfelt. Diese fast luxuriöse Einrichtung stand ganz im Gegensatz zum kargen Bild, das der Bunkereingang bot. Sina durchbrach die Stille: »Und nun? Wo suchen wir zuerst nach deinen Van Meers?«

Während sich Sina unbewusst nur mit einem leisen Flüstern geäußert hat, erwiderte Gabriele selbstbewusst und lautstark: »Woher soll ich das wissen? Schauen wir uns erst mal um!« Entschlossen ging sie auf eine der seitlich angeordneten Stahltüren zu und drückte die Klinge. Sie rüttelte, doch nichts geschah.

Sina wandte sich einer anderen Tür zu: »Mist! Auch abgeschlossen.«

Gabriele rüttelte erfolglos an der dritten Tür. »Diese Hurensöhne haben hier tatsächlich alles verriegelt, bevor sie das Weite gesucht haben. Typisch deutsche Gründlichkeit.«

Sina schnallte ihren kleinen Rucksack vom Rücken und suchte etwas darin im Licht ihrer Helmlampe. »Na also, da sind ja meine kleinen Freunde.« Sie zog ein schmales Etui hervor. Im Innern lagen Dietriche in diversen Ausführungen. Sina griff gezielt nach einem der gebogenen Werkzeuge und setzte es am Schloss der dritten Stahltür an.

Gabriele blickte ihr gespannt über die Schulter: »Nun? Was ist?«

Die andere senkte ihren Kopf, um möglichst nahe an das Schloss heranzukommen. Nervös stocherte sie im Herzen des Schlosses herum. »Ich kann die Bolzen spüren, aber sie lassen sich nicht bewegen! Wahrscheinlich sind die Dinger festgerostet. Ich versuch's mal mit Gewalt.« Sina packte den Dietrich mit beiden Händen, riss ihn kräftig herum. Ein Ruck, und das Werkzeug war abgebrochen.

Sina hielt Gabriele die beiden Enden ihres Dietrichs entgegen: »Ich glaube, wir haben da ein Problem.«

»Das wäre ja nicht das erste«, antwortete Gabriele resigniert. Dann entschiedener: »Diese verflixte Tür muss doch zu öffnen sein. Es wäre gelacht, wenn sich da nichts machen lässt!«

Sina richtete sich auf und streckte zur Entspannung ihren Rücken durch. »Sicher. Allerdings müssen wir schweres Geschütz auffahren.« Sie malte mit dem Zeigefinger einen Halbkreis um das Türschloss. »Hier muss ich den Schweißbrenner ansetzen …«

»Hast du denn einen?«, wollte Gabriele wissen.

»Ja. Hab ich.« Gabrieles Mine hellte sich auf. Doch Sina bremste ihre Freundin: »Freu dich nicht zu früh. So 'ne Tür aufzuschweißen, dauert ... na, so ungefähr zehn Minuten. Mindestens.« Daraufhin deutete sie mit ihrer Hand in Richtung der anderen Türen. »Alle Eingänge in diesem Gang würden mich gut und gern drei Stunden kosten. Aber vorher wird mir das Gas ausgehen. Und selbst mit genügend Gas wäre für den ganzen Bunker sicher zwei Wochen reine Schweißerei nötig.«

Gabriele fuhr sich verzweifelt durch ihr Haar und sah sich fragend um. »Also gut. Wir sollten uns erst einmal einen Überblick verschaffen. Wie viele Räume es gibt und ob wirklich alle verschlossen sind.«

Die Frauen entschlossen sich dazu, getrennt auf die Suche zu gehen. »Sonst können wir uns das Abendessen abschminken«, drängt Sina.

»Ich dachte, es heißt neuerdings ›abtoasten‹«, äffte Gabriele und stimmte der Arbeitsaufteilung dennoch zu. Gabriele folgte zunächst dem ersten Korridor bis an sein Ende und rüttelte dabei an allen Türen. Immer mit dem gleichen frustrierenden Ergebnis: verschlossen.

Sinas Weg mündete in einen weiteren Flur. Sie bog um eine Ecke, stieß auf eine Pforte und rüttelte an der Klinke. Erwartungsgemäß gab es kein Weiterkommen. Enttäuscht wandte sie sich ab und folgte dem Gang in die entgegengesetzte Richtung. Nach wenigen Schritten kam sie zu einer Treppe. Abwärts. Sina tastete sich auf den glitschigen Stufen in den Untergrund. Diese Treppe war nicht so steil wie die erste. Sie endete auch nicht in einem Korridor, sondern führte direkt auf ein Tor. Sina probierte es zu öffnen, ahnte jedoch das Ergebnis: verschlossen.

Als sie sich bückte, um das Schloss näher zu begutachten, kam auch Gabriele heran. »Na, Kleine, auch keinen Erfolg gehabt?«

»Bisher jedenfalls nicht«, sagte Sina geschäftig und nahm abermals ihren Rucksack ab. »Aber diesmal gebe ich mich nicht geschlagen.« Sie griff sich ihr Etui mit den Dietrichen und fischte eine stabilere Ausführung hervor. »Dieses Schloss sitzt nicht so fest wie die anderen. Außerdem macht die Tür insgesamt den Eindruck, als hätte man hier mit rostfreiem Stahl gearbeitet. Zwei Pluspunkte für uns.« Mit diesen Worten setzte sie den Dietrich an. »Aha, ich hatte recht. Es bewegt sich was. Das ist offenbar eine Durchgangstür. Musste unbedingt zuverlässig zu öffnen sein. Wäre peinlich gewesen, wenn man da unten festgesessen hätte und nicht wieder herausgekommen wäre.«

Gabriele platzte fast vor Spannung: »Red nicht so viel, sondern knack endlich dieses Schloss«, spornte sie Sina an.

Und als ob es was genutzt hätte: »Et voilà!« Sina ließ das Tor mit einem metallenen Quietschen aufschwingen.

Ein eiskalter Lufthauch schlug ihnen entgegen. Sina fuhr fröstelnd zusammen. »Mist. Da geht's ja noch 'ne Treppe runter.«

»Damit war zu rechnen«, belehrte Gabi sie. Ihr Lichtstrahl glitt die Stufen hinab, die vor Nässe gespenstisch glänzten. Es ging gut und gerne sechs oder sieben Meter abwärts. »Pack ma's«, forderte sie ihre Freundin auf. Die Frauen setzten sich langsam in Bewegung, und waren stets bei jedem Schritt darauf bedacht, bloß nicht ins Rutschen zu kommen.

Nach der letzten Stufe schloss sich erneut ein Gang an. Wie gehabt war auch er verwinkelt, finster und feucht. Sina und Gabi tasteten sich vorsichtig voran. Ihnen fiel auf, dass die Wände und Böden deutlich weniger wohnlich gestaltet waren als in der ersten Bunkerebene. Überall nur nackter Beton. Die

Frauen gingen weiter, folgten dem Gang um eine rechtwinklige Abbiegung. Sie nahmen Ausbuchtungen an den Wänden wahr.

Sina blieb stehen und beugte sich vor, um eine dieser Stellen näher zu untersuchen. »Warte mal, Gabi. Ich hab was entdeckt. Sieht aus, als wäre irgendein Gerät in die Wand eingelassen worden. Das Glas davor ist aber völlig blind. Ich kann nichts erkennen.«

Auch Gabi wandte sich der Ausbuchtung zu und richtet ihren Lichtstrahl auf die Wand. Sina wischte mit ihrem Ärmel an der Oberfläche des Geräts.

»Gut, ich kann die Staub- und Schmierschicht wegwischen.« Zum Vorschein kam eine Art Uhrwerk mit einem angerosteten Zeiger in der Mitte.

»Was ist das?«, wollte Gabi wissen.

»Ein Anzeigegerät«, sagte Sina geschäftig und richtete ihre Aufmerksamkeit gleich der nächsten Ausbuchtung zu.

»Das ist mir klar, dass dieses Ding irgendwas anzeigt. Aber was, will ich wissen.«

Sina hatte inzwischen das zweite Gerät freigekratzt. »Interessant«, murmelt sie.

»He, Kleine. Es wäre nett, wenn du mich an deinem Wissen teilhaben lassen würdest.«

»Es sind Anzeigegeräte für Luftdruck, Feuchtigkeit und Temperatur. Könnte durchaus sein, dass wir der Sache näher kommen«, teilte sie ihr mit.

Gabis Augen blitzten im matten Taschenlampenlicht erwartungsvoll auf: »Du meinst, wir sind in der Nähe meiner Kunstwerke? Deswegen die Geräte? Sie sollten sicherstellen, dass die Bilder nicht vom Schimmelpilz befallen werden?«

»Könnte zumindest sein«, antwortete Sina verhalten. »Ich wüsste jedenfalls spontan keinen anderen Grund, warum die Dinger hier hängen sollten.«

Sie setzten ihren Weg fort. Nach der nächsten Abzweigung war der Gang an beiden Seiten mit flachen, stark verrotteten Holzschränken vollgestellt. »Achtung, jetzt wird's eng«, warnte die vorausgehende Sina.

Gabi richtete ihren Blick nach oben, leuchtete die Decke ab. »Hoppla, was soll das? Schau mal hoch, Kleine.«

Sina hob ihren Kopf, den sie bisher meistens auf ihre Füßen gerichtet hatte, um nicht über irgendetwas zu stolpern. An der Decke schlängelten sich Unmengen von Kabelsträngen, einige davon armdick. »Die scheinen hier unten eine Menge Strom gebraucht zu haben«, war Sinas einziger Kommentar.

Die Frauen beschlossen, sich abermals zu trennen, um ihre Suche effektiver zu gestalten. »Bleib aber in Rufweite«, gab Sina Gabi mit auf den Weg.

»Keine Sorge. Ich geh dir nicht verloren.«

Sina folgte dem Weg geradeaus, kam dabei an weiteren Manometern an den Wänden vorbei. Der Pfad endete vor einer massiven Stahltür. Im Gegensatz zu den meisten anderen wirkte sie weniger verrostet. Aber sie wurde gleich mit drei Schließvorrichtungen gesichert. Ohne große Hoffnung machte sich Sina daran, gegen das mächtige Tor zu drücken – und hatte Erfolg: Die Tür war nicht verriegelt. Überrascht stieß Sina das Tor weit auf und durchleuchtete mit ihrer Taschenlampe den Raum.

Die Lichtstrahlen verloren sich in der Finsternis. Offenbar stand Sina in einem besonders großen Raum. Ein Saal, dessen Wände so weit auseinander lagen, dass sie von dem Lichtstrahl kaum erfasst wurden. Sina ging neugierig hinein. Nach wenigen Schritten stand sie vor einem lang gezogenen Tisch. Er war mit Oszillografen und anderem technischen Gerät vollgestellt. Sina näherte sich interessiert einer Art primitivem Mini-Schaltpult und musterte es rätselnd. »Meine Güte, was für eine vorsintflutartige Technik!«

Sie drehte sich dann nach links und ging bis zu einer Wand mit mächtigen, vor Mappen und Papierbündeln überquellenden Aktenschränken. Dazwischen standen schreibtischgroße Maschinen, die über schier unentwirrbare Kabelknoten miteinander verbunden waren.

Sina war fasziniert und lief die Wand erwartungsvoll weiter ab. Sie erreichte eine freigelassene, weiß getünchte Fläche, an der vor Feuchtigkeit aufgewellte Schautafeln hingen. Merkwürdige Skizzen mit Kreisen und Ellipsen. Daneben, auf einer Schiefertafel, lange Zahlenkolonnen und Bruchstücke von handgeschriebenen Berechnungen. Sina grübelte und versuchte, den Sinn des Ganzen zu erkennen.

»Sina, komm schnell! Es gibt noch eine weitere Ebene!« Gabrieles Ruf riss sie aus ihren Gedanken. Ärgerlich. Ausgerechnet jetzt, wo sie diese wirklich bemerkenswerte Entdeckung gemacht hatte, der sie sich nur zu gern länger gewidmet hätte. Sina beschloss dennoch, nicht lang mit ihrer Freundin zu debattieren. Gabriele würde sich sowieso nicht für diese Halle voller ›technischem Gelumpe‹, wie sie es sagen würde, interessieren. Sina würde dieses Eldorado antiquierter Elektronik später allein weiter erforschen. Sie folgte Gabrieles Rufen und verließ den Saal.

Nach einem längeren Gang fiel der Strahl von Sinas Lampe auf Gabrieles gelbes Regencape, das sie sich wegen der Feuchtigkeit übergeworfen hatte. Gabi hatte ihre Hand bereits auf eine Klinke gelegt und versetzte der Tür vor ihr einen kräftigen Stoß. Mit einem höllischen Quietschen gab die Tür nach und schwang auf.

»Die sind trotz der Küstennähe viel tiefer in den Untergrund gegangen, als ich angenommen hatte. Irgendwie haben sie das Grundwasserproblem in den Griff gekriegt. – Wenn da unten nicht meine kleinen Lieblinge lagern, dann zahle ich freiwillig deine nächsten Drinks«, tönte sie hoffnungsvoll. Gabriele leuchtet die Treppenstufen hinunter. Das Licht wurde reflektiert. »Verdammt«, hauchte sie. »Sie haben es doch nicht in den Griff gekriegt.«

Sina drückte sich an ihr vorbei und nähert sich dem Wasser. »Ich kann nur hoffen, dass du deine Wette verloren hast, Gabi. Denn wenn die Bilder wirklich hier unten gelagert worden sind, ist nicht mehr viel davon übrig.« Gleichzeitig spritzte sie Gabi eine Handvoll Wasser entgegen. Gabriele trat erschreckt zurück. »Hier brauchen wir jedenfalls nicht weiter zu suchen, Gabi. Dieses Stockwerk steht mindestens 20 Zentimeter unter Wasser.«

Anstatt zu antworten, nahm Gabriele ihren Rucksack ab und löste die Gummistiefel, die sie an der Seite des Sacks befestigt hatte.

»Was soll das werden?«, erkundigte sich Sina irritiert. Gabriele schnürte ihre Wanderschuhe auf und wechselt sie gegen die wasserdichten Stiefel. »Du willst doch nicht etwa …«, ahnte Sina.

»Doch, natürlich will ich. Es kann immerhin sein, dass einige der Werke in Regalen oberhalb der Wasseroberfläche lagern. Das ist leicht festzustellen.«

Sina schnaufte genervt und machte es ihrer Freundin gleich.

Beide mit Gummistiefeln ausgestattet, wateten durch das trübe Wasser.

Sina wandte sich einer Tür seitlich von ihr zu. »Wie ich es mir gedacht habe«, sagte sie in schroffem Tonfall. »Es hat überhaupt keinen Zweck weiterzumachen. Alles völlig verrostet. Diese Tür würdest du selbst dann nicht aufkriegen, wenn sie nicht verschlossen wäre.«

Gabriele stapfte einige Meter weiter und kehrte dann um. Mit platschenden Schritten hielt sie auf Sina zu. »Du hattest recht«, meinte sie kleinlaut. Deprimiert fuhr sie fort: »Um alle Türen aufzuschweißen, benötigen wir Wochen.«

Sina atmete erleichtert auf. Endlich war ihre Freundin zur Einsicht gekommen. Doch sie freute sich zu früh.

Während beide zurück zur Treppe tappten, stellte Gabriele fest: »Es wird uns nichts anderes übrig bleiben, als heimzukehren und mit einer Menge Schneidbrennern und Gas zurückzukommen.«

Sina wollte bereits protestieren, da schoss ihr ein Gedanke durch den Kopf. Sie blieb plötzlich so stehen, dass ihre Freundin beinahe auf sie drauflief. Sina strahlte Gabriele an: »Vielleicht brauchen wir das gar nicht, Gabi. Vielleicht lässt sich alles viel einfacher lösen, als du denkst.«

Ohne einen blassen Schimmer davon zu haben, was Sina vorhatte, folgte Gabriele ihr hinauf in die zweite Ebene. Sina eilte mit großen Schritten voraus, nahm denselben Weg, dem sie kurz zuvor Gabrieles Stimme folgte. Wenig später betraten beide die große Halle, in der Sina auf das Sammelsurium an technischen Gerätschaften gestoßen war. Zielstrebig ging sie auf die Wand mit den Aktenschränken zu und machte sich am Schloss eines der Schränke zu schaffen. »Bevor du mich fragst, wozu dieser Raum mal gedient hat – spar es dir, Gabi. Ich weiß es nämlich auch nicht.«

»Aber warum –«, setzte Gabriele an.

Sina unterbrach sie, indem sie lautstark die Rolltür des Schranks herunterrattern ließ. Eine große Staubwolke wirbelte auf und Gabriele hielt schützend die Hand vor Mund und Nase. Der Schrank war vollgepfropft mit überquellenden Aktenordnern. »Ich war vorhin schon mal hier. Und eben ist mir eine Idee gekommen, die uns einiges an

Mühe ersparen kann.« Während sie einen Aktenordner aus dem Schrank holte, erzählte sie weiter: »Die Nazis waren bekanntlich Pedanten. Über jede Kleinigkeit haben sie Buch geführt. Daher auch die Liste aus dem Bergwerkstollen, durch die du überhaupt erst auf Peenemünde aufmerksam geworden bist.« Sina schnappte sich einen weiteren Ordner und blätterte ihn hastig durch. »Irgendwo finden sich bestimmt Grundrisszeichnungen und Inventarlisten. Was hier wann und von wem in welchem Raum eingelagert worden ist!«

Gabriele begriff und machte sich in dem Aktenberg ebenfalls auf die Suche. »Mein Gott, Sina! Du könntest recht haben! Wenn wir bloß ein bisschen mehr Licht hätten.«

Sina wühlte sich inzwischen durch ihren dritten Ordner und hatte Mühe, die Seiten so auszuleuchten, dass die Schrift darauf erkennbar wurde. »Wie wär's«, schlug sie vor, »wenn wir die einfach mitnehmen und Zuhause in Ruhe durchsehen?« Gabriele blickte auf, während Sina ihr erklärte: »Wir suchen uns die Erfolg versprechendsten Sachen raus und packen den VW-Bulli bis oben hin voll mit Akten …«

»… und wenn wir wissen, wo die Kunstschätze verstaut sind, kommen wir wieder und schweißen genau die Tür auf, die uns noch im Weg ist«, setzte Gabriele fort und lobte: »Eine elegante Lösung. Klingt fast zu schön, um wahr zu sein.«

»Naja, es kann genauso gut ein Schlag ins Wasser werden«, räumte Sina ein.

»Trotzdem. Lass es uns zumindest versuchen. Immer noch besser, als wenn wir uns in dieser Finsternis die Augen verderben.«

»O. k.«, sagte Sina mit einem frechen Grinsen. »Dann schnapp dir doch gleich mal den ersten Stapel und trag ihn nach oben.«

30

»Ich glaub, deine Reifen könnten ein bisschen mehr Luft vertragen.«

»Luft? Pah! Ich denke nicht, dass damit viel zu ändern ist. Der Wagen ist ganz einfach hoffnungslos überladen. Wie viele Akten hatten wir überhaupt darein gewuchtet? Sind es 50 oder 70 oder 100 dieser schweren Ordner?«

»Keine Ahnung«, meinte Sina und schwang sich vom Beifahrersitz des VW. »Aber wir werden es damit bis Nürnberg schaffen. Auch wenn's deiner alten Kiste sicher nicht besonders gut tut. Was ist? Kommst du?«

Auch Gabriele stieg nun aus und verschloss die Wagentür. Die beiden Frauen hatten ihren Kastenwagen wieder neben dem Gasthof ›Schwedenschanze‹ abgestellt. Gabi hatte die Scheiben am Heck von innen mit Packpapier verklebt, um neugierige Blicke vom Wageninhalt abzuhalten. Auf ihrem Weg zum Gasthof hatten die beiden Freundinnen beschlossen, noch eine Nacht in Peenemünde zu verbringen und sich erst am nächsten Morgen ausgeruht auf den langen Weg nach Nürnberg zu machen.

»Was meinst du? Sollen wir uns auf einen Schlummertrunk in die Schankstube wagen, bevor wir uns aufs Ohr hauen?«, schlug Sina vor.

»Wenn du mir vorher einen Zwischenstopp unter der Dusche genehmigst, dann klar.«

Die pensionseigene Kneipe war wieder gut gefüllt. Diesmal nahmen die Gäste die beiden Frauen kaum wahr. Da ihr gewohnter Stammplatz im hinteren Winkel des Lokals bereits besetzt war, wählten Gabi und Sina zwei Hocker an der Bar. Die Wirtin, die sie mit einem freundlichen Nicken begrüßte, hatte heute Abend Verstärkung: ein junger Mann mit leicht ausgedünntem blonden Haar und forschem Schnauzer stand neben ihr hinterm Tresen und spülte Biergläser.

»Zwei Pils, wie üblich?«, erkundigte sich die Wirtin.

»Ja, gern«, erwiderte Gabriele. Ihr entging nicht, wie Sina sich beinahe den Hals verrenkte, um den jungen Mann eingehender mustern zu können. »Ähem, Frau Wirtin«, setzte Gabi erneut an. Die Frau, die sich soeben dem Zapfhahn zugewandt hatte, sah fragend auf. »Wer ist denn der sympathische Herr? Ich glaube, meine kleine Freundin würde sich sehr dafür interessieren, ihn kennenzulernen.«

Sina lief augenblicklich rot an. Auch der Mann am Tresen hatte Gabis unerwartete Bemerkung nicht überhört. Er stellte seine Gläser ab und schenkte den Frauen ein freundliches Lächeln. Im Nähertreten sagte er: »Ich bin Bernhard. Der Sohn des Hauses, sozusagen. Freut mich, Sie beide endlich einmal zu sehen. Meine Mutter hat von Ihnen erzählt.« Sinas Wangen waren noch immer gerötet, und sie warf Gabi einen verärgerten Blick zu. »Oh, nichts für ungut«, entschuldigte sich der Mann, dem die Spannung zwischen den Frauen keineswegs entgangen ist. Beschwichtigend fügte er hinzu: »Ich will mich nicht in Ihr Gespräch drängen.«

Sina war abermals peinlich berührt: »Nein, nein, das ist o. k. Bleiben Sie ruhig – ich war nur eben etwas perplex über die Art, wie meine Freundin mit der Tür ins Haus gefallen ist.«

Bernhard lachte kurz auf: »Ha! Das macht nichts. Ganz im Gegenteil.« Und mit Blick auf Gabriele: »Frauen, die sagen, was sie denken, sind mir die liebsten.«

Gerade hatte Sina den Boden unter den Füßen zurückgewonnen, um bei dem anlaufenden Gespräch richtig mithalten zu können, da wurde sie von einer zweiten Überraschung überrumpelt: In der Tür zum Speisesaal tauchte plötzlich Klaus auf. Er blickte sich kurz in dem verqualmten Raum um, erkannte Sina und Gabi und ging direkt auf sie zu.

»Meine Güte, was ist denn mit dir los?« Gabi war die erste, die Klaus' verunstaltetes Gesicht im gedämpften Licht des Lokals wahrnahm. Klaus legte beschwörend den Finger auf die Lippen, nickte dann in Richtung des Barmanns.

Bernhard begriff sofort und drehte sich weg: »Alles klar. Ich lass Sie allein, meine Damen. Vielleicht können wir uns ein andermal unterhalten.«

Bevor Sina überhaupt darüber nachdenken konnte, ob sie der kurze Auftritt des attraktiven und ohne Frage ausgesprochen höflichen Bernhard beeindruckt hatte oder nicht, war ihr Ex unversehens auf der Bildfläche erschienen und hatte die neue Bekanntschaft mit einem plumpen Handstreich vom Platz verwiesen.

Aber Sina hatte anderes im Kopf, als sich darüber weiter Gedanken zu machen. Auch ihr waren die Verletzungen in Klaus' Gesicht aufgefallen: Das linke Auge war stark geschwollen, die rechte Wange beängstigend rot, und über seiner linken Augenbrauen prangte eine hässliche Platzwunde, die bis vor Kurzem geblutet haben musste.

Instinktiv strich Sina ihrem Ex-Freund über die Wange: »Wie ist das passiert? Oh, Mann, das muss ja irre weh tun.« Klaus nahm ihre Hand und drückte sie zärtlich. So zärtlich, dass Sina sie verstört zurückzog.

Gabi ergriff die Initiative: »Erzähl. Was ist geschehen?«

Aus Klaus sprudelten die Worte nur so heraus: »Ich habe euch doch die Sache mit den Russen erzählt. Die Geschichte, die ihr mir partout nicht abnehmen wolltet. Gelacht habt ihr über mich.«

»Ist ja gut. Komm auf den Punkt, Klaus. Was ist mit diesen Russen?«, bohrte Gabi nach.

»Ich weiß jedenfalls ganz sicher, dass mein komisches Gefühl diesen schrägen Brüdern gegenüber durchaus gerechtfertigt war.«

Sina blickte ihn groß an: »Du willst doch nicht etwa sagen, dass die dich so zugerichtet haben?«

Klaus orderte mit einem Nicken auf Gabis und Sinas Biergläser ein Pils. »Doch. Genau das will ich sagen.«

Sina war baff. Sie hatte tatsächlich nicht im Entferntesten daran gedacht, dass an Klaus' abstruser Russengeschichte, die er ihnen neulich auftischen wollte, auch nur ein Fünkchen Wahrheit hätte sein können. Sie hatte angenommen, er wollte sich ganz einfach nur wichtig machen, damit er mit von der Partie sein konnte, als Sina und Gabriele ihre Bunkerexpedition fortsetzten. Aber nun sah sie es – im wahrsten Sinne des Wortes – deutlich vor sich, dass doch etwas an dieser Story dran war: Sein blaues Auge sprach Bände.

Klaus wurde leiser, als er fortfuhr: »Da ihr mich nicht dabei haben wolltet, habe ich die Zeit genutzt und mich an diese Kerle drangehängt. Ein bisschen Detektiv Rockford, Anruf genügt, gespielt. Wie konnte ich wissen, dass die mir das so übel nehmen, wenn ich ihnen ein paar Meter hinterhergehe.«

»Na, ein wenig mehr, als nur hinterherzugehen, musst du schon gemacht haben, um so vermöbelt zu werden«, hakte Sina nach.

Klaus schaute sich verstohlen im Raum um, sagte leise: »Nein. Das ist ja das Absonderliche. Ich bin denen wirklich nur ein halbes Stündchen hinterhergebummelt. Habe so getan, als gucke ich mir den Ort an. Die sind von Geschäft zu Geschäft gegangen und haben mit den Leuten geplaudert. Meistens sind sie aber abgeblitzt«, sagte er mit einem schadenfrohen Unterton. »Ich habe darauf geachtet, dass ich immer genügend Abstand halte und starrte nie zu auffällig in ihre Richtung. Wie man es eben von den Fernsehkrimis kennt.«

»Aber ganz offensichtlich hast du nicht das Format eines Krimihelden – sonst wärest du nicht so lädiert«, kommentierte Gabriele.

Klaus senkte pikiert den Blick. »Was erwartest du, Gabi? Schließlich habe ich so was nicht gelernt. Wohingegen die anderen offenbar ziemlich ausgebuffte Profis sind.«

»Wie haben sie dich erwischt?«, erkundigte sich Sina nun eher besorgt als höhnisch.

»Weiß ich nicht. Das ist ja das Ärgerliche.«

»Was?« Gabi starrte ihn entgeistert an: »Du willst uns erzählen, dass du von rauflustigen Russen zusammengeschlagen worden bist und keinen blassen Schimmer hast, wie das Ganze passiert ist?«

Klaus wurde immer kleinlauter: »Wenn ich es doch sage: Ich weiß es ganz einfach nicht. Ich hatte sie einen Moment aus den Augen verloren, bog um eine Ecke – und dann nichts mehr. Ich erinnere mich einfach nicht. Wahrscheinlich haben sie mir einen über den Schädel gezogen.« Wie um seine Annahme zu untermauern, befühlte er suchend seinen Hinterkopf, um eine Beule zu ertasten.

Gabriele sah ihn scheel an: »Naja. Klingt ziemlich abenteuerlich. Wenn du dich an nichts richtig erinnerst – woher willst du dann so genau wissen, ob's wirklich deine bösen Russen gewesen sind?« Das Wort Russen betonte sie bewusst überspitzt.

Klaus begegnete dem mit einem aggressiven Blick: »Hör mal zu, Gabriele. Wie selbst du unschwer erkennen kannst, bin ich verprügelt worden. Und zwar ziemlich heftig. Ein paar Minuten zuvor habe ich einem Haufen verdächtiger dunkler Gestalten aufgelauert. Da liegt es nahe, dass sie es waren, die mich in den Hinterhalt gelockt haben. Wer sonst sollte mich hier wohl verprügeln wollen?«

Gabrieles Augen funkelten angriffslustig, als sie entgegnete: »Es soll Leute gegeben haben, die gegen eine Laterne gelaufen sind und dabei das Bewusstsein verloren haben.«

Ohne ein weiteres Wort zu verlieren, schob Klaus seinen Hocker nach hinten, stand auf und verließ die Gaststube.

»Das war gemein, Gabi«, schimpfte Sina. »Warum machst du den Armen so fertig? Ihm ging es wirklich nicht gut.«

»Weil er ein verfluchter Schwätzer ist«, sagte Gabriele abfällig. »Entschuldige, wenn ich für deinen Ex nur noch böse Worte übrig habe. Aber er ist drauf und dran, unseren gesamten Coup zu vermasseln. Mit seiner eigenmächtigen Schnüffelei schreckt er die gesamte Bevölkerung auf. Ich frage mich ernsthaft, wie lange wir ungestört weitersuchen können.«

»Wir verschwinden ja eh erstmal ein paar Tage von der Bildfläche. Bis dahin werden die auch Klaus vergessen haben. Außerdem musst du zugeben, dass das blaue Auge echt war. Und von einer Laterne stammt das mit Sicherheit nicht.« Sina orderte ein zweites Bier, bevor sie fragte: »Meinst du nicht, dass an dieser Russengeschichte was dran sein könnte?«

Gabriele verdrehte die Augen: »Meine liebe Sina: Dein werter Abgelegter mag Prügel bezogen haben. Meinetwegen auch von einer Gruppe Touristen, die einen annähernd russischen Akzent gesprochen haben. Aber ich kann mir beim besten Willen nicht vorstellen, was das mit unserer Bildersuche zu tun haben soll. Wahrscheinlich ist er denen mit seiner Nachrennerei nur ganz einfach auf die Nerven gefallen. Und das kann ich mir bei Klaus allzu gut vorstellen.«

Sina begehrte auf: »Meinst du nicht, dass du ziemlich gemein zu ihm warst? Er wollte uns doch nur helfen. Warum bist du so gehässig?«

Gabriele ließ auf ihre Antwort warten und leerte erst mit einigen langen Zügen ihr Glas. »Sinalein. Du weißt: Ich habe nie einen Hehl aus meiner Abneigung gegenüber Klaus gemacht. Ich halte ihn, offen gesagt, für einen Lump. Er stand dir im Wege, als ihr noch zusammen wart. Nun steht er uns im Wege, weil er auf diese blödsinnige Idee gekommen ist, dich beschützen zu müssen.«

»Ich wüsste nicht, was daran lumpig sein soll, wenn er mich beschützen will.«

Gabriele rang sichtlich nach Worten: »Muss ich noch direkter werden?«

»Ja, das musst du«, entgegnete Sina trotzig.

Gabriele schnappte sich das nächste Bierglas, das Bernhard nach einem dezenten Fingerzeig von Gabi gebracht hatte. »Er ist scharf auf dich, Sina. Das ist alles. Er möchte dich wieder ins Bett kriegen. Wohl, weil ihm seine Romanzen mit Frauen, deren Intelligenzquotienten dem einer Topfpflanze entsprechen, nichts bringen. Ich sage nur – Sonja und Tina.«

»Ha!«, Sina lachte herzhaft auf, sodass Bernhard sich interessiert in ihre Richtung umdrehte, machte dann aber mit seiner Arbeit am Spülbecken weiter. »Gabi, du hättest Psychoanalytikerin werden sollen. Gestreng auf den Pfaden von Freud: Alles dreht sich nur um die Sexualität. Pah, dass ich nicht lache.«

Gabriele blickte sie finster an: »Du verstehst gar nichts, Sina. Du bist naiv, wenn du glaubst, dass Klaus seine Finger von dir lässt. Er wäre gar nicht hier, wenn er das nicht im Sinn hätte.«

Sina bog sich beinahe vor Lachen: »Gabi, die große Seelenforscherin. Komm mir nur noch mit der Weisheit, dass das ganze Leben im Grunde nichts anderes ist als die ewige Suche nach dem besten Fick.«

Gabis Bierglas knallte hart auf den Tresen: »Verarschen kann ich mich allein. Wenn dir meine Meinung so egal ist, kann ich mich ja Klaus anschließen und ebenfalls gehen.«

Bernhard, aufgeschreckt durch die erhobene Stimme Gabrieles, gesellte sich zu dem Duo: »So schöne Damen sollten sich nicht streiten.«

Auch das noch, dachte Sina. Ein weiterer Machospruch dieses Kalibers und Gabriele würde ausrasten. Schnell ergriff sie das Wort: »Nein, nein. Von Streit kann keine Rede sein. Ich habe meine Freundin nur ein wenig geärgert.« Und mit Blick auf Gabriele: »Aber sie versteht Spaß.«

Gabi hatte keine andere Wahl, als ihren mürrischen Gesichtsausdruck abzulegen und sich gespielt gelassen ihrem Glas zu widmen. Bernhard strahlte zufrieden und drehte sich wieder weg.

Doch Sina wollte ihrer Freundin das eben Gesagte nicht so einfach durchgehen lassen. Sie prostete ihr zu und knüpfte in betont ruhigem Tonfall an: »Ich habe den Eindruck, dass du dir weniger Gedanken um die Beziehung zwischen mir und Klaus machst, sondern dass dir seine Anwesenheit an sich ziemlich nahegeht.«

Gabriele starrte Sina erschreckt an.

Diese beruhigte: »Keine Sorge. Ich denke natürlich nicht, dass du und Klaus …« Sie musste sich ein Lächeln verkneifen. »Nein, nein. Das will ich dir bestimmt nicht unterstellen. Aber –«, Gabrieles Gesichtszüge versteinerten sich. »aber, Gabi, kann es sein, dass du mal jemanden wie Klaus ziemlich gern gehabt hast und – enttäuscht worden bist?« Damit traf sie offenbar den Nagel auf den Kopf.

Gabriele wandte sich auf ihrem Barhocker wie ein Fisch im Netz. Sie musste mit sich ringen, bevor sie sagte: »Meine Meinung über Klaus behalte ich bei. Aber ganz unrecht hast du nicht.« Sina hörte gespannt zu. »Es gab da wirklich jemanden. Acht Jahre waren wir zusammen.«

Sina nahm dies mit einer Mischung aus wachsendem Interesse und bitterer Enttäuschung auf. Interesse, weil sie endlich einmal mehr über das recht nebulöse Vorleben ihrer Freundin erfuhr. Und Enttäuschung, eben gerade weil sie es ihr erst *jetzt* offenbarte. Hatte sie ihr bisher nie vertraut?

Gabi quälte sich weiter durch ihre Vergangenheit: »Ich wusste, dass ich nicht seine Traumfrau war. Aber wir liebten uns. Wir passten absolut gut zusammen.«

»Auch im Bett?«, unterbrach Sina und bereute es im nächsten Augenblick, als sie Gabis gekränkten Gesichtsausdruck sah.

»Das dachte ich zumindest. Anderseits hat er nicht über solche Dinge geredet. Und so habe ich nie erfahren können, dass ihm wohl doch etwas fehlte.« Sina begann zu ahnen, hielt aber ihren Mund. »Jedenfalls finde ich eines Tages ein Polaroidfoto.« Gabriele hielt sich krampfhaft an ihrem Glas fest. »Er hat dieses scheußliche Bild einfach auf meinem Küchentisch liegen lassen. Muss ihm aus der Jacketttasche gerutscht sein. Oder er wollte mich absichtlich verletzten. Ich weiß es nicht.«

Sina brannte vor Neugierde, wollte unbedingt wissen, was auf diesem Bild zu sehen war. Aber sie beherrschte sich und blickte Gabi nur groß in die Augen. »Kannst du dir denken, was dieses Foto zeigte?«, fragte Gabriele matt. Sina zog fragend die Brauen nach oben. »Eine Kollegin von ihm. Ich kannte sie. Ein nettes Mädchen. Sie hatte einen sympathischen Mann und eine goldige kleine Tochter. Ich wäre nie auf die Idee gekommen, dass sie nebenbei munter ihren Kollegen vernascht.« Gabriele musste tief durchatmen. »Auf dem Foto rollte sie ihre Strümpfe wieder hoch. Sie saß dabei auf meinem Bett.«

31

Trotz des ausgesprochen miesen Wetters steppte in Nürnberg der Bär. Vor Gabrieles Laden eilten Menschen mit Einkaufstaschen entlang. Die Straßenbahn, die alle zehn Minuten an dem Antiquitätenhandel vorbeiratterte, war überfüllt. Sina klebte am Fenster des Geschäfts und starrte nach draußen. »Möchte wissen, was heute los ist. Haben die etwa den Weihnachtseinkauf um sieben Monate vorverlegt?«

»Keine Ahnung«, tönte es aus dem Hintergrund. »Ich ärgere mich nur, dass ich nicht aufsperren kann, um von diesem Boom zu profitieren.«

»Wieso denn nicht? Wir können unsere nächste Peenemündefahrt ein wenig verschieben – dann kannst du bei deinen Kunden abkassieren und ich habe endlich mal wieder ein paar Stunden für meinen kleinen Tom«, schlug Sina vor.

Gabi wollte davon nichts wissen: »Kommt gar nicht in Frage. Am Ende bekommt das mein Bruder spitz, und wir haben den auch noch am Hals.«

»Was heißt hier auch noch? Klaus sind wir doch auf elegante Weise losgeworden.«

Gabriele kam auf Sina zu und zog sie sachte, aber bestimmt vom Fenster weg. »Ach, auf einmal findest du meinen Trick elegant. Heute morgen hast du hundsgemein dazu gesagt.«

»Habe ich? Daran kann ich mich gar nicht erinnern«, entgegnete Sina verschmitzt.

Tatsächlich hatte sie ›hundsgemein‹ zu Gabrieles Vorschlag gesagt, Klaus abermals eine faustdicke Lüge aufzutischen, um ihn für einige Zeit schachmatt zu setzen. Da er nichts von der Rückfahrt der Frauen wusste, hinterließen die beiden bei der Wirtin ihrer Peenemünder Pension eine Nachricht für ihn. Darin hieß es, Sina und Gabriele hätten ihre ›Schatzsuche‹ aufgegeben und wollten sich ein paar schöne Tage in Bremen machen. Gemeinerweise hatten sie sogar eine Pension angegeben, in der sie angeblich absteigen wollten. Gabi war sicher, dass Klaus dieser falschen Fährte folgen würde. Sina gab sich zunächst empört, stimmte dem ausgekochten Täuschungsmanöver dann aber schnell zu.

Die beiden wollten sich in den hinteren Teil des Geschäfts zurückziehen, da hörten sie ein energisches Klopfen an der Tür. Sie blieben stehen, guckten unwirsch in Richtung Eingang. »Da will wohl ein Kunde partout nicht einsehen, dass bei dir geschlossen ist, was?«, meinte Sina. Gabriele winkte ab und wollte weitergehen. In diesem Augenblick klopfte es erneut. Stärker als beim ersten Mal. Sina fragte: »Na, willst du nicht doch aufmachen? Vielleicht geht dir sonst ein dicker Fisch durchs Netz.«

Gabriele konnte sich nicht länger beherrschen. Sie eilte in großen Schritten zur Tür, drehte den Schlüssel um und schwang die Tür auf. Ein vornehm gekleideter Mittdreißiger, groß, schlank und mit intelligenten Augen, die Gabi durch eine Armani-Brille anblickten, trat ein. Gabriele schaut sich kurz um, erhaschte dabei Sinas anerkennendes Nicken. »Kommen Sie rein, mein Herr. Was kann ich für Sie tun?«, forderte Gabriele ihr Gegenüber zum Nähertreten auf.

Als der Mann seinen Mund zum Sprechen öffnete, verflog mit einem Schlag der zunächst so seriöse und selbstsichere erste Eindruck, den er auf die Frauen machte. Mit fiepsiger Stimme brachte er hervor: »Ein Präsent. Für meine

Großmutter. Verstehen Sie – sie hat eine Vorliebe für altes Zeug. Also, für Antiquitäten, meine ich.«

Gabrieles kurz aufgeflammter Elan schwand sofort. Mit deutlich kühlerem Tonfall erkundigte sie sich: »An was hatten Sie gedacht?«

Der Mann legte fragend den Kopf schief: »Ich? Wieso ich? Ich bin Vertreter für Herzschrittmacher und kein Antiquitätenexperte. Ich hatte gehofft, dass Sie mir weiterhelfen könnten.«

»Ja, sicherlich. Aber Sie müssen zumindest eine ungefähre Vorstellung davon haben, was Sie der Dame schenken möchten.« Als Gabriele seinen unsicheren Blick erhaschte, schob sie gleich eine Frage nach: »Also gut: Können Sie mir sagen, wie viel Sie anlegen möchten?«

Der Mann gewann an Selbstsicherheit zurück und verkündete mit einem Lächeln: »Ja, das kann ich natürlich. Ich dachte so an 20 oder 30 Mark. Statt Blumen zu kaufen.«

Sina musste auflachen. Gabriele warf ihr einen strafenden Blick zu, und Sina zog sich kichernd in den Nebenraum zurück. Gabriele schnappte sich einen schlichten Serviettenring aus ihrem Tresenschrank und hielt ihn dem Kunden hin.

Der griff ihn sich mit spitzen Fingern und mustert ihn eingehend. Ohne ein Wort zu verlieren, legte er den Ring auf dem Tresen ab und wandte sich einem Regal zu. Dort nahm er sich vorsichtig ein fein verziertes Pillendöschen heraus. »Vielleicht wäre das passender«, meinte er. »Ist ja schließlich ganz hübsch gemacht. Aber – wozu braucht man so was eigentlich?«

Gabriele hatte soeben den Serviettenring flüchtig von Fettfingerspuren gereinigt und wollte ihn zurück in den Schrank legen. Bei der Frage des Kunden drehte sie sich ihm zu und erwiderte gereizt: »Ein Pillendöschen dient im Allgemeinen zur Aufbewahrung von Pillen.«

Der Mann errötete leicht: »Ah ja«, sagte er, räusperte sich verlegen und setzte seine Suche nach dem richtigen Geschenk für seine Oma fort.

Gabriele verdrehte genervt die Augen und sah sich in Richtung Hinterzimmer um, wo Sina inzwischen unruhig hin und her ging.

Der Kunde hatte eine neue Alternative erspäht: Er schnappte nach einem leicht getrübten Glaskelch aus einer weiteren Vitrine und hielt ihn unentschlossen gegen das Licht.

»Wenn er mich fragt, warum das Glas so stumpf ist, bring ich ihn um«, dachte sich Gabriele, zwang sich gleichzeitig aber zu einem angedeuteten Lächeln. Statt, wie zu erwarten, eine dumme Frage zu stellen, sah der Herzschrittmacher-Vertreter sie nur ratsuchend an. Gabriele ging darauf nicht ein, sondern musterte den Mann lediglich streng und klopfte ungeduldig mit ihren Fingern auf ein Regalbrett.

»Also, vielleicht wäre das hier das Richtige«, sagte der Mann schließlich. Gabriele atmete tief durch, nahm ihm den Kelch ab und ging zu ihrer Theke mit der Ladenkasse. »Wissen Sie, meine Großmutter ist sehr eigen in ihrem Geschmack«, sagte er, als wollte er sich mit Gabriele wieder gut stellen.

Gabriele legte das Glas grob auf den Tisch und wickelte es mit fahrigen Bewegungen in Seidenpapier. »141 Mark macht das bitte.«

Der Kunde zuckte zusammen, als er den Preis hörte, wagte es aber offenbar nicht mehr, dagegen aufzubegehren. Umständlich kramte er in seiner Jackettjacke nach der Geldbörse und erntete für diese zusätzliche Verzögerung einen weiteren bösen Blick von Gabriele. »So, bitte«, sagte er schüchtern, als er das Geld langsam auf dem Tisch abzählte.

Noch bevor er die letzte Mark aus dem Portemonnaie gefischt hatte, sagte Gabriele schroff: »Das stimmt so. Lassen Sie mal stecken.« Sie drückte dem Mann den eingewickelten Kelch in die Hand und deutete in Richtung Tür.

Der Kunde drehte sich um, blieb dann aber zögernd stehen. »Ähem – hätten Sie vielleicht eine Tüte für mich?«

Gabriele kramte ungehalten eine kleine Papiertüte mit der Aufschrift ›Antiquitäten‹ und einem großen verschnörkelten ›G‹ hinterm Tresen hervor und hielt sie dem verunsicherten Mann direkt unter die Nase. »Bitte. Auf Wiedersehen«, sagte sie bestimmt.

Der Kunde drehte sich um und antwortete leise: »Danke.«

Gabriele folgte dem Mann zur Tür und drängte ihn hinaus. Kaum war die Tür zu, hing sie ein Papptäfelchen ins Fenster, auf dem deutlich lesbar »Geschlossen« stand. Sie hastete ins Hinterzimmer, wo Sina rittlings auf einem Stuhl saß und düster auf einen großen Stapel Akten vor sich auf dem Tisch starrte.

Beim Hereinkommen meinte Gabriele entnervt: »O Gott, was für ein Muttersöhnchen. Und geizig noch dazu. Was meinst du, wie er gelitten hat, als er viel mehr bezahlen musste, als er eigentlich vorhatte.«

»Ach – hast du ihn übers Ohr gehauen?«

»Ganz im Gegenteil. Ich habe ihm sogar eine Mark Rabatt gegeben. Sag mal: Willst du uns nicht mal einen schönen Kaffee aufsetzen?«

Sina erhob sich und schaute sich nach den Filtertüten um. Gabriele ging auf den Anrufbeantworter zu, dessen rotes Lämpchen nervös flimmerte. Während Sina das Kaffeepulver abfüllte, drückte Gabi die Wiedergabetaste. Es erklang ein Piepton, dann die Stimme von Klaus:

»… Sina! Ruf mich an.«

Der Kaffee plätscherte durch den Filter. Sina blieb unge-rührt. Wieder piepte es. Wieder ertönte die Stimme von Klaus. Nun energischer:

»Hier noch mal Klaus. Ich weiß, dass du da bist. Ich bin nicht blöd, Sina. Zweimal lass ich mich nicht von euch lin-ken. Bitte ruf mich an. Ich bin zu Hause.«

Gabriele stoppte die Kassette. »Das darf nicht wahr sein.« Sina sah noch immer nicht auf und löste auch ihren Blick nicht vom Kaffeeautomaten. Gabriele schaltete den Anruf-beantworter wieder an. Abermals hörten die beiden Frauen Klaus' Stimme. Sie klang geradezu flehend.

»Sina. Liebling! Ich bin noch immer zu Hause. Wir brau-chen dich.«

Bei dem Wort »Wir« sah Sina unvermittelt auf. Ein leises Lächeln huschte über ihre Wangen.

»Typisch. Der versucht es mit allen Methoden«, spot-tete Gabriele.

»Hm?«, machte Sina irritiert.

»Naja, wo du weiß Gott Wichtigeres zu tun hast, macht er einen auf Herzschmerz.« Empört fügte sie hinzu: »Und quatscht mir das Band voll!«

Sina ärgerte sich über Gabrieles Bemerkung. »Ich finde das ganz o.k., wenn Klaus einsieht, dass er etwas falsch gemacht hat.« Und leise: »Kommt nur reichlich spät, die Einsicht.«

Gabriele konnte kaum fassen, was sie da eben erst gehört hatte: »Klaus sieht etwas ein? Davon hat er keinen Ton gesagt! Soll ich das Band zurückspulen?«

Sina schaltete auf stur: »Er hat *wir* gesagt. Damit meint er Tom und sich. Er hat also endlich aufgehört, selbstsüch-tig zu denken, und bezieht unseren Hund mit ein.« Gerührt fuhr sie fort: »Fast wie bei einer richtigen kleinen Familie.«

Gabriele schlug sich mit der flachen Hand vor den Kopf: »Meine Güte, Sina. Wie vernarrt bist du eigentlich noch in ihn, dass du dich von seinem Geplapper immer wieder aus dem Gleichgewicht werfen lässt?« Sie griff zu den Akten und schob der Freundin einen ganzen Schwung davon über den Tisch herüber. »So. Hier hast du Arbeit, damit du auf andere Gedanken kommst.« Mit einem entschlossenen Blick in die Ferne meinte sie: »Um so schneller werden wir in dem Bunker fündig.«

32

Der erste Tag verstrich ergebnislos. Gabriele und Sina hatten einen ansehnlichen Haufen Akten durchgesehen, waren aber nicht auf den geringsten Hinweis gestoßen, wie der Bunker aufgebaut war. Geschweige denn, in welchen Räumen sich welche Einrichtungen befanden. Die meisten abgehefteten und stark vergammelten Seiten enthielten lediglich Zahlenmaterial und undefinierbare Skizzen. Die Freundinnen verabredeten sich deshalb für den nächsten Tag erneut. Gleich für den frühen Vormittag. Sina kam pünktlich zur ausgemachten Zeit und brachte sogar eine Tüte Brötchen mit.

Eben hatten sie ihr flüchtiges Frühstück beendet und wollten sich dem Rest der Aktenordner zuwenden, da klopfte es an der Ladentür. »Können die Leute denn nicht lesen?«, fluchte Gabi. »Wozu hänge ich denn ein Schild mit der Aufschrift ›Geschlossen‹ raus?« Die Frauen stimmten sich mit Blicken ab und beschlossen, das Klopfen diesmal zu ignorieren.

Gabriele vertiefte sich in die Arbeit. Ein weiteres Klopfen beachtete sie nicht, sondern blätterte einen der Aktenordner flüchtig durch. Mit ihrem goldenen Füllfederhalter machte sie einige Notizen, erkannte die Wertlosigkeit des Akteninhalts und zerknüllte den Notizzettel. Missmutig langte Gabriele nach dem nächsten Ordner. Als sie ihn aufschlug, fiel ihr ein Kuvert entgegen. »Oh là là. Was haben wir denn hier?«

Sina guckte interessiert auf, nachdem Gabriele den Briefumschlag umgedreht hatte und auf ein Siegel stieß.

Sina pfiff durch die Zähne: »Das wird ja richtig spannend.«

Gabrieles Augen leuchteten, als sie dem Siegel mit einer Schere zu Leibe rückte und es mit einem deutlich vernehmbaren Knacken brach. Erwartungsvoll schlug sie den Umschlag auf und zerrte ein mehrfach gefaltetes Blatt Papier heraus. Sina sah gespannt zu.

Die Enttäuschung der Frauen war groß. Das Papier war voll mit mathematischen Formeln. Noch dazu besonders langweiligen. »Das ist nichts als eine Schlange von Nullen und Einsen«, klagte Gabriele niedergeschlagen.

Sina nahm ihr den Bogen ab, begutachtete ihn oberflächlich, kam dann aber zu demselben Schluss: »Sinnloses Zahlen-Kauderwelsch. Keine Ahnung, was das zu bedeuten hat. Werde mir das später mal genauer ansehen«, sagte sie und steckte den Zettel ein.

Abgelenkt durch den Fund des Kuverts hatten die Frauen für einige Augenblicke das energische Klopfen an der Eingangstür glattweg überhört. Nachdem die Spannung abgefallen war, nahmen sie es dafür um so deutlicher wahr. »Na, da ist aber einer besonders hartnäckig. Wahrscheinlich ist es der Laschi von gestern, der sein Glas umtauschen will«, witzelte Sina.

Wütend schob Gabriele ihren Stuhl zurück und eilte zum Eingang. Im Verkaufsraum war die Musik zu hören, die die klassikversessene Gabi während des Frühstücks in ihren CD-Player geworfen hatte, um Sina ein wenig mehr Kultur einzubläuen. Es lief die Arie ›Urna fatale‹ aus ›Macht des Schicksals‹. Als sie den ungebetenen Gast vor der Tür zu Gesicht bekam, erschien ihr die musikalische Untermalung nur allzu passend. Denn draußen, im Regen, stand ein dürrer Mann im beigen Trenchcoat. Sein Gesicht war beinahe vollkommen durch einen Regenschirm verdeckt. Aber Gabi musste nicht viel von diesem Menschen sehen, um zu erkennen, wer es war. Sie schloss auf. »Ach nee! Du?« Erst als ihr Gegenüber seinen Schirm hob, gab sie die Tür frei und sagte: »Komm rein, Friedhelm.«

Gabrieles Bruder stolperte herein und schüttelte hastig seinen Schirm aus. Er war trotz Schirm pitschnass und zerrte ohne ein einziges Wort der Begrüßung ein großes Stofftaschentuch hervor, um sich ausgiebig zu schnäuzen. Unwirsch brummelte er: »Na endlich! Wolltest du mich ertrinken lassen?«

Gabriele nahm ihm den Schirm ab, bevor er den Fußboden des Ladens weiter benässen konnte, und steckte ihn in einen Schirmständer. »Was gibt es denn Dringendes?«, erkundigte sie sich in ebenso unfreundlichem Tonfall. Mit lautem Scheppern ließ sie dabei die Tür zufallen.

Ihr Bruder, tropfnass, rieb sich das Gesicht mit dem Tuch trocken, mit dem er eben seine Nase gesäubert hatte. Empört fuhr er Gabriele an: »Was? Du schließt wieder ab?«

Gabriele verschränkte die Arme: »Na und? Ich habe Wichtigeres zu tun.«

Friedhelm fing höhnisch an zu lachen. »Ach so! Wichtigeres hat das verehrte Fräulein zu tun!« Und fügte erbost hinzu: »Die ganze Woche ist das Geschäft zu. Nur gut, dass unsere Eltern das nicht erleben müssen, wie der Laden langsam aber sicher den Bach runtergeht!«

Gabriele setzte ein süffisantes Lächeln auf. »Was, bitte, geht dich das an?«

Ihr Bruder pellte sich aus seinem feuchten Mantel, schaute sich nach einem Kleiderständer um, was Gabriele absichtlich übersah, und hing ihn schließlich über seinen Arm. Betont ruhig redete er auf seine jüngere Schwester ein: »Immerhin gehört mir die Hälfte der Einnahmen. So haben Mama und Papa es verfügt. Aber wo kein Geschäft ist, gibt es auch keine Umsätze, geschweige denn Gewinne.« Verbittert setzte er fort: »Das ist für eine Frau, die sich ausschließlich für die schöne Kunst interessiert, wahrscheinlich zu viel!« Verärgert ging er auf und ab. Gabriele blieb ruhig, hörte ihm kommentarlos weiter zu. »Aber ich brauche das Geld, Gabriele!« Und nach kurzer Pause: »Ich bin blank. Völlig abgebrannt.«

Gabi griff sich nervös ins Haar, prüfte, ob ihr Knoten saß. »Ach, mal wieder?«, fragte sie mit bitterbösem Unterton. Ohne eine Antwort abzuwarten, ging sie auf ihren Bruder zu und schob ihn zurück zur Tür. »Du bekommst jeden Monat deinen Anteil. Wenn Papa und Mama dieses Geschäft noch führen würden, wäre es längst pleite gegangen.« Sie schloss die Tür auf und schob den dürren Friedhelm heraus. Dann merkt sie, dass sein Schirm noch in ihrem Laden stand. Eilig holte sie ihn und drückte ihn dem verblüfften Bruder in die Hand. In festem Ton bestimmte sie: »Du kannst mehr als zufrieden sein mit dem, was du jeden Monat von mir kriegst. Auf Wiedersehen!«

Sie stieß ihn unsanft auf den Gehweg, schlug die Tür zu, schloss ab und zog hastig das Rollo herunter.

Aufgewühlt ging sie zurück zum Hinterzimmer. Die Aktenberge auf dem Tisch brachten sie schnell auf andere Gedanken. Sina saß auf ihrem Hocker, den Kopf tief in die Unterlagen gesteckt. Gabriele war dankbar dafür, dass ihre Freundin so abgelenkt war, sonst hätte sie ihr wahrscheinlich Fragen gestellt und hätte sie womöglich gebeten, etwas von dem Disput mit ihrem Bruder zu erzählen. Aber so konnte sich Gabriele still an Sina vorbei in Richtung Kaffeemaschine verdrücken. Sie hatte die Kanne angehoben, um sich einzuschenken, da fuhr Sina mit einem schrillen Pfiff auf. Vor Schreck goss Gabriele daneben und die schwarze Brühe lief über die Anrichte. Sie wollte ihre Freundin schelten, als sie deren überglückliches Lächeln sah.

»Ist heute zufällig der 13.?«, wollte Sina wissen.

Gabriele zuckte mit den Schultern. »Ich glaube, ja. Der 13. oder 14. Ist das wichtig? Soll ich schnell nachsehen?«

»Ne, brauchst du nicht. Ich bin sicher – es *ist* der 13. Das ist nämlich meine Glückszahl. Und heute habe ich absolutes Glück!«

Gabriele ließ sich auf den Stuhl neben Sina fallen und sah sie erwartungsvoll an. »Nun mach's nicht so spannend, Süße.«

Sina schob ihr einen gefalteten DIN A 3-Bogen rüber. Gabriele schaute sie fragend an, Sina nickte auffordernd. »Schau dir das genau an. Lohnt sich«, sagte sie bedeutungsschwanger.

Gabriele griff zögernd zu, faltete den Bogen auf, strich das Papier glatt.

Vor ihr lag ein Grundriss der ersten Ebene des Bunkers. Eine sorgfältig angelegte, absolut exakte Zeichnung. Erst beim Anblick dieser Skizze wurde Gabriele klar, wie massig das Bauwerk war: Angesichts der meterdicken Zyklopenmauern, wie sie auf dem Grundriss zu erkennen waren, kam sie aus dem Staunen kaum heraus. Allein die Pfeiler, die die Decke stützten, maßen laut diesen Aufzeichnungen jeweils drei Meter im Quadrat. In die Decke selbst waren offenbar Holzbalken eingelassen worden. Eisenbahnschwellen. So, wie es früher als zusätzlicher Stabilisationsgeber beim U-Bahnbau üblich war. Gabriele verstand, warum der unterirdische Koloss den Krieg unbeschadet überstanden hatte: Jegliches konventionelle Bombardement musste an der monolithischen Eigenwilligkeit dieses Panzerbaus scheitern.

Sina ahnte die Gedanken ihrer Freundin, die mit offenem Mund den Plan studierte. Sie hüstelte leicht, bevor sie verkündete: »Meine liebe Gabi. Bevor du dir vor lauter Ehrfurcht deinen Unterkiefer ausrenkst, schau lieber mal dort hin.« Sie deutet auf einen zweiten Bogen Papier, den sie auseinandergeklappt neben den ersten gelegt hatte: der Grundriss der dritten Ebene. Gabrieles Augen wanderten suchend über die Skizze, blieben aber nirgends hängen. Sina beschloss, der Älteren auf die Sprünge zu helfen. Sie fuhr mit ihrer Hand übers Blatt und tippte mit ihren pink lackierten Fingernägeln energisch auf ein fein gezeichnetes Quadrat. »Siehste das nicht? Die kleine Kammer? Lies mal, was daneben steht.«

Gabriele beugt sich vor, um die winzige Schrift entziffern zu können. »Tro... nein, Tra... nein, das gibt's doch nicht.« Gabriele starrte Sina baff an.

Diese lehnte sich stolz zurück. »Doch, das gibt's. Ich habe es ja gesagt: Heute ist mein Glückstag. Da steht – Tresorraum.«

33

Sinas Elan war längst verflogen, als sie neben Gabriele im laut dröhnenden VW-Bulli kauerte und dumpf in die Gegend starrte. Zum einen unterschied sich diese Fahrt in den Norden in nichts von ihrer ersten Tour: Denn Gabi saß genauso muffelig und wortlos hinterm Steuer und trieb den betagten Motor zu Höchstleistungen an. Zum anderen gab es eine Menge anderer Gründe, die Sina gründlich die Laune verdorben hatten.

Das hatte bereits damit angefangen, dass Sina nach ihrem so erfolgreichen Stöbern in den Bunkerakten nach Hause ging und dort über einen Haufen unerledigter Post gestolpert war. Zu allem Überfluss hatte ihr geschätzter Ex auch das Band ihres Anrufbeantworters vollgesprochen. Kaum hatte sie sich davon erholen wollen und in der Küche ein paar frische Orangen auspressen, war ihr der Wandkalender ins Auge gefallen: Dort hatte sie klar und deutlich gelesen, dass eben nicht der 13. des Monats war, sondern doch schon der 14. Das hatte ja noch gefehlt. Aberglaube hin oder her – Sina wurde schlagartig unwohler in ihrer Haut.

Sie wollte sich nur noch faul in ihren Sessel fallen lassen. Unter dem Motto: Nichts mehr hören, nichts mehr sehen. Aber sie hatte genau gewusst, dass sie am nächsten Morgen wieder pünktlich auf der Matte stehen musste. Gabriele hätte da kein Pardon gekannt. Also raffte Sina sich auf, um ihre Sachen für die Reise zu packen. Eine neue Tube Duschgel, den Fön, den sie beim letzten Mal glatt vergessen hatte und Unterwäsche für eine Woche. Und weil sie einmal dabei war, wollte sie einige Unterlagen durchforsten, die sie in den Monaten nach der Grenzöffnung gesammelt hatte. Sie erhoffte sich daraus mehr Aufschluss über den mit Elektronik vollgestopften Raum im Bunker – für den Fall, dass ihr Gabi überhaupt die Zeit dafür gab, noch einmal in diesen Raum zu gehen.

Tja, und wie es der Teufel wollte: Beim Durchsuchen dieser Unterlagen stieß sie auf einen alten Zeitungsartikel, dessen Inhalt ihr für diesen Tag den Rest gab. Es war ein alles andere als beruhigender Text:

»Abenteuer mit tödlichem Ende«

So lautete die Überschrift des Berichts, den Sina vor Monaten aus der Tageszeitung gerissen und zunächst nur aus einer vagen Ahnung heraus abgeheftet hatte. Der weitere Text war nicht weniger entmutigend:

Die Suche nach dem Abenteuer in einem alten Stollensystem der deutschen Wehrmacht nahe des nordfranzösischen Rouen hat drei Jugendlichen und sechs Erwachsenen, die die jungen Leute retten wollten, das Leben gekostet«, las sie leise vor sich hin. Und weiter: *»Sie starben an einer ungewöhnlich hohen Konzentration von Kohlenmonoxid, die sich noch niemand erklären kann. Ältere Einwohner berichteten, die Deutschen hätten die verzweigten unterirdischen Gänge im Zweiten Weltkrieg zur bombensicheren Lagerung von V2-Geschossen und Behältern mit Artilleriemunition genutzt. Das Höhlensystem war deshalb immer wieder Anziehungspunkt für Kinder, Jugendliche und Hobbyforscher. Niemand hatte sich offenbar Gedanken über die damit verbundenen Gefahren gemacht.«*

Nun saß Sina neben ihrer Freundin und überlegte, ob sie ihr von dem Artikel erzählen sollte. Denn was diesen armen Menschen in Frankreich passiert war, konnte Gabi und ihr ebenso zustoßen. Immerhin hatte ihr Bunker in Peenemünde auch etwas mit dieser Rakete V2 zu tun. Mehr noch: Von Peenemünde aus wurden diese Teufelsdinger gestartet, dort wurden sie entworfen, teilweise auch gebaut. Wer weiß, welche chemischen Prozesse sich im Laufe der Jahrzehnte in den unterirdischen Anlagen der Ostseeinsel abgespielt hatten? Und wer konnte ausschließen, dass sich nicht auch dort giftige Gase angesammelt hatten?

Und es gab noch etwas, das Sina beunruhigte: Beim Studium der Akten aus dem Bunker war sie nicht nur immer wieder auf mysteriöse Zahlenkolonnen gestoßen, die sie nicht deuten konnte. Was ihr weitaus rätselhafter erschien: Es tauchten häufig Vermerke unter dem Stichwort ›Kolumbus‹ auf. Vermerke, die jeweils in unmittelbarer Nähe zu den verwirrenden Zahlenkaskaden aufgeführt und keinen Deut verständlicher waren. Sina gewann den Eindruck, als hätten die Verfasser besagter Eintragungen buchstäblich um den heißen Brei herumgeredet. Das einzige, was ihr bei der Interpretation der ›Kolumbus‹-Aufzeichnungen weiterhalf, waren Zeichnungen, die sie zusammen mit den Tabellen gefunden hatte. Diese ließen sich schwerlich verschlüsseln; deshalb lag auf der Hand, was sie darstellten: Es waren Antriebsmodule. Triebwerke. Vorläufer von Raketen.

Die Betonung lag auf dem Plural. Denn Sina fiel auf, dass in den ›Kolumbus‹-Akten von *mehreren* Raketen die Rede war. Wenigstens zweimal hatten die Konstrukteure in diesem Zusammenhang die Mehrzahl angewandt. Hatte das eine Bedeutung? Oder war es ein Versehen, eine Nebensächlichkeit, völlig belanglos?

Von Hitlers ›Wunderwaffe‹, der einstufigen V2-Rakete, hatte sie gehört. Sina selbst hatte ein Exemplar dieses todbringenden Ungetüms aus Peenemünde im Deutschen Museum in München gesehen. Die V2 – also – das wäre eine Sache. Hinter den V2-ähnlichen Flugkörpern in der Akte ›Kolumbus‹ aber musste sich etwas anderes verbergen. Wahrscheinlich eine weitergehende Entwicklung. Eine Studie, die es niemals bis zur baufertigen Reife geschafft hatte. Wahrscheinlich.

Die Gedanken an die undurchschaubaren ›Kolumbus‹-Notizen ließen Sina auch während der Fahrt nicht los. Sie grübelte darüber nach. Sie kramte gedanklich all ihr Wissen über die V2-Rakete zusammen. Und sie dachte daran, welche politischen Ziele die Nazis verfolgt hatten. In der Zeit, als ihr Untergang bereits besiegelt war.

Rache. Ja, Rache, das war das Einzige, was diese Menschen kurz vor ihrem sicheren Garaus noch beschäftigte. Darauf hatten sie am Schluss all ihr Trachten konzentriert. Rache an allen, die sich ihren Vorstellungen widersetzt hatten. Und Rache vor allem auch an dem Land, das letztlich den Ausschlag für den Niedergang des Naziregimes gegeben hatte – Amerika!

›Kolumbus‹? In Sinas Kopf formte sich langsam ein klareres Bild. Sie begann zu ahnen, worauf sie da in den verstaubten, vergessen geglaubten Aktenordnern gestoßen war. Mit stumpfem Blick starrte sie durch die Frontscheibe des VW-Busses. Sie war nahe dran, ihrer Freundin von ihren Gedanken zu erzählen. Sie wollte ihr von den ›Kolumbus‹-Akten berichten. Und natürlich von dem Zeitungsartikel, der sie so beschäftigte.

Aber: Wie sollte sie Gabriele aufgrund ihrer Beklemmung umstimmen können? Von einem vergilbten Zeitungsartikel hätte sich ihre Freundin wohl kaum erschrecken lassen. Wahrscheinlich wäre sie mit dem Argument gekommen, dass ihnen bei ihrem ersten Abstieg in den Bunker ja auch nichts passiert war. Ansonsten könnte sie auf die Gasmasken verweisen, die den Frauen von ihren früheren Exkursionen noch zur Verfügung standen. Kurz und gut: Gabriele würde überhaupt nicht auf Sinas Einwände hören.

»Willst du eigentlich die ganze Fahrt über vor dich hin grübeln?«, riss Gabriele sie aus ihren Gedanken.

Sina war baff: »Was? Ich? Du bist es doch, die die ganze Zeit nichts sagt.«

»Stimmt«, entgegnete Gabriele. »Aber nur, weil ich dich bei deinen Überlegungen nicht stören wollte. War ja unschwer zu erkennen, dass dich irgendwas bewegt. Da wollte ich dich halt eine Weile in Ruhe deinen Gedanken nachhängen lassen. Aber nun ist Schluss damit. Leg irgendeine nette Musik auf. Oder erzähl mir ein paar Witze. Nur mach endlich was – mir ist schrecklich langweilig.«

Das war typisch für Gabriele: völlig unkalkulierbar! Sie hatte Sina kalt erwischt. Einige lange Sekunden verstrichen, bis diese reagieren konnte. Dann beschloss sie, überhaupt nicht auf ihre düsteren Gedanken zu sprechen zu kommen. Warum auch? Sie würde sowieso nur ein nachsichtiges Lächeln ihrer Freundin ernten.

Ohne ein Wort zu verlieren, suchte Sina eine Musikkassette heraus. Die letzte von Mick Jagger. Sina schob sie ein und drehte den Lautstärkeregler bis knapp unter Maximum.

Gabriele verzog keine Miene.

34

Auf der Insel Usedom war der Frühling eingezogen. Kaum zu glauben, aber in den paar Tagen, die Gabriele und Sina nicht hier gewesen waren, hatte die Natur einen gewaltigen Satz nach vorn gemacht. Die milde Witterung ließ das Grün sprießen. Die Menschen, an denen der Kastenwagen aus Nürnberg vorbeirauschte, wirkten geschäftig und gut gelaunt. Etliche kleine Läden, die Sina bei ihrem ersten Besuch gar nicht bemerkt hatte, waren fein rausgeputzt.

»He! Hier tut sich ja richtig was«, bemerkte sie.

Gabriele nickte scheinbar gleichgültig. »Frühlingserwachen nennt man das wohl. Das erinnert mich an Tucholsky.«

»An Kurt Tucholsky?«

Gabriele warf Sina für diese unqualifizierte Frage einen strafenden Blick zu. »Wen sonst? Der hat die Aufbruchstimmung auf dieser Insel einmal sehr schön beschrieben. Mal sehen, ob ich es noch zusammen kriege.« Gabriele schien für einige Momente zu vergessen, dass sie ein Steuerrad in den Händen hielt, als sie rezitierte: »Da heißt es, angeschwemmte Strandgutplanken zum Familienbad zusammenzuzimmern, Strandkörbe auszubessern, ja, ein luxuriöser Badeort trägt sich bestem Vernehmen nach mit der Absicht, einen Rettungsring anzuschaffen ...«

»Wow!«, lobte Sina. »Jeder Deutschlehrer hätte dir dafür 'ne glatte Eins gegeben. War Tucholsky denn öfter mal auf Usedom?«

»In den frühen 20ern. Da hatte er noch nicht ahnen kön-

nen, wie die Nazis dieses schöne Fleckchen Erde verge-
waltigen würden.« Gabriele verscheuchte diese Gedanken
augenblicklich wieder. Sie lächelte zufrieden, als sie fortfuhr: »Im Übrigen war er nicht der Einzige, der die Lieb-
lichkeit und gleichzeitig das Raue und Ursprüngliche dieser Gegend schätzte.«

»Lass hören! Prahl ruhig noch eine Weile mit deinem
Wissen.«

Gabriele überhörte diese Spitze. »Ich zitiere Hans Fal-
lada.« Sie räusperte sich. »Von allen Fenstern aus sehen wir
Wasser, lebendiges Wasser, das Schönste auf Erden. Es blitzt
auf zwischen den Wipfeln uralter Linden, es verliert sich
in der Ferne, begleitet von schmächtigen Ellern – dickköp-
fige Weiden suchen es zu verstecken – da hinter gelben und
grünen Schilffeldern nistet noch die Rohrdommel – jenseits
unseres Sees sehen wir andere Höfe, auf Hügel gelagert, dort
ist bereits Preußen, die Uckermark …«

»Ist ja reizend. Aber was, bitte, sind Ellern?«

»Erlen, Kind. Ein anderer Ausdruck für Erlen. Bäume.
Was lernt man heutzutage eigentlich in der Schule, he?«

»Keine Ahnung. Liegt bei mir auch schon 'ne ganze
Weile zurück. Aber ich glaube kaum, dass es lebenswich-
tig ist, x-verschiedene Wörter für irgendeinen blöden Baum
zu kennen.«

»Pfff. Keinen Sinn für Poesie.«

Die prächtigen Alleen, die das Achterland durchzogen,
waren in kräftiges Grün getaucht. Sinas Stimmungsbarome-
ter begann zu steigen. Sie sah die Insel inzwischen mit ganz
anderen Augen: Die feinen, teilweise säuberlich renovierten
Villen an den Straßenrändern verrieten noch viel von dem
mondänen Charme, den die Seebäder der Insel einmal ausge-
strahlt hatten. Sina sah die feine Gesellschaft, die sich hier Ende

des letzten Jahrhunderts beim Tanztee amüsiert hatte, bildlich vor sich. Dazu die alten reetgedeckten Fischerhäuser und die noblen Villen aus den Goldenen 20ern – einfach herrlich!

Der Kies knirschte leise, als der VW auf dem Parkplatz neben der ›Schwedenschanze‹ zum Stehen kam. Die Wirtin, wieder im weißen Kittel, stand neben der Eingangstür und polierte ein Messingschild, auf das die Embleme der großen Kreditkartenkonzerne geklebt waren. Als sie die Frauen bemerkte, blickte sie ihnen mit einer Mischung aus Überraschung und Freude entgegen. »Ach …?«, war alles, was sie zunächst hervorbrachte.

Sina grinste sie gewinnend an: »Ja, wir sind's wieder.«

Gabriele trat näher, stellte ihre Reisetasche ab und spielte nervös an ihrer Perlenkette. »Mm, ja, wir müssen noch ein paar Fotos machen.«

Die Wirtin hatte offenbar nicht die Absicht, diesen fadenscheinigen Grund für das neuerliche Auftauchen der Frauen näher zu hinterfragen, und entgegnete trocken: »Naja, dafür ist es wohl heute zu spät.«

Sie ging ihren beiden Gästen voraus in das Gebäude, griff zielstrebig nach einem Zimmerschlüssel am beinahe leeren Schlüsselbrett. »Die Nummer Fünf. Wie beim letzten Mal. Sie haben Glück.«

Sina freute sich über die Herzlichkeit der Wirtin und fragte frei heraus: »Auch wenn es bereits etwas zu spät ist, um auf Fotosafari zu gehen – ein paar belegte Brötchen und dazu ein, zwei gute Rostocker sind doch wohl drin, oder?«

»Aber ja! Ich sage meinem Sohn Bescheid, er soll zwei Bierchen für Sie zapfen, während Sie Ihre Sachen nach oben bringen.«

Es verging keine Viertelstunde, da saßen die beiden Frauen an der Theke der Gaststube. Der Raum war – wie nicht anders zu erwarten – voll besetzt. Das Publikum hatte sich allerdings gewandelt. Die Dorfbewohner waren teilweise von Familien mit Kindern verdrängt worden. Zum Teil waren Tische auch mit Marinesoldaten besetzt, die in der ›Schwedenschanze‹ offenbar ihren dienstfreien Abend verbringen wollten. Sie starrten wie gebannt auf den Fernseher in der Ecke, nippten dabei gedankenverloren an ihren Biergläsern.

Sina hatte sich ein lässiges Jackett übergeworfen, und auch Gabi wirkte heute Abend weniger streng zurechtgemacht als sonst. Der Mann hinter der Theke, Bernhard, lächelte ihnen freundlich entgegen. »Schön, dass Sie zurück sind«, sagte er, als er zwei voll eingeschenkte Gläser Rostocker vor den Frauen abstellte und sich gleich darauf aber den nächsten Gästen zuwandte.

»Schade, dass er nicht ein wenig länger bei uns bleibt. Oder?«, meinte Gabriele und knuffte Sina dabei neckisch in die Seite.

»Ja«, gab sie offen zu. »Er sieht nicht schlecht aus.« Sie schielte ihm hinterher, ohne weiter auf die Bemerkung ihrer Freundin einzugehen. Bernhard trug ein kurzärmeliges, weißes Hemd, dazu einen dezenten dunkelblauen Schlips. Vom anderen Ende der Theke aus warf er Sina einen kecken, wenn auch nur kurzen Blick zu. Sina musste unweigerlich kichern und schlug die Augen nieder.

»Vorsicht, Kind, denk an deinen lieben Klaus«, kommentierte Gabriele in gespielt schulmeisterlichem Ton und brach in ein herzhaftes Lachen aus. Sina, die ihr Bier inzwischen fast geleert hatte, lachte mit. Dabei sah sie blinzelnd zu Bernhard hinüber, der ihren Blick lächelnd erwiderte und sogleich zwei frisch gezapfte Pils bei den Frauen abstellte.

»Darauf trinken wir noch einen Schnaps«, meinte Sina überschwänglich.

Gabriele war zunächst skeptisch: »Oh, Frau! Mir ist schon das Bier zu Kopf gestiegen. Und noch einen Schnaps?«

Sina, die das erste Pils nicht weniger spürte, ließ diesen Einwand nicht durchgehen: »Du kannst doch sonst auch nie genug kriegen!« Gabriele setzte aus Spaß eine beleidigte Miene auf. Im gleichen Moment wurden die ›Kurzen‹ serviert. Sina zeigte sich über den prompten Service erstaunt: »Haben Sie etwa gelauscht, Bernhard?«

Der Sohn des Hauses lächelte verschmitzt: »Mit Lauschen hat das nichts zu tun. Ein guter Wirt kann seinen Kunden jeden Wunsch von den Lippen ablesen. Und auf Ihren Lippen stand ›Küstennebel‹ geschrieben.«

Gabriele fragte irritiert: »Nebel? Was hat der mit dem Schnaps zu tun?«

Bernhard lächelte nachsichtig, machte dann ein drittes Gläschen mit der milchigen Flüssigkeit voll, hob es an und sagte: »Das ist unser ›Küstennebel‹. Ein anishaltiger Magenaufräumer. Nebel heißt er, weil er so trüb ist. Und Küste – naja, Sie sind hier eben an der Küste.«

Die Frauen ließen sich nicht lange bitten. Sina griff zuerst zu, nippte vorsichtig am Glas und kippte den Rest dann entschlossen runter.

Gabriele tat es ihr nach, schüttelte jedoch danach angewidert den Kopf. »Nun ist endgültig Schluss, ich sollte mich besser verdrücken.« Und als sich Bernhard zurückgezogen hat: »Ich will morgen schließlich hellwach sein, wenn ich meine geliebten Vermeers in die Arme schließe.«

Sina hörte ihr nur mit halbem Ohr zu, denn sie war Bernhard mit ihren Blicken gefolgt und zwinkerte ihm flirtend zu. Gabriele registrierte das und sah, wie bewundernd Bernhard zu ihrer jungen Freundin herüberschielte. Ein wenig schmollend fuhr sie fort: »Ja, wie gesagt, die Vermeers. Wenn ich die habe, muss ich mich nicht länger von meinem geistig minderbemittelten Bruder nerven lassen. Von mir aus kann er mit dem Laden machen, was er will.« Sina hingegen hörte noch immer nicht richtig zu, was Gabriele erst recht anstachelte. Sie kippte einen kräftigen Schluck Bier herunter und hob dann wieder zum Sprechen an: »Diese Vermeers –«

Sina unterbrach schroff: »Ach was! Bilder, Bilder, Bilder. Ich kann es nicht mehr hören. Hast du überhaupt 'ne Ahnung, was die da unten gemacht haben, vor 50 Jahren? Dagegen sind irgendwelche alten Schinken total bedeutungslos, sag ich dir!« Gabriele hatte keinen Schimmer, worauf Sina plötzlich hinaus wollte. Sie strich einige verirrte Lockensträhnen aus dem Gesicht und orderte zwei neue Biere. »Und noch zwei von diesem nebligen Zeug«, ergänzte Sina lautstark die Bestellung.

Gabi legte ihr die Hand aufs Knie, sagte eindringlich: »Geht das vielleicht ein bisschen leiser? Und nun sag mal: Was soll da unten im Bunker außer den Bildern Interessantes versteckt sein? Ich kann mir nicht vorstellen, dass es dort was Wertvolleres zu finden gibt.« Ohne Sina antworten zu lassen, knüpfte sie an: »Schau mal, Süße. Diese Gemälde sind mir wirklich sehr, sehr wichtig.« Sie starrte verträumt in ihr Glas. »Da geht es um mehr als nur ein bisschen Farbe auf Leinwand.« Und in überheblichem Tonfall: »Aber das kannst du eben nicht nachvollziehen.«

Bernhard servierte die nächsten Pils und Schnäpse und wurde dabei von Sinas Blicken fast verschlungen. Er lächelte diskret, zog sich aber eiligst wieder in eine sichere Entfernung, zu seiner Spüle, zurück.

Sina leerte in einem Zug die Hälfte des Glases, drehte sich zu Gabi: »Ach, was du da redest, sind bloß Vermutungen. Wir laufen seit Tagen diesen Ölschinken hinterher, ohne den geringsten Beweis dafür zu haben, dass sie tatsächlich in der

Nähe sind.« Sie zögerte einen Moment, beugte sich vor und sprach in gedämpftem Ton: »Aber was da unten wirklich, echt, beweisbar vorhanden ist, das ist eine kleine Sensation. Ach was, eine *Riesensensation*!«

Die Gaststube leerte sich allmählich, als Bernhard seinen inzwischen stark angeheiterten Damen die sechste Runde Bier auftischte. Sina sah Gabriele fest in die Augen, die sich dem Blick kaum entziehen konnte: »Die Akten haben es in sich. Knüller sind das. Knüllerakten. Verstehst du?«

»Nein«, antwortete Gabriele wahrheitsgemäß. »Aber ich kann es mir denken. Du wirst nicht umsonst fast die komplette Fuhre dieses vergilbten Altpapiers zurück in den Bulli geladen haben.«

Sina lachte auf: »Aha, Ahaltpaaapier? Du nennst das Altpapier? Das sind Knüllülüü …«

»Knüllerakten, ich weiß.«

Bernhard kassierte bei den letzten anderen Gästen ab, drei Skatbrüdern, die in einer hinteren Ecke des Raums stillschweigend gezockt hatten. Während er die Geldscheine entgegennahm, schaute er besorgt zu Sina hinüber, die mit deutlicher Schlagseite auf ihrem Hocker saß.

»Ja. Knüller. Und was für welche«, flüsterte sie, damit der Barkeeper nicht zu viel von ihren Plaudereien mitbekam. »Ich hab auch zuerst geglaubt, ich sehe nicht richtig.« Sina versuchte, das Bierglas in ihren Händen deutlich zu erkennen. Aber ihre Augen spielten angesichts des vielen Alkohols nicht mit. »So wie jetzt ungefähr. Aber dann habe ich's noch mal gesel, äh, gelesen. Und dann noch mal.«

»Und dann noch mal.«

Sina schob erbost die Brauen zusammen: »Hör auf, mir dauernd dazzzzwischenzuquasseln. Also: In den Knüllern, den Knüllerakten, steht –« Sina machte eine Pause, versuchte dabei, einen wichtigtuerischen Blick aufzusetzen: »Da steht, dass die, ganz kurz vor Kriegsende, so was wie eine Rakete ins All geschossen haben.«

Gabriele verzog das Gesicht und winkte genervt ab.

Sina beharrte: »Doch, doch, doch. Die Knüll…, die Knüll…«

»Die Knüllerakten?«

»Ja, genau, die. Die beweisen das. Weiß auf schwarz sozusagen. Oder so ähnlich jedenfalls.«

»Ähem«, meldete sich Bernhard, der inzwischen das Putzlicht angeknipst hatte. »Wir möchten langsam schließen.«

Sina streckte ihren Arm aus und schnappte nach zwei Fehlversuchen den Wirt am Revers: »Bernhard, du bist doch 'n Süßer. 'N ganz Lieber, oder?« Ehe der Mann antworten konnte, erhob sich Sina und fiel mit ihrem Oberkörper ihm entgegen. Sie krallte sich an seinen Hemdkragen fest und kam mit ihrem Kopf näher heran. Bernhard war zu perplex, um Sina aufzuhalten. Die reichlich angetrunkene Frau presste ihre Lippen auf seinen Mund und verpasste dem Mann einen ausgiebigen Kuss. Dieser wand sich vor Verlegenheit und wollte sich aus Sinas Umklammerung lösen.

Ehe Gabriele richtig begreifen konnte, was sich direkt vor ihrer Nase abspielte, war Sinas lustvoller Angriff vorüber. »Zwei kleine Bierchen wirst du uns noch zapfen, oder?«, fragte Sina den Überrumpelten, als sie sich wieder auf ihren Hocker gesetzt hatte. Der Barmann wiegte seinen Kopf, drehte sich wortlos um und ging zum Zapfhahn.

»Donnerwetter«, kommentierte Gabriele beeindruckt, besann sich aber gleich eines Besseren: »Kind, Kind, du spinnst ja total. Du vergisst wohl, warum wir hier sind.«

Das war für Sina ein willkommenes Stichwort: »Ja. Wegen der Rakete!«

Gabriele winkte ab: »Quatsch, Rakete! Unsinn. Wegen der Bilder. Gemälde, Sina. Die Vermeers!« Und in wegwerfendem Tonfall: »Außerdem weiß heute jedes Vorschulkind, dass der Sputnik das erste Ding im All war.« Sie hob unwillkürlich den Kopf. »Und den haben, soviel ich weiß, die Russen hochgeschossen. Nicht die Nazis.«

Die Frauen nahmen das frisch gezapfte Bier, ohne die Leidensmiene von Bernhard zu beachten. Sina ergriff übermütig das Wort: »Ja, ja, ja, das war doch aber viiiel später. Schau dich nur mal hier um, in Peenemünde. Wenn du einen Blick für was anderes als Bilder hättest ...« Leiser setzte sie fort: »Hier wurde schließlich die V2 gebaut, Hitlers Wunderwaffe. Diese Rakete ist Vorbild für alles, was bis heute in den Himmel geschossen wurde. Selbst nach über 50 Jahren noch topaktuell! Eine technische Mei..., Meiei..., Meisterleistung.«

Gabriele lehnte sich gähnend zurück.

Aber Sina wurde immer aufgeregter. »Das Beste kommst erst.« Sie schob mit fahrigen Handbewegungen einige der leeren Biergläser zusammen. »So – so wie diese Gläser kann man auch Raketen mündeln, äh, bündeln.« Sie versuchte, die Gläser gemeinsam anzuheben. »Die nötige Schubkraft ...« Ein Glas rutscht ihr aus der Hand, fiel zu Boden und zerbrach.

Bernhard fuhr erschrocken auf und sah die Frauen mit einer Mischung aus Ärger und Ratlosigkeit an. Gabriele holte peinlich berührt ihre Handtasche hervor und kramte entschlossen ihr Portemonnaie heraus. »Du meinst, auf deine himmelschreienden Erkenntnisse hätte die Wissenschaft gewartet? Ha! Dass ich nicht lache!«

Sina reagierte sauer: »Ach, und du? Was willst du denn erreichen?«

Gabriele winkte Bernhard heran, legte hektisch einige Geldnoten auf den Tresen und mahnte Sina mit strengen Blicken zur Ruhe. Die wurde durch Bernhards Auftritt für einen Moment aus dem Konzept gebracht und schenkte ihm einen Kussmund.

»Sina, Kind …«, flehte Gabriele.

Da brauste Sina auf: »Ich bin nicht dein Kind!« Sie schlug mit der Faust auf den Tisch. Bernhard trat erschrocken zurück. Sina keifte weiter: »Immer willst du das letzte Wort haben. Das stinkt mir! Wenigstens ein einziges Mal kannst du mir glauben. Ich mach ja sonst immer alles, was du sagst. Aber diesmal habe ich die Nase vorn. Den besserereren Riecher.« Ihre Augen strahlten plötzlich eine starke Entschlossenheit aus. Sie packte ihre Freundin am Arm: »Los! Wir fahren hin! Ich beweise es dir. Sofort!«

Gabriele starrte sie entsetzt an. »Lass uns endlich aufs Zimmer gehen. Wir haben beide ziemlich viel getrunken«, drängte sie.

Doch Sina war nicht zu bändigen. Sie erhob sich, zerrte am Pullover ihrer Freundin: »Du verträgst wohl nichts! Ich will's jedenfalls wissen. Gib mir die Autoschlüssel.«

Gabriele wollte widersprechen und sah unsicher zu Bernhard herüber. Der stand völlig verloren hinter der Theke, zuckte ratlos mit den Schultern. Um den armen Mann nicht weiter in die Bredouille zu bringen, beschloss Gabriele, ihrer Freundin nachzugeben. »O. k., du hast gewonnen. Aber lass wenigstens mich ans Steuer.« Sina schnellte wie auf Kommando herum und ging zur Tür. Gabriele verabschiedete sich mit einem entschuldigenden Kopfnicken von Bernhard und eilte ihrer Freundin nach.

35

Gabriele schloss den Wagen ab. Das hieß: sie hatte vor, den Wagen abzuschließen, kam aber kaum mit dem Schlüssel zurecht. Betrunken wie sie war, bereitete es ihr einige Probleme, gleichzeitig eine Taschenlampe zu halten und das Schlüsselloch zu finden. Sina eilte voraus, leuchtete mit ihrer Lampe den holprigen Weg ab. Der Lichtstrahl hüpfte wie wild vor ihr auf und ab.

»He, Sina, warte! Dieses blöde Schlüsselloch will einfach nicht stillhalten.«

»Du musst es überraschen«, tönte Sina aus fünf Metern Entfernung. »Stoß mit dem Schlüssel zu, wenn das Loch nicht damit rechnet.«

Gabi streckte ihrer Freundin die Zunge heraus, was in der tiefen Dunkelheit allerdings reichlich sinnlos war. Abermals setzte sie den Schlüssel an. Diesmal gelang es ihr, die Fahrertür abzusperren. Genervt machte sie sich auf den Weg und versuchte, ihre albern kichernde Freundin einzuholen. »Nicht so hastig!« Und säuerlich: »So ein Quatsch. Als ob das nicht bis morgen früh Zeit hätte!«

Gabriele fluchte vor sich hin, hatte Mühe, Sina nicht aus den Augen zu verlieren. Im dichten Unterholz schlug ihr plötzlich ein Ast ins Gesicht. Sie schrie auf, doch ihre Freundin lief unbeirrt weiter. Gabriele war kurz davor zu explodieren: »Wenn ich nicht so besoffen wäre, würde ich dich schnappen und zurück ins Bett verfrachten! Dann wäre auf der Stelle Schluss mit diesem Unsinn!«

Dass die Frauen mitten in der Nacht die Schneise zum Bunkereingang überhaupt fanden, glich einem Wunder. Sina, die wie in Trance vorausgelaufen war, führte es auf das sprichwörtliche Glück von Betrunkenen zurück. Als sie vorm Eingang des Bunkers stand, ließ sie den Strahl ihrer Lampe wild durch die Baumkronen über ihr tanzen und brüllte: »Gabi! Ich haaaab ihn!« Ein geblendetes Käuzchen ergriff panisch die Flucht.

»Verdammt, Sina! Schrei nicht so«, mahnte Gabriele im Näherkommen.

»Wieso denn nicht? Hier wohnt keiner. Wir stören niemanden.« Demonstrativ begann Sina, lautstark zu trällern.

»Sina, still!«

Sina grölte weiter und morste dabei mit ihrer Taschenlampe sinnlose Signale in die Dunkelheit. »Tralali, trululululuuuuuuu!«

Gabriele war auf Sinas Höhe angelangt und versuchte, ihr die Lampe aus der Hand zu nehmen. »Hör auf mit dem Unsinn!«

»Sei nicht so spießig, Gabi! Wir sind aaaaaaleineeeee hier! Wir können machen, was wir wollen.« Darauf richtete Sina ihre Lampe auf sich, um Gabi eine feixende Grimasse zu schneiden. »Zum Beispiel könntest du zur Abwechslung mal 'n heißen Strip hinlegen. Nur für mich.«

Gabi wollte ihr in den Bauch stupsen, aber Sina wich zurück und schlüpfte schnell wie ein Wiesel durch den Spalt zwischen Stahltür und Mauerumfassung. Gabi folgte ihr leise fluchend.

»Weißt du, was das Schlimmste an betrunkenen Frauen ist?«, provozierte Gabriele, als sie die glitschigen Stufen in die unterirdische Betonfestung hinunterstieg.

»Dass sie andere betrunkene Frauen zum Strippen bringen wollen? Wenn es das ist, kann ich dich beruhigen: Wäre 'n Mann in der Nähe, hätte ich lieber den aufgefordert. Du bist soschu, äh, sozusagen nur 'ne Notlösung. Du weißt ja: In der Not frisst die Fliege Teufel. Uuups!« Beinahe hätte sich Sina auf den Hosenboden gesetzt. Gerade noch konnte sie sich am Geländer festhalten.

Gabriele griff ihr unter die Arme und richtete sie langsam wieder auf. »Das kommt davon, wenn du rumblödelst und in Gedanken Leute entblätterst, statt dich auf deine Füße zu konzentrieren.«

Abermals kam Sina ins Stolpern, landete diesmal gleich in Gabrieles Armen. »Danke, Chérie! Du bist meine Lebensretterin.« Kaum zurück in aufrechter Position, flachste sie: »Hach ja – Bernhard! Den würde ich wirklich gern entblättern.«

»Nun kommt's raus! Du bist eine Nekrophile. Willst dich an Leichen vergreifen.«

»Papperlapapp! Nicht der Alte! Ich mein den anderen. Den jungen Bernhard.« Und lüstern: »Den Knackigen.«

»Das hättest du heute Nacht haben können, Gnädigste«, meinte Gabi trocken. »Wenn du nicht unbedingt auf dieser bescheuerten Spritztour bestanden hättest.«

Sina riss ihre Taschenlampe herum und leuchtete Gabriele direkt ins Gesicht.

Geblendet hielt sie ihre Arme vor die Augen. »He, was soll der Mist?«

»Meinst du das ernst?«

»Was? Und nimm die Lampe runter!«

Sina gehorchte. »Sag schon! Meinst du wirklich, dass ich ihn heute Nacht rumgekriegt hätte?«

»He, Mädchen! Ich glaub, der ›Küstennebel‹ war mit erotisierenden Mittelchen versetzt. Was ist denn auf einmal mit dir los?«

»Weiß auch nicht. Heute Nacht könnte ich es irgendwie krachen lassen! Da wär mir alles egal.«

»Mir aber nicht. Und deshalb geh ganz brav weiter, damit wir diesen Unsinn bald hinter uns haben.« Sie forderte Sina mit einem Wink ihrer Lampe dazu auf. »Kannst dich ja später immer noch ins Bett vom Barkeeper schleichen.«

Die Lichtkegel ihrer Taschenlampen huschten suchend über die feuchten Betonwände. Sina musste sich immer wieder abstützen, um das Gleichgewicht zu halten. Bei der dritten dieser Zwangspausen betrachtete sie irritiert den Lageplan, den Gabriele geistesgegenwärtig aus dem Bulli mitgenommen hatte. Ihre Partnerin leuchtete ihr mit der Lampe.

Sina starrte auf die Karte, bemerkte dann, dass sie sie verkehrt herum hielt. Sie wendete das Blatt, doch das half auch nicht weiter. Lallend stellte sie fest: »So 'n Mist! Bei diesen vielen Kreuzen und Strichen soll sich einer zurecht finden!«

Gabriele sah ihr über die Schulter, tadelte sie in vorwurfsvollem Ton: »Ist eine Schnapsidee, mit besoffenem Kopf hier unten rumzurennen.«

»Du wiederholst dich«, meinte Sina störrisch. Sie fuhr mit dem Finger über den Plan, entschied sich dann willkürlich für einen Weg. »Hier geht's lang«, kommandierte sie. Sina preschte vor.

Gabriele folgte kopfschüttelnd. »Wie du meinst.« Und fügte zähneknirschend hinzu: »Wie es ausschaut, bist du heute Nacht der Boss.«

Die Frauen hatten die nächste Treppe erreicht und tasteten sich mühsam hinunter.

Wieder bewegten sich die Lichtkegel über die kahlen, vor Feuchtigkeit glänzenden Wände. Sie erfassten flüchtig einige technische Geräte. Für Bruchteile von Sekunden dachte Sina, eine Computertastatur zu erkennen. Und dann, ganz kurz im Schein ihrer Lampe, einen Bildschirm und Disketten. Sina war verwirrt. Sie sah Dinge, die sie bei ihrem letzten Besuch im Bunker nicht wahrgenommen hatte, verlor sie aber sofort wieder aus den Augen. Es waren Gegenstände, die eigentlich gar nicht hier sein durften. Oder gab es damals etwa Computer?, fragte sie sich verunsichert. Sie blieb stehen, leuchtete die Wände noch einmal ab, konnte aber nichts finden. War das eben nur Einbildung? Sina bemühte sich, klare Gedanken zu fassen. Aber der Schnaps hatte ganze Arbeit geleistet. Jede Bemühung um Konzentration war vergebens.

»Willst du hier Wurzeln schlagen?«, bohrte Gabriele, die beinahe auf Sina aufrannte.

»Nee. Ist nur: Ich habe mir eingebildet, dass da 'n Computer stand.«

»Na, besser Einbildung als gar keine Bildung.«

»Dieser Witz ist älter als du, Gabi«, gab Sina zurück. Noch einmal überprüfte sie Wände und Boden um sich herum. Nichts. Sina wischte sich mit der Hand über die Stirn, so, als wollte sie die vagen Bilder von PC-Tastaturen und Disketten aus ihrem Kopf verscheuchen.

Sie gab sich einen Ruck, setzte den Weg fort und hörte, wie Gabriele mit schweren Schritten hinter ihr herstolperte. Wirre Gedanken schwirrten durch ihren Kopf.

»He! Boss! Bitte nicht ganz so fix! Eine alte Frau ist kein Dingens. Kein, äh, wie heißt das gleich?«

»ICE, glaub ich«, witzelte Sina. »Aber das freut mich ja.«

»Was?«

»Dass du das so annimmst.«

»Was nehme ich so an?«, fragte Gabriele arglos.

»Na, das mit dem Boss. Dass auch mal wer anders die Führung übernimmt.« Sina griff in Gabis volles Haar, zupfte frech an ihrer Lockenpracht und lachte schadenfroh dabei auf.

Gabriele versuchte, Sinas Hand abzuschütteln, doch die andere hatte sie fest im Griff. Mit einer energischen Bewegung zog sie Gabriele zu sich heran. »Führung kannste haben«, sagte Sina. »Darf ich bitten, gnä' Frau?« Sie ließ von Gabrieles Haaren ab, verbeugte sich übertrieben tief. Darauf stellte sich Sina in Position und stimmte die Melodie des ›Schneewalzers‹ an.

»Ja, den Bun-ker-, Bun-ker-Walzer tanzen wir, – ich mit dir, du mit mir …«, sang Sina in fürchterlichen Misstönen. Sie nahm Gabriele bei den Händen und versuchte, sie zu einigen Tanzschritten zu bewegen.

Gabriele machte nur widerwillig mit, moserte dann: »Sina, Schätzchen, lass den Quatsch!«

»Das ist kein Quatsch, sondern ein Walzer.«

»Ich bin nicht der Ansicht, dass das der geeignete Ort für derlei –«

Sina zog ihre Freundin heran, um sie sogleich ruckartig von sich wegzustoßen. »Und links herum …« Sie summte ein paar Takte und schwärmte dann: »Ich finde, wir beide geben ein richtig hübsches Paar ab. Ich kann kochen, du bist gebildet.«

Da musste auch Gabi lachen. Mit gespielter Empörung sagte sie: »Also, bitte! Wo bleibt der emmanzipatoririri…, na der Du-weiß-schon-Anspruch?«

»Ich habe mich sowieso immer gefragt, wie du das so machst. Ohne Mann«, neckte Sina tanzend weiter.

Gabriele blieb abrupt stehen, dabei stolperte Sina über ihre Füße. Beleidigt raunzte Gabriele ihre Freundin an: »Was ›machst‹? Also, Angebote gab es jedenfalls genug.«

Sina führte sie zurück in die Walzerhaltung, setzte wieder

mit ihrem Gesang ein: »An-ge-booote, die gab es genug.«
In frechem Tonfall fügte sie hinzu: »Und du hast sie alle,
alle abblitzen lassen?« Ehe Gabriele kontern konnte, sang
Sina: »Tra la la – la la la …« Nun setzte sie dem Ganzen die
Krone auf: »Du stehst wohl nach deinen schlechten Erfah-
rungen nicht mehr auf Männer, was?«

Gabriele wollte empört widersprechen, wurde in diesem
Moment jedoch von Sina herumgewirbelt und fiel mit lau-
tem Poltern ein paar Stufen herab. Sina unterdrückte ein
Lachen, denn Gabriele lag völlig durchnässt im knietiefen
Wasser. Diese warf der Jüngeren einen bitterbösen Blick zu.

Sina winkte kichernd ab: »O. k., Darling, ab sofort über-
nimmst du wieder die Führung!«

36

Gabriele konnte ihrer Freundin in dieser turbulenten Nacht einfach nicht lange böse sein. Es reichte ein Blick auf Sinas Gesicht – die Augen vor lauter Lachen nur noch Schlitze, die Mundwinkel verschmitzt verzogen – und Gabriele hatte längst allen Gram vergessen.

»Wollten wir nicht eigentlich nach den Raketen suchen?«, gluckste Sina.

»Ach, pfeif egal. Das machen wir besser, wenn wir nüchtern sind.« Kichernd und sich gegenseitig stützend, torkelte das gut gelaunte Paar durch den dunklen, verregneten Wald.

Den Ausgang des Bunkers hatten die Frauen nur mit Mühe gefunden – und sich dabei fast totgelacht. In der schmalen Schneise vorm Tor, dort, wo sie viele Tage zuvor den Blindgänger entdeckt hatten, legte sich Sina flach. »Voll auf die Schnauze«, wie sie es selbst ausdrückte und dabei abermals in lautes Lachen ausbrach.

Ihr eigener Sturz erinnerte sie schlagartig wieder an Gabrieles unsanfte ›Wasserung‹ im Bunker. Während sie durch das Unterholz wankte, prustete sie: »Sah wirklich zu komisch aus, wie du mit ausgestreckten Beinen in der Pampe gesessen hast! Dazu deine bierernste Miene!« Sie imitierte Gabrieles Gesichtsausdruck, nur um gleich wieder loszulachen.

»Wenn ich eine Lungenentzündung bekomme, setze ich dich in eine mit Eiswasser gefüllte Badewanne! Glaub nicht, dass du ungeschoren davonkommst«, drohte Gabi im Spaß.

Sie erreichten den Lieferwagen, Gabriele kramte sogleich in ihrer Jackentasche nach dem Schlüssel. »Wo habe ich diese Mistschlüssel?«

»Lass dir Zeit beim Suchen, ich muss sowieso noch schnell in die Büsche.« Sina verschwand in der Dunkelheit.

Gabriele rief ihr hinterher: »Verlauf dich bloß nicht! Das würde mir heute noch fehlen!«

Aus einem Busch unweit des Wagens ertönte als Antwort ein weiteres Kichern. Während Gabriele die Autotür öffnen wollte, stockte sie und sah auf. Motorengeräusche! Am anderen Ende der Lichtung, in der die Frauen ihren Wagen abgestellt hatten, nahm Gabriele schwache Lichter wahr. Sie starrte in die Dunkelheit, darum bemüht, mehr zu erkennen.

Sekunden später sah sie es ganz deutlich: Zwei Autos fuhren ohne Licht auf das Gelände. Sie hielten direkt auf Gabriele zu. Die Fahrzeuge waren gut 500 Meter entfernt. Gabriele beobachtete die Wagen gebannt und zischte in Richtung Busch: »Sina! Beeil dich!«

»Was is 'n?«, tönte es zurück.

Inzwischen hielten die Wagen an. Ungefähr 300 Meter entfernt. Vier Gestalten stiegen aus. Oder waren es sogar fünf? Gabriele kniff die Augen zusammen, um in der Finsternis mehr zu erkennen. Die Unbekannten traten zusammen, besprachen offenbar etwas miteinander. Dann setzten sie sich in Bewegung – in die entgegengesetzte Richtung, fort von Gabrieles Transporter. Sie haben uns also nicht bemerkt, durchfuhr es Gabriele erleichtert. Sie atmete auf. Doch nur für einen Moment. Dann erst realisierte sie, wohin die Gestalten gingen – ihr Weg führte direkt zum Bunkereingang. Gabrieles Miene verfinsterte sich: »Nein! So haben wir nicht gewettet!«

Sina kam aus dem Busch und zupfte Hose und Bluse zurecht. »Was los ist, habe ich gefragt!«

»Fünf waren es! Fünf Männer!« Gabriele deutete aufgebracht in Richtung Wald und blickte sich dann suchend um.

»Nun mal langsam. Fünf Männer? Du würdest heute nicht mal mehr *einen* verkraften können!«

Gabriele schwang den Kofferraumdeckel auf, griff sich einen großen Schraubenschlüssel. »Sie sind zu unserem Bunker gegangen! Das sind meine Vermeers! *Ich* habe die Liste gefunden!«

Sina hielt ihre Freundin besorgt am Arm fest. »Ist dir der Sturz nicht bekommen?« Und besorgt mit einem Nicken in Richtung Schraubenschlüssel: »Was hast du damit vor?«

»Außer mir kommt keiner an die Gemälde!« Gabriele machte sich los und lief auf den Wald zu. »Das werde ich denen klarmachen!«

»Und ich dachte, *ich* wäre betrunken«, sagte Sina mehr zu sich selbst, eilte ihrer Freundin dann aber sofort nach. »Wir wollten zurück zur Pension. Deine blöden Van Dammes laufen dir nicht weg!«

»Da sind fünf Männer im Wald! Was suchen die an meinem Bunker?«

Sina überholte, tänzelte dann rückwärts vor Gabriele her: »Fünf Typen? Meine Güte, Gabi, wir sind nur zu zweit! Und nicht wirklich nüchtern!«

»Meine Vermeers«, murmelt Gabriele düster und ging entschlossen weiter.

»Sie spinnt! Ist total durchgeknallt! Mehr noch als ich selbst! Scheiß-Alkohol!« Schweren Herzens folgte Sina ihrer Freundin tiefer in den Wald.

Die schmale, bewachsene Schneise vorm Bunkereingang hatten sie schnell erreicht. Von den Unbekannten keine Spur! Gabriele stürmte zum Stahltor, wollte sich durch die schmale Öffnung hindurchzwängen. Sina packte sie abermals am Arm, um sie aufzuhalten. Zwecklos. Die Ältere machte sich los.

Schon stapfte Gabriele, immer noch wild entschlossen, den Gang in der ersten Bunkerebene entlang und zur Treppe abwärts. Sina griff noch einmal fest zu und drängte Gabriele an die kalte Flurwand. Gabriele zappelte, aber Sina hielt sie eisern fest.

»Das ist idiotisch! Komm weg hier!«, befahl Sina.

»Nein! Was da unten liegt, gehört mir! Nur mir! Nicht irgendwelchen dahergelaufenen Fremden!«

Sina versuchte es mit nüchtern-sachlicher Überzeugungsarbeit, um einen ruhigen Ton bemüht: »Was meinst du, passiert, wenn du auf die Typen triffst?«

Gabriele klopfte mit dem Schraubenschlüssel in die hohle Hand. »Dann passiert das hier!«

»Aber es sind fünf!«

»Na und«, entgegnete Gabriele trotzig. Sie schüttelte Sinas Hände ab, setzte leise und kläglich fort: »Seit so vielen Jahren warte ich auf solch eine Sache. Die ganze Zeit höre ich nichts als Spott meiner Kollegen: Spinnerin, Dilettantin, keine Ahnung von Kunstgeschichte.« Sie schluckte schwer. »Dann die viele Arbeit der letzten Zeit. Tag und Nacht Akten wälzen! Ich habe dieses Lager gefunden – die Schätze gehören mir.«

»Trotzdem haben wir keine Chance gegen diese fünf!«

Gabriele wollte weiter aufbegehren: »Das ist so ungerecht!«

Sina hielt ihr unvermittelt den Mund zu. Da war ein Geräusch! Sie hatte es ganz deutlich gehört! Beide Frauen lauschten gebannt in die Dunkelheit. Sina gab Gabrieles Mund wieder frei, signalisierte ihr aber, leise zu reden.

»Was war das?«, erkundigte sich Gabriele.

»Klang wie 'ne zugeschlagene Tür. Sie sind unten, in der zweiten Ebene!«

»Egal, ob die in der Überzahl sind! Ich muss sehen, was die machen!«

Gabriele drehte sich um, huschte zur Treppe. Sina versuchte, ihr mit dem Strahl ihrer Taschenlampe zu folgen und setzte sich dann selbst in Bewegung. Sie hatte fürchterliche Angst. Die beruhigende Wirkung des Alkohols war längst verflogen. Am liebsten hätte sie auf dem Absatz kehrt gemacht. Aber das ging natürlich nicht mehr. Nicht, solange Gabriele ihren Hirngespinsten nachjagte.

Sina tastete sich vorsichtig die Stufen hinab. An den Fußtritten ihrer Freundin konnte sie hören, dass Gabriele bereits unten angekommen war. Sina durchfuhr eine Welle der Wut. Was sollte dieses Theater? Wie lange wollte Gabriele Katz und Maus spielen? In dieser Gruft hier konnte so viel passieren, wenn man nicht genau aufpasste. Dass sich nun auch noch mitten in der Nacht Fremde hier herumtrieben, war alles andere als tröstlich.

Sina, im Wechselbad der Gefühle gefangen, beschleunigte ihr Tempo. Sie konzentrierte sich voll auf den zappelnden Taschenlampenstrahl, der vor ihr über die Wände wanderte. Noch vier, fünf große Schritte und sie hatte ihre Freundin erreicht. Mit Gewalt riss sie Gabriele herum, nahm sie in den Schwitzkasten. Die Freundin protestierte, aber diesmal wollte Sina nicht nachgeben. Sie trat ihr die Beine weg und schleifte die wehrlos eingeklemmte Gabriele die Treppe wieder rauf.

Sekunden später zuckten beide erschrocken zusammen. Sina stoppte abrupt. Wieder ein Geräusch! Diesmal vom Bunkereingang! Die Frauen starrten sich entgeistert an. In diesem Moment ein weiteres Geräusch! Jetzt lauter – näher!

Sina ließ ihre Freundin los und zischte: »Nach unten! Schnell!«

»Sag ich doch!«

37

Die beiden liefen die Stufen hinunter. Sie beeilten sich, denn sie wollten möglichst keine Zeit verlieren. Die glatten Absätze, vor denen sie einen solchen Respekt hatten, nahmen sie gerade, als wär es nichts. Atemlos hetzten sie den Flur der mittleren Etage entlang. Mit ihren Taschenlampen erleuchteten sie wahllos die Wände und den Boden vor sich. Bloß weg hier!

Beiden steckte die Angst im Nacken. Bis vor ein paar Minuten war alles wie ein Spiel. Der Alkohol hatte ihnen den Sinn für die Realität geraubt. Alles wirkte unwirklich, unbeschwert. Damit war es schlagartig vorbei. Ganz offensichtlich war ihnen jemand auf die Schliche gekommen. Die Polizei vielleicht, schoss es Sina durch den Kopf. Aber nein, warum sollten die Bullen nachts Jagd auf sie machen? Die hatten wahrlich Besseres zu tun, als betrunkenen Frauen hinterherzuspionieren. Aber wer war es dann? Sollte sich tatsächlich jemand für Gabrieles Bilder interessieren? Diese vermaledeiten Vermeers? Sina konnte sich das einfach nicht vorstellen.

Auf der verzweifelten Suche nach einem Versteck hechteten die Frauen durch den Flur. Sina betätigte einige Türklinken. Aber die waren, wie sie ja eigentlich von ihrem ersten Besuch hier unten genau wusste, fest verschlossen. Trotzdem versuchte sie, jede Tür zu öffnen.

Die Geräusche hinter den Frauen wurden immer deutlicher. Sina und Gabriele bemühten sich, möglichst leise weiterzugehen. Instinktiv zogen sie die Köpfe ein und versuchten, sich klein zu machen.

Der Flur mündete in eine Gabelung. Nach rechts oder nach links? Die Frauen verständigten sich wortlos auf rechts. Aber bereits nach wenigen Metern durch die tiefe Finsternis standen die beiden vor einem unüberwindbaren Hindernis: eine Wand versperrte den weiteren Weg. Sackgasse! Sina fackelte nicht lange und zog Gabriele in die nächstbeste Türnische.

Auf Sinas Zeichen hin knipsten die Frauen ihre Taschenlampen aus. Das Dunkel verschluckte die Umrisse der beiden vollständig. Die Geräusche kamen näher. Es waren Schritte. Schritte eines einzelnen Menschen. Ja, ganz deutlich: tap, tap, tap. Nur einer. Sina verspürte eine gewisse Erleichterung, blieb dennoch angespannt und dicht an die Tür gedrängt stehen.

Nur Augenblicke später geschah etwas, das die Frauen vollends aus dem Konzept brachte. Etwas, durch das sie sich hoffnungslos überrumpelt fühlten. Etwas, mit dem sie in dieser Situation am allerwenigsten gerechnet hatten:

Das Licht ging an.

Das gesamte Stockwerk war mit einem Schlag hell erleuchtet! Geblendet kniffen die beiden Frauen die Augen zusammen und verdeckten ihre Gesichter mit den Armen. Zu grell war die plötzliche Helligkeit.

Und dann wurde ihnen bewusst, dass ihr Versteck keines mehr war!

Sina, die sich als erste einigermaßen an die Taghelle gewöhnt hatte, sah sich hektisch nach der Quelle des starken Lichts um und wurde schnell fündig.

»Bergungslampen! Verdammt, Gabi, überall stehen Bergungslampen! Die Typen müssen schon mal hier gewesen sein!« Sie schlich schnell, aber leise zum Hauptflur, sah um die Ecke und wollte sich vergewissern, ob der Weg frei war. Doch Gabriele kam nicht nach! Wie angewurzelt stand sie noch immer im Türrahmen und hielt die Hände verkrampft vors Gesicht. Sina machte kehrt. Als sie ihre Freundin aus der Ecke zerren wollte, bemerkte sie Gabrieles aschfahle Gesichtsfarbe.

»Um Himmels willen! Was ist los?«

Gabriele schluckte schwer, bevor sie röchelnd hervorbrachte: »Ich glaube, mir wird schlecht.«

»Nicht jetzt, Gabi!«, zischte Sina. Sie nahm ihre Freundin bei der Hand und zog sie bis zur Gabelung zurück. Sie überprüfte ein zweites Mal beide Richtungen. »O. k., die Luft ist rein!«

Diesmal liefen beide nach links. Gabriele hielt ihre Hand fest vor den Mund gepresst. Kaum hatten sie einige Meter zurückgelegt, hörten sie wieder Schritte. Taptap, taptap, taptap. Diesmal waren mehrere zu vernehmen. Und dann – Sina geriet darüber beinahe in Panik – hörten sie noch etwas anderes: Stimmen!

Der Gang knickte nach rechts ab, einige Meter weiter gab es eine andere Abzweigung. Sina schossen flüchtige Gedanken durch den Kopf: verwischte Bilder, frische Erinnerungen. Ja, sie kannte diesen Flur. Hier war sie bereits einmal gewesen. Wenn sie nicht alles täuschte, befanden die beiden sich auf dem direkten Weg zu dem großen Saal, aus dem sie die vielen Akten geholt hatten. Der Raum mit den vermoderten Schaltschränken.

Nach einer weiteren Abbiegung bestätigte sich Sinas Vermutung: Nur fünf Meter vor ihnen war die Eingangstür zur Halle zu sehen. Sie stand weit offen. Auch hier war alles hell erleuchtet. Sina presste den Zeigefinger vor ihre geschlossenen Lippen und bedeutete Gabriele mit einer Geste, ihr leise zu folgen. Die Frauen schlichen behutsam bis zur Tür und wagten einen Blick ins Innere der Halle.

Sina wunderte sich, wie groß der hell erleuchtete Raum war. Noch wesentlich geräumiger, als sie erwartet hatte. Es gab deutlich mehr Aktenschränke als vermutet. Die Frauen hatten im schwachen Licht ihrer Helmlampen etliche übersehen. Und es stand noch mehr antiquierte Technik in diesem Raum. Das Ganze sah aus wie ein gigantisches Forschungslabor aus Opas Zeiten. Sina, von der Fülle der Gegenstände fasziniert, wollte näher treten, als sie Gabrieles energisches Zupfen am Pullover bemerkte.

»Bleib stehen«, zischte ihre Freundin und deutete stumm in die hintere Ecke des Saals. Erst jetzt erkannte Sina die Gefahr: Dort war, nahezu bewegungslos, ein Mann, der ihnen abgewandt stand und sich auf einen Stoß Papiere in seiner Hand konzentrierte. Offenbar hatte er die Frauen nicht bemerkt. Sina schnellte zurück und drängte sich ängstlich an die Betonwand. Ihr Herz schlug wild.

»Das war knapp«, gestand sie ihrer Freundin flüsternd ein. Gabriele kam nicht zum Antworten, denn wieder vernahmen sie die Schritte, vor denen die Frauen geflohen waren. Beide starrten sich ratlos an. Wohin? Hinter ihnen die Unbekannten, vor ihnen, im Saal, der Mann. Sie saßen in der Klemme! Gabriele wurde noch bleicher und hielt ihre Hand wieder vor den Mund. Sie begann zu würgen.

»Durchhalten«, flüsterte Sina, »gleich links vor der Tür ist ein kleiner Raum. So ist 's wenigstens auf dem Lageplan eingezeichnet. Wenn der Typ sich das nächste Mal umdreht, schleichen wir uns hin. Klar?«

Gabriele nickte lediglich ergeben.

»Wenn du anfängst zu kotzen, dreh ich dir den Hals um!«, zischte Sina. Gedrängt durch die immer lauter werdenden

Schritte lugte Sina wagemutig um die Ecke. Augenblicklich machte sie einen Satz zurück und drückte sich eng an ihre Freundin.

»Hast du Satan gesehen?«, wollte Gabriele wissen.

»Nein, aber so was ähnliches. Mittlerweile sind es zwei, Gabi. Zwei Männer bewegen sich auf uns zu. Allmählich verliere ich den Überblick.«

Sekunden später waren die Männer so nahe, dass die Frauen sie reden hören könnten: »… gestern die Spannungsregler erneuert, drei defekte Operationsverstärker ausgetauscht. Trotzdem, die Anlage funktioniert noch nicht«, sagte jemand in gebrochenem Deutsch.

Dann, plötzlich, noch eine andere Stimme. Heller. Vielleicht von einer Frau? »Das muss sie aber! Die Zeit läuft uns davon!«

Ein Klirren aus dem Hintergrund. Sina wagte sich erneut einige Zentimeter vor und blickte gebannt um die Ecke. Sie sah im grellen Schein der Bergungslampen schemenhafte Silhouetten: Mehrere Personen, die ihr den Rücken zukehrten.

Sina erkannte ihre Chance. Jetzt oder nie, dachte sie sich. »Schnell, Gabi! Lass uns verschwinden!« Dicht an der Wand, den Blick starr auf die Rücken der Unbekannten gerichtet, schlichen beide den Gang entlang. Einen Meter vor ihnen, an der linken Flurseite, war der Eingang zur Abstellkammer. Zu dem kleinen Raum, von dem sich Sina ihre Rettung erhoffte. Noch zwei Schritte! Nur noch zwei lächerliche Schritte!

In diesem Moment hörten die Frauen einen alarmierenden Laut. Ein Knirschen. Hatten sich die Unbekannten umgedreht und sie entdeckt? Sina und Gabi kamen nicht zum Nachdenken. Sekundenbruchteile später hatten sie ihr Ziel erreicht und verschwanden im Halbdunkel des kleinen Raumes.

Geschafft! Sie waren den Fremden durch die Lappen gegangen! Sofort versteckten sich die beiden in den hintersten Wandvorsprüngen der engen Kammer. Im gleichen Moment passierte einer der Unbekannten den Gang und eilte in Richtung des großen Saals. Sina und Gabriele nahmen ein undefinierbares Stimmengewirr wahr. Es waren mindestens drei verschiedene Personen, die sich unterhielten: Die Stimme, die in schlechtem Deutsch redete, dann die hellere und eine dritte. Wohl die eines weiteren Mannes: tief, dumpf, bedrohlich. Das Gespräch der Fremden war wirr und laut. Sie schienen sich zu streiten. Aber in welcher Sprache? Noch immer Deutsch? Sina und Gabriele versuchten, Bruchstücke des Dialogs aufzuschnappen. Aber sie verstanden nur vereinzelte Silben. Nichts ergab einen Sinn. Bis plötzlich ein Wort scharf und deutlich bis zu ihnen durchdrang: »Unmöglich!«

Kurz danach ein ganzer Satz. Gesprochen von der hellen Stimme: »Für heute brechen wir ab!« Der Rest war nicht zu verstehen. Ein unsinniges Kauderwelsch.

Die Wand des Abstellraums, die direkt an den großen Saal grenzte, wies in Kniehöhe einen kleinen Durchbruch auf. Sina entdeckte ihn durch Zufall, weil sie unbewusst mit ihrem Bein an der Wand scheuerte und dabei auf die scharfkantigen Ränder des Loches aufmerksam wurde. Vorsichtig bückte sie sich und blickte durch die winzige Öffnung. Sie war sprachlos! Ihre Blicke wanderten hin und her: Der riesige Raum neben der Kammer war zum Leben erwacht! Sina konnte kaum glauben, was sie sah: Farbbildschirme! Digitalanzeigen! Tintenstrahldrucker und modernde PCs! Dazwischen Kupferdrahtleitungen, die die offensichtlich brandneuen Anlagen mit den alten Primitivrechnern verbanden – denn auch deren antiquierte Röhren glühten! Wild ausschlagende Zeigerinstrumente im Wettstreit mit schnell wechselnden Digitalziffern.

Sina rutschte unruhig hin und her. Wegen ihres ungünstigen Blickwinkels sah sie von den Unbekannten in dem Saal nur Beine, Rücken und Hände. Die Stimmen waren noch immer aufgeregt und völlig unverständlich, es war ein heilloses Durcheinander. Neue Leute kamen dazu. Inzwischen waren es wohl alle fünf. Das Stimmengewirr stieg an, ohne dass Sina einen einzigen zusammenhängenden Satz aufschnappen konnte. Sie nahm lediglich wahr, dass die Stimmung sich verschlechterte. Alles klang plötzlich mürrischer, Widerspruch regte sich.

Dann ging alles ganz schnell: Das Licht wurde dunkler und war plötzlich ganz aus. Taschenlampen flammten auf. Die Fremden zogen sich Mäntel an. Im matten Schein der Leuchten sah Sina große Aluminiumkoffer, die eilig herumgereicht wurden. Sekunden später verließen die Unbekannten den Raum. Dabei kamen sie auf Armeslänge an Sina und Gabrieles Unterschlupf vorbei. Die Frauen hielten den Atem an. Starr vor Angst drückten sie sich in ihre Nischen.

38

Endlich wurden die Schritte leiser. Gabriele und Sina atmeten auf. Dann erfolgte unvermittelt ein dumpfes Donnern. Ein Schlag, der im Labyrinth der Gänge mehrfach widerhallte. Die Frauen fuhren verängstigt zusammen. Aber alles blieb ruhig. Sina war die Erste, die sich rührte: Sie knipste ihre Taschenlampe an. »Gabi?«

Nun wagte auch Gabriele, ihr Licht anzuschalten. »Das hätte schiefgehen können.«

»Ganz recht! Gabi! Du hast echt ein Rad ab, uns so 'nen Mist einzubrocken!«

Gabriele winkte verlegen mit den Schraubenschlüssel, den sie noch immer in ihrer Hand hielt.

Sina verlor keine Zeit und griff ihre Freundin energisch am Arm. »Los, wir sollten endlich verduften!«

»Aber die Bilder ...«

Sina ignorierte Gabrieles Einwand. Die beiden gingen zügig in Richtung Ausgang und nahmen die rutschigen Stufen, als wollten sie einen neuen Weltrekord aufstellen. An der Stahltür zum oberen Stockwerk stockte Sina.

»Ich kann sie nicht öffnen!« Sie rüttelte wie wild an der Klinke. Ohne Erfolg.

»Lass mich mal!« Doch auch Gabriele hatte kein Glück. Sie versuchte es wieder und wieder. Nichts passierte. Die schwere Pforte gab keinen Deut nach. Schließlich schlug und trat Gabriele gegen die Tür. »Verfluchtes Ding! Du sollst aufgehen, sag ich! Auf!«

»Hat keinen Sinn, Gabi. Ist wohl von außen verriegelt.«

»Von außen verriegelt? Ich glaub, ich ticke nicht richtig!«, entgegnete Gabriele aufgebracht. »Von außen verriegelt! Und das sagst du so einfach, als wär's nichts.« Gabriele leuchtete ziellos mit ihrer Lampe, versuchte, eine zweite Klinke oder irgendeine andere Öffnungsmöglichkeit für die Pforte zu finden. »Das gibt's nicht! Tu doch was! Wir müssen hier rauskommen!«

»Das weiß ich auch. Aber ich kann nicht hexen! Das ist Stahl, Gabi! Beinharter Stahl!«

Gabriele schnaufte. Sie holte aus und ließ ihren Schraubenschlüssel krachend gegen das Metall sausen. Ein zweites und ein drittes Mal attackierte sie das tonnenschwere Hindernis. Als das nichts bewirkte, bearbeitete sie die Tür mit ihren bloßen Händen. Tränen der Wut und der schieren Verzweiflung standen ihr in den Augen, als ihre Fingernägel quietschend über den Stahl kratzen. Gabriele fuhr herum, ihr Gesicht war rot vor Zorn. »Alles nur wegen deiner komischen Raketenspinnereien!«

Sina reagierte unerwartet scharf: »Alles nur, weil jemand im Suff so bescheuert war, fünf Fremden hinterherzulaufen!«

Für einen Moment, wirklich nur für einen Moment, wurde Gabriele sehr still. Sina bemerkte, dass ihre Freundin sich ihres eigenen Fehlers bewusst war. Und sie verstand auch, dass jeder weitere Vorwurf sie verletzt hätte. Also gab sie nach: »Schon gut. Schnee von gestern. Die Frage lautet: Wie kommen wir hier raus?«

Gabriele blieb eine Antwort schuldig. Der Strahl ihrer Taschenlampe sank langsam und wanderte an der grauen Oberfläche der Stahltür hinab. Gabriele wurde bleich und sackte in sich zusammen. »Es fängt wieder an.«

Sina zerrte ihre Freundin hoch, wollte sie in eine aufrechte

Position zwingen. Aber sie erkannte, dass Gabriele diesmal wirklich kurz davor war, sich zu übergeben. Sina fackelte nicht lange und zog sie kurzerhand von der Tür weg. Ganz in der Nähe musste es so etwas wie eine Toilette geben. So war es jedenfalls auf dem Lageplan eingezeichnet. Eine Toilette, gleich gegenüber, im nächsten Quergang.

Sie musste nicht lange suchen. Es gab ihn tatsächlich noch, den Sanitärraum. Nicht appetitlich. Und, unschwer zu erkennen, seit Jahrzehnten nicht benutzt, geschweige denn gereinigt worden. Aber besser als gar nichts. Es gab ein Spülbecken mit Abfluss. Und eine Kloschüssel. Gabriele klammerte sich an den Beckenrand. Sie spuckte und röchelte. Sina klopfte ihr beruhigend auf die Schulter. »Lass dir Zeit, Gabi.«Dann drehte sie sich zum Gehen um und sagte: »Ich versuche erst mal, Licht zu machen.«

Als sich Sina von ihrer Freundin entfernte, hörte sie sie noch immer verzweifelt würgen. Aber da musste sie durch, dachte sich Sina. Wer zu viel trank, musste selbst sehen, wie er mit den Folgen fertig wurde. Schließlich hatte sie Gabriele nicht dazu genötigt, den ›Küstennebel‹ becherweise herunterzukippen. Naja, vielleicht ein bisschen. Aber trotzdem: Gabriele war alt genug, um zu wissen, wann Schluss war. Also: Was soll's? Es gab wichtigere Dinge zu klären!

Es dauerte nicht lange, bis Sina auf eine der Bergungslampen stieß, mit denen die Fremden die Hallen ausgeleuchtet hatten. Sie fasste nach dem sperrigen Ungetüm, ertastete schließlich den Ausgang für das Stromkabel. Sina klemmte die Taschenlampe zwischen ihre Zähne, um beide Hände frei zu haben. Sie schnappte sich das Stromkabel und hob es an, um es bis zur Stromquelle zu verfolgen.

Das Kabel führte sie in einen unscheinbaren Raum mit dickleibigen, nach oben führenden Rohren. Dort stand ein klobiger Motor. Sina musste nicht lange grübeln, um zu erkennen, was sie vor sich hatte: einen Generator neuerer Bauart, der mit dem historischen Entlüftungssystem gekoppelt war. Geschickt: So konnten die Fremden stundenlang Strom für ihr Licht und ihr technisches Equipment erzeugen, ohne die knappe Luft im Bunker mit schädlichen Abgasen zu verpesten. Gleich neben dem Gerät befanden sich ein Dutzend große, prall gefüllte Benzinkanister. Sina machte sich sogleich daran, den Generator in Betrieb zu setzen.

»Was zerrst du an dem Seil?«, wollte Gabriele wissen. Sie hatte ihren Magen inzwischen entleert und war ihrer Freundin gefolgt.

»Hast du nie einen Rasenmäher bedient?«

»Einen Rasenmäher?«, fragte Gabi irritiert. »Doch. Früher mal.«

Sina riss wieder am Seil. »Na, siehst du«, sagte sie ächzend, »so ein Generator lässt sich auf die gleiche Weise anwerfen.« Im selben Augenblick setzte sich der Motor tuckernd in Gang und stieß dabei eine übelriechende Qualmwolke aus.

Gabriele hustete. »Lange können wir den aber nicht anlassen …« Sie sprach nicht weiter, denn die Bergungslampen taten ihren Dienst. Gabi riss instinktiv die Arme vors Gesicht.

»Keine Panik. Die Anderen sind längst weg. Außerdem können wir das Licht gut gebrauchen«, beruhigte Sina. »Und das mit dem Abgas dürfte eigentlich kein Problem sein. Das meiste zieht durch die Lüftung ab. Sollte es jedenfalls.«

Als sich ihre Augen an die Helligkeit gewöhnt hatten, sahen sich die beiden Frauen das erste Mal in dieser Nacht in aller Ruhe um. Was sie erblickten, verschlug ihnen den Atem.

Die Katakomben, von denen sie sich bislang nur ein sehr vages Bild hatten machen können, waren nun in ihrer vollen

Ausdehnung deutlich erkennbar. Die starken Strahler leuchteten die Flure bis in den letzten Winkel aus. Alles war viel größer, geräumiger und imposanter als sie erwartet hatten. Die Freundinnen verließen den Saal und gingen staunend den Gang bis zur Treppe entlang.

Die Stahltür zur oberen Ebene, die mit Schleif- und Schlagspuren von Gabis wütenden Attacken übersät war, machte im hellen Schein der Lampen einen unüberwindlichen Eindruck: massiv, stabil, nie und nimmer zu knacken. Sina durchfuhr ein Frösteln. Vom Treppenhaus, in dem die beiden Freundinnen standen, gingen im rechten Winkel nach links und nach rechts zwei Gänge ab. Rechts neben der Treppe war der Eingang zu einem gekachelten Raum: Die Toilette, in der sich Gabriele eben ihrer Drinks entledigt hatte. Durch die halb geöffnete Tür erkannte Sina ein schmutziges Waschbecken.

Gabriele ließ sich auf einer Treppenstufe nieder, das Gesicht vergrub sie in den Händen. Diese Haltung, diese entmutigende Gestik ihrer Freundin, machte Sina nervös. Nicht genug, dass sie eingeschlossen waren, jetzt ließ ihre Freundin auch noch den Kopf hängen. Alles andere als konstruktiv war das, ärgerte sich Sina. Sie ging nervös auf und ab. »Mist, Mist, Mist!«

39

Gabriele hob mühsam den Kopf und sagte in resigniertem Tonfall: »Wie lange sitzen wir hier fest?«

Sina rappelte sich auf. Sie war für ein paar Minuten eingenickt. Eigentlich war das kaum zu glauben, in dieser Situation. Doch taten die Drinks der ›Schwedenschanze‹ ihr Übriges. Den ganzen Aufregungen der Nacht im Bunker und dazu die dauernde Sorge, ob es überhaupt einen Ausweg aus diesem düsteren Gefängnis gab, musste sie, auch wenn nur kurz, entfliehen.

Die erste Zeit hatten die Frauen nach einem anderen Ausgang gesucht, waren aber – wie zu erwarten – nur auf weitere verschlossene Türen gestoßen. Später hatten sie den Generator ausgeschaltet. Die Luft wurde durch die Abgase zu schlecht. Die Kopplung mit der alten Entlüftungsanlage funktionierte eben doch nur sehr unzureichend. Außerdem wollten sie nicht unnötig viel Benzin verschwenden. Wer weiß, wofür sie es später verwenden konnten.

»Nun? Wie lange?«, drängte Gabriele.

Sina knipste ihre Taschenlampe an, schaute auf die Armbanduhr. »Viel zu lange, Gabi, viel zu lange. Stunden!«

Gabriele reagierte scheinbar gelassen: »Stunden? Mir kommt es vor, als wären es Tage«, sagte sie matt.

»Wie geht's denn deinem Magen?«, erkundigte sich Sina und suchte mit dem schwächer werdenden Strahl ihrer Lampe nach dem Generator.

»So leidlich. Aber immerhin: Der Rausch ist weg. Und …«

Sie legte die Hand auf ihren Magen. »Ich glaube, ich habe Hunger.«

Sina ignorierte diese Äußerung, machte sich stattdessen wieder an der Anlassschnur zu schaffen. Drei kräftige Züge, und das beruhigend gleichmäßige Tuckern des Generators setzte ein. Das Licht flammte auf. Beiläufig griff Sina in ihre Jackentasche und förderte einen Schokoriegel zutage. Sie reichte ihn Gabi. »Ist mein letzter. Genieß ihn.«

Gabriele griff dankbar zu. Sie wickelte die Süßigkeit aus, wollte hineinbeißen, aber überlegte es sich dann anders. Sie brach den Riegel in der Mitte durch und gab die Hälfte an Sina zurück.

Sina nahm Gabis Anflug von Uneigennützigkeit anerkennend zur Kenntnis und biss herzhaft hinein. Die beiden Frauen verließen den Saal und gingen wieder zur Tür, die ihnen den Ausgang verwehrte.

Sina betastete das Material und fuhr mit ihren Fingern über den Stahl. Dann, als hätte sie eine plötzliche Wut gepackt, sauste ihre Faust donnernd auf das Metall. »Mist! Großer Mist.« Und in etwas milderem Tonfall: »Weißt du – das erinnert mich an eine ähnlich verzwickte Lage im Urlaub. Als ich mit Klaus letztes Jahr in der Bretagne war, sind wir über irgendwelche Schotterpisten durch gottverlassene Gegenden gefahren. Über Wege, die in keiner Karte eingezeichnet waren.« Sina musste bei ihren Erinnerungen unwillkürlich lächeln. »Und – wie's der Teufel will – nach 'ner Rast mitten in der Pampa wollte der Motor nicht mehr anspringen. War damals noch mein alter Polo. Du weißt ja, dass er immer mal Schwierigkeiten gemacht hat. Aber in so einer Einöde – zu ärgerlich!«

»Und?«, fragte Gabriele eher teilnahmslos. »Was habt ihr gemacht? Den Pannendienst gerufen?«

Sina wendete sich erneut der Tür zu, begab sich langsam in die Hocke und betastete die Scharniere. »Pannendienst? Wie das? Es war weit und breit keine Telefonzelle in Sicht!«

Halbwegs interessiert, ließ sich Gabriele neben Sina nieder: »Also?«

Sina gab auf, die Tür weiter zu betasten, drehte sich um und lehnte sich mit dem Rücken an den Stahl. »Wir haben gar nichts gemacht.«

Gabi sah sie verständnislos an.

»Als wir total genervt waren«, setzte Sina lapidar fort, »habe ich die Zündung einfach noch einmal ausprobiert, und die Kiste sprang an.«

Gabriele richtete sich brüsk auf und warf Sina einen vorwurfsvollen Blick zu. »Na toll! Du meinst, so ein Glück werden wir beide auch haben?« Sie ging einige Treppenstufen hinab, setzte sich ermattet hin.

Sina folgte ihr. »Ein solches Glück vielleicht nicht. Aber sieh es mal realistisch: Diese Männer werden zurückkommen. Wenn wir Pech haben, entdecken sie uns. Andererseits – wenn wir ein bisschen aufpassen, könnten wir ihnen leicht entwischen. In diesem Labyrinth gibt es genug Verstecke, und wenn die Tür erst einmal offen ist ...« Sina deutete mit dem Daumen nach oben, »... dann sind wir im Nu draußen. Wir haben immerhin einen ziemlich unschlagbaren Trumpf in der Hand: Die wissen offensichtlich nicht, dass wir uns hier unten herumtreiben. Sonst hätten sie sich anders verhalten und uns gezielt gesucht. Aber so, wie der Fall liegt, werden sie uns keine Steine in den Weg legen. Wenn die Tür also ...«

»Wenn! Ja, wenn!«, unterbrach Gabriele ruppig. »Wenn dein Suff und deine fixen Ideen uns nicht hier hereingebracht hätten, ...«

Sina fiel ihr ins Wort: »Du hast mindestens genauso viel getrunken wie ich! Wer musste sich denn übergeben? Ich oder du? Spiel gefälligst nicht das Unschuldslamm! Und überhaupt: Ich soll uns das eingebrockt haben? Ich?« Sina stand auf. Verärgert fuhr sie ihre Freundin an: »Wer ist mit dem Schraubenschlüssel zurück in den Bunker gerannt, hä? Ich vielleicht? Und wer war denn nicht aufzuhalten, obwohl eine Horde unbekannter Männer direkt neben uns herumgegeisterte?«

Gabriele drehte auf: »Das wäre alles nicht passiert, wenn du nicht diese Flausen im Kopf gehabt hättest!« Sie lachte bitter und fügte verächtlich hinzu: »Von wegen Satelliten! Und Raketen! So ein Unsinn!«

»Weißt du, was ich Unsinn nenne? In diesem Betonsarg auf Jagd nach irgendwelchen vermeintlichen Kunstschätzen zu gehen. Das nenn ich Unsinn!«

»Vermeintlich?« Gabis Gesicht färbte sich glutrot vor Wut. »Du hast keine Ahnung, was du für einen Unsinn von dir gibst! Es geht nicht um Belanglosigkeiten. Hast du überhaupt eine Vorstellung davon, was im Krieg alles verloren gegangen ist, welche ungeheuren Kunstschätze nie wieder aufgetaucht sind? Nur ein lächerlicher Bruchteil ist in den letzten 50 Jahren gefunden worden.« Gabriele redete sich in Rage: »El Grecos Meisterwerk ›Johannes der Täufer‹ aus der berühmten Köhler-Sammlung, eine Handvoll Schinkels aus der Nationalgalerie Berlin und drei ansehnliche Renoirs – ja, die sind wieder aufgetaucht und verstauben derzeit im Moskauer Puschkin-Museum. Aber so vieles andere, Sina, Hunderttausende andere Kostbarkeiten, die in den Kriegswirren verschollen sind, denen ist noch keiner auf die Spur gekommen.«

Sina fasste sich provokativ an den Kopf. »Geht diese Leier

wieder los? Wenn ich das schon höre: Renoir, Schinkel, El Greco! Ja, Gabi, das sind Meister! Nach ein paar Ölschinken von denen würde ich liebend gern mitsuchen. Und mich dafür meinetwegen auch ein paar Stunden in einen klammen Bunker einsperren lassen. Aber doch nicht wegen dieser Van Meers. Nicht wegen ein paar lausigen Bildern von diesem Typen. Diese Pinseleien locken heute wahrscheinlich eh niemanden mehr hinterm Ofen vor. Sollen sie verschimmeln, hier unten!« Und leiser: »Wenn sie überhaupt hier sind – wenn sich nicht alles als reines Hirngespinst der unfehlbaren Gabi Dobermann herausstellt.«

Gabi holte tief Luft. »Ver-meer! Er heißt Vermeer!« Herablassend fügte sie hinzu: »Wer nicht einmal den Schimmer einer Ahnung von Kunst hat, sollte sich mit solchen Äußerungen zurückhalten! Das war unüberlegt von dir. Damit hast du dir selbst ein Armutszeugnis ausgestellt.«

»Vorsicht, Vorsicht!«, drohte Sina. »Du brauchst mich noch, wenn du aus dieser Gruft rauskommen willst. Und gib bloß nicht so an mit deinem angeblichen Sachverstand. Welcher vernünftige Mensch hängt sich genau die Bilder ins Wohnzimmer, die deinen verkorksten Idealen entsprechen?«

Gabriele stand auf und war gekränkt.

Doch Sina setzte noch einen drauf: »Es muss ja nicht jeder den Geschmack von Göring teilen, oder?« Sie stapfte wütend davon.

Gabriele biss sich auf die Lippen. Sie ging einige Schritte aufgebracht umher. Mit den Fußspitzen stieß sie einen verrotteten Blechstreifen beiseite, der auf dem Boden herumlag. Sie griff nach ihrem Schraubenschlüssel, den sie in der Nähe des Ausgangs abgelegt hatte. Mit grimmigem Gesichtsausdruck drehte sie sich der Stahltür zu. Das Werkzeug an der Spalte am unteren Rand der Tür ansetzend versuchte sie, die schwere Tür auszuhebeln. Aber Gabriele rutschte ab. Einmal, zweimal, immer wieder. Sie versetzte der Tür einen wütenden Tritt und warf den Schraubenschlüssel an die kahle Bunkerwand.

Gabriele war verzweifelt. Nein, nicht verzweifelt – es war eher eine Art Ratlosigkeit. Ratlosigkeit, die sich mit dem Zorn auf ihre aufmüpfige Begleiterin paarte. Gabriele wollte sich eben wieder auf eine Treppenstufe setzen und sich ihren düsteren Gedanken hingeben, da fiel ihr Blick erneut auf den Schraubenschlüssel. Ihr kam eine neue Idee. Sie hob das Werkzeug auf und wog es prüfend in ihrer Hand. Mit der anderen fischte sie einen zerknitterten Zettel aus der Hosentasche: der kopierte Lageplan, die Orientierungs-hilfe für ihren Weg durch das unterirdische Labyrinth. Sie entfaltete ihn hastig, strich ihn mit fahrigen Bewegungen glatt. Mit ihrem Finger suchte sie nach dem Kreuz, das den mutmaßlichen Lagerplatz ihrer Kunstschätze markierte. Sie umklammerte den Schraubenschlüssel fester, als ein siegrei-ches, grimmiges Lächeln über ihre Mundwinkel huschte.

Minuten später hatte Gabriele die unterste Bunkerebene erreicht. Sie keuchte aufgeregt, als sie ihr Werkzeug an der schmalen Tür vor ihr ansetzte. Es war die Tür, hinter der sie das Ziel ihrer Anstrengungen vermutete. Gabriele war sich sicher, dass sie ihr Ziel unmittelbar vor sich hatte. Hin-ter dieser Tür sollten Vermeers Werke liegen. Sie mussten!

Der Schraubenschlüssel fand Halt in einem nach oben gebogenen Winkel der Tür. Gabriele stemmte ihr ganzes Gewicht auf das Werkzeug. Doch ihre Kraft reichte nicht aus. In dem knöcheltiefen Wasser, das ihre Füße umspülte, fand sie einfach keinen ausreichenden Halt.

Gabriele versuchte es noch einmal, rutschte ab, taumelte, verlor beinahe das Gleichgewicht. Es wollte ihr einfach nicht gelingen, die Tür aufzustemmen! Voller Wut suchte sie nach einem Ventil. Sie musste Dampf ablassen. »Satelliten!«, kam es höhnisch aus ihr heraus. »So ein Unsinn! Sina spinnt! Total durchgedreht, die Kleine!« Noch einmal setzte sie das Werkzeug an. »Raketen! So ein Quatsch!«

Die Tür wackelte.

»Geschmack von Göring! Die ist nicht ganz bei Trost!«

Die Tür ächzte.

»Von wegen verkorkstes Kunstverständnis!« Bei diesen Worten verpasste sie dem Schraubenschlüssel soviel Druck, dass sie die Tür aus den Angeln hob. Gabriele fiel vornüber, konnte sich gerade noch am Türrahmen festhalten. Mühelos drückte sie die Tür beiseite und schlüpfte in den Raum.

Die Schatzjägerin hielt den Atem an. Ihre Wut auf Sina und die Sorge darüber, dass sie in dem trostlosen Bunker eingesperrt war, hatte sich verflüchtigt. Gabriele war am Ziel. Sie hatte die letzte Barriere genommen. Sie war ihren Vermeers zum Greifen nahe.

Langsam ließ Gabriele den Strahl ihrer Taschenlampe durch den Raum gleiten. Dann trat sie mit behutsamen Schritten näher.

Doch dann sah sie etwas, mit dem sie nicht gerechnet hatte: Im Taschenlampenlicht tauchten SS-Runen auf. Hakenkreuze und Führerbilder. Gabriele schob einen Ständer mit zerschlissenen Fahnen und Wimpeln beiseite. Der Lichtkegel touchierte eine Reihe von Fresken: simple Pinseleien. Heroisch dargestellte Kämpfer, im Hintergrund Panzer und Flugzeuge. Eine Mischung aus Herrenmenschen-Ideologie und Kitsch. Gabriele schüttelte angewidert den Kopf. »Oh Gott, wie banal«, entfuhr es ihr.

Sie ging weiter, war aber schnell in der letzten Ecke des kleinen Raums angelangt. Dort, endlich, stieß sie auf ein vielversprechendes Regal. Es war bis oben gefüllt mit flachen, in gewachsten Stoff eingeschlagenen Schubern. Wurden hier ihre Gemälde aufbewahrt? Gabriele schüttelte sich bei dem Gedanken, dass dieses ignorante Nazipack hochwertige Meisterwerke gleich neben primitivstem Propagandamaterial eingelagert hatte. Aber sie wollte keine Zeit mit solchen Gedanken verschwenden. Hauptsache war, ihre Vermeers hätten überlebt.

Sie schnappte sich die erste der Schachteln, schlug das Wachstuch beiseite, klappte den großformatigen Deckel auf – und erstarrte.

Ihr Blick fiel auf ein grünlich angelaufenes Ölbild übelster Machart: Zwei blonde Frauen, barbusig und prall, saßen stolzerhobenen Hauptes unter einem Baum. Davor befanden sich, breitbeinig, den muskulösen Oberkörper freigelegt, zwei blauäugige Ariertypen. »Oh nein«, stöhnte Gabriele, »was für entsetzliche Banalitäten! Perverser NS-Realismus! Ich halt das nicht aus!« Voller Abscheu ließ sie den Deckel fallen und warf den Schuber zurück ins Regal.

Gabriele schnappte sich den nächsten Karton, ahnte aber bereits, mit welchem Ergebnis. Und tatsächlich: Zum Vorschein kam ein Ölbild vom selben miesen Kaliber. Diesmal eine Dreiergruppe uniformierter Germanen. Stahlbehelmt und auf den Schultern jeweils einen Adler tragend. Die Flügel der gefiederten Symbolträger waren drohend ausgebreitet. Entlarvend, dachte sie sich. Belanglose Nazischmierereien. Verdammt, das war wirklich nach Görings Geschmack. Ohne es geahnt haben zu können, hatte Sina mit ihrer Bemerkung recht gehabt.

Ihre Hoffnungen schwanden. Mit kaum mehr Elan sah sie sich die anderen Bilder an. Eines geschmackloser als das andere. Gabriele schob das elfte zurück ins Regal – da spürte sie die Anwesenheit einer anderen Person im Raum. Augen, die aus der Dunkelheit auf sie starrten!

Gabriele fuhr erschrocken zurück. Sie riss ihre Taschenlampe herum, und das Licht schoss wie wild durch den Raum. Der Strahl traf auf einen mächtigen Körper. Zunächst war es für Gabriele nur eine drohende Silhouette. Erst beim näheren Betrachten erkannte sie, was ihr eben einen Mordsschrecken eingejagt hatte: eine Statue. Breitschultrig, mit starrem, totem Blick. Gabriele schnaufte erleichtert auf.

Kaum hatte sie sich gefasst, übermannte sie wieder die Wut. Stärker als bei ihrem letzten Ausbruch. Sie sah ihren großen Traum zerplatzen: Keine Vermeers! Nicht einmal ein paar Trost spendende Antiquitäten. Gar nichts, außer wertlosem Naziplunder. Ramsch, mit dem man höchstens ein paar hirnlosen Neonazis Geld aus der Tasche ziehen konnte. Und das war selbst unter Gabrieles Niveau.

Aufgebracht griff sie zu ihrem Schraubenschlüssel. Sie holte weit aus und ließ das schwere Gerät auf den Kopf der Arier-Skulptur niedersausen. Die Statue zerbarst unter lautem Getöse.

40

Ein heilloses Gewirr von Leitungen! Armdicke Stränge, feine Drähte, rote und gelbe Kabelschläuche. Es war kaum zu durchschauen. Sina verfolgte einige der Leitungen, um herauszufinden, welcher Draht mit welchem Gerät verbunden war. Vielleicht hatte sie so eine Chance, den Sinn dieser ganzen Apparatur zu ergründen.

Sie war gleich nach ihrem Zoff mit Gabriele hierhergekommen. Statt sich weiter über diese arrogante Kuh zu ärgern, wollte sie lieber in dem mit Technik vollgestopften Saal stöbern. Eines war ihr dabei sehr schnell klar geworden: Dieser Raum, offenbar der größte im ganzen Bunker, war das Herz der Anlage. Seine Wände waren dicker als die der anderen Kammern. Und hier konzentrierte sich die Technik. Eine Art Leitstand, folgerte Sina. Eine Kommandozentrale. Bloß für was?

Mit ihren Händen fuhr sie an einem grünen Kabel entlang. Es verlief knapp drei Meter an der Wand entlang, knickte dann im rechten Winkel ab, verlief hinter einen der Aktenschränke und kam auf der andere Seite wieder zum Vorschein, um sich dann bis zur Decke hinaufzuschlängeln. Dort verschwand es in einem Kabelschacht. »Mist«, fluchte Sina. »Das war wohl nichts.« Sie lenkte ihre Aufmerksamkeit wieder den anderen Leitungen zu, zog die ein oder andere erst vorsichtig und dann immer willkürlicher heraus und wollte gerade erneut richtig zupacken – da bemerkte sie ein Geräusch. Es kam aus der Richtung der

Tür. Sina schaltete blitzschnell: Sie griff sich eine herumliegende Rohrzange und ging leicht in die Hocke, um angriffsbereit zu sein.

Als sie begriff, für wen sie diese Position eingenommen hatte, war sie beinahe ein wenig enttäuscht: Alles, was durch die Tür kam, war eine verwunderte Gabriele.

»Was machst du denn da?«, fragte diese verblüfft.

»Puh!«, Sina atmete aus. »Mensch, Gabi! Ich habe mir fast in die Hosen gemacht! Untersteh dich, mich noch mal so zu erschrecken!« Sie ruderte mit der Zange in der Luft herum und legte sie schließlich auf einen Tisch. Gleich darauf richtete sie ihre gesamte Aufmerksamkeit wieder dem Kabelgewirr zu.

Gabriele näherte sich betont langsam. »Sina« Sie legte eine Pause ein. Es fiel ihr schwer, sich zu den folgenden Worten aufzuraffen, schlug jedoch einen versöhnlichen Ton an und erklärte: »Ich war unten. In diesem Tresorraum.« Das Wort ›Tresorraum‹ sprach sie bewusst abfällig aus. »Das war nichts. Überhaupt nichts. Nur Naziplunder.« Sie setzte sich auf die Tischkante direkt neben Sina. »Wir hatten wohl beide unrecht, hm?«

Sina ging auf diesen Versöhnungsversuch nicht ein, untersuchte stattdessen weiter verbissen die Kabel. »*Du* hattest unrecht. Nicht ich.«

»Also, von mir aus.« Sie bemerkte, mit welcher Akribie ihre Freundin die schier unüberschaubaren Apparaturen befingerte. »O. k., dann haben die Nazis eben den ersten Satelliten der Welt gestartet, und du hast recht.«

Sina richtete sich auf, fuchtelte Gabriele mit einem Schraubenzieher vor der Nase herum. »Oh nein! Nicht auf diese Weise! So leicht mache ich es dir nicht. Ich werde es dir beweisen, Gabi. *Beweisen*!«

»Aber Sina, Kind, du brauchst mir nichts zu beweisen.«

»Nee, nee, nee. Du glaubst doch immer noch, dass ich spinne. Stimmt's? Und jetzt wiegelst du nur ab, weil du nicht weißt, wie du ohne mich hier rauskommen sollst! Ich kenne dich nicht erst seit gestern, Gabriele. Für wie bescheuert hältst du mich eigentlich?«

Gabriele lenkte ein: »Also gut. Beweise es mir! Beweise es mir, damit wir das endlich alles hinter uns haben.« Sie sah sich um. »Wo ist hier ein Satellit? Wo ist hier eine Startrampe?«

Sina ließ Schraubenzieher und Kabelstrang fallen. »Natürlich nicht hier. Das war nur eine Leitzentrale. Von hier aus wurde die ganze Sache gesteuert. Das vermute ich jedenfalls.«

»Das stand alles in den Akten, ja?« Gabriele klang ausgesprochen zweifelnd.

»Das stand in den Akten, ja. Und ich zeige dir noch mehr.« Sina deutete auf die Zeichnungen und Karten an den Wänden. »Siehste das? Das sind Berechnungen für eine Umlaufbahn.«

»Hypothesen«, entgegnete Gabriele. »Nichts als Theorien. Aber wo ist der Beweis, Sina? Woher soll ich wissen, dass der Start deines Satelliten jemals stattgefunden hat?«

Sina dachte einen Moment angespannt nach. Sie war in Zugzwang. Früher, als sie sich erhofft hatte. Denn noch war das meiste von dem, was sie großspurig als absolute Wahrheit verkündet hatte, weitestgehend reine Theorie. Trotzdem war sie sich sicher, dass sie recht hatte. Sie überlegte sich, ob sie Gabriele ihre Entdeckung zeigen sollte. Ihre Entdeckung, auf die sie gestoßen war, bevor sie sich an den Kabeln zu schaffen gemacht hatte. Wahrscheinlich wäre es verfrüht gewesen, ihre Freundin damit zu konfrontieren.

Aber wie sonst sollte sie den geforderten Beweis liefern? Selbstsicher klopfte sie auf eine Schreibtischplatte. »Hier. Hier ist der Beweis.«

»Ein Schreibtisch?« Gabriele inspizierte das Möbelstück skeptisch. »Eichenholz, voller Wasserränder. Durch und durch marode. Für das Ding würde niemand Geld ausgeben.«

»Quatsch! Nicht der Schreibtisch an sich ist die Sensation.« Sina zog eine Schublade heraus und holte eine schwarze Kladde hervor. »Testaufzeichnungen von '44 und '45«, erklärte Sina wichtigtuerisch. Sie las vor: »20. März 1944: Das A9 mit Nutzlast fünf Tonnen erfolgreich gezündet. Nutzlast erreichte niedere Erdumlaufbahn 120 Kilometer. Weitere Schubkraftverstärkung nötig. H. dennoch sehr zufrieden.« Sina hob ihren Blick und strich sich vielsagend übers Kinn. »Die Abkürzung ›H.‹ könnte für Himmler stehen. Oder sogar für …«

Gabriele machte eine wegwerfende Handbewegung. »Schmarrn, Süße. Der Buchstabe ›H‹ könnte genauso gut für Hintermeyr stehen. Oder für Holländer oder wie auch immer der Vorgesetzte desjenigen hieß, der das abgefasst hatte.« Sie nahm Sina das Buch aus der Hand. Mit kritischem Blick überprüfte sie die Echtheit. »Hm. Die Kladde scheint wirklich original aus dem Dritten Reich zu sein. Was allerdings mit den Eintragungen ist, die Analyse der Tinte, das kann nur eine chemische Analyse erbringen.« Und mit einem mehr als zweifelnden Stirnrunzeln fügte sie hinzu: »Du weißt ja wohl, wie man bei solchen Sachen reinfallen kann. Erinnere dich an die gefälschten Hitler-Tagebücher. Ohne chemische Analyse.«

»Soll ich sie gleich machen?«, unterbrach Sina scharf.

Gabriele maulte: »Also gut. Lies weiter.«

»Hier. Zum Beispiel das: ›Projekt Kolumbus‹ gefährdet. Trägerrakete zündete unkontrolliert.« Triumphierend fragte sie: »Hast du gehört? Wenn das kein Beweis ist!« Sie fuhr fort: »Rakete antwortet nicht auf Signale der Bodenstation. Einmalige Nutzlast scheint für immer verloren.«

Gabriele drehte sich weg. »Gut. Du hast es mir bewiesen. Zufrieden?«

Sina überhörte Gabrieles sarkastischen Unterton. Noch immer voll bei der Sache, erläuterte sie: »Ich frage mich nur die ganze Zeit, was diese Fremden hier wollen. Ich meine: Wegen deiner Bilder sind sie bestimmt nicht hergekommen. Das wissen wir inzwischen wohl ziemlich sicher. Warum also, warum interessieren sie sich für das hier unten? Wozu all diese moderne Technik, die sie angeschleppt haben?« Sina deutete auf die Laptops, die die Fremden stehen gelassen hatten. »So ’ne Workstation kostet locker 20.000 Mark. Arm sind die jedenfalls nicht.«

»Ist unser Streit vergessen? Gut. Dann lass uns noch mal ganz genau überlegen, wie wir hier heil rauskommen.« Gabriele ging nachdenkend durch den Raum. »Die Tür kriegen wir nicht auf. Und einen anderen Ausgang gibt es nicht. So viel steht fest. Also müssen wir warten. Warten, bis die Anderen zurückkommen. Es ist zum Verzweifeln!« Doch dann kam ihr ein neuer Gedanke: »Und wenn wir es genauso machen wie gestern Nacht?«

»Meinst du, wenn wir uns wieder besaufen, hilft das irgendwem weiter?«, spöttelte Sina.

»Unsinn. Wenn wir uns in dem kleinen Nebenraum, dieser Abstellkammer, verstecken!«

Sina schüttelte entschieden den Kopf. »Vergiss es. Das läuft nicht, Gabilein. Habe ich doch vorhin auch dran gedacht. Aber von hier kann man den ganzen Gang einsehen. Und natürlich auch den Eingang zur Abstellkammer. Und wenn die Tür von diesem Saal wieder offensteht, dann kommen wir nicht raus. Es wäre nur eine Frage der Zeit, bis wir entdeckt werden. Dass wir nicht bereits beim letzten Mal aufgeflogen sind, ist ein Wunder.«

»Dann eben in einen anderen Raum!«

»Aber die sind doch alle zu! Das heißt – warte mal.« Unvermittelt lief Sina aus der Schaltzentrale. Gabriele zögerte nicht lange und rannte hinterher.

Sina nahm mit jedem Schritt zwei Treppenstufen. Kurz darauf erreichten die Frauen die obere Ebene. Nicht mehr weit bis zur Stahltür, die ihnen den Ausgang verwehrte. Sina blieb vor der Tür mit der Aufschrift »00« stehen. Der gekachelte Raum, der für Gabriele Stunden zuvor bereits sehr wichtig gewesen war.

Gabi schaltete sofort: »Die Toilette! Klar, du hast recht! Wir lassen sie einfach an uns vorbeiziehen und sind dann auf dem kürzesten Weg draußen! Das müsste klappen!«

Sina war aber gar nicht so angetan von ihrer eigenen Idee: »Und wenn einer von denen mal muss?«, fragte sie skeptisch.

Gabriele zuckte gleichgültig mit den Schultern. »Es geht doch nur um ein paar Minuten. Da wird schon niemand müssen.«

»Deinen Optimismus möchte ich haben.«

Gabrieles Blick fiel auf den Fußboden vor dem Sanitärraum. Sie nahm voller Schrecken die schwerlich zu übersehenden Spuren wahr, die sie beim letzten Mal auf ihrem Spurt zu den Toilettenräumen hinterlassen hatte. »Mein – äh – mein Erbrochenes. Das muss natürlich weg. Sonst kommen die gleich drauf, dass hier unten jemand sitzt.« Zu sich selbst sprach sie: »Schöne Schweinerei wird das, den Schlamassel ohne fließend Wasser wegzuputzen.«

Die Freundinnen machten sich sogleich daran, für Ordnung zu sorgen. Sina hatte eine Packung Papiertaschentücher in ihrer Jeans gefunden. Gabi griff sich drei Tücher heraus, befeuchtete sie mit Speichel und machte sich schweren Herzens ans Schrubben. »Wir müssen alles genau so herrichten, wie es war. Besser, die merken überhaupt nicht, dass wir jemals da waren. Womöglich kommen die sonst auf die Idee, uns aufzuspüren.«

Sina stockte plötzlich: »Du, Gabi: die Kabel! Die Kabel, die ich in der Schaltzentrale herausgerissen habe!«

»Was?«, fragte Gabriele entgeistert. »Wieso herausgerissen?«

»Ja, meine Güte, ich musste doch irgendwie rauskriegen, wozu das Ganze ist. Und da war es eben notwendig, ein paar von diesen Drähten abzuklemmen.«

Gabriele war starr vor Schreck: »Abklemmen? Hör ich richtig?«

»Ja, verflixt! Ich muss das irgendwie wieder hinkriegen. So wild wird's nicht sein.«

»Na gut, Kind. Dann kümmere dich mal darum. Ich spiele inzwischen weiter die Klofrau«, meinte Gabriele mit unverhohlenem Ekel in der Stimme.

41

Sina kam sich vor wie in einem Gemüsebeet. Überall Salat. Kabelsalat. Sie versuchte, das heillose Wirrwarr, das sie bei ihren überstürzten und – zugegeben – reichlich unbedarften Untersuchungen angerichtet hatte, einigermaßen in den Griff zu kriegen. Was schwieriger war als gedacht. Besonders bei den Leitungen, deren Funktionen ihr noch immer völlig schleierhaft waren, hatte sie erhebliche Probleme. Einiges stöpselte sie darum auf Verdacht irgendwo ein.

»Nicht erschrecken, Sina, ich bin's nur«, sagte Gabriele beim Eintreten.

»Danke für die Warnung«, lautete die trockene Antwort. Sina hob nicht mal den Kopf, so sehr war sie in ihr Problem vertieft.

»O là là! Du hast ja 'ne ganz schöne Unordnung angerichtet. Kommst du denn klar?«

»Würde es deine Ohren beleidigen, wenn ich statt einer Antwort einmal ganz laut fluche?«

»Ja, das würde es«, entgegnete Gabriele.

Sina warf ihrer Freundin einen beinahe verzweifelten Blick zu. »Wenn ich bloß die Schaltpläne zu diesem ganzen gottverdammten Chaos hier hätte.«

»Sina, es langt!«, rügte Gabriele.

»Ach, ist doch wahr! Wann soll ich fluchen, wenn nicht jetzt! Stell dir vor, ich vertausche irgendwelche Kabel. Wer weiß, was ich damit in den PCs auslöse. Die haben ihre Rechner doch direkt mit der alten Anlage verdrahtet.«

Gabriele legte ein Lächeln auf: »Du sagst es. Die haben diese Anlage verdrahtet. Die, nicht wir. Und wenn ich mich recht entsinne, haben sie sich gestritten, weil die Sache nicht so funktionierte, wie sie sich das wohl vorgestellt hatten. Wenn also bei ihrem nächsten Besuch hier unten noch mehr schiefgeht, werden sie den Schuldigen in den eigenen Reihen suchen. Bestimmt nicht bei jemand anderem.«

Sina überlegte: »Vielleicht. Du könntest recht haben. Die genaue Lage jedes einzelnen Kabels werden sie sich kaum gemerkt haben. Wenn nicht alles haargenau stimmt, ist es halb so schlimm.«

Trotzdem achtete auch Gabriele peinlich genau darauf, dass kein Kabel lose herunterhing. Die Zeit verrann dabei deutlich schneller, als den Frauen lieb war.

Schließlich: »Fertig!« Sina lehnte sich an einen der Schränke und sank erschöpft zu Boden. Gute zwei Stunden hatten die beiden Frauen aufgeräumt. In jede Ecke hatten sie geschaut, unter jedem Tisch. »Ich glaube, wir haben's wirklich geschafft. Nur zwei oder drei kleine Steckverbindungen und die Sache ist geritzt. Oder fällt dir noch irgendetwas ins Auge, was jemanden stutzig machen könnte?«

»Stutzig machen? Nein. Höchstens das Geräusch meines Magens. Sein Brummen ist kaum zu überhören.«

Sina zog die Brauen hoch. »Tja, sorry, aber meinen letzten und einzigen Schokoriegel haben wir ja bereits verputzt.« Sie stülpte demonstrativ ihre Hosentaschen nach außen.

Gabriele ließ sich neben ihrer Freundin nieder, und lehnte sich erschöpft an die Rolltür des Schrankes. »Also gut. Kein Essen. Versuchen wir, auf andere Gedanken zu kommen.«

»Könnte nicht schaden. Das lenkt vielleicht auch ein wenig von dieser verflixten Kälte ab. Ich bin völlig unterkühlt.« Sina rieb sich die Arme. »Und meine Zehen sind nur noch Eiswürfel. Kälte und Hunger – was für eine fiese Kombination!«

»Als Kind hatte ich öfters Hunger.«

»Kann ich mir vorstellen«, spottete Sina. »Man sieht's.«

»Hältst du mich etwa auch für zu dick?«

»Wieso *auch*? Wer findet das denn noch?«

»Na, dieser Penner, dieser Bernhard.«

»Also bitte, Gabi! Opa Bernhard ist tot. Rede nicht so abfällig von ihm.«

»Wollte ich ja eigentlich gar nicht. Du bringst einen ganz aus dem Konzept«, beschwerte sich Gabriele.

»O. k. Du wolltest mir ein traumatisches Erlebnis aus deiner frühen Jugend erzählen. Von wegen Kälte und Hunger. Also? Ich lausche.«

Gabriele stieß ihr in die Seite: »Mach dich nicht dauernd lustig über mich. Ist nämlich gar nicht witzig, meine Geschichte.«

Sina verdrehte die Augen. »Verzeih!«

Gabriele ging auf die neue Provokation nicht ein, sondern erzählte stattdessen weiter: »Mein Bruder, der Friedhelm, und ich hatten manchmal wirklich verdammt wenig zu beißen. Der Antiquitätenladen lief nicht wirklich berauschend, damals in den 50ern, als ich auf die Welt kam. Was sollten die Leute da denn mit Antiquitäten? Klar, es gab ein paar Neureiche. Leute, die den Krieg ganz gut verdaut hatten. Aber die Masse, das breite Publikum? Wenn wir Kohle verkauft hätten, ja, dann hätten meine Eltern leichtes Spiel gehabt. Im wahrsten Sinne des Wortes Kohle gescheffelt hätten sie dann. Aber Antiquitäten? Das ging erst wieder in den 60er Jahren richtig los. Mieteinnahmen kamen auch nicht rein, da die oberen Etagen unseres Hauses in der Pirckheimerstraße Bombentreffer abbekommen hatten. Alles in allem waren es sehr magere Jahre.«

Sina machte einen nachdenklichen Eindruck. »Das kenn ich.«

»Was kennst du?«

»Ich kenne das Gefühl, wenn der Magen knurrt. Wenn er sehr, sehr lange knurrt.«

Gabriele konnte sich ein Grinsen nicht verkneifen. »Was? Du? Ausgerechnet du Rotzgöre? Schon mir nimmt man es ja kaum ab, dass ich noch was vom Mangel der Nachkriegsjahre mitgekriegt habe. Aber dir? Wo gab's in deiner Zeit noch einen knurrenden Magen? Nee, Kind, mit solchen Äußerungen würde ich mich an deiner Stelle lieber zurückhalten.«

Sina blickte Gabriele nicht an. »Vielleicht solltest du dich auch manchmal etwas zurückhalten. Ich weiß es sehr wohl, was es heißt, nichts zu essen zu bekommen. Was es heißt, beim Tischnachbarn in der Schule ein Pausenbrot schnorren zu müssen, weil die Mami es wieder mal nicht geschafft hat, eins zu schmieren. Und ich kenne das Gefühl, wenn man nach dem Unterricht nach Hause geht und einem unterwegs von überall her der Geruch von Gebratenem und Gekochtem in die Nase kriecht, aber man selbst vor leeren Kochtöpfen steht.«

»Du brichst mir das Herz.«

»Mach dich bitte nicht lustig. Ich habe echt nicht die Kindheit gehabt, die ich mir gewünscht hätte.«

»Rabenmutter, was?«

»Eigentlich nicht. Eher überforderte Mutter.«

»Na, mit dir als Kind kann ich mir das vorstellen«, stichelte Gabriele.

»Ich glaub, an mir lag das ausnahmsweise mal nicht. Vielmehr an meinem Vater.«

»Was war denn an dem so schlimm? Hat er seinen Job

verloren? Oder war er Trinker? Oder war eine Geliebte im Spiel?«

»Es gab ihn gar nicht erst.«

Die andere stutzte. Hatte sie das Gespräch bis eben noch mehr oder weniger gelangweilt, war ihre Aufmerksamkeit nun geweckt. Sie wollte nun mehr über ihre Freundin wissen – und wunderte sich, warum sie erst jetzt, in dieser Zwangslage, über solche Dinge sprachen. »Ganz ohne Vater würde es dich wohl kaum geben, Süße.«

»Wohl kaum.«

Gabriele musste bohren, denn Sina schien plötzlich nicht weiterreden zu wollen. »Also? Was hat er getrieben, dein Erzeuger? Hat er sich abgesetzt, nachdem er dich das erste Mal in der Klinik zu Gesicht bekommen hat?«

Sina fand das nicht überhaupt lustig. »Er hat sich tatsächlich abgesetzt. Aber noch *bevor* er mich in den Armen halten konnte. Meine Mutter war im vierten Monat schwanger. Ungewollt. Er ist fortgezogen. Nach Würzburg.«

»Naja, Nürnberg-Würzburg. Das ist ja nicht die Welt.«

»Für seine Zwecke hat es gereicht.«

Gabriele war mittlerweile sichtlich ergriffen von Sinas Lebensbeichte. »Du willst mir doch nicht erzählen, dass dein Vater die läppischen 100 Kilometer nicht wenigstens ab und zu hinter sich gelegt hat, um sein Töchterchen zu besuchen. Wenigstens Weihnachten. Oder zum Geburtstag?«

Sina starrte auf den Boden. »Nein. Hat er nicht.«

Gabriele fuhr wütend auf. »Ja, aber …« Sie bemerkte plötzlich, dass sie ihre Freundin mehr aus der Reserve gelockt hatte, als ihr lieb war. »Aber dieser Mistkerl muss doch so etwas wie ein Gewissen gehabt haben.«

»Was glaubst du, wie oft ich mir genau darüber Gedanken gemacht habe! Ja, meine Mutter, die konnte ihn irgendwann abschreiben. Die konnte die kurze Affäre mit ihm irgendwann ad acta legen. Aber ich? Seine Tochter? Ich habe immer wieder an ihn gedacht. Wollte wissen, was er für ein Mensch ist. Konnte mir einfach nicht vorstellen, von so einem Mister Herzlos abzustammen.«

»Und?«, fragte Gabriele leise.

»Ich habe die Sache selbst in die Hand genommen.«

Gabriele schaute auf. Alles in ihr spannte sich an.

»An meinem 18. Geburtstag«, fuhr Sina fort. »Meine Mutter war strikt dagegen. Aber mir war das egal. Ich habe mich in den Zug nach Würzburg gesetzt.«

Gabriele war ergriffen. Sie hing förmlich an Sinas Lippen. »Woher wusstest du, wo du ihn finden konntest?«

Sina lächelte das erste Mal seit dem Beginn dieses Gesprächs. »Das war nicht schwer. Ich kenne seinen Beruf.« Sie lächelte noch immer. »Er ist Professor. Doziert an der Uni. Du siehst, ich habe die Erbanlagen eines Hochgebildeten in mir. Unterschätz mich also nicht wieder.«

Die Ältere winkte ab, denn sie wollte endlich wissen, wie die Story weiterging. »Bist du in sein Büro gegangen, oder was?«

»Wollte ich eigentlich. Aber ich habe mich nicht getraut. Was sollte ich ihm auch sagen? Dass ich Sina bin? Sein Töchterchen Sina?« Sie scheuerte ihren Rücken unruhig am Schrank. »Nee. Ich habe mich in eine seiner Vorlesungen gehockt. Mitten zwischen die Studenten. Mein Herz hat geklopft wie wild. Erst habe ich erwartet, dass der Mann, auf den wir da alle warteten, mir genau so fremd sein würde wie den anderen jungen Leuten um mich herum. Aber, verdammt, als er kam –« Sina stockte einen Augenblick. Dann blickte sie Gabriele direkt in die Augen: »Gabi, ich sag dir, es gibt so etwas wie eine Kommunikation zwischen den Genen.

Mit jeder Minute, die ich ihn beobachtete, wurde er mir vertrauter. Bewegungen, selbst ganz unbedeutende, kamen mir seltsam vertraut vor. Ich entdeckte an ihm Verhaltensmuster, die genauso gut auf mich zutreffen könnten. Plötzlich wusste ich auch über viele Gesichtsausdrücke Bescheid, von wem ich sie geerbt habe. Ja, das war *mein* Vater!«

Gabriele verspürte den Drang, Sina die Hand auf die Schulter zu legen. Aber sie ließ es und fragte stattdessen nur: »Hast du ihn angesprochen?«

»Nein. Jedenfalls nicht sofort. Ich habe eine Nacht gewartet. Habe mir ein Zimmer genommen und nachgedacht. Dann habe ich ihn angerufen. In seinem Büro. Er blieb ganz sachlich. Keine Überraschung. Weder Freude noch Gram. Er sprach mit mir, als wäre ich eine seiner Studentinnen. Er schlug vor, dass wir gemeinsam essen gehen könnten. Wollte mich von der Pension abholen.«

»Wollte?«

»Nein, er *hat* mich von der Pension abgeholt.« Sina blickte wieder weg.

Gabriele konnte nur noch ihr Profil sehen, erkannte aber, dass ihre Augen gläsern wurden.

»Er war pünktlich – und ich nervös. Ich hatte schon vorher eine Zigarette nach der anderen geraucht.« Sina machte eine kurze Pause. »Und dann stieg ich ein. In seinen Wagen. Mit Zigarette.« Wieder ließ sie zwischen den Sätzen eine Pause. »Was sagt der Mistkerl? Er sagt: ›Sei nicht böse, Sina. Aber in meinem Wagen wird nicht geraucht.‹ Kannst du dir das vorstellen? Du triffst deinen Vater das erste Mal in deinem Leben – und alles, was er zu sagen hat, ist: ›In meinem Wagen wird nicht geraucht‹.«

Gabriele wollte am liebsten im Boden versinken. Sie wusste nicht, womit sie ihre Freundin trösten konnte. Wahrscheinlich war Trost ohnehin genau das, was sie in dieser Situation am allerwenigsten benötigte. Gabriele beschränkte sich auf eine knappe Nachfrage: »Ich nehme an, zu eurem gemeinsamen Essen ist es nicht gekommen?«

»Nein. Bestimmt nicht. Ich bin ausgestiegen. Habe mich umgedreht und bin weggelaufen.«

Eigentlich wollte Gabriele wissen, ob Sina damals geweint hatte. Oder geschimpft. Aber sie fragte nicht danach. Sie wollte plötzlich nur noch ausbrechen aus diesem Gespräch. Diese Geschichte ging ihr nahe. Viel zu nahe. Gabriele sah sich Hilfe suchend um. Ihr Blick fiel auf die umstehenden Geräte. Auf die Computer, auf die undefinierbaren Messapparaturen. Sie erhob sich, musterte die für sie nichtssagenden Dinge scheinbar interessiert. »Was ist das eigentlich?«, fragte sie, um abzulenken.

Sina verstand den Wink. Und es war ihr sogar recht. Sie mochte selbst nicht weiter über ihren Vater reden. Über diesen Mann, der ihr immer fremd blieb. Und der ihr doch so vertraut zu sein schien. Sina erhob sich ebenfalls, ging zu dem Tisch mit den Geräten. »Das, vor dem du gerade stehst, ist eine Workstation.«

Gabriele wunderte sich über den festen Ton in Sinas Stimme. Konnte Sina die Sache wirklich so schnell wegstecken? Egal. Ihr war es schließlich nur recht. »So?«, fragte sie scheinbar unbeschwert. »Das sieht aber aus wie ein ganz normaler Computer.«

»Eine Workstation ist ein Computer. Nur schneller und teurer.«

Bloß nicht nachlassen, dachte Gabriele. Sie deutete auf die nächste Apparatur. »Und das?«

»Der Drucker dazu. Dahinter ein Analog-Digital-Wandler.«

»Und der Kasten«, meinte Gabriele betont unbedarft, »was ist das?«

Sina war wieder ganz bei der Sache. »Ein AM-Empfänger. Dazu jede Menge Verstärkeranlagen und Frequenzfilter.«

»Vielleicht ein Piratensender?«

Sina lachte.

Endlich, dachte Gabriele. Die Sache war überstanden.

»›Radio Nazibunker‹ oder was?«, witzelte Sina.

Gabriele drehte sich schnell dem nächsten Gerät zu. Sie zeigte auf einen großen Bildschirm. »Und dies hier? Noch ein Computerbildschirm?«

»O nein.« Sina strich über den Schirm. So, als handelte es sich um eine Kostbarkeit. »Das ist etwas ganz Besonderes.« Und ergänzte auffordernd: »Drück doch mal auf den kleinen Knopf. Rechts oben.«

Gabriele zögerte einen Moment. »Soll ich wirklich? Mache ich damit nichts kaputt?«

»Quatsch! Drück endlich.«

Gabriele drückte. Der Schirm flackerte auf. Ein Bild erschien. Erst undeutlich, dann klarer. Gabriele glaubte ihren Augen nicht zu trauen. Das, was sie da zu sehen bekam, war ein Basketballspiel. »Ein – Fernseher? Diese Männer kommen doch nicht nachts hierher, um fernzusehen?«

Sina zuckte mit den Schultern. »Keine Ahnung. Aber das ist, zugegeben, ein besonderes Programm. Nix mit ARD und RTL.« Sie drehte den Lautstärkeregler auf. Sätze in breitem Englisch ertönten. Original amerikanische Sportkommentierung! »Das ist der Livebericht eines New Yorker Senders. Irgendwo da draußen, oben im Wald, muss eine Satellitenschüssel stehen. Irre, was? Die holen sich Satelliten-TV in einen Bunker!«

»In diesem Fall würde ich sogar sagen: total irre.« Gabriele knipste den Fernseher aus. »So langsam möchte ich gern wissen, was das alles soll.«

Sina befasste sich mit den Kabeln. »So: Diese beiden noch und die Sache ist endgültig erledigt.« Sie steckte das letzte unverknüpfte Kabelpaar in die dazugehörigen Buchsen, legte die Drähte behutsam beiseite und rieb sich zufrieden die Hände. »Na bitte. Wer sagt's denn. Wäre ja gelacht gewesen, wenn ich das nicht irgendwie hingekriegt hätte.«

Dann ein Knall. Kurz, laut und scharf.

Beide zuckten zusammen. Aus einer Schalttafel an der Wand sprühten Funken. Sinas Kopf fuhr herum. Auch an anderen Schalttafeln nahm sie Blitze wahr. Und Qualm. Die Zeiger aller Messinstrumente schlugen gleichzeitig aus. Sie pendelten wie wild hin und her. So, als wollten sie jeden Augenblick aus ihrem Gehäuse springen. Relais schalteten laut klickend durch, Nadeldrucker kreischten.

Gabriele fühlte sich völlig überrumpelt. Sie blieb wie angewurzelt vor dem Fernsehgerät stehen. Sina stieß sie beiseite, hechtete zu einem der Kabelstränge. Wahllos zog sie ein Dutzend Drähte aus ihrer Verankerung. Es war nicht mehr die Zeit, um auf Unauffälligkeit zu achten. Nun galt es, den Stromkreis schnellstens zu unterbrechen. Notfalls mit brachialer Gewalt. Sina riss und zerrte – aber nichts tat sich. Die Apparate arbeiteten weiter wie verrückt. Unwillkürlich schoss Sina die Geschichte vom Zauberlehrling durch den Kopf. Die Geister, die ich rief …

Während Gabriele erschrocken zur Tür zurückwich, sprang Sina von einer Schalttafel zur nächsten, drückte aufs Geratewohl diverse Knöpfe. Ohne jede Wirkung. »Verdammt! Diese Mistdinger müssen doch zu stoppen sein!«

»Der Generator?«, tönte es zaghaft aus der Nähe der Tür.

Sina fuhr herum, starrte Gabriele einen Moment verblüfft

an. »Ja! Natürlich! Klar! Warum bin ich nicht selbst drauf gekommen!« Sie wollte gerade zum Generator sprinten, als ihr Blick auf einen der Drucker fiel: Undurchschaubare Zahlenkolonnen waren auf die Papierrolle geschrieben worden. Sina stutzte. Ihre Aufmerksamkeit wurde von einem der PC-Bildschirme abgelenkt, der sich plötzlich erhellte. Was Sina da in großen deutlichen Buchstaben zu lesen bekam, ließ sie den Generator augenblicklich vergessen.

ZIEL ERFASST -- NEW YORK -- SPRENGSATZ SCHARF

Sina war wie zur Salzsäule erstarrt. Sie stierte auf den Bildschirm. Sollte das ein schlechter Scherz sein?, fragte sie sich. Hatten hier unten perverse Computerhacker ihr Unwesen getrieben? Übten sie im Bunker den Dritten Weltkrieg? So versteckt, damit sie niemand bei ihren bösen Spielen erwischen konnte?

Gabriele, verwundert über Sinas unvermitteltes Erstarren, trat näher, folgte dem Blick ihrer Freundin und sah ebenfalls den Text auf dem Monitor. Auch sie studierte die Zeile ungläubig. Auch ihr schossen ähnliche Gedanken durch den Kopf wie Sina. Gabriele konnte sich ein leichtes Lächeln dennoch nicht verkneifen. »Aha. Das ist es also«, sagte sie erleichtert. »Mit harmlosen Spinnern haben wir es zu tun. Irgendwelche Informatikfanatiker, die sich hier unten verschanzt haben, um ihre verschrobenen Fantasien auszuleben.«

Sina antwortete nicht, blickte weiter gebannt auf den Schirm. Die Schrift verschwand. Die Buchstaben machten einer Grafik Platz. Ein kleiner blinkender Punkt bewegte sich auf einen Kreis in der Mitte des Bildschirms zu. Ganz unten erschien eine Zeitanzeige, ein Countdown.

24 STUNDEN BIS ZUR DETONATION

»Was ist denn passiert?«, fragte Gabriele etwas verstört, aber noch immer nicht wirklich besorgt. Sie glaubte weiter an einen dummen Streich. »Klingt fast so, als sollte was in die Luft gejagt werden. Ein Miniaturmodell von New York vielleicht? Oder eher eine Computersimulation der Stadt?«

Sina wurde aschfahl. »Du meine Güte! Gabi!«Sie rüttelte aufgebracht an dem Bildschirm. Doch die Grafik blieb. »Verdammt, Gabi! Das ist kein Computerspiel! Es geht wirklich um New York!«

»So 'n Quatsch«, sagte Gabriele trotzig. »Warst du überhaupt mal drüben? Hast du den Big Apple jemals genossen?«

»Nein, aber das ist absolut nebensächlich! Kapierst du nicht, worum es geht?«, herrschte Sina sie an.

Gabriele prustete aufgebracht: »Blödsinn, Sina! Wie sollten die denn New York zerstören? Von hier aus? Völlig unmöglich!«

Sina deutete zitternd auf den Bildschirm: »Und was ist das?« Sie tippte mit dem Finger auf den roten Punkt. »Eine Bombe aus dem Weltraum im Anflug auf New York!«

Gabriele stemmte wütend die Arme in die Hüften: »Dieses lächerliche Bildchen besagt gar nichts! Ein verrücktes Computerspiel! Sonst nichts.« Und abfällig: »Außerdem ist die Bildschirmsimulation ziemlich schlecht. Das sehe sogar ich als absoluter Computerlaie.«

Sinas Nervosität steigerte sich sichtlich. »Aber wozu das ganze Zeug hier?« Ihre Hände zitterten, als sie auf die tosenden Geräte rings um sie deutete. »Das sind alles echte, funktionierende Sende- und Empfangsanlagen! Nix mit Virtual Reality!«

Gabriele wandte sich ab. »Ach was! Mir geht dieser ganze Hokuspokus auf den Geist. Ich will raus aus diesem Verlies und sonst nichts.«

Ihre Freundin hörte ihr kaum noch zu. Wie in Trance sah Sina sich um, drehte sich dabei immer wieder um die eigene

Achse. Überall tickende Geräte, wild flackernde Lämpchen, hektisch ausschlagende Zeiger. Sie versuchte, die vielen Eindrücke zu sortieren. Versuchte, dem Chaos einen Sinn abzugewinnen. Die Computergrafik, die Sendeanlage, die alte Nazikladde, das Stichwort ›Kolumbus‹. Sina wurde bleich. Ja, das war es! Der Groschen war gefallen! Sie sank Halt suchend auf einen Stuhl.

»Was ist? Hat dich der Schlag getroffen?« Gabriele bemerkte sofort, dass Sina ein schrecklicher Gedanke durch den Kopf gegangen sein musste. Sie sah es ihr an, dass sie durch irgendetwas tief bewegt war.

»Ich ...« Sina stockte. »Ich habe den letzten großen Trumpf des untergehenden Nazi-Regimes ausgespielt. – Ich habe die Vergeltungswaffe ausgelöst.«

42

Gabriele verlor die Geduld. Sie zitterte vor Anspannung: Erst die unfreiwillige Gefangenschaft in dieser klammen Höhle. Dann der Streit mit Sina. Der ganze Ärger mit der verrücktspielenden Technik. Und ausgerechnet an so einem durch und durch verkorksten Tag musste Sina in eine Krise stürzen und sich mit Selbstzweifeln plagen. »Sina, Schätzchen, beruhige dich. Es ist ja nichts passiert.«

Sina sprang auf. »Ich habe sie ausgelöst! Die Bombe!« Sie deutete mit düsterer Miene nach oben. »Die Nazibombe!«

Gabriele redete beschwörend auf sie ein: »Reiß dich zusammen! Deine Fantasie geht mit dir durch!«

»Mein Gott, all diese Menschen!«, rief Sina verzweifelt. »Wir – wir müssen das Ding stoppen!«

»Wen stoppen?«

»Verstehst du noch immer nicht?« Sina lief zum Schreibtisch, aus dem sie die Kladde mit den handgeschriebenen Notizen über Raketentests genommen hatte. Sie griff erneut danach und blätterte darin herum. »Hier! Begreif doch! Vor 50 Jahren: Die Nazis schicken den ersten Satelliten ins All. Wozu wohl? Zur Wetterbeobachtung? Nein, bestimmt nicht. V2 transportierten nur eines: Sprengstoff! Bomben!« Sina schluckte. »Und – und Kolumbus steht natürlich für Amerika. Für das Ziel der Bombe. Für New York!«

Gabriele spürte, dass ihr die Situation vollends aus den Händen glitt. Sie unternahm einen letzten Versuch, beschwichtigend auf Sina einzuwirken. Tröstend und vernunftbetont sagte sie: »Sina. Das ist Schnee von gestern.« Sie nahm ihr die Kladde aus der Hand, klappte sie demonstrativ zu. »Außerdem: Hier steht doch, dass der Versuch schiefgegangen ist. Dieses Ungetüm – wenn es denn je wirklich existierte – geriet außer Kontrolle! Hast du mir selbst vorgelesen. Es ist verschwunden, Sina. Weg! Aus den Augen, aus dem Sinn.«

»Eben nicht«, konterte Sina aufbegehrend. »Im All geht nichts verloren! Irgendwo da draußen kreiste es die ganzen Jahre um die Erde. Keiner konnte es finden – weil ja keiner von ihm wusste und deshalb auch niemand danach suchte.« Sie fluchte: »Nur diese fünf Dunkelmänner haben es rausgekriegt! Wie auch immer.«

»Sina, Kind, was spinnst du dir da für ein Zeug zusammen? Das ist reiner Irrwitz!«

»Ich spinne nicht! Schau dich um! Wenn du keine Tomaten auf den Augen hättest, dann würdest du erkennen, was das hier für eine Funktion hat. Wir sitzen mitten in der Leitzentrale, Gabi! In der Leitzentrale der fliegenden Bombe!«

Bei Gabriele dämmerte es allmählich. Sie konnte nicht leugnen, dass Sinas Erklärungen eine gewisse Unruhe in ihr auslösten. Auch sie war schließlich in der Lage, eins und eins zusammenzuzählen. Trotzdem: Noch einmal versuchte sie, der Sache eine andere Wendung zu geben: »Aber das kann doch gar nicht sein, dass eine Rakete herrenlos durch den Orbit schwirrt und es keinem auffällt. Es gibt doch Überwachungsanlagen, die das längst gemeldet hätten!«

Sina nickte gequält: »Der Raketenkopf wurde natürlich sicher längst erfasst. Die Amerikaner beobachten alle Himmelskörper ab 30 Zentimetern Durchmesser ja schon seit Mitte der 60er-Jahre. Aber er ist wohl irrtümlich als harmloser Weltraumschrott unbekannter Herkunft eingestuft worden. Wer sollte denn etwas von einer Nazi-Rakete dort oben ahnen?« Sie raufte sich die Haare. »Außerdem kreist er aller Wahrscheinlichkeit nach in einer Umlaufbahn, die sich nicht mit der geostationären Bahn der meisten Satelliten überschneidet. Er ist für die Beobachter also schlichtweg uninteressant.«

Gabriele wollte es noch immer nicht wahr haben: »Aber diese Anlage funktioniert nicht. Das haben die Männer selbst gesagt!«

»Jetzt funktioniert sie! Weil *ich* daran gedreht habe!« Sie ballte die Fäuste. »Ich könnte mir in den Hintern treten!«

Gabriele war – endlich – besorgt. »Mein Gott! Dann ist es wahr? Die Bombe wird auf New York stürzen?«

»In 24 Stunden …«, sagte Sina leise.

»Aber dagegen muss man was tun können!«

»Sag ich doch!« Sina fackelte nicht lange, sondern setzte sich sofort an die Workstation. »Irgendwie wird das Ding von hier aus gesteuert.« Sie hackte auf die Tastatur ein, um herauszufinden, ob sich der Prozess umkehren ließe. Mit zusammengebissenen Zähnen sagte sie: »Ich schwör dir: Ich kriege raus, wie!« Sie tippte einen Befehl ein, erhielt daraufhin eine Fehlermeldung. Sie versuchte es wieder – kein Erfolg, erneut eine Fehlermeldung. Nach dem fünften Versuch schlug sie verärgert auf die Tischplatte. Ihre Augen begannen zu schmerzen. Kein Wunder, immerhin war sie seit Stunden am Werkeln. Sie schob den Stuhl zurück und ging in die Hocke. Sie kroch zwischen die Kabel, verfolgte diverse Leitungen und stöpselte sie um.

Aus Gabrieles Sicht war kein Sinn darin zu finden. Sinas Aktionen schienen ziellos und unüberlegt. Ihre junge Freundin ging ohne jedes Konzept vor. Was war, wenn sie die Sache durch ihr hektisches Gefummel nur schlimmer machte?

Sina schraubte das Gehäuse eines größeren Kastens auf und griff beherzt hinein. Sie wütete in seinem Innereien. Über den Gedanken, dass sie dabei einen Schlag bekommen konnte, setzte sie sich kühn hinweg. Sie merkte, dass auch das Gewühle in dem Kasten nichts brachte, richtete sich wieder auf und starrte auf den Monitor: Nichts hatte sich verändert. Der rote Punkt blinkte weiterhin, der Countdown lief unerbittlich.

Gabriele hielt sich im Hintergrund. Was hätte sie anderes tun sollen? Etwa auch noch helfen, Sinas Kabelsalat kräftig durchzumischen? Bestimmt nicht. Sie blickte auf die Uhr und erschrak dabei. Die Zeit! Das hatte sie beinahe vergessen! Die Männer könnten jeden Moment auftauchen. Höchste Eisenbahn, sich zu verstecken. »Sina …« Sie legte ihrer Freundin die Hand auf die Schulter. »Wir mü-«

»Ja, wir müssen das Ding stoppen! Sicher müssen wir das«, keifte sie verbissen.

»Sina, nein, ich meine … es wird immer später.«

»Das brauchst du mir nicht zu sagen.« Sina deutete fahrig auf den Countdown. »Verflucht, ich weiß nicht weiter!«

»Sina, das meine ich nicht. Die Fremden! Inzwischen muss es draußen längst wieder dunkel sein. Sie können jederzeit zurückkommen! Und was ist, wenn sie sehen, dass das Licht brennt? Wenn sie uns hier finden?«

Sina war den Tränen nahe. »Aber die Bombe …«

Energisch entgegnete Gabriele: »Vergiss sie! Vergiss diese Bombe! Das sind doch alles nur Vermutungen! Aber diese Männer, diese Typen sind sehr real! Und ich möchte denen nicht über den Weg laufen.«

Sina war hin- und hergerissen. »Ich ja auch nicht.« Sie sah sich hektisch um und beharrte: »Aber ein paar Dinge habe ich noch nicht probiert und die –«

Gabriele entfuhr es resolut: »Herrgott nochmal! Nein! Verstehst du nicht? Wenn diese Männer uns finden, sind wir früher tot als die Menschen in New York!« Ihr schoss ein listiger Gedanke durch den Kopf, mit dem sie Sina umstimmen konnte: »Und sag mir: Wer soll die Welt warnen, wenn es uns nicht mehr gibt?«

Sina war für einen Moment sprachlos. Gabriele hatte recht. Ihr letztes Argument war logisch. Geradezu zwingend logisch! »Richtig! Wir müssen hier raus! Wir sind die Einzigen, die von der Sache wissen. Wenn wir den Mechanismus nicht ausschalten können, dann müssen wir die Menschen wenigstens warnen!« Sina war zum Handeln entschlossen: »Ich gehe und schalte das Licht aus. Wir treffen uns an der Stahltür.«

43

Der Toilettenraum erschien ihnen nach wie vor als das beste Versteck, um auf die Fremden zu warten. Von hier aus war es nicht weit bis zur verriegelten Stahltür, an der die beiden Frauen in den zurückliegenden Stunden ihre Aggressionen ausgelassen hatten. Von der himmelblau gekachelten Toilette aus konnten sie genau mitbekommen, wann die Männer wieder erschienen. Und von hier aus dürfte es nicht besonders schwierig sein zu flüchten. Beide saßen im Dunkeln. Den Generator hatten sie längst ausgeschaltet.

Sinas Taschenlampe blitzte auf. Sie beleuchtete ihre Armbanduhr. Ihre Stimme klang müde und erschöpft: »Sie könnten endlich kommen.«

»Eigentlich müssten sie das schon lange. Letzte Nacht waren sie um diese Zeit längst da. Nicht sonderlich zuverlässig, diese Herrschaften.«

Sina musste unwillkürlich lächeln. »Herrschaften? Na, diese Bande kommt bei dir aber gut davon.« Wieder blickte sie auf die Uhr. »Eine Stunde! Seit einer Stunde sitzen wir hier! In dieser Zeit hätte ich vielleicht doch noch …«

»Nein, Sina. Wir müssen abwarten. Entspanne dich ein wenig.«

Das Taschenlampenlicht erlosch. Sina lehnte sich schlaff an die kühlen Wandkacheln. Sie atmete tief durch. »Was mein kleiner Tom wohl gerade macht?«, murmelte sie schlaftrunken. Ihr Kopf kippte langsam zur Seite.

Gabriele starrte in die Dunkelheit. Sie lauschte – absolute Stille. Sie nahm nur Sinas gleichmäßiges Atmen wahr. War sie eingeschlafen? So schnell? Die Kleine musste todmüde gewesen sein. Gabriele tastete nach ihrer Freundin. Sie berührte sie vorsichtig am Arm und zog ihren Oberkörper zu sich herüber. »Leg dich auf meinen Schoß. Das ist bequemer«, sagte sie leise.

Sina war tatsächlich in einen tiefen Schlaf gefallen. Gabriele strich ihr behutsam übers Haar. Auch ihre Lider wurden schwer. Sie schloss die Augen. Für einige Minuten kraulten ihre Hände noch Sinas Haar. Dann wurden die Bewegungen langsamer. Gabrieles Arme erschlafften. Allmählich sackte sie zusammen.

Das laute metallische Klappern nahm Sina nur beiläufig wahr. Sie glaubte zunächst, es wäre bloß ein Bestandteil ihres Traumes. Es klang unwirklich und weit weg. Doch das Geräusch wiederholte sich. Diesmal hielt es länger an und ging in ein Quietschen über. Das Quietschen von Scharnieren. Sina riss die Augen auf. Sie war plötzlich wieder hellwach. Jetzt hörte sie auch Schritte. Sina richtete sich auf, stieß dabei mit ihrem Kopf gegen Gabrieles.

Auch die wurde wach. »Uuuaaa. Hab ich gut geschla…«

»Still!«, zischte Sina. »Die Fremden sind da! Sie sind schon drin!«

»Was? Das kann nicht sein!«

Sinas Taschenlampe flackerte auf. »Wir haben über zwei Stunden geschlafen, Gabi!«

Plötzlich wieder Schritte. Ganz nahe. Unmittelbar vor der Toilettentür. Und dann Stimmen. Trotz der Nähe klangen sie dumpf und unverständlich. Die Frauen rückten instinktiv dichter zusammen, pressten sich flach an die Wand. Sina bemerkte an den leiser werdenden Schritten, dass sich die Gruppe entfernte. Sie wollte bereits aufatmen, als sie ein weiteres Geräusch registrierte. Ein Scharren. So, als würde jemand mit seinem Schuh eine Zigarette auf dem Betonboden ausdrücken. Sina hob ihre Nase, schnupperte in die klamme Luft. Und tatsächlich hatte sie recht: Zigarettenqualm! Die Frauen lauschten gebannt in die Dunkelheit. Sie hörten wieder Schritte. Schritte eines Einzelnen. Unsichere Schritte – oder suchende.

Bei dem Gedanken, dass einer der Fremden misstrauisch hätte sein können und nun nach ihnen suchte, wurde Sina angst und bange. Sie müssten ganz still sein und hoffen, dass der Späher so schnell wie möglich wieder verschwinden würde. Denn wenn der Rest der Gruppe erst einmal in der Schaltzentrale ankam und die Bescherung sah, dann würden Sina und Gabi nichts mehr zu lachen haben. Dann würden sich die Fremden sofort an ihre Fersen heften.

Die Schritte beschleunigten. Der Unbekannte schien gefunden zu haben, was er gesucht hatte. Sina biss sich vor Schreck in die Unterlippe, als sie das Quietschen der Toilettentür hörte. Ein starker Taschenlampenstrahl erhellte den Raum, streifte aber glücklicherweise nicht die beiden Frauen. Gabriele packte Sina am Arm und drückte sie fest. Beide zitterten wie Espenlaub.

Der Fremde gab einen mürrischen Ton von sich. Sina fragte sich fieberhaft, was er wollte. Der Lichtstrahl blieb an den Pinkelbecken haften. Die Frauen hörten ein etwas freundlicher gestimmtes Grummeln des Mannes. Er ging auf eines der Becken zu und leuchtete hinein. Der Lichtstrahl wurde unruhig, offenbar klemmte sich der Fremde die Lampe unter den Arm. Die Freundinnen hörten einen Reißverschluss. Auch das noch, dachte sich Gabriele. Kurz darauf nahmen beide ein Plätschern wahr. Der Mann summte dabei.

Die Zeit schien still zu stehen. Die beiden Frauen fühlten sich, als wären Stunden vergangen, während sich der Mann neben ihnen in aller Ruhe erleichterte. Endlich schloss er seine Hose. Ohne noch einmal durch den Raum zu leuchten, drehte er sich um und verschwand durch die Tür. Sina streckte ihre Beine aus und ließ sich laut ausatmend an der Wand hinab auf den Boden gleiten. »Meine Güte!«, keuchte sie. »Das war ja spannender als damals auf der Grundschule, wo wir den Jungs heimlich beim Pinkeln zugeschaut haben.«

Gabriele knipste ihre Taschenlampe ein. »Deinen Humor möchte ich haben! Ich habe geglaubt, unser letztes Stündlein hat geschlagen! Nichts wie raus!«

Leise, jedoch so zügig wie möglich, liefen die Frauen die Treppe zur oberen Etage hinauf. Auf den letzten Stufen hörten sie noch, wie sich aus den tieferen Geschossen aufgeregtes Geschrei erhob.

»Gleich wird's ernst!«, warnte Sina.

Sie stürmten aus dem Bunker, hasteten durch die Schneise. Die Freundinnen hatten Glück. Der Morgen dämmerte bereits, sie konnten deutlich den Weg zu ihren Füßen erkennen. Sie kamen schnell voran. Immer wieder drehte sich Sina um, konnte aber keinen Verfolger ausmachen.

Der VW-Bus stand genau dort, wo ihn Gabriele abgestellt hatte. Sina ging prüfend um den Wagen, um ihn oberflächlich zu untersuchen. Nichts deutete darauf hin, dass sich die Fremden an ihm zu schaffen gemacht hatte. Gabriele schloss auf und sprang auf den Fahrersitz. Sie war noch immer völlig außer Atem, als sie krachend den ersten Gang einwarf.

44

Mittlerweile war es heller Morgen. Es versprach ein schöner Frühlingstag zu werden. Doch das war Sina und Gabi im Augenblick so ziemlich das letzte, was sie interessierte. Gabriele hatte ihren Bulli diesmal hinter dem Gasthaus abgestellt. So dass er von Passanten, die an der ›Schwedenschanze‹ vorbeikamen, nicht gesehen werden konnte. Sie wollte bereits die Tür öffnen, doch Sina hielt sie zurück. »Warte noch.«

»Worauf denn?«

»Ich frage mich, was wir hier sollen.«

Gabriele hob fragend die Brauen: »Wir wohnen hier!«

»Ja, aber was können wir von hier aus groß unternehmen? Wir müssen so schnell wie möglich zur Polizei! Am besten sofort!«

»Ohne Papiere? Hast du etwa welche dabei?«

Sina tastete ihre Hosentaschen ab, zuckt dann mit den Schultern. »Verdammt, nein! Die liegen oben im Zimmer.«

»Na siehst du«, meinte Gabriele besserwisserisch und stieg aus.

Auf ihrem Weg zum Zimmer achteten sie peinlichst genau darauf, von niemandem gesehen zu werden. Bloß keine dummen Fragereien!

Sina kramte zielstrebig nach ihrem Ausweis und suchte sich schnell ein paar frische Sachen zusammen. Sie zog sich ihr verschwitztes Sweatshirt vom Oberkörper und ging zum Spülbecken. Fahrig benetzte sie die Achselhöhlen, wusch sich hektisch das Gesicht. Erst jetzt bemerkte sie, dass Gabi keine besondere Eile an den Tag legte. Seelenruhig nahm sie auf der Bettkante Platz. »Was ist? Beeil dich! Wir müssen zur Polizei!« Und eigentlich mehr zu sich selbst sprach sie noch: »Hoffentlich können wir überhaupt noch was tun …«

Gabriele sah Sina direkt in die Augen: »Was meinst du, passiert, wenn wir zur Polizei gehen?«

Sina, die noch immer mit nacktem Oberkörper am Waschbecken lehnte, erwiderte ziemlich naiv: »Na, wir erzählen die Geschichte und –« Sie bemerkte Gabrieles skeptischen Gesichtsausdruck und stockte.

»Niemand wird uns diese Geschichte abkaufen.«

Sina wurde sauer: »Wir haben Beweise!«

»Welche denn?« Gabriele schüttelte bitter lächelnd den Kopf. »Nazis und Satelliten …«

»Aber der Bunker, die Sendeanlage! Das sind Fakten!«, argumentierte Sina aufgebracht.

»Von sehr zweifelhaften Leuten gebastelt.«

»Das spielt überhaupt keine Rolle, wer die Dinger gebastelt hat. Es geht um Menschenleben, Gabi!«, konterte Sina und stemmte die Arme in die Hüften.

Gabriele musterte sie von oben bis unten und bemerkte dann süffisant: »Eine halb nackte Frau fantasiert über Raketen und böse unbekannte Männer. Na, wenn das nicht ein Heidenspaß für die Peenemünder Polizei wird.«

Wütend griff sich Sina ein frisches T-Shirt und zog es sich über. Dabei warf sie ihrer Freundin bitterböse Blicke zu.

»Sieh es endlich ein, Sina! Wie lange bleibt uns, bis diese Bombe einschlägt? 14 Stunden? Maximal 15. Die Zeit reicht nicht mal aus, um die Polizei hier vor Ort zu überzeugen, geschweige denn irgendwelche internationalen Behörden.«

Die Erkenntnis traf Sina mit voller Wucht. Sie musste sich am Waschbecken abstützen. »Du hast es gewusst«, sagte sie matt. »Du hast von Anfang an gewusst, dass uns niemand glauben wird. Du wolltest nie wirklich Hilfe holen! Mit diesem Trick wolltest du nur erreichen, dass ich von der Sendeanlage wegkomme! Du wolltest nichts als deine Haut retten!«

»Und deine! Unsere Haut, Sina!«

Sina sah zum Spiegel über dem Waschbecken und blickte in ihr eigenes mitgenommenes Gesicht. Eine Leidensmiene. Gezeichnet vom Selbstmitleid. Sina hatte sich keinen Deut besser verhalten als Gabriele, keinen Deut anständiger. Sie war genauso egoistisch. Nur, dass sie es nicht so offen zugab wie ihre Freundin. Wenn Sina wirklich gewollt hätte, dann wäre sie stur geblieben. Dann würde sie noch immer im Bunker sitzen und versuchen, das nun Unabwendbare zu verhindern. Aber sie war nicht mehr im Bunker. Nein, sie war im warmen, sicheren Pensionszimmer. Sina fühlte sich schuldig. »Vielleicht hätte ich es geschafft.«

»Nichts hättest du!«, fuhr Gabriele sie barsch an. »Diese Männer wären gekommen und hätten sonst was mit dir gemacht«, meinte Gabriele bitter.

»So 'n Unsinn. Wer sind denn diese Männer überhaupt? Du weißt genauso wenig über sie wie ich. Wir sind einfach getürmt, ohne mit jemandem sprechen zu können. Wir haben uns aus Angst vor einem Mann, der beim Pinkeln Liedchen summt, beinahe in die Hosen gemacht! Unsere ganze Panik war maßlos übertrieben, Gabi! Wir hätten dableiben sollen!«

»Ach!« Gabis Augen funkelten warnend. »Auf einmal! Auf einmal sind diese Fremden harmlose Gesellen. Beim Pinkeln summende Sonnyboys.« Gabi sprang auf, baute sich vor ihrer Freundin auf. »Verdammt, Sina! Das sind Gangster! Brutale Terroristen! Die gehen über Leichen! Wer so kaltblütig ist und eine Bombe in Richtung New York auf den Weg schickt –«

»Haben sie ja nicht«, warf Sina ein. »Das ist ja das Fatale! Ich war es, die diese Höllenmaschine scharf gemacht hat! Diese Männer wollten vielleicht nur irgendjemandem drohen. Sie wollten womöglich Geld erpressen, hätten die Bombe aber nie wirklich losgelassen. Oder sie wollten den hohen Tieren in Bonn oder Washington vor Augen führen, welche Gefahren von Raketen ausgehen können.«

»Verflucht, verflucht, verflucht!« Gabriele war selbst erstaunt über die Kraftausdrücke, die ihr über die Lippen kamen. Aber angesichts des Unsinns, in den sich Sina hineinredete, konnte sie nicht anders. »Bald willst du mir weismachen, dass wir es mit einer Gruppe von Greenpeace-Aktivisten zu tun haben! Das ist lächerlich! Finde dich endlich damit ab: Diese Männer haben die alte Bombe aufgespürt und wollten sie auch einsetzen. Sonst wäre der Aufwand ja wohl herzlich überflüssig gewesen, oder?« Sie wandte sich ab und ging zum Fenster. Vorsichtig schob sie die Gardine ein Stück beiseite und spähte hinaus.

Sina ließ sich auf einen kleinen Hocker neben dem Waschbecken fallen und stemmte ihren Kopf auf ihre Hände.

»Die Polizei«, Gabi starrte noch immer hinaus. »Die hätten natürlich haarklein nachgefragt, warum wir uns in dem Bunker rumtreiben, und ich als Antiquitätenhändlerin kann dann einpacken. New York würde die überhaupt nicht interessieren.« Sie zog die Gardine wieder vor und trat nervös im Zimmer auf und ab.

Sina hob den Blick. Ihre Augen waren feucht. »Aber wir können nicht einfach zusehen! Wir sind zumindest mitschuldig an dem ganzen Schlamassel!«

Gabi fuhr ihr durchs Haar. »Komm, du weißt genau, es ist nicht unsere Schuld. Du hast den Mordapparat nicht gebaut. Und du hast ihn auch nicht zum Leben erweckt. Das war ein Unfall!« Und in beschwörendem Ton, als musste sie sich selbst überzeugen: »Wir konnten nichts tun. Es war nicht zu verhindern. Ein Unfall, Sina, ein Unfall!«

Für einen Moment schien Sina tatsächlich in Tränen ausbrechen zu wollen. Doch dann erhellte sich ihre Miene. Ihre Augen leuchteten: »Es war ein Unfall, sagst du? Das ist falsch, Gabi! Noch war es eben kein Unfall! Noch können wir diesen Unfall verhindern.« Sie sprang auf und packte die irritierte Gabi fest an den Schultern. »Es liegt einzig und allein in unserer Hand. Lass uns noch mal ganz ruhig überlegen. Vor so 'ner völlig veralteten Nazibombe werde ich doch nicht kapitulieren.«

Gabriele machte sich los und wählte dann abermals ihren Platz an der Bettkante. Entkräftet fiel sie zurück auf die Matratze. »Von wegen völlig veraltet«, sprach sie zur Decke. »Was hast du mir denn die ganze Zeit vorgeschwärmt?« Sie äffte ihre Freundin nach: »Diese Peenemünder Raketen sind Vorbild für alles, was bis heute in den Himmel geschossen worden ist. Selbst nach 50 Jahren noch topaktuell! Eine technische Meisterleistung! Ist es nicht so? Hast du nicht genau das behauptet?« Sie richtete sich auf. »Und überhaupt! Du brauchst dich nur auf dieser verschrobenen Insel umzusehen. Die schwören hier insgeheim noch immer auf ihre greisen Raketenpioniere! Dieses V2-Museum gleicht dem Hörensagen nach einem Tempel, in den die Nazi-Technik-Fanatiker in Scharen pilgern.«

Sina horchte auf: »V2-Museum? Was für ein V2-Museum?«

»Ja, du weißt doch. Dieses Verherrlichungsinstitut gleich um die Ecke. Daran sind wir x-mal vorbeigekommen. Bereits bei unserer Ankunft wollten wir doch eigentlich dahin.«

Sina schöpfte wieder Hoffnung: »Gabi! Ich glaube, wir sind noch nicht am Ende. Dieses Museum hatte ich total vergessen. Ja, sicher, gerade wo du es sagst: Die Wirtin hatte uns längst einen Besuch dort empfohlen. Und Klaus hat auch davon gesprochen.« Sie rieb sich das Kinn: »Ich finde, wir sollten diesen Vorschlag aufgreifen. Einen Versuch ist es zumindest wert.«

Gabriele konnte nicht ganz folgen: »Was für einen Versuch?«, fragte sie misstrauisch.

»Du sagtest doch selbst: Tempel der Nazitechnik. Lass uns dem Oberpriester dieses Tempels einen Besuch abstatten. Gleich morgen in aller Früh!«

45

Die Nachricht ließ an Deutlichkeit nichts zu wünschen übrig. Es war ein Telegramm, das die Wirtin den Frauen in die Hand drückte, als diese im Begriff waren die ›Schwedenschanze‹ zu verlassen. Ein Telegramm aus Nürnberg.

Sinas Gesichtsausdruck sprach Bände. Auf ihrem Weg zum Raketen-Museum las sie die Botschaft erneut durch: »›Verfluchte Weiber ... jetzt ist Schluss. Ich mache mir Sorgen ... Was treibt ihr beiden? Ich sitze neben dem Telefon ... Klaus'.«

»Der gibt nie auf«, höhnte Gabriele.

»Ich kann mir gut vorstellen, wie ihm zumute ist. Möchte nicht in seiner Haut stecken. Der Arme.«

Die Pforte zum Museumsgelände war bereits zu sehen, als Gabriele abrupt stehen blieb. »Gib mal her, das Telegramm!«

Sina reichte es ihr wortlos. Gabriele überflog es kurz: »›Ich sitze neben dem Telefon‹ – was hältst du davon, wenn wir den armen Klaus von seinem Kummer befreien? Rufen wir ihn an!«

»Jetzt?« In Sina regte sich Argwohn: »Du suchst nicht zufällig wieder einen Grund, um von der Bombe abzulenken?«

»Ganz im Gegenteil. Ich spiele mit dem Gedanken, deinen Ex einzuweihen. Machen wir aus der Not einfach eine Tugend: Er wollte uns helfen. Nun darf er es.«

»Aber Gabi!«

»Nein, ich mache mich nicht über ihn lustig. Wenn wir wirklich etwas gegen die Höllenmaschine dort oben tun wollen, brauchen wir Unterstützung. Die Polizei kommt vorerst nicht in Frage. Aber Klaus – dem traue ich es zu, dass er die Sache durchzieht und hinterher ausnahmsweise mal den Mund hält.«

Sina hatte da ihre Zweifel. Ausgerechnet Klaus? Woher nahm Gabriele das plötzliche Vertrauen zu ihm? Andererseits: Sie hatte recht. Es kam auf jede Minute an. Während sie und Gabi im Museum nachforschten, konnte Klaus sich an anderer Stelle schlau machen. Vielleicht in irgendeiner Uni. »O. k., ich bin zwar nicht wirklich begeistert, und wir werden sicher noch Probleme bekommen, wenn wir Klaus hinterher zum Stillschweigen verdonnern wollen, aber – uns bleibt wohl kaum eine andere Wahl.«

»Außerdem sitzt er ja neben dem Telefon, ist also sofort zu erreichen. Hier, nimm!« Sie reichte Sina eine Telefonkarte und deutete zur Zelle gegenüber des Museumseingangs. »Und mach's kurz.«

Der Eingang des Historisch-Technischen Informationszentrums – so der offizielle Name der Einrichtung – war von einem Kassenhäuschen verstellt. Gabriele trat näher. In dem Häuschen saß eine junge Frau. Sie war in die Lektüre eines dicken Wälzers voller winziger Buchstaben, Zahlen und Grafiken vertieft. Vielleicht eine Studentin. Eingerahmt wurde sie von Postkarten, Postern und Büchern. Allesamt über das Thema: Raketen und fliegende Bomben. Direkt neben ihr stand eine Pappuhr. Die Zeiger standen auf neun Uhr. Darunter der Hinweis ›Nächste Filmvorführung‹. Als die junge Frau Gabi bemerkte, schob sie ein kleines Glasfenster beiseite und beugte sich vor: »Einmal?«

Gabi blickte sich suchend um und sah, wie Sina die Telefonzelle verließ. Wieder der Ticketverkäuferin zugewandt, sagte sie: »Nein, zweimal.« Sie kramte das nötige Kleingeld aus dem Portemonnaie und legte es der Frau hin. Als Sina atemlos dazustieß, griff sie sich noch schnell einige Prospekte über das Museum.

Die beiden hatten bereits den Vorhof des Museumsareals hinter sich gelassen, als Sina etwas einfiel. Sie rannte zurück zum Kassenhäuschen, an dem bereits die ersten Touristen anstanden. »Entschuldigung«, sprach sie die Verkäuferin an. »Sagen Sie, wo finde ich den Leiter des Museums?«

Die junge Frau beugte sich aus ihrem Häuschen und deutete auf einen verklinkerten Betonbau in der Mitte des Geländes. »Wenn er schon da ist – dort in der Raketenleitwarte.«

Gabriele wartete bereits ungeduldig: »Nun aber schnell! Darf ich dich an deine eigenen Worte erinnern: Es geht um jede Minute!«

»Ist ja gut. Dort drüben müssen wir hin. Da sitzt unser Mann.«

»Apropos Mann: Was hat er denn gesagt, dein Klaus?«

Sina schnaufte einmal durch: »Soll ich alle Schimpfwörter aufzählen, die er mir an den Kopf geknallt hat, oder reicht dir ein Best of?«

»Lass es besser ganz sein. Macht er wenigstens mit?«

Man sah Sina an, dass sie ein Stück weit stolz auf ihren Ex-Freund war, als sie sagte: »Jawohl. Er gehört ab sofort zum Team. Er müsste bereits auf dem Weg nach München sein.«

»München?«

»Ja. Er hat den ziemlich pfiffigen Vorschlag gemacht, sich mal mit ein paar Spezialisten zu unterhalten. Er will's bei den Ingenieuren von der DASA probieren. Kennt die wohl ganz gut. Noch von seiner Zeit an der Uni. Klar, dass er seine Fragen möglichst unauffällig an den Mann zu bringen versucht.«

Gabriele klang skeptisch: »Kommilitonen von der Uni? Ich bezweifle, dass dabei viel rauskommt.«

Sina zögerte einen Moment, bevor sie weitersprach. »Und da ist noch etwas.«

»Ich bin ganz Ohr.«

»Klaus hat eine zweite, ziemlich clevere Idee.«

»Die wäre?«

»Er meint, du sollst auch Friedhelm anrufen.«

Gabriele stolperte über ihre eigenen Füße. »Was? Friedhelm? Tickt dein Verflossener nicht mehr ganz richtig?«

»Ganz im Gegenteil. Klaus meint, dass wir unbedingt einen weiteren Helfer brauchen. Einen, der sich um die Bombe selbst kümmert.«

»Um die Bombe selbst? Soll ich meinen Bruder etwa in die Erdumlaufbahn schießen?« Gabriele konnte sich bei dem Gedanken, Friedhelm auf diese Weise ein für allemal loszuwerden, ein böses Lächeln nicht verkneifen. »Wäre vielleicht gar keine schlechte Idee.«

Sina blieb sachlich: »Friedhelm könnte Nachforschungen über den Stand der Bombentechnik um 1945 anstellen. Wir müssen wissen, womit wir es zu tun haben. Welche Sprengkraft das Geschoss hat.«

Gabriele bremste voreilige Erwartungen: »Bevor ich Friedhelm mit einbeziehe, versuchen wir es erstmal selbst. Vielleicht kann uns der Museumsdirektor tatsächlich weiterhelfen.«

Die Raketenleitwarte, zu der die Kassiererin die Frauen geschickt hatte, war eigentlicher Mittelpunkt des Museums. Vom Eingang aus führten zwei Treppen ins Innere. Die rechte wurde flankiert von zwei original V2-Raketenspitzen. Leicht verbeult, schwarz lackiert und zusammen mit dem Sockel jeweils gute zwei Meter hoch. Obwohl die Raketen demontiert waren, vermittelten sie einen Furcht einflößenden Eindruck. Drohend beherrschten sie den ganzen Vorraum. Gabriele und Sina blieben unwillkürlich stehen und starrten die schwarzen Metallkegel mit großen Augen an.

»Sprengköpfe alter V2-Raketen«, murmelte Sina. »Stell dir bloß mal die ganze Rakete vor.« Sie deutete mit den Händen nach oben. »Vervielfache die Größe und bündele drei oder vier dieser Ungetüme.« Düster meinte sie: »Dann hast du eine Vorstellung von dem, was auf New York zurast.«

Die Frauen erreichten eine größere Halle. Weitläufig, aber relativ niedrig. Offenbar das Herz der Anlage. Außer ihnen war sonst niemand im Raum. Die Ausstellungsexponate waren an den Wänden aufgereiht. So, dass man sie dem Uhrzeigersinn entsprechend abschreiten und sich dadurch ein chronologisches Bild über die Anfänge der Weltraumfahrt machen konnte. Im Zentrum des Saals stand ein Modell. Sina und Gabi traten näher. Die Miniatur zeigte den landschaftlich markanten Peenemünder Haken zur Zeit des Dritten Reichs.

Sina sah nervös auf die Uhr. »Warten wir ein paar Minuten. Er kommt bestimmt gleich.«

Zunächst ohne großes Interesse schauten sich beide die Ausstellung an. Sina nahm flüchtig die Bilder einiger Raketenpioniere wahr. Oberth, Ziolkowskij und immer wieder von Braun. Dann sah sie Fotos, Luftaufnahmen, Blaupausen. Dazwischen kleinere Originalteile aus der V2 und ihrer Vorläufer. Unter anderem ein Kreiselkompass der A5, eine kleinere Ausgabe der V2, die zu Versuchszwecken in den Himmel geschossen wurde. »Die ist bereits 13 Kilometer hoch gekommen«, entnahm Sina der nebenstehenden Beschreibung. Daneben das Wrackteil einer V2. Sinas Stimme wurde schwer, als sie die technischen Daten vorlas: »650.000 PS, knapp 13 Tonnen schwer und 14 Meter lang, beschleunigte auf 90 Kilometer pro Minute, erreichte eine Höhe von 85 Kilometern. – Auf eine Entfernung von 350 Kilometern verfehlte sie ihr Ziel allerhöchstens um vier Kilometer. Für damalige Verhältnisse ein lächerlich geringer Streuradius. Dieses Ding war verdammt gut – bei einer so weiträumigen Metropole wie New York würde es auf jeden Fall einen Volltreffer geben.«

»Und wenn der Direktor nicht kommt?«, drängelte Gabriele und riss Sina aus ihrer Schwärmerei für 50 Jahre alte Ingenieurskünste.

»Er wird kommen.«

»Und wenn er kommt?«

»Dann versuche ich, unauffällig ein paar Informationen aus ihm rauszuholen. Unterstütz mich dabei, ja?«

Gabriele nickte gequält. Sie gingen stumm einige Schritte weiter, bis Gabi vor einem großen Schwarz-Weiß-Bild stehen blieb. Es zeigt einen zerstörten Häuserblock. Sie las den dazugehörigen Text: »London nach dem Einschlag einer V2.«. Sie überlegte: »Wie würde erst New York aussehen?«

»Wenn es einen der Wolkenkratzer von Manhattan trifft, womöglich das World Trade Center«, Sina mochte den Satz nicht vollenden. Der Gedanke an eine solche schier unvorstellbare Katastrophe jagte ihr eine Gänsehaut über den Rücken.

Gabriele schritt zum nächsten Bild. Abermals waren Trümmer eines Gebäudes zu sehen. Dazwischen lagen Sessel. Und Plakate. Filmplakate. Gabriele las: »16. Dezember 1944. Im holländischen Antwerpen schlägt eine V2 in ein voll besetztes Kino. 561 Menschen verlieren ihr Leben.« Gabriele spürte, wie sich ihre Kehle zusammenschnürte. Ihr Blick fiel auf eine weitere Tafel. Eine Statistik. Einsatznachweise für die V2 und die andere sogenannte Vergeltungswaffe, die V1. Gabriele konnte kaum fassen, was sie aus der Tabelle ablas: »Innerhalb von nur 80 Tagen schlugen 2.300 V1-Bomben in London ein. Mehr als 6.000 Menschen starben, und 32.000 Häuser wurden zerstört.« Gabi war erschüttert. »Mein Gott, Sina, das habe ich alles überhaupt nicht gewusst.«

»V1 sagst du? Die V1 war eine Art fliegendes Torpedo. Sozusagen nur die kleinere Schwester der V2. Wenn die V1 einen solch immensen Schaden angerichtet hat, kannst du dir vorstellen, was erst die V2 für ein Zerstörungswerk anrichten kann.« Sina, von dieser Erkenntnis selbst ergriffen, lief eilig zur nächsten Tafel. Es ging um Technik. Nackte Technik. Keine Schicksale, keine weiteren grauenvollen Todesbilanzen. Dankbar für diese Ablenkung, vertiefte sich Sina in das kleingedruckte Fachchinesisch. Wer weiß, vielleicht war ein Hinweis versteckt, redete sie sich ein. Das Zitat eines leitenden Ingenieurs war es, das sie aufblicken ließ. »Gabi! Gabi, ich glaub, ich hab da was. Hör mal, was einer der Forscher gesagt hat: ›... und früh war klar, dass sich erhebliche Steuerungsprobleme stellen ...‹ – Ich denke, dass wir hier ansetzen könnten.«

Gabriele trat näher, kräuselte jedoch skeptisch die Stirn: »Ansetzen? Du wirst dir das Ding kaum packen und mit deinen Schraubendrehern bearbeiten können.«

Sina zog eine Flappe: »Bildlich gesprochen! Gedanklich ansetzen, meine ich. Das Steuersystem ist primitiv und störanfällig. Die Schwachstelle – vielleicht die einzige, die wir so schnell finden. Schau: Die V-Raketen wurden allesamt mit einfachen Kreiselkompassen auf Kurs gehalten.« Sina zeigte auf eine Zeichnung, die eine halbierte V2 darstellte. »Eine vorsintflutliche Elektronik gab die Steuerungsbefehle an vier Stahlruder weiter. Das waren per Stromimpuls betätigte Platten, die direkt im Düsenstrahl liegen. Müssen mit Grafit beschichtet sein, um der enormen Hitze überhaupt standhalten zu können. Im Vergleich zur sonstigen Technik, die in dieser Rakete steckt, ist die Bahnsteuerung nichts weiter als ein schlechter Witz. Bloß eine unzulängliche Notlösung, aus dem großen Zeitdruck heraus geboren. Wir müssten versuchen …«

Weiter kam sie nicht. Touristen drängten in den Saal. Ein junges Pärchen. Ein Rentner. Eine Familie mit zwei aufgekratzten Kindern. Die Kids umlagerten sofort den Tisch mit dem Peenemündemodell. Das Modell war mit einem beschrifteten Tastenfeld ausgestattet. Eines der Kinder drückte den erstbesten Knopf auf dem Feld. Im selben Moment glimmte ein kleines Lämpchen neben einem der Miniaturgebäude auf. Das Kind wollte die nächste Taste drücken, da spürte es eine Hand auf seiner Schulter. Erschrocken wich es zurück.

»Keine Angst«, sagte ein adrett gekleideter Herr mittleren Alters und schmunzelte. »Gleich darfst du wieder spielen.« Der Mann schob das Kind sanft ein Stück beiseite. In seiner linken Hand hielt er einen Schraubenzieher. Er klappte einen Teil der Verkleidung des Modelltisches auf und wollte eben das Werkzeug ansetzen.

Sina stieß Gabi mit dem Ellenbogen an und deutete schweigend mit dem Kopf in seine Richtung. Beide traten näher. »Grüß Go…, äh, guten Tag, meine ich«, stammelte Sina. Der Mann blickte kurz auf und lächelte. »Entschuldigung«, knüpfte Sina an, »wir suchen den Leiter des Museums. Können Sie uns vielleicht sagen, wo wir ihn finden können?«

Der Mann unterbrach seine Arbeit. »Ja. Natürlich«, sagte er sachlich und ein wenig unterkühlt. »Sie finden ihn …« Er drückte eine Taste, woraufhin auf dem Modell ein weiteres

Lämpchen aufflackerte, nämlich das neben der Leitwarte, also dem Gebäude, in dem sie sich in diesem Moment aufhielten. »Sie finden ihn hier«, setzte er mit einem jovialen Lächeln fort. »Ich bin es selbst.«

Sina erwiderte das Lächeln. »Na, das ist ja prima! Wir würden Sie gern etwas zur Geschichte von Peenemünde fragen.«

Der Museumsleiter setzte unvermittelt wieder seine bierernste Miene auf. Sina war leicht irritiert. Der Mann redete betont nüchtern: »Haben Sie den Film gesehen?«

»Film?« Sina verstand nicht.

»Ja, wir zeigen jede Stunde einen Videofilm über die Geschichte von Peenemünde. Darin werden die geläufigsten Fragen beantwortet.« Der durch und durch seriöse Gesichtsausdruck wich einem schelmischen, jungenhaften Lächeln. »Und ich brauche mir nicht dauernd den Mund fusselig zu reden.«

Sina wusste nun, wie der Hase läuft. Ehe sich der gewitzte Direktor auf- und davonmachen konnte, sagte sie besonders nachdrücklich: »Unsere Frage ist ziemlich speziell.«

Gabriele kam ihr zu Hilfe: »Genau genommen handelt es sich um einen Streit zwischen uns. Eine Wette, wenn Sie so wollen.«

Der Museumsleiter horchte auf. Seine Neugierde schien geweckt.

»Es geht um Ihre Raketen«, sagte Gabriele so unbedarft wie möglich. »Meine Freundin meint nämlich, die Nazis hätten Interkontinentalraketen gebaut. Schierer Unsinn, nicht?«

Ihr Gesprächspartner verzog etwas das Gesicht. Er war offenbar enttäuscht, von der – aus seiner Sicht – Belanglosigkeit dieser Frage. In seiner Stimme lag Gereiztheit. »Tja, wissen Sie, dazu kann ich Ihnen nicht sonderlich viel sagen. Auch wenn manche Leute diesen Eindruck gewinnen mögen – aber wir sind *kein* Waffenmuseum. Es geht uns ausschließlich um die Entwicklung der Weltraumfahrt. Und die hat – soll man sagen: leider? – hier in Peenemünde angefangen.«

Sina verschlug es fast die Sprache. »Das ist nicht Ihr Ernst!«, brach es schroff aus ihr heraus. Die Rolle der einfältigen Touristin hatte sie über Bord geworfen. »Die Peenemünder haben faktisch fliegende Bomben gebaut. Keine harmlosen Mondraketen!«

Der Museumsleiter tratt einen Schritt zurück. Seine Brauen näherten sich. »Aber später, als die Russen und Amerikaner tatsächlich Mondraketen bauten, ging das nur mit dem Know-how, das sie sich in Peenemünde erworben haben.« Diesen Satz artikulierte er derart bestimmt, dass Sina keinen weiteren Widerspruch wagte.

Kleinlaut fragte sie: »Den Vorwurf, dass Peenemünde nichts weiter als eine gigantische Waffenschmiede war, hören Sie wohl öfter?«

»Junge Frau, das ist wahrhaft meine Achillesferse«, sagte der Mann, inzwischen wieder ein wenig aufgeschlossener. Sina lächelte sanftmütig. Der Museumschef wollte sich offenbar für ihr Verständnis revanchieren: Er kam unerwartet auf die Wette zu sprechen: »Wenn es Sie denn so brennend interessiert. Da war wirklich mal was mit einer Interkontinentalrakete.« Er musste angestrengt nachdenken. Oder er tat nur so, schoss es Sina durch den Kopf. Wusste er am Ende jedes Details über diese Superrakete und wollte nur nicht zugeben, dass er selbst ein Waffennarr war?

»1943 war es, wenn ich mich nicht täusche«, nahm er den Faden wieder auf. »Es gab Pläne, eine amerikanische Großstadt zu bombardieren. Das war, wenn überhaupt, nur mit einer Rakete möglich. Flugzeuge mit solchen Reichweiten gab es noch nicht. Und auch eine Rakete hätte allenfalls eine Küstenstadt wie Boston oder vielleicht auch New York treffen können.«

Sina und Gabriele lief es eiskalt den Rücken herunter.

»Aber über braune Träumereien ist das Ganze nie hinausgekommen«, meinte der Mann mit einer Spur Abfälligkeit.

Sina war sich nicht sicher, wie sie ihren Gegenüber einschätzen sollte. War das wirklich alles, was er wusste? Oder hielt er mit etwas hinterm Berg? Sie musterte seine Augen. Wässrig blau und ausdruckslos. Nicht zu durchschauen. Sina versuchte es mit einer neuen Taktik: »Sagen Sie, die Wissenschaftler, die früher hier gearbeitet haben —«

»2.000 waren es. Sie hatten eine kleine Stadt für sich. Mit komfortablen Wohnhäusern, Werkbahn, sogar Tanzsälen, Kino, Einkaufszentrum …« Der Mann plapperte wie auf Kommando drauf los.

Sina hatte offenbar eine besonders ergiebige Ader angestochen. Sie wollte sie nicht versiegen lassen und heuchelte Interesse: »Ist ja toll! Donnerwetter! Sogar ein Kino, sagen Sie?« Der Mann nickte eifrig. Doch Sina ließ ihn abermals nicht zu Wort kommen, sondern fragte forsch nach: »Von diesen 2.000 sind sicher noch ein paar übrig oder?«

Der Direktor verzog fragend die Stirn.

»Ich mein: Von denen leben sicher noch einige, oder?«, präzisierte Sina und erntete dafür einen staunend-fragenden Blick von Gabriele.

Der Museumsleiter musste abermals nachdenken. Er kniff die Augen zusammen, seine Antwort verriet Unsicherheit: »Einige wenige. Diejenigen, die damals ganz jung waren. Die meisten wohnen heute in den USA. Sie sind ja nach dem Krieg fast geschlossen rübergegangen. Jedenfalls die, die nicht der Iwan geschnappt hat«, sagte er eine Spur zu zynisch, wie es Sina empfand. Dem Leiter schien dann etwas Präziseres einzufallen, denn er strahlte Sina plötzlich an: »Warten Sie mal – von einem habe ich doch neulich erst gehört. Ja, richtig, jetzt hab ich's: Dr. Koenig. Dr. Arthur Koenig. Nein, halt, Walter. Dr. Walter Koenig. Der lebt inzwischen sogar wieder in Deutschland.« Sina spürte ihr Herz hüpfen. Doch sie sagte nichts, hörte dem Mann gespannt weiter zu. »In Hamburg. Ja, wenn mich nicht alles täuscht, wohnt er in Hamburg. Das habe ich irgendwo gelesen.«

Sina warf Gabriele einen aufmunternden Blick zu. »Wir sind dicht dran«, dachte sie sich.

»Jedenfalls«, fuhr ihr Gegenüber fort, »hat Koenig in Hamburg eine Firma übernommen. Ein chemisches Unternehmen. Bax Chemie oder so ähnlich.« Das jungenhafte Lächeln verdrängte wieder seine anderen Gesichtszüge: »Klar, dass es eine Chemiefirma sein musste. Koenig war damals, während seiner Peenemünder Zeit, zwar noch ein Jüngling, vielleicht 20, höchstens 25. Aber in Chemie immer eine, ha, eine Rakete! Er hat maßgeblich an der Entwicklung des Antriebs mitgewirkt. Er war ein Querdenker und hatte ungewöhnliche Ideen: In der Brennkammer des Triebwerks ließ Koenig Spiritus mit Flüssigsauerstoff als Oxydator verfeuern und das ganze Gemisch mit Stickstoff in die Düsen pressen. Er war derart von der Raketenforschung besessen, dass er sogar bei der Steuerungstechnik mitgemischt hat und allen reinreden wollte. Mal kam er den Ingenieuren sogar mit einem Vorschlag für eine besonders windschlüpfrige Legierung für die Außenhülle in die Quere und –«

»Danke, danke. So genau wollte ich es gar nicht wissen«, fuhr ihm Sina dazwischen.

Eine ältere Frau, die sich eben zu den Dreien gesellt hatte, nutzte die Unterbrechung und erkundigte sich bei dem Leiter nach der nächsten Filmvorführung: »Mein Herr, Verzeihung! Aber dieser Videobeitrag sollte um neun Uhr beginnen, oder?«

»Korrekt«, antwortete der Museumschef, blickte auf seine Uhr und errötete. »Oh, das war vor fünf Minuten.« Mit Blick auf Sina und Gabriele wandte er sich zum Gehen. »Tut mir leid, dass ich Ihre Wette nicht auflösen konnte. Aber ich muss schleunigst in den Vorführraum.«

Die Frauen sahen ihm mit gezwungenem Lächeln nach. Kaum war er um die Ecke gebogen, packte Gabriele ihre Freundin an den Schultern: »Habe ich richtig gehört? Dieser Koenig hat bei der Steuerungstechnik mitgemischt? Dann ist er unser Mann!«

»Sachte, sachte. Er ist von Haus aus Chemiker. Wenn überhaupt, hat er nur periphere Kenntnisse über die Navigationssysteme.«

»Es ist nicht der geeignete Zeitpunkt, gestelzt daherzureden! Machst du ja sonst auch nicht«, meinte Gabriele ärgerlich. »Wenn er nur einen Hauch von Ahnung hat, was da über unseren Köpfen herumschwebt, müssen wir ihn haben! Wir müssen mit diesem Koenig sprechen!«

46

»Wer zuerst?«

»Ich zuerst«, drängte Sina und drückte sich an Gabriele vorbei in die Telefonzelle gegenüber dem Museum. »Ich muss versuchen, Klaus auf seinen Anrufbeant…«

»Quatsch! Klaus ist derzeit nebensächlich!«

»Aber er könnte versuchen, bei den Luft- und Raumfahrtleuten noch einen anderen alten V2-Wissenschaftler aufzutreiben«, begründete Sina mit einer Spur Trotz. »Ich meine – wenn er schon mal da ist.«

»Es ist ein Wunder, dass wir überhaupt *einen* dieser Wissenschaftler haben.« Mit diesen Worten zerrte Gabriele ihre Freundin aus der Zelle und trat selbst ein. Sie warf eine Mark in den Schlitz, wählte die 01188.

»Ich hätte es auch klein gehabt«, erwiderte Sina, die in der halb geöffneten Tür wartete.

Gabriele winkte ab. »Hallo? Ja, ich brauche eine Nummer in Hamburg. Die Firma Bax. Oder Bax-Chemie, gekoppelt. – Ja, mh. Ja, ich schreibe mit.«

Sina nahm den Wagen zunächst gar nicht wahr: ein dunkler 3er BMW. Älteres Baujahr. Er fuhr langsam an der Telefonzelle vorbei und drehte in Höhe des Museumseingangs. Der Wagen kam zurück, nur noch im Schritttempo.

»… 7 … 8 … 6 und die 4. Ja, vielen Dank.« Gabriele legte auf und kramte nach dem nächsten Geldstück in ihrem Portemonnaie.

»Hier, nimm 'nen Fünfer von mir. Diesmal schlägst du

mein Angebot vielleicht mal nicht aus«, sagte Sina schnippisch und reichte ihr die Münze.

Der Wagen blieb stehen. Jemand kurbelte die Scheibe der Beifahrertür herunter.

Gabriele tippte die Hamburger Nummer ein.

»Entschuldigen Sie!« Ein Mann beugte sich aus dem BMW und schaut Sina auffordernd an.

»Ja? Äh, was gibt's denn?« Sina war irritiert.

Der Mann in dem Wagen hatte einen verschlagenen Gesichtsausdruck. Fettiges Haar, stechende Augen. Niemand, mit dem Sina spontan einen Kneipenbummel unternommen hätte. »Kennen Sie sich aus? Wohnen Sie in die Stadt?«

Gebrochenes Deutsch. Sina tippt bei dem Akzent des Mannes auf Polen. »Naja, ein bisschen.«

Gabriele tippte die letzte Zahl ein. Es knackte zweimal, dann ertönte das Freizeichen.

»Wir machen Urlaub hier. Können Sie sagen, wo wir uns amüsieren können? Spaß haben?«, holte der Mann aus. Der Fahrer des Wagens spielte mit dem Gaspedal.

Sina wurde nervös. Das hatte ihr noch gefehlt. Sie war hin- und hergerissen. Einerseits würde sie Gabriele gern zuhören. Anderseits wollte sie den Fremden nicht vor den Kopf stoßen. Denn womöglich würde sie ihn verärgern und sich vielleicht verdächtig machen. Das konnte sie nun wirklich nicht gebrauchen. »So gut kenne ich mich auch nicht aus.«

»Es ist wenig los in die Stadt. Wir suchen Spaß«, sagte der Mann mit drängendem Unterton.

Sina stockte der Atem. War es vielleicht gar kein polnischer Akzent, den sie herauszuhören glaubte? War es nicht doch eher russisch? Sina spürte, wie sich ihre Kehle zuschnürte. Sie fühlte sich mit einem Mal wieder so gefangen wie in dem Bunker. Wer war dieser Mann? Sina gab sich einen Ruck. Sie trat einen Schritt vor und beugte sich herunter, um die anderen Insassen zu erkennen. Aber im Wagen war es zu dunkel. Das Heckfenster und die hinteren Seitenscheiben waren mit Folie überklebt. ›Bumsfolie‹, wie Sina sie sonst immer scherzhaft nannte. Instinktiv entschied sie sich für eine Lüge: »Spaß? Da sind Sie bei uns leider an der völlig falschen Adresse. Wissen Sie: Meine, äh, Mutter.« Sina deutete hinter sich in die Zelle. »Also meine Mutter hier und ich sind bei Verwandten zu Besuch. Mit den Touristen auf der Insel haben wir nichts am Hut. Und erst recht nichts mit irgendwelchen Amüsements.« Sie zwang sich zu einem unverbindlichen Lächeln.

Der BMW-Fahrer spielte erneut mit dem Gas und der Motor heulte auf. »Danke trotz dessen.« Der Mann mit dem Schmierhaar grinste Sina anzüglich an. »Vielleicht sehen wir uns mal wieder. Wir dann zusammen Spaß haben. Amüsieren. Ha! Amüsieren!« Der Fahrer ließ die Kupplung kommen und setzte den BMW ruckartig in Bewegung.

Sina sah dem Wagen verwundert nach. Sie war verwirrt. Verwirrt und eingeschüchtert. Waren das wirklich nur irgendwelche Osteuropäer auf der Suche nach einem schnellen Vergnügen? Oder war das eine Finte – ein Trick, um Sina in ein Gespräch zu verwickeln? Sina fragte sich, ob die Männer in dem BMW auf ihrer Spur waren. Ob sie es waren, die die Anlage im Bunker installiert hatten. Der Dialekt, das finstere Aussehen – waren das nicht alarmierende Zeichen? Sina spürte, wie ihr die Schweißperlen auf der Stirn standen.

»Ach, verdammt!«, sagte Sina laut vor sich hin. Sie fuhr sich mit einer energischen Bewegung über die Stirn und wischte den Angstschweiß weg. Wie konnte sie sich nur so gehen lassen? Sie hatte einfach zu viele schlechte Krimis gelesen. Schwarzer Wagen, dunkle Gestalten. Das war doch alles Unsinn! Wahrscheinlich wimmelte es in dieser Gegend von Polen, Russen, Ukrainern und anderen Leuten, die Deutsch nur mit einem dieser schwer einzuordnenden Akzente sprachen. Sie musste sich zusammenreißen. Sie durfte nicht in Panik geraten.

Verflixt – Sina wäre froh gewesen, wenn sie ihren eigenen beruhigenden Argumenten hätte glauben können.

»Aber das können Sie nicht machen«, fauchte Gabriele in den Telefonhörer. Sina sah ihr irritiert zu. Ihre Gedanken schwirrten. Sie versuchte, sich auf das Gespräch ihrer Freundin zu konzentrieren. »Wenn ich Ihnen doch sage, dass es dringend ist!« Gabriele betonte das Wort ›dringend‹, so stark es nur ging. »Ich muss unbedingt Herrn Koenig sprechen. Wie mein Name ist? Doberstein, aber was spielt denn das für eine Rolle?« Gabriele drehte nervös das Telefonkabel zwischen ihren Fingern. »Verbinden Sie mich wenigstens mit dem Vorzimmer«, kommandierte sie. »Danke. Ja, ich warte«, meinte sie unwirsch. Sie warf Sina einen entnervten Blick zu und flüsterte: »Korinthenkacker sind das. Sture Nordlichter.« Und sprach wieder in den Hörer: »Doberstein, guten Tag. Ich muss den Herrn Generaldirektor in einer dringenden Angelegenheit sprechen.« Gabriele schöpfte sichtlich neuen Mut, ihre Gesichtszüge entspannten sich. »Nein, es dauert nicht lange.« Sie warf Sina einen hoffnungsvollen Blick zu. Doch dann: »Was? In einer Sitzung? Er ist nicht zu stören? Mindestens drei Stunden – ja, danke.« Gabriele hängte ein.

Regen setzte ein. Die Tropfen prasselten rhythmisch aufs Dach der Telefonzelle. »Und?«

»Nix und.« Gabriele lehnte sich an die Scheibe, die von innen beschlug.

»Sie wollen dich nicht durchstellen.«

»Clever kombiniert«, meinte Gabriele bissig. »Nicht zu sprechen, der Herr. Jedenfalls nicht für uns.«

»Siehst du jetzt ein, dass wir um Klaus nicht herumkommen?«

Gabrieles Ton war ausgesprochen scharf: »Ach, du mit deinem Klaus! Gut, ich hab's vermasselt. Aber du weißt, wie Sekretärinnen sind. Am Telefon erreicht man bei denen gar nichts. Die haben von ihrem Chef den Auftrag, die Laufkundschaft abzuwimmeln. Dafür kriegen die ihr Geld. Und das verdienen sie sich leider meistens sehr gewissenhaft.« Gabriele wischte mit ihrem Ärmel die Scheibe frei und starrte hinaus in den Regen. »Wir müssen selbst hin. Wir müssen es direkt in Hamburg probieren. Rausschmeißen können die uns nicht so einfach!«

Sina stierte ihre Freundin finster an. »Du glaubst ernsthaft, dass die uns zu Koenig durchlassen?«

»Ja.« Gabriele klappte ihre Handtasche auf und zog zu Sinas Verwunderung einen Knirps heraus. Gabriele quittierte Sinas erstaunten Blick mit dem Kommentar: »Packe ich immer ein, wenn ich Urlaub nördlich von Fulda mache.« Sie öffnete die Zellentür und ließ den Schirm aufklappen.

Draußen stand ein durchnässter Mann, froh darüber, dass die beiden Frauen endlich die Zelle verließen. Er schob sich freundlich nickend an ihnen vorbei. Erst später realisierte Sina, dass es der Mann aus dem dunklen BMW gewesen war.

47

Der VW-Bus passierte das Hamburger Ortsschild. Es regnete Bindfäden. Das Ziel der beiden Frauen lag im Industriehafenviertel.

Gabriele brummelte vor sich hin. Wie immer, wenn sie am Steuer ihres Kastenwagens saß, bekam sie die Zähne nicht auseinander. Vielleicht lag es diesmal aber auch an der jüngsten Auseinandersetzung der beiden Frauen. Es hatte sich – einmal mehr – um Klaus gedreht. Sina hatte darauf bestanden, ihn anzurufen. Sie wollte ihm unbedingt eine Nachricht auf seinem Band hinterlassen. Wollte ihm mitteilen, dass sie sich auf dem Weg nach Hamburg befanden. Sie wollte vermeiden, dass er sich noch einmal von den beiden versetzt fühlen würde. Ganz schnell sollte es gehen, hatte sie ihrer Freundin versprochen. Konnte sie denn ahnen, dass Klaus eine Handy-Nummer auf seinem Band hinterlassen hatte? Verständlich, dass Sina die Nummer wählte. Und verständlich auch, dass das nachfolgende Gespräch mit ihrem Ex – wie üblich – länger dauerte als geplant.

Sina hüstelte und fragte dann: »Schmollst du immer noch wegen der Sache mit Klaus?«

Keine Antwort. Gabriele schwieg verbissen. Sie lenkte ihren VW sicher über die sechsspurige Straße und schlängelte sich zwischen einem Konvoi aus Containertransportern hindurch.

Sina war sich keiner Schuld bewusst. Zugegeben, das Telefonat mit Klaus hatte eine zeitliche Verzögerung gebracht.

Aber erstens war es bis vor Kurzem ja Gabriele, die die ganze Sache auf die lange Bank schieben wollte. Und zweitens war Sina durch Klaus' Informationen ein ganzes Stück schlauer geworden. »Spiel ruhig die beleidigte Leberwurst! Aber glaub nicht, dass du mit *dem* Gesicht an Koenig rankommst«, provozierte Sina.

Noch immer kam keine Reaktion von Gabriele.

Sina lehnte sich zurück. Sollte Gabriele doch bocken! Sina wollte sich deswegen jedenfalls nicht länger den Kopf zerbrechen. Lieber dachte sie noch einmal in Ruhe über das Gespräch mit Klaus nach.

»Die Rumgurkerei hätte ich mir sparen können«, hatte er am Handy zu Sina gesagt. In einem Ton, der an Schnoddrigkeit kaum zu überbieten war. »Meine Freunde, die Jungs von der Raumfahrtforschung, haben mich stante pede ins Museum geschickt. Denn da und *nur* da gehöre die V2 hin. Das haben sie bereits gesagt, als ich mich telefonisch bei ihnen ankündigen wollte. Sie selbst hatten mit dem ollen Rostzylinder nichts am Hut. Sagten sie jedenfalls. Was macht Klausi also? Er geht ins Museum. Ins Deutsche Museum, um genau zu sein. Und auch das hätte ich mir sparen können. Denn da steht zwar eine V2, schön zurechtgemacht und fein säuberlich schwarz-weiß-kariert angepinselt. Aber die ganzen Facts, die wirklich wichtigen Infos für dich, die kannste dir viel simpler beschaffen. Dazu brauchste nicht ins Museum. Dafür musst du nicht mal nach München kurven. Die kannst du über den Computer abrufen. Ganz einfach. Von Zuhause aus mit dem PC. Die gibt's nämlich auf Diskette. Mit allen Einzelheiten und jedem perversen Detail über diese Feuer speienden Killer.«

Ja, das waren die Ergebnisse von seiner Recherche. Nicht gerade umwerfend. Das musste Sina zugeben. Aber besser als gar nichts. Immerhin hatte sich Klaus bemüht. Er war sofort nach ihrem ersten Gespräch aufgebrochen, hatte vom Auto aus Kontakt zu den DASA-Leuten aufgenommen, um dann direkt das Deutsche Museum aufzusuchen. Das war ein Engagement, das Sina von ihrem Klaus lange nicht mehr gewohnt war.

Und er hatte sich diese Diskette besorgt. Im Museumsshop hatte er sie gekauft. Klaus wollte sich sofort wieder ins Auto setzen. »Ich fahr raus nach Germering«, hatte er gesagt, und Sina dann aus der Leitung geworfen. Aber Sina brauchte nicht groß nachzufragen, was er in diesem Münchner Außenbezirk wollte. Sie wusste, wer dort wohnte: Sonja. Das Biest! Sonja, die Frau, die Klaus den Kopf verdreht hatte. Aber Sina wusste auch, dass Sonja in dieser einen, ganz bestimmten Situation von unschätzbarem Wert für sie war. Denn, das hatte Sina bei Klaus' Schwärmereien erfahren, Sonja stand auf Computerspiele. Sonja hatte ein 5 1/4-Zoll-Laufwerk, das Disketten mit bis zu 720 Kilobyte lesen konnte.

»Ich habe mit ihm telefoniert«, riss Gabriele Sina aus ihren Gedanken.

Sina wusste nicht, auf wen Gabriele anspielte und zuckte deshalb nur fragend mit den Schultern.

Gabriele bog ins Industrieviertel ab. »Ich meine: Ehe du dir weiter den Kopf zerbrichst oder dir irgendwelche überflüssigen Vorwürfe machst, dass du mal wieder was falsch gemacht haben könntest und ich deshalb sauer bin, sag ich es lieber ganz deutlich: Als du mit Klaus gesprochen hast, habe ich meine Hände nicht untätig in den Schoß gelegt, wie du vielleicht annimmst.«

Sina mochte widersprechen: »Das habe ich nie behauptet.«

»Aber gedacht. Schlimm genug. Jedenfalls: Ich habe auch telefoniert.«

Sina dachte nach. Sie selbst hatte Klaus von dem Apparat ihres Pensionszimmers aus angerufen. Kurz bevor die beiden in Richtung Hamburg abgereist waren. Aber Gabi?

»Als du mit deinem – ähem – Ex gesprochen hast, bin ich runter zum Wagen. Ich habe die Wirtin getroffen, die mich unbedingt zur Seite nehmen wollte. So von Frau zu Frau. Sie wollte mich fragen, ob das alles mit rechten Dingen zugeht, was wir beide so treiben.«

Sina schaute verblüfft auf: »Was? Davon hast du keinen Ton gesagt.«

»Warum auch? Die spinnt, die Gute. Die hat mir – wie würdest du es ausdrücken? – eine Kante ans Bein gelabert. Wollte mir den neuesten Dorfklatsch unterbreiten. Und der kreist in letzter Zeit nur um die Russen. Die ›bösen Russen‹, die angeblich in Scharen über ihr schönes Peenemünde herfallen und die ›guten deutschen Touristen‹ vergrätzen«, berichtet Gabriele abfällig.

Sina lief ein kalter Schauer über den Rücken. Schon wieder Russen! Hatte die Wirtin die Typen aus dem BMW gemeint? Sina zwang sich, nicht abermals in einen hysterischen Verfolgungswahn zu verfallen.

»Das Beste kommt noch«, höhnte Gabriele. »Da fängt die Alte zu allem Überfluss an, mich mit dem ollen Bernhard zu belästigen. Will mir ganze Romane von seiner Beerdigung erzählen. Als ob ich nichts anderes im Kopf hätte. Diese Klatschtante beharrt tatsächlich darauf, dass beim ollen Bernhard wer nachgeholfen hat.«

Sina schwanden fast die Sinne: Ein Lkw, voll beladen mit Containern, scherte plötzlich aus und schwenkte auf ihre Fahrbahn. Gabriele trat auf die Bremse. Keine Wirkung. Ihr VW brach auf der regennassen Fahrbahn aus. Sina sah die in grellem Rot strahlende Heckleuchte des Lasters auf sich zukommen.

»Verflixt!«, presste Gabriele heraus. Sie setzte auch den linken Fuß aufs Bremspedal.

Sina krallte sich ins Polster ihres Sitzes. Zentimeter vor dem wuchtigen Heck des Lkw bekam Gabriele ihren VW wieder unter Kontrolle. Als wäre nichts geschehen, setzte sie in gleichem Ton fort: »Da lachen ja die Hühner! Beim ollen Bernhard soll wer nachgeholfen haben. – Obwohl, … wenn ich's mir recht überlege. Wenn er jede Frau so unverschämt behandelt hat wie mich, dürfte es an potenziellen Mörderinnen nicht mangeln.«

Sina gelang es, ihre Gedanken einigermaßen zu ordnen: »Moment. Langsam, langsam. Du wolltest was ganz anderes sagen. Telefoniert hast du?«

»Ach ja! Habe ich. Aber das war eher eine Notlösung, um ehrlich zu sein. Du verstehst: Ich wollte dieser Wirtin entkommen. Irgendwie. Jeder Grund war mir recht. Ich habe sie deshalb um ein Telefonat gebeten. Von der kleinen Sprechzelle neben der Gaststube aus.«

»Und?«

»Friedhelm.«

»Nein!«

»Doch.«

»Ich glaub's nicht. Du hast tatsächlich deinen Bruder eingeweiht.«

»Aber wirklich nur aus der Not heraus«, milderte Gabriele Sinas aufflammende Begeisterung ab. »Und ich habe ihm natürlich bloß den groben Rahmen der Geschichte geschildert. Keinerlei Details oder Hintergründe.«

»Erzähl!«

»Da gibt's nicht viel zu erzählen«, nahm ihr Gabriele die Illusionen. »Er hat sich kaputt gelacht. Er hat seinen Auftrag in Bausch und Bogen abgelehnt.«

Allmählich begann Sina zu begreifen, warum ihre Freundin während der Fahrt so still gewesen war. »Friedhelm macht also nicht mit.«

»Ha! Das ist noch milde ausgedrückt. Er hat uns für verrückt erklärt. Er hat behauptet, dass die V2 an sich eine völlig überschätzte Angelegenheit ist. Friedhelm meint, das ganze Ding bestehe zu 99 Prozent aus Propaganda made by Goebbels. Und der Rest …«

»Der Rest?«

»Der Rest sei stümperhafte Technik, mit der man höchstens eine Silvesterrakete über den Balkon des Nachbarn schießen könnte.«

»Und zu seiner eigentlichen Aufgabe, was hat er da gesagt?«

»Du meinst die Nutzlast?«, fragte Gabriele nach.

»Gut gelernt, Gabi. Nutzlast. Ja, genau so heißt es.«

»Damit habe ich mir den nächsten Lacher eingehandelt. Davon hält Meister Friedhelm erst recht nichts. Bei dem Wort Sprengkopf hat er den Hörer weghalten müssen vor lauter Prusten. Er meint, wenn es denn überhaupt möglich sei, dass eine Nazirakete in New York einschlägt, dann würde sie weniger Aufsehen erregen als eine Frittenbude, die in Folge einer Propangasexplosion in die Luft geht. Denn das bisschen Sprengstoff, das die Nazis in eine V2 mit dieser Reichweite bekommen hätten, hätten sie effektiver und billiger mit einer Briefbombe nach New York befördern können. Kurz und gut: Er hält das Ganze für ausgemachten Unsinn.«

»Will er sich denn wenigstens für uns umhören?«, fragte Sina niedergeschlagen.

»Ja, aber was das bringen soll, ist die zweite Frage. Ich habe es jedenfalls schwer bereut, ihn da mit reingezogen zu haben.«

48

Das Gebäude war imposant. Keine architektonische Schönheit, eher ein Schlichtbau, wahrscheinlich aus der ersten Hälfte der 60er-Jahre. Aber der zwölfstöckige Komplex strahlte etwas Erhabenes aus. Er zeugte von Größe und Macht. Das mochte an den großen Fensterpartien liegen, die durch baumstammdicke Betonpfeiler unterbrochen wurden. Mit Sicherheit aber auch an dem weit hervortretenden Portal, auf dessen Sims in klotzigen Buchstaben »Bax Chemiewerke« stand.

Der Eingangsbereich, weitläufig wie das Foyer eines Luxushotels, war dezent eingerichtet. Eine Ledersitzgruppe. Ein paar sparsam platzierte Pflanzen. Und: hohe weiße Wände. Wände, die sofort Gabrieles Aufmerksamkeit auf sich zogen. Denn sie waren behangen mit Bildern.

»Olala«, entfuhr es ihr, und sie trat näher. An zwei Säulen, die eines der großflächigen Gemälde flankierten, war zu lesen: »Kunst im Treppenhaus«.

»Gabi. Vergiss nicht, warum wir hier sind«, ermahnte Sina sie eindringlich.

Doch Gabriele war wie gefangen von den Werken, die sie bewunderte. »Bilder von Beatrice Pagez. Na, was für eine angenehme Überraschung«, murmelte Gabriele verzückt.

»Meine Güte, Gabi, kannst du nicht einmal an Kunst vorbeigehen?«

»Wieso?« Gabriele schritt zum nächsten Werk, beäugte es voller Interesse. »Die Künstlerin lebt zwar noch, fällt also nicht in mein Terrain. Aber man muss anerkennen: Ihre Werke sind bereits heute sehr wertvoll.«

Sina schüttelte verständnislos den Kopf und wollte sie am Ärmel aus der Galerie fortziehen. »Sei nicht albern, Gabi. Diese Pinseleien sehen aus wie Kinderbilder.«

»Das kann wieder mal nur von dir kommen«, entgegnete Gabriele hochnäsig.

Sina stockte: »Moment – sagtest du wertvoll?«

»Richtig. Picasso ist natürlich teurer, aber …«

Sina starrte plötzlich wie gebannt auf die Bilderleiste. Vielleicht war Gabrieles Sucht nach Kunst diesmal gar nicht so hinderlich, wie es Sina sonst immer empfand. Sina sah auf die Leinwände, dann auf Gabriele. Sie fixierte die geschminkten Wimpern ihrer Freundin. Gabriele war verwirrt. Sie wich Sinas Blick verunsichert aus. »Hast du deine Wimperntusche dabei?«, wollte die Jüngere wissen.

»Was?« Gabriele guckte, als wollte sie fragen: Hast du sie nicht mehr alle beisammen?

Sina beharrte: »Rückst du nun die Wimperntusche raus oder nicht?«

»Ja, schon. Aber wozu brauchst du die? Willst du Koenig etwa schöne Augen machen?«, fragte sie verwundert.

Sina streckte ihr fordernd die Hand entgegen: »Gib her.« Sie blickte sich prüfend im Foyer um. Niemand war zu sehen.

Gabriele kramte umständlich in ihrer Handtasche. Sie holte die grüne Mascara hervor, gab sie ihrer Freundin und beschloss, nicht weiter über Sinas plötzliche Schminkwut nachzudenken. Sie knüpfte wieder da an, wo Sina sie unterbrochen hatte: »Die Pagez hat einen recht naiven Stil. Damit hast du gar nicht mal so unrecht. Aber das ist ja ihre Aussage: Die ursprüngliche Bedeutung von Form und Farbe.

Das Reduzieren eines Eindrucks auf seinen metaphysischen Inhalt ...«

Sina ging während Gabrieles Vortrag betont langsam hinter eine der beiden Säulen. Wenn es in dieser Halle irgendwo Kameras gab – war sie hier bestimmt nicht zu sehen. Sinas Puls erhöhte sich. Diesen feinen Unterschied zu Gabriele hatte sie sich bewahrt: Wann auch immer sie etwas Unrechtes, etwas nicht ganz Legales, vorhatte, dann plagten sie Gewissensbisse. Das äußerte sich in einer leicht geröteten Gesichtsfarbe und schnelleren Herzschlag. Wie auch jetzt. Sina schraubte das gläserne Röhrchen Wimperntusche auf.

Alles geschah blitzschnell. Ehe Gabriele die geringste Chance hatte zu verstehen, tauchte Sina den biegsamen Pinsel in die Tusche. Sie zog den satt getränkten Pinsel heraus, spannte ihn zu einem Bogen und ließ ihn los. Der Kopf des Pinsels schnellte vor, ein kräftiger Schuss Mascara spritzte in Richtung Wand. Winzige, aber deutlich sichtbare Tropfen klebten auf den Gemälden.

Gabriele erstarrte. Sie sah ihre Freundin an, als hätte diese eben jemanden vor ihren Augen erdolcht. »Was, um Himmels willen, ist in dich gefahren?«, herrschte sie sie an. Gabriele trat vor und beäugte erschreckt die Flecken auf einem der Pagez. »Wahnsinn! Spinnst du total?« Sie kramte ein Stofftaschentuch hervor, befeuchtete eine Ecke und wischte vorsichtig über die Leinwand. »Weißt du überhaupt, was diese Bilder kosten? Deine Haftpflicht wird sich freuen.«

Sina blieb cool, lehnte sich locker an die Säule und kreuzte die Beine. »Eben. Du bringst die Sache auf den Punkt.« Und nach einer kurzen Pause ergänzte sie: »Denk nach!«

Die beiden vernahmen gedämpfte Schritte. Ein penibel gekleideter Herr schritt eilig über den tiefblauen Teppichboden auf die Frauen zu.

Gabrieles Gesichtsausdruck war eine einzige Frage. Sina reichte ihr die Tusche zurück, signalisierte ihr dabei, sie schnell wegzustecken. »Sei nicht so schwerfällig, Gabilein. Streng deine grauen Zellen an, dann kommst du drauf, was ich vorhabe.«

Die Ältere beugte sich nochmals vor, musterte die Flecken angestrengt.

Der Herr im Anzug kam näher. Er gestikulierte dezent, aber unverkennbar drohend mit den Händen.

Gabriele strahlte Sina an: »Endlich fällt der Groschen! Schimmel. Es sieht aus wie Schimmelpilz! Du bist 'n Pfundskerl!«

Der Herr hatte sie erreicht. Seine Wangen waren rot vor Zorn, doch er sprach beherrscht und höflich. Nur dem Zucken um seine Mundwinkel war anzumerken, dass er den Frauen am liebsten den Kopf abgerissen hätte. »Meine Damen, ich muss Sie bitten, unser Haus umgehend zu verlassen. Dies ist keine öffentliche Galerie. Wir sind ein Industrieunternehmen. Die Ausstellung ist unseren Kunden vorbehalten.« Mit diesen Worten griff er Sina vorsichtig in die Armbeuge. Er wollte sie ganz offensichtlich ins Schlepptau nehmen und hinauskomplimentieren.

Gabriele funkte dazwischen. »Moment mal, junger Mann. Nicht so hastig. Sie sprechen hier nicht mit irgendwem.«

Der Herr war für den Augenblick konsterniert. Sina nutzte seine Unsicherheit aus: »Darf ich vorstellen: Gabi Doberstein. Meine Freundin ist eine namhafte Kunstsachverständige aus Franken.«

Die Augen des Mannes fragten: Na und? Aber er war zu höflich, um die Frage tatsächlich auszusprechen. Statt dessen betrachtete er Gabriele nur prüfend. Die reagierte prompt, deutete mit dem abgespreizten kleinen Finger auf die Bilder und verzog das Gesicht. »Schimmel.«

Der Herr im Anzug zuckte zusammen. »Sagten Sie eben …?« Er hatte sich von Sina abgewandt, die hinter seinem Rücken freche Grimassen zog und Gabriele aufmunternd zuzwinkerte.

»Richtig. Dieses Bild ist eindeutig vom Pilz befallen. Sehen Sie hier«, präzisierte Gabriele. »Diese kleinen dunklen Flecken sind Warnsignale. Schlechtes Klima in Ihrem Foyer. Tödlich für Ölbilder. Ist die Klimaanlage vielleicht falsch eingestellt? Ein fataler Fehler.«

Der Mann schien die schrecklichsten Sekunden seines Lebens durchzumachen. All seine Beherrschung war wie weggeblasen. Er wirkte völlig aufgelöst. Gabriele nutzte die Chance und setzte noch einen drauf: »Das sollten Sie unverzüglich Ihrem Chef melden. Vielleicht sind einige der Werke noch zu retten.«

Der Aufpasser taumelte zurück. »Ich? Ich soll das dem Chef sagen?« Er geriet außer sich. Er blickte, wie einer, der gleich vors Exekutionskommando gestellt würde, durchfuhr es Sina. Der Mann sah sich Hilfe suchend um, schüttelte dann entschieden den Kopf: »Nein, das geht nicht. Sie müssen es tun. Sie müssen es dem Chef selbst sagen. Ich, äh, ich kann hier gar nicht weg. Ich muss auf meinem Posten, äh, bleiben. Sicher, ja. Ich muss bleiben und …«

»Und aufpassen, dass nicht noch mehr Schimmel aufkreuzt, was?«, spöttelte Sina. Gabriele warf ihr einen finsteren Blick zu. Doch das wäre nicht nötig gewesen, denn ihr Gesprächspartner hatte Sinas Spitze gar nicht mitbekommen. Er eilte in Richtung Empfang, winkte den Frauen zu. Atemlos griff er zum Hörer des Haustelefons, tippte hektisch drei Zahlen ein. »Hier Behrens. Äh …«

»Das ist sein drittes ›Äh‹ gewesen«, flüsterte Sina belustigt.

»Äh …«, setzte der Mann fort. »Da sind zwei Frauen.

Sachverständige. Wegen der … äh …«, er musste schwer schlucken. »Wegen der Gemälde. Sie wollen zum Chef. Sieht so aus, als ob die Bilder … äh … angegammelt wären.«

»Sechs«, meinte Sina.

»Bitte?«, fragte Gabriele.

»Sein sechstes ›Äh‹.«

»Folgen Sie mir«, sagte der Mann. Er wandte sich in Richtung Fahrstuhl. Sina bemerkte, dass sich auf seinem Hemd feuchte Stellen unter den Achseln gebildet hatten.

49

Ein langer Flur, an beiden Seiten behangen mit aufwendig gerahmten Ölbildern. Allesamt Porträts, Bildnisse der Ahnen des Firmenbesitzers, auf der einen Seite. An der gegenüberliegenden Wand dagegen moderne Kunst, vorwiegend abstrakte Malerei.

Dr. Walter Koenig eilte den Frauen bereits entgegen. Sina sah einen Opa auf sich zukommen: mittelgroß, dünnes, gelblich-graues Haar, Stirnglatze, starke Brillengläser in dunkelbraunem Hornrahmen. Koenig trug einen grauen, schlecht sitzenden Anzug, der seiner stämmigen Figur alles andere als schmeichelte. Darunter erkannte Sina einen beigen Rolli. Nicht eben der erfolgreiche Geschäftsmann, den sie erwartet hatte.

Als ob Koenig ihre Gedanken erraten hätte, sagte er anstelle einer Begrüßung: »Verzeihen Sie meinen Aufzug. Aber im Grunde genommen bin ich heute überhaupt nicht hier. Urlaub. Ich war nur schnell im Büro, um einige Unterlagen zu sichten.« Er blickte den Frauen forschend in die Augen: »Was muss ich da hören? Meine Lieblinge, mein Leben!« Er deutete bei diesen Worten mit dramatischer Geste auf die im Flur hängenden Bilder und seufzte schwer.

Sina musste beinahe grinsen, fing sich aber wieder. »Keine Angst, diese hier sind nicht betroffen.«

Koenig geleitete sie schnellen Schrittes zu seinem Büro. Die drei traten durch ein schlicht möbliertes Vorzimmer, in dem sich zwei unscheinbare graue Mäuse hinter ihren Schreibtischen verschanzten. Ihre Blicke verrieten Furcht. Sina war klar, dass es in diesem Raum vor gar nicht langer Zeit ein mächtiges Donnerwetter gegeben haben musste. Wahrscheinlich, dachte sich Sina, hatte Koenig nach der Horrormeldung über seine Gemälde in einer ersten aufgebrachten Reaktion diejenigen zur Verantwortung gezogen, die in seiner allernächsten Umgebung waren. Die armen Sekretärinnen taten Sina leid.

Die Dreiergruppe passierte eine gepolsterte und mit feinem Leder ausgeschlagene Doppeltür. Dahinter befand sich Koenigs Reich: Ein Eichenschreibtisch, mächtig, aber schnörkellos, dominierte das große Zimmer. In einer Nische, dem Schreibtisch gegenüber, war eine Sitzecke platziert worden. Ledersessel, in vornehm dunklen Farbtönen. Der Raum war mit einer großzügigen, zimmerhohen Fensterfront ausgestattet, die einen weiten Blick auf den Freihafen gewährte.

Koenig bedeutete den Frauen, sich zu setzen. Er selbst wählte den breitesten Sessel der Sitzgruppe. »Bitte, meine Damen.« Er atmete kurz durch und entspannte sich dann etwas. »Pilze.« Koenig schüttelte verächtlich den Kopf: »Bitte erklären Sie mir: Wie konnte es dazu kommen?«

Gabriele rutschte unruhig auf ihrem Sessel hin und her. Etwas verlegen brachte sie hervor: »Nun, der Ausstellungsraum ist recht zugig. Und feucht. Und …«

Sina war verdutzt. Was sollte das? Wozu diese Scharade? Sie waren in Koenigs Allerheiligstes vorgedrungen, hatten ihr Ziel also erreicht. Warum setzte Gabriele das Theaterstück fort? Sina beugte sich vor, fuhr in brüskem Ton dazwischen: »Gabi! Schluss damit! Du vergisst, warum wir hier sind!«

Koenig sah überrascht zu Sina. Gabriele schnaufte, glitt sich mit der Hand durchs Haar und schnaufte erneut.

»Gabi!«, rief Sina.

»Also gut«, sagte Gabriele leise. »Ihren Bildern fehlt gar nichts.«

Koenig sah sie fragend an. Dann blickte er zu Sina und wieder zurück zu Gabriele.

»Die Gemälde sind in einem einwandfreien Zustand.« Gabrieles Ton war fester.

Koenigs Verblüffung war perfekt: »Aber die Flecken! Der Pilzbefall!«

Gabriele zückte ihre Mascara. »Harmlose Tusche. Müsste sich leicht wieder entfernen lassen. Wahrscheinlich ohne Spuren zu hinterlassen.«

In Koenigs Gesichtsausdruck war deutlich zu lesen, dass er die dreiste Lüge begriffen hatte. Tiefe Furchen bildeten sich auf seiner Stirn. »Das ist der Gipfel der Unverfrorenheit!« Er stand auf und ging zu seinem Schreibtisch. »Wie kommen Sie dazu, sich auf solch eine hinterlistige Weise hier einzuschleichen?« Er zog die Sprechanlage zu sich herüber. »Umweltschützer, was? Haben wohl was an meiner Raffinerie auszusetzen, wie? Hat Sie Greenpeace geschickt?« Abgrundtiefer Hass lag in seiner Stimme.

Sina stand ebenfalls auf. Bevor Koenig die Ruftaste der Gegensprechanlage drücken konnte, hatte sie sich vor ihm aufgebaut. Sie sah ihm fest in die Augen. »Die Rakete ist nicht im Weltraum verschollen.«

Koenig hielt inne. »Was? Was reden Sie da? – Rakete?«

Sina führte seine Hand von dem Sprechgerät weg: »Es tut mir leid, aber wir mussten Sie so überfallen: Sie gehörten damals zum Peenemünder Wissenschaftlerteam.«

Gabriele kam ebenfalls auf Koenig zu. Sie näherte sich

von der anderen Seite, so dass die Frauen den Alten in die Zange nahmen. »Sie haben an der Entwicklung der New-York-Rakete mitgearbeitet.«

»Die erste Interkontinentalrakete, Nachfolger der V2«, setzte Sina fort. »Stichwort – ›Kolumbus‹.«

Koenig, sichtlich verstört, drängte sich mit Händen und Beinen rückwärts an den Schreibtisch. »Sind Sie Journalisten? Sie wollen eine Skandalstory schreiben, ist es das?« Er schien wieder die Oberhand zu gewinnen.

Doch soweit ließ es Gabriele nicht kommen. »Keine Skandalstory!«, sagte sie knapp.

Sina stand nun ganz dicht vor ihm. Ihre Stimme hatte etwas Beschwörendes: »Wir brauchen Ihre Hilfe! Die Rakete ist nicht zerstört. Sie kreist noch im Orbit. Sie wurde reaktiviert. Sie rast auf New York zu.«

Das war wohl zu viel. Für Sekunden wich Koenig alle Farbe aus dem Gesicht. Dann raffte er sich auf, befreite sich aus seiner eingekeilten Lage zwischen den Frauen. Er ging zur Fensterfront und starrte hinaus. »Sie haben eine makabere Art zu scherzen.« Seine Stimme verriet Unsicherheit. Koenig vermied es, sich den Frauen von vorn zu zeigen.

Sina riss der Geduldsfaden. Sie hechtete zur Sitzgruppe, griff ihre Handtasche und schüttete den Inhalt auf einen niedrigen Glastisch, der zwischen den Sesseln drapiert war. »Koenig! Es geht um jede Minute! Wollen Sie Beweise?« Aus der Handtasche purzelte die alte Kladde mit den handschriftlichen Aufzeichnungen über die V2-Tests, dann folgten PC-Ausdrucke. Eine zusammengefaltete Grafik mit der Raketenflugbahn. Sina griff nach Kladde und Grafik und hielt sie dem perplexen Koenig direkt unter die Nase. »Schauen Sie hin, Koenig! Schauen Sie genau hin!« Koenig erblasste abermals. Doch Sina kannte keine Gnade: »Ist das vielleicht auch Blödsinn?«

Gabriele stieß dazu. »Begreifen Sie endlich?«, fuhr sie den aschfahlen Koenig an. »Das ist kein schlechter Scherz. Ihre verdammte Bombe ist scharf!«

Mit zitternden Händen nahm Koenig ihr die Kladde aus der Hand. Langsam und mit wackeligen Beinen trottete er zu seinem Sessel und ließ sich schwerfällig hineinsinken. Seine Stimme war leise und unsicher: »Das *kann* gar nicht wahr sein.«

Sina explodierte innerlich. Sie schoss auf Koenig zu, rüttelte den alten Mann, indem sie ihn an den Schultern fasste: »Das *ist* wahr!« Sie schüttelte ihn energisch. »Wahr! Wahr! Wahr! Die volle Wahrheit! R e a l i t ä t! Ihre Mordrakete fliegt auf New York zu! Sie wird den Big Apple in 1.000 Fetzen zerreißen! *Ihre* Erfindung!«

Gabriele schob die aufgebrachte Sina beiseite und platzierte sie auf einem Sessel links neben Koenig. Sie selbst nahm zu seiner Rechten Platz. »Nun mal ganz ruhig. Herr Koenig, wir wissen nicht, wer die alte Peenemünder Anlage wieder in Betrieb gesetzt hat«, legte Gabriele in einfühlsamem Tonfall dar. »Und wir wissen auch nicht, warum sie erneut aktiviert werden sollte«, setzte sie wahrheitsgemäß fort. »Fakt ist aber, dass durch ein Versehen die Aktivierungsphase eingeleitet worden ist.« Gabriele vermied es zu erwähnen, welche Rolle Sina und sie selbst bei diesem Versehen gespielt hatten.

»Mein Gott, mein Gott, mein Gott«, unterbrach sie Koenig. Er schien völlig ratlos und stützte sein müdes Gesicht mit beiden Händen.

»Wie auch immer«, nahm Gabriele den Faden wieder auf. »Wir wissen definitiv, dass sich Ihre Rakete auf dem direkten Flug ins Zentrum von New York befindet.«

Koenig wirkte völlig verzweifelt. Die Stimme war nur noch ein unsicheres Wimmern: »Wie konnte das passieren?«

Gabriele bemühte sich erneut um einen beruhigenden Tonfall. Doch ihre eigene Anspannung war ihr anzumerken, als sie sagte: »Das ist nicht mehr wichtig. Entscheidend ist, dass Sie uns schleunigst verraten, wie wir dieses Ding abschalten können.«

»Reden Sie!«, half ihr Sina. Bohrend forderte sie: »Sagen Sie, ob wir 'ne Chance haben. Ist die Rakete zu stoppen, oder können wir Ihnen auf Ihrem Sollkonto ein paar Dutzend Menschenleben ankreiden?«, formulierte sie bitter.

Koenig blickte auf und sah Sina fragend an. »Mit ein paar Dutzend Menschenleben werden wir kaum davonkommen. Ich fürchte, selbst 100 ist zu tief gegriffen.«

»Was? Was sagen Sie da?« Sina konnte nicht folgen.

Das letzte bisschen Farbe wich aus Koenigs Gesicht. Für einen Moment fürchtete Sina, dass der alte Mann vor ihren Augen zusammenbräche, womöglich einen Herzinfarkt hätte erleiden können. Sie verkniff es sich, ihn weiter zu drängen.

Koenig atmete schwer. Abermals musste er sich die Schweißperlen von der Stirn wischen. »Verfluchte Tat. Wo fange ich an?«, sagte er mehr zu sich selbst.

»Am besten am Anfang. Aber machen Sie's kurz«, bestimmte Sina und zwang sich dabei zu einem möglichst zahmen Tonfall.

»Sie haben recht. Leider.« Koenig erhob sich mühsam, fiel aber in den Sessel zurück. Seine Kräfte reichten nicht mehr aus. Er versuchte es ein zweites Mal. Diesmal stützte ihn Gabriele ab. Mit unsicheren Schritten ging Koenig wieder auf die Fensterfront zu. »Wir haben sie tatsächlich konstruiert. Gebaut unter enormem Zeitdruck. Hitler wollte seine Vergeltungswaffe in Rekordtempo startbereit haben. Wir waren in einer ausweglosen Situation.« Seine Stimme wurde kraftvoller. So, als wäre er zurück in die Rolle des jungen Wissenschaftlers geschlüpft, der vor 50 Jahren an der Entwicklung der Rakete beteiligt war. »Die ersten Vergeltungswaffen, V1 und V2, waren ein Flop.«

Sina glaubte, nicht richtig gehört zu haben. Ein Flop? Was bildete sich dieser Greis ein? Tausende hatten bei den verheerende V2-Einschlägen ihr Leben gelassen! Und nun das: ein Flop! Sie wollte aufbegehren, doch Gabriele hielt sie zurück.

Koenigs Blick schweifte hinaus auf den Freihafen. Ein riesiges Containerschiff lief ein. Das dumpfe Dröhnen seines Signalhorns war sogar durch die Doppelverglasung des Büros zu hören. »Ja, ein Flop. Vielleicht nicht für Goebbels, diesen Verbrecher. Seiner Propaganda kamen die wenigen zufriedenstellenden V-Einsätze gerade recht. Er konnte sie zu militärischen Erfolgen aufblasen, konnte damit die Moral der Bevölkerung aufbessern. Naja.« Koenig verzog missbilligend das Gesicht. »Aber der militärische Nutzen war gleich Null. Die Angriffsergebnisse entsprachen nur zu Bruchteilen unseren Erwartungen.« Koenigs Stimme klang eiskalt. Nüchtern und sachlich setzte er fort. So, als hielte er vor Studenten eine wissenschaftliche Abhandlung. »Sie müssen sich das so vor Augen führen: Es waren jeweils nur punktuelle Bombardements machbar. Ein massiver Angriff von 5.000 Raketen, möglichst in rascher Folge hintereinander abgefeuert, hätte London spürbar verwunden können. Hätte! Die Betonung liegt auf dem Wörtchen ›hätte‹, meine Damen. Denn in Wahrheit hat es dazu nie gereicht.«

Sina gewann den Eindruck, als hätte es Koenig tatsächlich bedauert und, dass es ihn noch heute ärgerte, dass damals – wegen der *widrigen Umstände*, die der Krieg nun mal mit sich brachte – seine Eitelkeiten als aufstrebender Ingenieur nicht vollends hatten befriedigt werden können.

zu tun haben.« Sie mahnte: »Sprechen Sie! Wie war das mit den Sklaven?«

»Das war Angelegenheit der Militärs«, röchelte Koenig. »Wir Wissenschaftler hatten damit nichts zu schaffen.«

»Ich glaub Ihnen kein Wort!«

Koenig prustete. »Bei Gott! Ich schwöre: Wir wussten nur, dass es sie gab. Es waren Tausende. Juden, russische Kriegsgefangene, politisch unbequeme Leute. Aber wir hatten kaum was mit ihnen zu tun«, beteuerte der alte Mann.

Sina forderte Koenig zum Weiterreden auf. Sie wollte alles wissen. Die ganze schmutzige Wahrheit.

Koenig rückte seinen Kragen zurecht. »Ein Drittel aller deutschen Wissenschaftler war mehr oder weniger mit dem Raketenfernprogramm beschäftigt. In Peenemünde waren wir, lassen Sie mich nachdenken, mindestens 2.000. Verstehen Sie das bitte: Wir hatten alles! Gutes Geld. Versuchsanlagen, von denen andere Forscher nur träumen konnten. Wir waren die Weltelite! Und wir waren sicher, dass wir die Welt revolutionieren würden.«

»Sie weichen wieder aus. Was haben Sie getan, als Sie von den Zwangsarbeitern hörten? *Was*, König? Warum haben Sie Ihre Arbeit nicht unverzüglich hingeschmissen?« Sina ließ nicht von ihm ab.

»Warum fragen Sie das ausgerechnet mich?« Koenig gewann an Standfestigkeit zurück. »Ich war nur ein kleines Rad am Wagen.«

»Ach, Gottchen. Kommen Sie mir nicht mit so abgedroschenen Floskeln. Wir wissen, dass Sie damals recht erfolgreich mitgemischt haben.«

»Und von Braun? Was war mit dem?«, konterte Koenig, der sich offensichtlich in die Ecke gedrängt fühlte. »Denken Sie, der ›Vater der Mondrakete‹ hat nichts von den Verhältnissen im Mittelbau gewusst? Von wegen weltfremder Raumfahrtenthusiast! Dass ich nicht lache! Von Braun muss klar gewesen sein, dass für seine Brötchengeber Menschenleben nicht viel zählten. Von Braun hatte das Image des jungenhaften Raketenenthusiasten – aber in Wahrheit hat auch er mit dem Teufel paktiert. Wenn ich ein Kriegsverbrecher sein soll, dann war er es erst recht.«

Sina war innerlich aufgewühlt. Sie hörte Koenig zu. Und je länger sie seinen Worten folgte, desto mehr fragte sie sich, wie dieser Mann jemals mit seinem Gewissen ins Reine hatte kommen können. Er verstand offenbar überhaupt nicht, dass er, je mehr er Wernher von Braun belastete, sich selbst ins Abseits brachte. Es war unverkennbar, dass Koenig Leichen im Keller hatte. Viele 100 Leichen, die ihm wahrscheinlich bis zum heutigen Tage als Spukbilder in Form von ausgemergelten und gequälten Gestalten in seinen Träumen begegneten. Sina wollte Koenig weiter ausfragen, aber sie war zu niedergeschlagen, um handfeste Fragen zu stellen. Alles, was sie hervorbrachte, war: »Und danach? Wie konnten Sie einfach so weiterleben, nach dem Krieg?«

»Was für eine Frage! Ich hatte überhaupt keine Wahl.«

»Das haben Sie schon einmal gesagt.«

»Wenn es doch so ist! Die Amerikaner haben uns in Beschlag genommen. Von Braun und 115 Ingenieure. Ich war dabei. Auch ich habe an der Saturnrakete mitgewirkt. Und nach den ersten Ariane-Abstürzen war mein Rat nicht unerwünscht.« Stolz schwang in seiner Stimme mit. Trotzig ergänzte er: »Ehe Sie mir weiter Vorwürfe um den Kopf hauen, junge Frau: Ohne deutsches Wissen, ohne *unser* Wissen wäre auch Juri Gagarin nie ins Weltall gekommen. Zum Kuckuck! Verstehen Sie denn nicht? Es hat einfach keinen vernünftig denkenden Menschen interessiert, ob wir eine weiße Weste hatten oder nicht. Weder die Amerikaner noch die Sowjets.«

Sinas Stimmung hatte den absoluten Tiefpunkt erreicht. Wie konnte jemand, wie konnte ein *Mensch* so viel Schuld von sich schieben? Sich hinter einer Fassade aus scheinheiliger öffentlicher Anerkennung verbergen. Was sie in diesem Moment getan hätte: sie wäre am liebsten gegangen. Sie hätte sich einfach umgedreht und wäre hinausgegangen. In eine Kneipe. Am besten in die ›Schwedenschanze‹. Ein Gläschen vom Anisschnaps ›Küstennebel‹ wäre jetzt das Richtige. Vielleicht wäre ihr es dann auch gelungen, die Abscheulichkeiten dieser Welt so verklärt zu sehen wie Koenig.

Gabriele bemerkte, dass Sina abschaltete. Sie registrierte, wie ihre Freundin apathisch vor sich hinstarrte. Deshalb übernahm sie kurzerhand die Initiative. Sie griff Koenig am Arm und dirigierte ihn zurück zur Sitzgruppe. »Genug Zeit verplempert. Die Vergangenheit hat Sie, wie es scheint, noch einmal eingeholt. Sie können heute einiges gutmachen. Also: Was ist mit dieser Interkontinentalrakete? Wie lassen sich diese gebündelten V2 stoppen?«

Koenig blieb ruckartig stehen. »Gebündelte Raketen?«, fragte er mit einer Spur Verblüffung in der Stimme. »Wie naiv von Ihnen.« Für einen Moment kam bei Koenig wieder die ihm eigene Arroganz durch. »Die Russen mögen vielleicht ihre Raketen bündeln. Aber nicht wir.«

»Koenig! Weichen Sie nicht ständig aus«, herrschte ihn Gabriele an.

Noch immer ohne Eile erklärte Koenig: »Wie ich bereits sagte: Die V2 war ein Flop. Nur wirksam, wenn man Tausende davon abgeschossen hätte.« Er legte eine Pause ein, ließ sich die folgenden Worte auf der Zunge zergehen: »Das Aggregat 10 sollte das wettmachen.«

»Aggregat 10?«, fragte Sina verständnislos dazwischen.

»Aggregat 10. Oder auch A10. Eine Superrakete. Mit fünffach potenzierten Maßen der V2. Eine dreistufige Weiterentwicklung der V-Reihe. Sie sollte knapp oberhalb der Atmosphäre den Atlantik überqueren und dabei eine immense Sprengladung mit sich führen können. Nach Boston, Washington, am liebsten aber nach New York.«

Sina durchfuhr ein kaltes Schaudern. »Wie weit sind Sie mit Ihrer Arbeit an dem A10 gekommen?«

»Sehr weit«, sagte Koenig nachdenklich. »Wir hatten allerbeste Voraussetzungen. Unser Konzept war vortrefflich: Wir haben gegenüber den Militärs argumentiert, dass ein einziges A10 die Wirkung vieler 100 V2 erzielen könnte, aber nur einen Bruchteil der Material- und Treibstoffkosten verschlingen würde. Außerdem«, wieder machte er eine Pause, um die Wirkung seiner Mitteilung auszukosten: »Außerdem konnten wir ungestört in Peenemünde forschen.«

»Was? Peenemünde war zerstört! Sie haben selbst gesagt, dass die Engländer ganze Arbeit geleistet hatten!«, warf Gabriele zurecht ein.

»Eben. Genau das war der Grund. Deshalb ließen sie uns in Ruhe. Von oben, aus der Luft, hat niemand bemerken können, dass sich in Peenemünde wieder etwas tat. Unter der Erde.«

50

»Das kann eigentlich alles nicht wahr sein«, sinnierte Koenig, nachdem er sich von dem ersten Schock erholt hatte.»Denn wie eine Mörsergranate beschrieb das A10 eine ballistische Bahn: Nach Erreichen des Scheitelpunktes hätte der unvermeidliche Rückfall auf die Erde beginnen müssen. Der Scheitelpunkt lag bei 110 Kilometern, also nur knapp über der bei 100 Kilometern angesetzten Weltraumgrenze. Seine Energie war nicht für eine stabile Umlaufbahn bemessen, sondern nur für einen suborbitalen Flug.«

»Aber es ist ganz offensichtlich doch passiert«, beharrte Sina auf den nicht mehr zu leugnenden Fakten.

Doch weder sie noch Gabriele hätten erwartet, dass ihnen nach diesem erschütternden Gespräch noch Schlimmeres bevorstehen konnte. Gut, sie wussten inzwischen, womit sie es bei dem Flugobjekt über ihren Köpfen zu tun hatten. Sie konnten sich ausmalen, was es bedeuten würde, wenn eine dieser Raketen mit mehreren Tonnen Sprengstoff an Bord im Herzen von New York einschlagen und zünden würde. Aber was Koenig den Frauen nun eingestand – und zwar so, als wäre es nichts als eine logische Konsequenz aus dem bisher Gesagten –, das verschlug beiden gleichermaßen die Sprache.

»Bei allem Vertrauen in unsere Konstruktion – es wundert mich wirklich, dass das Ding fliegt. Ich habe nicht erwartet, dass es sich lange in einer stabilen Bahn halten kann. Dazu standen wir viel zu sehr unter Zeitdruck. Es war abzusehen, dass sich Fehler einschleichen. Dem zweiten Team ging es schließlich ganz ähnlich.«

»Zweites Team?« Gabriele horchte auf.

»Die Wissenschaftler, die für die Entwicklung der Atombombe zuständig waren.«

Atombombe.

Ein Wort wie ein Donnerschlag.

Sina spürte, wie ihre Beine nachgaben. Sie schwankte, musste sich an der Lehne des Sessels abstützen.

Gabrieles Gesicht war weiß wie Schnee. Den Frauen schossen die gleichen Gedanken durch den Kopf: Die Sache hatte von einem Augenblick auf den nächsten eine völlig andere Dimension angenommen. Ihnen stand unmittelbar eine Katastrophe bevor. Wahrscheinlich die größte, die die Menschheit je erlebt hatte.

Sina war die Erste, die ihre Sprache wiederfand: »Eine … Atombombe? Ihre Rakete transportiert eine Atombombe?« In ihren Augen las man pures Entsetzen.

Koenig spürte offenbar, dass seine Gesprächspartnerinnen schockiert waren. Und wieder trat er die Flucht vor sich selbst, vor seinen eigenen Erinnerungen an, indem er starr aus dem Fenster blickte und sachlich kühl referierte: »Ich war nicht direkt involviert. Ich hatte nur losen Kontakt zu denen. Natürlich habe ich ihre Arbeit verfolgt. Ich als Chemiker. Verständlich, dass es mich brennend interessiert hat, was die in ihrer Hexenküche zusammengebraut haben. Aber man kam so gut wie überhaupt nicht an aussagekräftige Informationen. Alles streng geheim. Ähnlich wie beim parallel laufenden Manhattan-Projekt, das die Amerikaner vorantrieben. Ich kann mich erinnern, dass sie anfangs, das muss so im Frühjahr '43 gewesen sein, mit Natururan experimentiert haben. Aber das ist in Deutschland schwer zu kriegen und besteht außerdem zu 99 Prozent aus Uran-238 und nur zu gerade mal 0,7 Prozent aus Uran-235 mit drei fehlenden Neutro-«

»Kommen Sie auf den Punkt!« Sina schäumte. Sie war dicht davor, Koenig tatsächlich noch an die Gurgel zu gehen.

»Die sind dann ziemlich schnell darauf gekommen, dass es außer der Kettenreaktion im Uran noch eine andere Möglichkeit gibt, die sich für eine Kernwaffe nutzen lässt«, berichtete Koenig nun etwas zügiger. »Ich spreche hier vom Einsatz jenes künstlichen Elements, das man später allgemein als Plutonium bezeichnete.«

»Was? Ach, du Scheiße? Eine Plutoniumbombe sogar?«, fluchte Sina erstaunt.

»Ist das nicht noch gefährlicher als Uran?«, hakte Gabriele unbedarft nach.

Koenig ging nicht direkt auf die Fragen ein: »Plutonium, ja. Es ist etwas schwerer als Uran und hat andere chemische Eigenschaften. Aber sein Kernaufbau macht es genauso einfach spaltbar. Nein, ich muss mich korrigieren: Es ist sogar leichter zu spalten als Uran.«

Die Frauen lauschten gebannt und wollten Koenig nicht durch eine weitere Unterbrechung aus dem Konzept bringen.

»Um Plutonium zu generieren – und zwar so viel, um damit eine tatsächlich funktionstüchtige Bombe bauen zu können –, benötigten die einen Brutofen. Denn Plutonium muss in einem Kernreaktor durch Beschuss von Uranbrennstäben mit Neutronen künstlich hergestellt werden.«

Sina juckte es in den Fingern. Es musste endlich gehandelt werden. Dennoch beschloss sie, Koenig nicht zu unterbrechen. Geduldig hörte sie weiter zu.

»Heisenberg hat da Großartiges geleistet. Sie wissen doch, Werner Heisenberg, der geniale Physiker.«

Beide Frauen nickten beiläufig. Nach dem Motto: Jetzt bloß keinen Vorwand dafür liefern, um diesen Vortrag in die Länge zu ziehen.

Koenig starrte weiter hinab auf den Freihafen. »Die haben einen primitiven Meiler zusammengezimmert. Eine Art Bottich. Darin befand sich Schweres Wasser, in das sie dünne Uranplatten tauchten. Fast hätte es geklappt.«

»Spannen Sie uns nicht auf die Folter«, platzte es aus Sina heraus.

»Schon gut! Die Sache mit dem Reaktor war nicht ausgereift. Sie haben daraufhin probiert, eine Kettenreaktion mit einer Aufschichtung von Uranklötzchen und Grafitziegeln zu erzielen.«

»Koenig! Kommen Sie zum Ende!«, ermahnte ihn Sina eindringlich.

Daraufhin lenkte Koenig seinen Blick vom Fenster ab und sah Sina in die Augen. »Sie haben recht. Ich bin ein selbstsüchtiger Mensch. Bei Gott, Sie haben die Wahrheit verdient.« Er hatte sich offensichtlich entschlossen, tatsächlich auszupacken. »Also gut. Meine Damen, womit Sie es zu tun haben, ist eine –«, Koenig legte eine Pause ein.

Sina wusste nicht, ob er damit einen perversen Showeffekt erzielen wollte oder ob es ihm wirklich schwerfiel, frei heraus darüber zu sprechen.

Koenig räusperte sich und beendete seinen Satz: »Eine Urankanone.«

»Ach«, brachte Gabriele schwach hervor. Für sie waren Koenigs Ausflüge in die Physik reines Kauderwelsch. Und nun diese Urankanone – was hätte ein Laie wie sie damit anfangen sollen?

»Machen Sie's kurz«, drängte Sina. »Erklären Sie knapp und präzise, wie dieses Miststück funktioniert, und sagen Sie, wie man es unschädlich macht.«

»Einfach«, entgegnete Koenig, »kinderleicht! Im Element Uran zerfallen Atomkerne auf ganz natürliche Weise und stoßen dabei beständig Kernbausteine ab, die wiederum Strahlungsenergie freisetzen. Bei dem bereits erwähnten Natururan ist das völlig ungefährlich. Die freigesetzten Kernbausteine, die Neutronen also, werden von anderen Atomen schlichtweg geschluckt.« Koenig setzte ein diabolisches Lächeln auf: »Auf die Konzentration kommt es an. Auf die Konzentration von Uran-235. Wie gesagt: Uran-235 ist sehr selten. Aber wenn ein Atomkern dieses Uran-235 von einem Neutron getroffen wird, dann spaltet er sich in zwei Bruchstücke – und stößt dabei wieder ein Neutron ab. Das zertrümmert den nächsten Atomkern und so weiter. Eine Kettenreaktion. Unaufhaltsam.« Koenig atmete tief durch. »Alles, was Sie brauchen, sind 50 Kilogramm. Die kritische Masse. 50 Kilo Uran-235 und Sie haben Ihre Bombe.«

Sina wurde während Koenigs Vortrag immer unruhiger. Nervös erkundigte sie sich: »Die genaue Funktionsweise, Koenig! Ich will wissen, wie dieses Ding konstruiert ist!«

Koenig winkte verächtlich ab: »Nebensächlich. Eine Angelegenheit für Assistenten. Wahrscheinlich haben sie die kritische Masse in zwei getrennten Blöcken in den Raketenkopf gepflanzt. Ein Treibsatz schießt die beiden Blöcke zusammen, sobald die Bombe aufschlägt. Beim Aufprall wird die kritische Masse überschritten und der Sprengsatz detoniert. Simpler geht es kaum.«

»Pah! Simpel! Wissen Sie eigentlich, was Sie da eben gesagt haben, Koenig?« Sina raste vor Zorn.

»Ich? Ich habe doch nur ...«

»Sie haben soeben gesagt, dass uns ein zweites Hiroshima ins Haus steht. Wahrscheinlich viel Schlimmeres! New York ist dicht besiedelt. Ein Wolkenkratzer neben dem anderen!

Das gibt Abertausende von Toten! Wahrscheinlich sogar Millionen! Und Sie sprechen von simpler Technik! Sie verdammter Zyniker!«

»Langsam, langsam, junge Frau.«

»Wie sind Sie an das Uran-235 überhaupt rangekommen? So selten, wie es ist. Sie sagten selbst, dass es in Deutschland so gut wie gar nicht vorkommt.«

Koenig wirkte eingeschüchtert. Zaghaft, als wollte er weitere Fehler vermeiden, erwiderte er: »Das Reich war riesig. Weite Teile Russlands lagen zu unseren Füßen. Die Ukraine, ein Land mit unermesslichen Bodenschätzen –«

»Den Russen haben Sie's also geklaut«, folgerte Sina. »Und damit Ihre verfluchte Bombe verwirklicht.«

Koenigs Züge versteinerten. »Ja. Ja, so war es! Wir haben sie gebaut und abgefeuert. Die erste funktionstüchtige A-Bombe der Welt. Ein schmutziges Ding. Unausgereift, schwer, sperrig – aber absolut tödlich.«

»Was ist dann passiert?« Sina wollte Koenig keine Chance geben, erneut in die Vergangenheit zu fliehen. Sie wollte die letzten brauchbaren Informationen aus ihm herausquetschen und dann so schnell wie möglich von hier verschwinden.

»Dann?« Koenig wirkte verloren. Hilfe suchend schaute er sich im Raum um. »Dann brach alles zusammen. Die Russen standen vor der Tür, als wir den Befehl zum Abschuss des A10 bekamen. Deckname ›Kolumbus‹, wie Sie ja längst selbst herausbekommen haben. Der Führer wollte nicht länger warten. Er wollte den Amerikanern für ihre Einmischungspolitik einen Denkzettel verpassen.« Er steuerte langsam auf den Schreibtisch zu, lehnte sich an die Tischkante. »Wir haben dieses Ding tatsächlich hochgeschossen. Keiner von uns wollte daran glauben, doch es hob ab. Das Aggregat 10 flog! Langsam, aber in stabiler Lage.«

»Und weiter? Erzählen Sie schneller, Koenig!«

»Nichts weiter.« Koenigs Gesichtsausdruck wirkte matt. »Wir haben wenige Minuten später die Kontrolle über die Rakete verloren. Das war nicht anders zu erwarten angesichts der minimalen Entwicklungsphase. Die Verbindung riss ab. Wir hatten keinen Einfluss mehr auf den Kurs. Unsere Navigatoren haben ausgerechnet, dass die Rakete in den Weltraum hinausschießt. In eine Umlaufbahn. Schub hatte sie ja dafür.« Koenig quälte sich. »Wir haben die Rakete abgeschrieben. Verstehen Sie doch: Der Krieg war zu Ende, die Russen drängten von allen Seiten heran. Und auch die Amerikaner kamen immer näher. Keiner von uns wollte noch etwas von der Bombe wissen. Sie war ein Fehlschlag. Sie hatte niemandem geschadet, und vor uns stand ein neues Leben. Keiner von uns wollte mit dieser leidigen Angelegenheit seiner Reputation schaden. Was hätte es auch genutzt, wenn wir die Bombe erwähnt hätten?«

»Sie haben tatsächlich geglaubt, die Sache einfach unter den Teppich kehren zu können?«, wollte Sina wissen.

»Ja. Und zu Recht. Nie wieder habe ich von dieser Bombe gehört. Ich habe sie ganz und gar vergessen können, im Laufe der Jahre jede Erinnerung daran ausradiert.«

Sinas Stimme klang aggressiv: »Ist die Rakete aufzuhalten? Koenig! Ist dieses Ungetüm irgendwie zu stoppen?«

»Ich …« Koenig vergrub das Gesicht in seinen Händen. »Ich weiß es nicht.«

Gabriele starrte ihn ratlos an. Auch Sina war ratlos und vor allem mit ihrer Geduld am Ende. »Was sagen Sie da?«

Koenig seufzte. »Ich weiß es nicht«

Sina hörte ihn wimmern. Ein gebrochener Mann, dachte sie sich. Eben noch war er stark, strotzte vor Wissen über die Rakete, erinnerte sich an jedes Detail aus jener Zeit. Und nun, Sekunden später, zurückgeholt in die Realität, war er nur noch ein Häuflein Elend.

»Was soll das heißen? Sie wissen es nicht? Damit kommen Sie nicht durch, Koenig!«, wies Sina ihn zurecht.

»Ich weiß es nicht. Niemand weiß es. Wir haben das A10 so konstruiert, dass es nach dem Start quasi auf sich allein gestellt war. Unverwundbar. Nicht mehr zu stoppen. Wozu auch? Was gab es für einen Grund, eine Selbstzerstörung oder Ähnliches einzubauen? Eine Bombe, die einmal aus dem Flugzeugschacht gefallen ist, kann man schließlich auch nicht mehr einfangen«, bemühte sich Koenig zu erklären.

Sina und Gabriele wechselten hektische Blicke. »Wir dürfen keine Zeit verlieren!«, drängte Sina ungeduldig. Scharf ging sie Koenig ein weiteres Mal an: »Machen Sie endlich den Mund auf! Irgendeine Lösung muss es geben! Denken Sie nach: Jemand hat das A10 wieder in Betrieb gesetzt. Von der Erde aus. Das beweist, dass man es erreichen können *muss*. Dass man es eventuell umlenken kann. Sagen Sie endlich: Wie kommen wir da ran?«

Koenig überlegte krampfhaft. »Na schön, es gab zwar einen kleinen Empfänger an Bord. Für etwaige Kurskorrekturen. Aber der war nur für die Startphase gedacht. Über den Empfänger waren lediglich einfachste Befehle zu übermitteln. Später, wenn die Umlaufbahn erreicht war, hätte die Flugbahn bloß geringfügig beeinträchtigt werden können. Wenn überhaupt, denn unsere Sender waren für so große Entfernungen gar nicht ausgelegt.« Koenigs Augen waren trübe und rot unterlaufen, als er sagte: »Es ist aussichtslos.«

Gabriele trat näher und legte beschwichtigend ihre Hand auf Koenigs Schulter. Der quittierte das mit einem dankbaren, wenn auch müden Lächeln. Sie sprach milde auf ihn ein: »Jede Minute, die wir untätig herumsitzen, lässt das

Verhängnis näher rücken. Denken Sie noch einmal genau nach: Gibt es etwas, das Sie übersehen haben könnten? Eine andere Chance, diese Rakete aufzuhalten?«

Koenig hielt sein Gesicht bedeckt. Sina wollte ihn rütteln, wurde aber von Gabriele zurückgehalten. Eine gefühlte Ewigkeit verstrich, bevor sein blasses Gesicht mit den geröteten Augen wieder auftauchte. Heiser flüsternd brachte er verzweifelt hervor: »Schrecklich! Ein Albtraum.«

Sina konnte ihre Wut nicht länger zügeln: »Koenig! Können Sie helfen? Dann tun Sie es endlich!«

Wieder verstrich kostbare Zeit, in der sich Sina nur zurückhalten konnte, weil Gabriele sie energisch am Arm gepackt hielt.

Und plötzlich, als wäre er aus seinem Albtraum erwacht, gewann Koenig die Fassung zurück.

Wie ein Chamäleon, durchfuhr es Sina. Noch nie hatte sie einen Menschen kennengelernt, der in kürzester Zeit derartige Stimmungswechsel vollzog. Das Gesicht des alten Mannes wirkte wieder gut durchblutet, die Wangen waren rosa. Sina kam es beinahe so vor, als wäre ein zartes Lächeln über seine Lippen gehuscht. »Hat bei Ihnen endlich ein Geistesblitz eingeschlagen, oder warum blühen Sie auf einmal so auf?«, wollte Sina sofort wissen.

Koenig wirkte irritiert. »Ich blühe auf? Sicher nicht, junge Frau. Das heißt …« Seine Lippen umspielte erneut ein Lächeln.

Diesmal war sich Sina sicher, dass sie sich nicht täuschte. Nein, eindeutig: Koenig lächelte.

In ruhigem Tonfall setzte er fort: »Vielleicht haben Sie sogar recht. Aufblühen mag der richtige Ausdruck sein.«

»Was faseln Sie da? Wenn Sie eine Idee haben, dann raus damit!«

»Oh, nicht so schnell, meine Dame. Diese Nachricht von dem A10 hat mich sehr mitgenommen. Ich bin ein alter Mann. Verzeihen Sie.« Mit diesen Worten wandte er sich ab. »Ich will sehen, was ich machen kann«, sagte er und ging zu einer Tür am hinteren Ende des Büros.

»Moment, Moment, Koenig. Was ist das wieder für ein Spielchen?«, schritt Sina ein. »Wollen Sie sich erst mal gemütlich einen Tee kochen oder was?«

Koenig hatte die Tür erreicht und drückte die Klinke. »Mein Archiv. Ich muss einige Unterlagen holen.«

Seine Stimme klang hell, freundlich und aufgeschlossen. Auch sein Gang war, wie Sina misstrauisch bemerkt hatte, nicht mehr schwer und schleppend, sondern behände und leicht.

»Es dauert nur einige Sekunden. Haben Sie Geduld mit mir«, bat Koenig beim Verlassen des Büros und schloss hinter sich die Tür.

»Na toll!«, sagte Sina spöttisch. »Wir können nicht mehr länger warten.«

»Er sagt doch, dass es nur ein paar Sekunden dauert. Sei nicht so ungeduldig«, beschwichtigte Gabriele.

»Auch Geduld erschöpft sich irgendwann einmal. Dieser Kerl regt mich auf«, schimpfte Sina. Um den aufgestauten Druck loszuwerden, ließ sie ihre Handfläche auf den Schreibtisch sausen. »Von so 'nem alten Nazi hätte ich mehr Zack erwartet.«

»Sina!«, tadelte Gabriele. »Er ist nicht mehr der Jüngste – und ein überzeugter Nazi muss er nicht unbedingt gewesen sein. Außerdem ist in den letzten Minuten seine heile Welt, die er sich in den vergangenen 50 Jahren aufgebaut hat, wie ein Kartenhaus zusammengefallen. Vollzieh diesen Prozess mal nach, Sina. So etwas muss den stärksten Charakter umhauen.«

»Mach keine schlechten Witze, Gabi.« Sina ging gereizt auf und ab. Ihr Blick glitt fahrig durch den Raum, dann kramte sie gedankenverloren in ihrer Handtasche. Schließlich blickte sie voller Ungeduld auf ihre Armbanduhr. »Wo bleibt er denn?«, fragte sie und fügte schneidend hinzu: »Der Opa hat wohl nicht kapiert, wie eilig die Sache ist!« Sie überlegte noch einige Augenblicke hin und her, stürmte dann entschlossen auf Koenigs Archiv zu. Sie riss die Tür auf.

»Sina! Was ist?«, rief ihr Gabriele hinterher.

Sina stand wie angewurzelt im Türrahmen. Durch ihre Haare fegte ein kräftiger Wind. Papierblätter wehten umher.

»Sina! Was ist passiert?«, fragte Gabriele, ahnte aber bereits die bittere Wahrheit.

»Das hätte nicht passieren dürfen. Das hätten wir ahnen können«, sagte Sina, ohne sich umzudrehen.

Gabriele kam näher, spähte durch die Tür ins Nebenzimmer. Sie sah das weit geöffnete Fenster – und den Schemel, der direkt unter die Fensterbank geschoben wurde. »Wir wussten nichts, Sina! Rede nicht einen solchen Unsinn. Wir sind keine Hellseher!«

Sina bewegte sich wortlos auf das offenstehende Fenster zu und sah hinunter. Sie starrte auf eine Gruppe von Menschen direkt unterhalb des Fensters. Weitere, von hier oben aus betrachtet zwergenhaft klein, strömten zusammen. »Dieser Narr. Er hat es tatsächlich getan.«

Auch Gabriele beugte sich vor, schreckte aber sofort zurück. Ihr wurde augenblicklich schwindelig. »Mein Gott!«

»Das war unsere letzte Chance, Gabi. Unsere allerletzte Hoffnung.« Sina beobachtete, wie sich zwei Figuren aus der Menschenmenge herauslösten. Sie entfernten sich einige Meter, blieben dann stehen. Sina bemerkte, wie eine der beiden Personen mit dem Arm in ihre Richtung zeigte. Blitzartig schnellte ihr Kopf zurück. »Auch das noch! Sie haben uns entdeckt!«

Gabriele, völlig ergriffen von der eben durchlebten Tragödie, blickte sie verstört an.

»Bloß weg!«, bekräftigte Sina. »Vom Gefängnis aus können wir New York erst recht nicht retten!« Erst als sie sich umdrehte, bemerkte Sina das kleine Diktafon, das auf dem Boden direkt neben dem Schemel vorm Fenster lag. Sie schnappte es sich geistesgegenwärtig und folgte ihrer Freundin, die bereits zurück ins Büro geeilt war.

51

Sie hasteten an den Sekretärinnen vorbei und zwangen sich dabei zu lächeln. Dann hinaus auf den Flur. Vorbei an der Ahnengalerie. Einer der beiden Fahrstühle hielt auf ihrem Stockwerk. Gabriele und Sina stiegen ein und drückten sofort die Erdgeschosstaste. Die beiden ließen die Tür schließen, obwohl eine Dame in einem blauen Kostüm hektisch hinterherwinkte und gestikulierte, dass sie mitkommen mochte. Die Freundinnen hörten sie fluchen, während der Lift sich in Bewegung setzte.

Gabriele drückte unvermittelt eine andere Etagentaste. »Im Foyer wartet bestimmt die Polizei«, begründete sie. Die Tür ging auf. Dritter Stock. Die Frauen stürmten hinaus und folgten einem schnurgeraden, fensterlosen Gang. Sie erreichten einen Flur, offenbar der Durchgang zu einem anderen Gebäudeteil. Die Frauen liefen durch zwei Brandschutztüren und fanden sich dann in einem schlichten Treppenhaus wieder. Eine zusätzliche Stiege, die wahrscheinlich für den Fall eines Brandes gebaut wurde.

Sina und Gabriele hetzten die Stufen der Feuertreppe hinab. Zweites Stockwerk. Erstes Stockwerk. Vor den letzten Absätzen hielt Gabriele inne, lauschte gebannt, ob sie jemand anderes hören konnte. »Nichts. Alles still.« Sie nahmen die verbliebenen Stufen in Windeseile und standen dann vor einer Stahltür, über der ein grünes Notausgangsschild leuchtete.

Als Sina die Tür aufriss, schrillte die Alarmglocke los. »Das hat uns noch gefehlt! Schnell, ehe die uns erwischen!«

Die Frauen hasteten ins Freie, orientierten sich kurz und liefen daraufhin links um das Gebäude. Auf dem Weg zum Parkplatz verlor Gabriele beinahe ihre Schuhe. Kaum waren sie um die Ecke gebogen, kamen ihnen Menschen entgegen. Zwei Männer in Anzügen – atemlos und mit verstörten Gesichtsausdrücken. Und dann drei Feuerwehrleute, ebenfalls in höchster Eile. Die beiden Frauen beachtete niemand. Die Männer rannten einfach an ihnen vorbei.

»Das liegt an deiner Unschuldsmiene«, spaßte Sina, obwohl ihr in diesem Augenblick nach allem anderen als nach Witzen zumute war.

Sobald sie beim Auto angelangt waren, riss Gabriele die Tür auf und sprang auf den Fahrersitz. »Das war knapp. Zu knapp!«, prustete sie.

»Das ist noch milde ausgedrückt.«

Gabriele war vollauf damit beschäftigt, die Eindrücke der letzten Minuten zu verarbeiten. »Tja, das war's dann wohl«, sagte sie resigniert. »Wir haben getan, was wir konnten.«

Sina lachte wütend auf und echote Gabriele: »Was wir konnten. Ja. Das haben wir.« Sie schlug auf die Konsole. »Warum springt dieser Idiot aus dem Fenster?«

»Sicher, weil er genauso gut wusste wie wir, dass sich die Rakete nicht aufhalten lässt.«

Sina starrte ihre Freundin entsetzt an. »Meinst du wirklich?«

»Warum sollte er sich sonst umbringen nach so vielen Jahren? Er hat schließlich an dem Teufelsding mitgebaut und kennt alle Einzelheiten.« Sie blickte auf die Uhr. »Wenn ich richtig rechne, bleiben uns fünf Stunden. Also ist eh alles verloren«, sagte Gabriele lakonisch.

Sina herrschte sie an: »Spinnst du? Das ist keine Kunstauktion, wo der Hammer fällt, und alles ist gelaufen! Ich gebe jedenfalls nicht auf!« Sina legte demonstrativ den Sicherheitsgurt um. »Los! Wirf den Motor an!«

»Und was ist das nächste Ziel der gnädigen Frau, wenn ich untertänigst fragen darf?«, erkundigte sich Gabriele sarkastisch.

»Der Bunker.«

»Bunker? Zurück nach Peenemünde? Hast du sie nicht mehr alle beisammen?«

»Ich schon. Denn ich sehe dort unsere einzige verbliebene Chance.«

Gabriele war hin- und hergerissen und drehte dennoch widerwillig den Zündschlüssel. Der Motor sprang an, aber sie zögerte noch loszufahren. »Was, wenn diese Fremden noch dort sind?«

»Das müssen wir riskieren. Ich muss unbedingt an diesen Computer. Wenn sich diese Rakete nicht aufhalten lässt – vielleicht kann ich sie ja wenigstens umlenken.«

Gabriele gab Gas. »Umlenken? Wohin?«

»Koenig hat einen Empfänger für Kurskorrekturen erwähnt. Vielleicht kann ich ihn irgendwie erreichen. Sieh mal: New York liegt direkt am Atlantik. Ein paar Grad nach Osten ...«

»... und das Ding explodiert mitten im Ozean. Kein schlechter Ansatz, Kleine.«

Gabriele versuchte, ihren Bulli durch den dichten Verkehr im Hafenviertel zu bugsieren. Sina lehnte sich erschöpft zurück, um aber sofort wieder vorzuschnellen. Ihr war das Diktafon in den Sinn gekommen, das sie sich in Koenigs Archiv geschnappt hatte. Sie zog es aus ihrem Jackett und betätigt die Rückspultaste.

»Was ist das?«

»Das lag neben dem Stuhl, der Koenig seinen Abgang erleichtert hat. Ich habe es eingesteckt.«

»Glaubst du …?«

»Ich hoffe es zumindest. Vielleicht hat Koenig in seiner allerletzten Minute Courage bewiesen und uns ein paar nützliche Hinweise hinterlassen, die uns helfen könnten, das Höllending aufzuhalten.« In diesem Augenblick klickte der Apparat, das Band war zurückgespult. Sina drückte erwartungsvoll auf Wiedergabe und drehte den Lautstärkepegel auf eine mittlere Einstellung.

Koenigs Stimme erklang. Dünn und gebrochen:»Ich habe Ihnen nicht die Wahrheit gesagt.«

Sina und Gabriele warfen sich fragende Blicke zu.

»Ich … ich *konnte* Ihnen nicht die Wahrheit sagen. So viel Kraft kann ich nicht mehr aufbringen«, säuselte es weiter vom Band. »Ich habe sie gesehen. Mehrmals. Es gehörte zu meiner Aufgabe, bei ihnen vorbeizuschauen. Zu sehen, wie die Arbeit voranging.«

»Vom wem spricht er?«, fragte Gabriele dazwischen.

»Still!«

»Es waren Tausende.« Ein Seufzen war zu hören. »Elende Gestalten. Blass wie der Tod – und diese Augen – da war kein Leben mehr in diesen Augen. Kein Leuchten. Ihre Augen drückten keinerlei Gefühle aus. Keine Trauer. Keine Angst. Nicht einmal Wut.« Koenig schluckte schwer. Seine Stimme klang blechern:»Die Häftlinge mussten Tag und Nacht schuften. In 60 Meter tiefen Stollen. Das Tageslicht haben sie kaum zu Gesicht bekommen. Viele von ihnen nie wieder.«

»Was redet er da? Mein Gott!«, entfuhr es Gabriele.

»Wie Sie es ja richtig formuliert haben: Wir haben sie wie Sklaven gehalten. Nein, schlimmer noch: Sklaven blieben für ihre Herren immer noch Menschen. Aber die Zwangsarbeiter waren für uns nicht mal so viel wert wie Tiere. Bei den Sprengungen zur Erweiterung der unterirdischen Produktionsanlagen sind etliche von ihnen umgekommen. Wir haben es nicht für nötig gehalten, sie vorher durch Hupsignale zu warnen. Der Dora Mittelbau im Harz war für Juden, Russen und alle anderen, die wir für unsere Zwecke missbraucht haben, ein Synonym für die Hölle.«

Gabriele verlor für Augenblicke die Straße aus den Augen und musste das Steuer herumreißen, um nicht gegen eine Leitplanke zu donnern.

»Am 11. April kamen die Amerikaner. Sie haben Berge von Leichen gefunden, kaum Überlebende. Wir versuchten in den letzten Stunden, alle Spuren zu verwischen. Einige 100 haben wir vorher in Scheunen treiben können. Wir haben sie verbrannt. Bei – bei lebendigem Leibe.«

»Mein Gott, mein Gott, mein Gott …« Gabriele bremste ab und fuhr rechts ran.

»Ob wir, die Entwickler der ersten Raketen, die Wegbereiter der Mondlandung, ob wir Kriegsverbrecher waren? Ich habe mich lange um eine Antwort gedrückt.«

Die Bandaufzeichnung endete an dieser Stelle.

52

Der VW-Kastenwagen stand direkt neben einer Telefonzelle auf einer Straße inmitten der Mecklenburgischen Seenplatte. Die Digitaluhr rechts neben dem Lenkrad des Bullis zeigte 15.30 Uhr an.

Sina zerrte einen Notizzettel aus ihrer Hosentasche und faltete ihn auseinander. »Also, ich habe alles genau mitgeschrieben, was dein Bruder gesagt hat. Er war übrigens ziemlich ungehalten darüber, dass du nicht selbst am Apparat warst, sondern mich vorgeschickt hast.«

»Meine Güte, Sina, diesen Blödmann hätte ich einfach nicht ertragen. Nicht nach all dem, was wir durchgemacht haben!«, platzte es aus Gabriele heraus.

»Schon gut, schon gut. Reg dich ab. Vor *mir* brauchst du dich deshalb nicht zu rechtfertigen.«

Gabriele gab missmutig einen Grunzton von sich. »Hat er denn überhaupt etwas Wesentliches herausbekommen können, mein Friedhelm?« In Gabrieles Stimme klangen starke Zweifel. »Kann er uns etwas Näheres sagen über die Nutzlast, über die«, sie musste schlucken, »über die Atombombe?«

»Nein. Nichts. Von einer Kernwaffe ahnt er nichts.«

»Also war's doch umsonst, ihn einzuschalten. Habe ich mir ja gleich gedacht«, gab Gabriele abfällig von sich.

»Nicht ganz. Friedhelm hat die Sache durchaus ernst genommen – auch wenn es erst nicht danach aussah.«

Gabriele blickte verwundert auf. »Ehrlich? Und was soll dabei rausgekommen sein?«

Sina legte die Stirn in Falten. »Dass wir es noch schwerer haben werden als erwartet.«

»Wie meint er das?« Man merkte Gabriele noch immer deutlich an, dass sie von der Güte der Informationen ihres Bruders nicht überzeugt war.

»Unsere Rakete ohne Hilfe der Fremden anzupeilen ist so gut wie unmöglich.«

»Wieso? Ich meine: Wenn du tatsächlich noch einmal Zugriff auf diesen Computer kriegst, sollte es doch möglich sein. So viele von diesen Raketen schwirren da oben ja beileibe nicht rum.«

»Das denkst du«, winkte Sina ab und erklärte: »Friedhelm ist bei seinen Erkundigungen auf einen ganzen Sack voller alter Flugkörper gestoßen, die wie unser A10 um die Erde trudeln. Über unseren Köpfen wimmelt es nur so von kosmischem Müll, Gabi! Die Überreste ausgebrannter Raketenstufen, längst abgeschriebene Satelliten und Abfall aus Raumstationen.«

»Aber das ist doch Unsinn.« Gabriele spielte ungeduldig mit dem bronzenen Anhänger an ihrem Autoschlüsselbund, mit dem Miniatur-Buddha. »Nichts bleibt ewig dort oben. Dieser Raummüll verglüht in der Atmosphäre. Jedes Kind weiß das.«

»Ach Gabilein, kannst du naiv sein!« Sina nahm sich ihren Spickzettel vor. »Darf ich dir mal ein paar Beispiele nennen, die deine Kindheitsbildung erschüttern dürften?«

»Sei nicht so affektiert!«

»Beim legendären Sputnik lagst du richtig. Der gab 1957 seine Piepsignale nach nur 93 Tagen ab, bevor die Anziehungskraft der Erde ihn erwischte. Aber bereits der amerikanische Satellit Explorer I hielt sich fast fünf Jahre im Himmel.«

»Wir reden hier nicht von ein paar Jahren, sondern Jahrzehnten«, gab Gabriele störrisch von sich.

»Kannst du haben: Die Sonde Vanguard III bleibt 35 Jahre da oben, die Lebensdauer von Vanguard I beträgt sage und schreibe 200 Jahre. Und dieser Vanguard hat verdammt viele Brüder.«

»Mist.«

»Ja, großer Mist! Es kommt noch dicker.« Sina spickte wieder auf ihren Notizzettel. »Der Trümmergürtel ist so dicht bepackt, dass es beinahe zu Zusammenstößen gekommen ist.« Sie las ab: »Erst vor Kurzem ist die Besatzung des Space-Shuttle ›Discovery‹ nur knapp einem Unglück entronnen. Reste einer russischen Proton-Rakete schwebten denen direkt bis vor die Nase. Wenn die Radare nicht Alarm geschlagen hätten und der Pilot nicht per Handsteuerung ausgewichen wäre, gäbe es keine ›Discovery‹ mehr. Verdammt gefährlich, denn der Schrott bewegt sich mit solch irren Geschwindigkeiten, dass ein kleiner Metallsplitter ausreichen würde, um seine Bahn kreuzende Satelliten oder Raumschiffe mit der Wucht einer Handgranate zu zerreißen.«

»Alle Achtung.«

»Friedhelm hat gesagt, dass da oben gut und gern 150.000 größere Raketen- und Satellitenbruchstücke rumsausen. Das fängt an beim toten Spionagesatelliten vom Ausmaß eines Lieferwagens und endet bei abgesprengten Sicherheitsbolzen. Sogar 'ne alte Fotokamera Marke Hasselblad saust durch den Orbit – die ist 1966 einem Astronauten beim Weltraumspaziergang aus der Hand geglitten. Ein regelrechter Trümmergürtel rund um die Erde! Und höchstens 500 Teile kommen pro Jahr runter und verglühen in der Atmosphäre. Der Rest bleibt oben. Für Ewigkeiten!«

»Also wirklich keine Chance, dieses A10 ohne genaue Koordinaten zu orten, was?«, folgerte Gabriele missmutig.

Sina schüttelte verbiestert den Kopf. »Wie sollen wir ohne jeden Anhaltspunkt auf einer proppenvollen Umlaufbahn einen Raketenkopf finden, der höchstens einen Meter lang ist? Denn der Rest der Rakete, der riesige Hauptantrieb, muss nach dem Start ja ausgebrannt und abgesprengt worden sein. Der ist vor über 50 Jahren irgendwo im Atlantik versunken. Der Kopf verfügt nur noch über ein kleines Antriebsaggregat, das für Kurskorrekturen und allenfalls für den Rücksturz zur Erde reicht. Ganz so wie bei der späteren Mondrakete ›Saturn‹«, meinte Sina kleinlaut, ohne wirklich eine Antwort zu erwarten. »Naja. Immerhin hat die Sache auch einen Vorteil«, sagte sie dann trocken.

»Und der wäre?«

»Nun glaubt Friedhelm uns wenigstens die ganze Geschichte. Er meinte, als du ihn deswegen angerufen hattest, hätte er dich am liebsten augenblicklich für verrückt erklärt, entmündigt und enterbt.«

»Pah!«

»Ja, er hat dir kein Stück weit über den Weg getraut. Er hat gedacht, du wolltest dich mal wieder auf seine Kosten amüsieren. Nie und nimmer konnte er sich vorstellen, dass eine Rakete über 50 Jahre lang um die Erde kreisen könnte. Aber als er sich erst schlau gemacht hatte, als er erkannt hatte, dass dies eben doch möglich ist, war er ganz kleinlaut.« Süffisant fügte sie hinzu: »Er hat mir aus der Hand gefressen, Gabi. Er ist sogar zutiefst besorgt um uns, dein Bruderherz.«

»Tatsächlich?«, fragte Gabriele, und ihr war dabei unschwer anzumerken, dass sie immer noch ihre Zweifel hatte. »Wenn er sich wirklich um uns Gedanken macht, dann hattest du recht. Dann hat die Sache ohne Zweifel auch ihr Gutes.« Gabriele sah verdrießlich auf die unbewegte Oberfläche des Sees, der bis auf einen knappen Meter an die Straße heranreichte.

Sina zog ihren Ärmel zurück, guckte auf die Armbanduhr: 16 Uhr. Ihr Blick fiel auf die Digitalanzeige der Konsole. Sina zuckte zusammen: »Deine Uhr da geht nach!«, sagte sie anklagend.

Auch Gabriele schreckte auf: »Oh.«

»Das heißt, wir haben noch weniger Zeit!« Sina riss die Tür auf. »Ich rufe schnell Klaus an. Vielleicht hat der noch etwas Brauchbares recherchieren können. Lass den Motor an. Wir müssen dann sofort los!«

Sina verschwand, ehe Gabriele überhaupt reagieren konnte. In Windeseile hatte sie die Nummer ihres Ex-Freundes gewählt, Sekunden später nahm er den Anruf entgegen.

»Hallo, Sina, bist du es?«

»Ja!«

»Gott sei Dank!«, stieß Klaus völlig erledigt aus.

»Was ist los, um Himmels willen?« Sina war in heller Aufregung. Was hatte ihr Klaus mitzuteilen?

»Ich bin so froh, dass du dich meldest. Es war die Hölle.«

»Rede, Klaus! Rede!«

»Sonja hat mir die Szene schlechthin geliefert. Ich glaube, ich bin nie von jemandem so auseinandergenommen worden. Ich bin fix und fertig.«

Sina hielt den Hörer von ihrem Ohr, ungefähr eine Armeslänge von sich entfernt. Sie fixierte ihn, als hätte sie eine giftige Schlange vor sich.

»Hallo? Sina? Bist du noch dran?«, tönte es aus der Muschel.

Langsam führte Sina den Hörer an ihr Ohr zurück. »Du bist das Letzte!«, brüllte sie hinein. »Es geht hier um Menschenleben! Vielleicht um mehrere Millionen Menschenleben! Und du kommst mir mit deinen Weibergeschichten?«

Klaus hatte die Tragweite der Angelegenheit nicht erkannt. In unschuldigem Tonfall plapperte er weiter: »Weibergeschichten. Ja, das ist der richtige Ausdruck. Nur Weiber können einem so etwas einbrocken: Ich bin nicht mal ansatzweise dazu gekommen, Sonja wegen ihres Diskettenlaufwerks anzuhauen, um mir diese V2-Diskette reinzuziehen. Sonja ist – kaum dass ich geläutet hatte – wie eine Furie auf mich losgegangen.« Er atmete hastig durch. »Sina, ich sag dir: Das Leben ohne Frauen wäre so viel leichter.«

Sina legte auf. Ohne einen Gedanken an dieses Gespräch zu verschwenden, rannte sie zurück zum Auto, wo Gabriele bereits den Motor aufheulen ließ.

»Und?«

»Es lohnt nicht, darüber auch nur eine Silbe zu verlieren. Gib einfach Gas, und bring uns zu diesem Bunker.«

Gabriele zuckte mit den Schultern: »War er wieder mal …«

»Ja, er war wieder mal typisch Klaus«, ärgerte sich Sina.

»Naja. Er muss seinem Charakter eben irgendwie treu bleiben.«

»Mm. Wenn schon niemand anderem, dann wenigstens seinem Charakter«, gab Sina garstig zurück. »Aber nun los! Drück aufs Gaspedal!«

»Wenn es nicht ohnehin zu spät ist. Deine Nachrichten von Friedhelm waren jedenfalls nicht wirklich ermutigend. Und bei Klaus scheint auch nichts rübergekommen zu sein. Was soll das Ganze also noch?« Sie fasste sich müde an die Stirn, nachdem sie sich in den Verkehr eingefädelt hatte. »In was sind wir da bloß hineingeraten? – Seit 50 Jahren treibt diese Bombe da oben. 50 Jahre! Und sie ist immer noch gefährlich. Das muss man sich einmal vorstellen.«

Sina trommelte mit den Fingern auf ihrem Sitz. »Wenn du rumphilosophieren willst, dann mach das meinetwegen. Aber bitte leise!«

Gabriele setzte unbeirrt fort: »Wenn selbst eine uralte, längst vergessene Waffe so viel Unheil anrichten kann – was ist dann erst mit all denen von heute? Die gesunkenen Atom-U-Boote und die vielen atomaren Restbestände. Lauter tickende Zeitbomben sind das! Was kommt da bloß auf uns zu?«

»Wenn du nicht bald deine Klappe hältst und dich auf den Verkehr konzentrierst, kommt auf dich gar nichts mehr zu. Höchstens der Baum, an dem wir dann kleben werden!«

53

Tiefste Dunkelheit. Totenstille. Das dünne Licht zweier Taschenlampen richtete sich auf die feuchten Wände der unterirdischen Katakomben. Sina ging voran, tastete sich behutsam die glitschigen Treppenstufen hinab. Ihr kam die Atmosphäre im Bunker düster und noch unbehaglicher vor als bei ihrem letzten Besuch hier unten.

Immer wieder hielten die Frauen an und lauschten in die Dunkelheit. Doch es war nichts zu hören. Absolut kein Geräusch. Weder Stimmen noch Schritte. Von den Fremden keine Spur. Sie brauchten eine Viertelstunde, bis sie zur Schaltzentrale vorgedrungen waren. Auch dort war es dunkel. Aber – die Geräte arbeiteten noch!

Sina verlor keine Zeit. Zielstrebig ging sie auf den Hauptrechner zu. »Alles klar! Und du wirfst den Generator fürs Licht an!«, kommandierte sie.

»Ich? Aber ich …«, kam es hilflos von Gabriele.

»Du hast mir drei- oder viermal dabei zugesehen. Jetzt wirst du es wohl allein hinkriegen!« Sina schenkte ihre Aufmerksamkeit nun ganz dem akkubetriebenen Computer.

Gabriele stand einen Moment lang unentschlossen neben ihr. Sie raffte sich auf und verschwand in der Dunkelheit.

Sina rückte sich einen Stuhl heran und tippte – die Taschenlampe unter die Achsel geklemmt – wild drauflos. »Ich muss es schaffen«, sagte sie beschwörend zu sich selbst. »Das muss irgendwie hinhauen. Konzentrier dich, Sina! Du musst das hier einfach packen!« Sie hackte aufs Geratewohl eine Zahlenkombination nach der nächsten in den Rechner und nahm kaum wahr, als das leise Surren des Generators ertönte. Erst als wenige Sekunden später die Lichter rings um sie herum aufflackerten, sah sie kurz auf und legte geistesabwesend die Taschenlampe beiseite. Soviel sie auch auf den Computer eintippte – das Ergebnis war immer gleich null. Sina raufte sich verzweifelt die Haare. Sie hatte es zwar geschafft, eine Grafik auf den Bildschirm zu zaubern, die die bisherige Flugbahn des A10 nachzeichnete, doch sie hatte keinen Einfluss auf den Kurs. Offenbar war die zweifelsohne bestehende Funkverbindung zur Rakete einseitig: Der Flugkörper sendete zwar ein Signal, konnte aber umgekehrt keines empfangen. Sina musste niedergeschlagen einsehen, dass die atomare Fracht unbeirrt auf Direktkurs nach New York transportiert wurde.

»Wie stehen die Chancen?« Gabrieles Stimme klang zurückhaltend. Sie hatte an der angespannten Sitzhaltung ihrer Freundin erkannt, dass diese allzu leicht zu reizen war.

»Wie die Chancen stehen?«, gab Sina aggressiv zurück. »Ich will es mal vorsichtig ausdrücken: bescheiden!«

»Das heißt also, du kommst nicht weiter.«

Sina war kurz davor zu explodieren. Ihre Nerven waren zum Zerreißen gespannt. »Nein! Kein Stück! Null Chance, das Ding aufzuhalten!« Sie haute auf die Tastatur. »So geht's nicht! Die Rakete reagiert nicht. Ich kann sie nicht mal 'nen Millimeter vom Kurs abbringen. Sie funkt, aber empfängt nicht! Wahrscheinlich kann sie auf diese Distanz gar nicht mehr empfangen. Wie Koenig sagte: Es wäre sinnlos gewesen, eine stärkere Empfangsanlage in den Raketenkopf zu pflanzen. Denn welchen Grund sollten die Nazis gehabt haben, ihr Zerstörungswerk im letzten Moment zu verhindern.«

»Da wüsste ich allerhand Gründe.«

»Ach?« Sinas Stimme klang abweisend.

»Selbst Hitler wäre wohl nicht so dumm gewesen, alles aufs Spiel zu setzen, ohne einen wirklichen Vorteil aus der Situation ziehen zu können. Und sei es auch nur für seine persönliche Genugtuung.«

»Du sprichst in Rätseln.«

»Schau: Atombomben lassen sich bekanntlich viel effektiver einsetzen, wenn man nur mit ihnen droht. Mag sein, dass die Nazis die Rakete am Kriegsende wirklich auf ihr Ziel jagen wollten. Aber zu Beginn der Entwicklung spielte bestimmt das politische Kalkül ein Rolle. Sie bauten eine Bombe, die die USA in Angst und Schrecken versetzen und sie erpressbar machen sollte. Und wirkungsvoll erpressen lässt sich nur mit einem Gerät, mit dem man bis zur letzten Konsequenz drohen kann.«

»Eine Rakete also, die sich im Flug umlenken oder zerstören ließe.« Sina rieb sich das Kinn. »Klingt glaubhaft. Aber warum hat Koenig davon nichts gewusst?«

»Meinst du wirklich, er war in jedes Detail eingeweiht? Niemals. Dazu waren die Nazis viel zu misstrauisch. Koenig wusste nur das, was er wissen sollte.«

»Wenn es stimmt, was du sagst, muss es einen Code geben.«

»Code?«

»Ja, einen Code, mit dem man die Empfangsanlage der Bombe aktiviert. So was Ähnliches wie die Geheimzahl, mit der du dir dein Geld vom Automaten holst.«

Gabrieles Gesicht offenbarte ihre Ratlosigkeit

»Mensch, Gabi, wie soll ich's dir noch erklären: Das Teil da oben hat seine Ohren zugeklappt. Und wenn ich nicht die richtige Schlüsselbotschaft finde, kann ich hier unten noch so laut brüllen, ohne dass mich dieses Mistding hört.«

»Schlüsselbotschaft? Code? Wie sieht denn so eine Codierung überhaupt aus?«

Sina wollte das Gespräch abbrechen. Es hatte keinen Zweck, mit der technisch völlig unbedarften Gabi über solche Dinge zu fachsimpeln. Energisch ließ sie die Hände auf ihre Knie sausen. »Meine Güte, Gabi!« Sie deutete auf die rückwärts laufende Zahlenreihe in der rechten Ecke des Bildschirms. »Wir haben ganze 25 Minuten Zeit, und du willst, dass ich dir Nachhilfe in Mathe gebe!«

Gabriele gewann etwas mehr an Selbstsicherheit zurück. Sie zog die Brauen zusammen und tadelte ihre Freundin: »Deine Aggressivität bringt uns jedenfalls auch nicht weiter.«

Sina verdrehte die Augen. Diese Gabriele brachte sie noch um den Verstand! Widerwillig riss sie einen Fetzen Papier aus einem der aufgeschlagenen Handbücher neben der Tastatur. Sie griff sich einen Kuli und schmierte fahrig ein paar Zahlen aufs Blatt. »So: Nullen, Einsen, sonst nichts. Fertig ist der binäre Code. So simpel ist das!« Sie blickte Gabriele direkt ins Gesicht. »Wenn ich nur die richtige Kombination wüsste! Die richtige Reihenfolge!«

Gabriele nahm sich den Zettel und musterte ihn nachdenklich.

»Nun tu mal nicht so, als könntest du damit etwas anfangen.« Sina wollte ihr das Blatt bereits wieder aus der Hand reißen, aber Gabriele hielt es fest.

»Du, Sina, ich kann mich täuschen, aber …«

»Was ist? Hast du eine Eingebung?«, fragte Sina voller Ironie.

Gabriele sprach zögernd: »Ich habe so etwas schon mal gesehen.«

Sina lehnte sich enttäuscht zurück. »Na toll! Wirklich

toll. Jeder Erstklässler hat eine Null und eine Eins gesehen. Umwerfende Erkenntnis, Gabi!«

Gabrieles Stimme gewann an Entschlossenheit: »Quatsch, nein. Das meine ich nicht. Ich habe so eine Zahlenkolonne in einem der Aktenordner gesehen, die wir mitgenommen hatten. Erinnere dich: Sie waren in einem versiegelten Umschlag. Gesondert abgeheftet.«

Sina beugte sich vor. Ihre Pupillen weiteten sich: »Versiegelter Umschlag? – Verdammt! Den hatte ich völlig vergessen! Warum sagst du mir das erst jetzt?«

»Ich konnte ja nicht ahnen, …«

Sina sprang auf, stemmte die Arme in die Hüften. »Du hättest mich längst daran erinnern können!«

Gabriele ging in Abwehrhaltung: »Erstens muss ich gar nichts! Und zweitens sind die meisten Akten noch immer im Kofferraum. Wir brauchen diesen Umschlag nur zu holen.«

Sinas Blick fiel auf den Countdown des Rechners. »Vielleicht schaffen wir's wirklich. Du holst die Akte! Ich werde inzwischen versuchen, mich am Computer in die richtige Zugangsposition vorzuarbeiten.«

Gabriele ging das alles zu schnell. »Ich weiß gar nicht genau, in welcher.«

»Dann erinnere dich bitte! Und nun sprinte los! Das wird ohnehin verdammt knapp!«, schrie Sina und lenkte ihre Aufmerksam erneut dem Rechner zu. Sie fing unverzüglich wieder an, die Tastatur zu bearbeiten.

Gabriele zögerte, wollte etwas sagen, ging aber doch los. In der Tür drehte sie sich nochmals um und bemerkte vorsichtig, so, als wollte sie etwas gutmachen: »Tut mit übrigens leid, dass ich es vorhin nicht geschafft habe.«

Sina hörte kaum hin, sagte nur genervt: »Wie? Was hast du nicht geschafft?«

»Naja, ist ja halb so schlimm. Sie brennen ja auch so, die Lichter. Hast einen dieser Apparate wohl selbst angeworfen, wie?«

»Was? Wie? Ja, ja«, stammelte Sina und war längst wieder in ihren Gedanken tief in der Datenwelt des Computers versunken.

Gabriele wartete einen Moment ab und verließ dann den Raum.

»Verdammt, verdammt! Das wird alles zu knapp«, trieb sich Sina selbst voran. Während sie in den verschiedenen und für sie völlig verwirrenden Verzeichnissen wühlte, drangen Gabrieles letzte Worte langsam bis zu ihrem Verstand durch. Sina ließ von der Tastatur ab. Was hatte ihre Freundin gesagt? Sie hatte *was* nicht geschafft? Sina blickte über die Schulter und sah zur Tür. Nichts. Gabriele war längst verschwunden.

Sina fasste sich an die Stirn. Sie zwang sich zum Nachdenken. Wofür genau hatte sich Gabriele entschuldigt? Ging es nicht um die Lampen? Ja, um den Generator! Hatte sie tatsächlich gesagt, dass sie die Strommaschine nicht anwerfen konnte?

Sina wurde schwindelig. Sie suchte Halt am Computertisch. Verflucht! Wenn Gabriele den Generator nicht angeschmissen hat – wer dann?

54

Der Hall des Schusses gelangte bis in die Schaltzentrale des Bunkers. Scharf und rau zerschnitt er die bleierne Stille der letzten Sekunden wie eine Machete.

Sina schnellte hoch. Sie hielt den Atem an, ihr Herz schien auszusetzen. Gabriele! Was war mit Gabriele passiert? Sina wollte schreien, wollte den Namen ihrer Freundin laut herausbrüllen. Aber sie konnte nicht. Sie brachte keinen Ton heraus. Langsam taumelte sie rückwärts. Die Beine waren wie Pudding, ihre Knie knickten ein. Sie stützte sich auf die Lehne ihres Stuhls. Mit der anderen Hand suchte sie Halt an dem Tisch, rutschte aber ab und fegte dabei Stifte und Dokumente zu Boden.

Die Fremden waren zurück! Sina hörte deutlich ihre Stimmen. Und Schritte! Immer lauter werdende Schritte.

Sina konnte keinen klaren Gedanken fassen. Alles drehte sich in ihrem Kopf. Kraftlos ließ sie sich zurück auf den Stuhl sinken. Tränen schossen ihr in die Augen.

Die Stimmen wurden immer deutlicher. Männerstimmen, die aufgebracht und aggressiv klangen. Doch Sina nahm sie kaum wahr. Sie saß kauernd auf ihrem Stuhl. Unbeweglich mit gekrümmten Rücken. Die Ereignisse hatten sich überschlagen – Sina war nicht fähig, die ganze Tragweite dieses Dramas in so kurzer Zeit zu verarbeiten. Sie war in sich versunken. Weltentrückt.

Dann ertönte wieder ein Knall. Kein Schuss diesmal, sondern ein harter Schlag. So, als hätte jemand eine Stahltür mit voller Wucht zugeschlagen. Dieser Krach holte Sina in die Wirklichkeit zurück. Das Geräusch war ganz nah. Die Fremden mussten sich in unmittelbarer Nähe zur Schaltzentrale aufhalten. Sina versuchte, ihre Gedanken zu ordnen. Sie krallte ihre Finger brutal ins eigene Gesicht. Als wollte sie so die bleierne Trägheit, dieses Gefühl der totalen gedanklichen und körperlichen Lähmung, aus sich herauskratzen. Sie kniff sich in die Wangen. So tief, dass sie vor Schmerz beinahe schreien musste. Doch noch immer war sie nicht fähig, sich von ihrem Platz wegzubewegen. Es war wie in einem Albtraum. Wie in diesem immer wiederkehrenden Traum, in dem Sina versuchte, vor einer Gefahr zu fliehen, indem sie rannte und rannte, aber keinen Schritt vorwärtskam.

Schritte. Laute, kräftige Schritte. Stimmen. Dröhnende Stimmen.

Sina wusste jetzt, dass sie unter Schock stand. Der Schuss! Ja, er musste den Schock ausgelöst haben. Den Schuss hatte sie gleichgesetzt mit dem Tod ihrer Freundin. Sie hatte im Augenblick des Knalls Gabriele in Gedanken vor sich gesehen. Wie sie die dunklen Gänge entlangrannte. Wie sie um eine Ecke hetzte. Und wie sie dann einer geschlossenen Reihe finsterer Gestalten gegenüberstand. In den Sekundenbruchteilen, in denen Sina den Schuss wahrnahm, war all dies wie in einem Zeitrafferfilm vor ihrem geistigen Auge abgelaufen. Sie sah Gabriele, wie sie hilflos den Mund aufriss. Wie sie flehend ihre Hände hob. Und sie sah die kalten Augen der Fremden. Nicht ihre Gesichter. Nur die Augen. Eisige, gefühllose Augen! Und dann die Pistole. Einer der Männer hatte sie plötzlich gezogen. Er spannte den Abzug, drückte ab.

Sina erschauderte. Sie sah Gabrieles verzerrten Gesichtsausdruck vor sich und spürte, welche Schmerzen ihre Freundin im Moment ihres Todes erdulden musste. Sie selbst konnte diesen Schmerz fühlen. Ein brennender Schmerz, der sich ganz tief in ihrem Inneren festsetzte. Ein Schmerz, der ihren Magen zusammenschnürte.

Die Fremden konnten höchstens zehn Meter entfernt sein. Ein paar Sekunden und sie würden den Raum betreten. Das Geräusch ihrer Schritte hallte von den Wänden wider. Die Stimmen klangen bedrohlich nahe.

Ein Schock. »Sina!«, beschwor sie sich selbst, »Sina, wach auf!« Krampfhaft überlegte sie, was bei einem Schock zu tun war. Die Beine hochlegen und ruhig durchatmen. Ja, so war es doch, oder? Die Beine hochlegen, damit das Blut wieder zirkulieren konnte und in den Kopf zurückkehren würde.

Der Lichtstrahl einer Grubenlampe drang in den Raum. Er war heller als das Licht der Generatoren. Das gleißende Licht spiegelte sich im gläsernen Gehäuse eines der Messgeräte und reflektierte direkt in Sinas Augen. Das grelle Leuchten traf sie wie ein Blitz. Ruckartig fuhr Sina auf ihrem Stuhl herum. Sie sah die Digitalanzeige des Rechners: noch neun Minuten und 30 Sekunden bis zum Einschlag der Bombe!

Sina schnellte hoch. Sie wusste selbst nicht, was sie in diesem Moment antrieb. Wusste nicht, was ihr plötzlich die Kraft zurückgegeben hatte, von diesem Stuhl wegzukommen. War es das Kleinhirn, waren es die Reflexe? War es der pure Selbsterhaltungstrieb? Sie rannte zur gegenüberliegenden Wand. Dorthin, wo eine zweite, schmalere Tür aus der Schaltzentrale herausführte. Der Ausgang mündete in einen winzigen Raum – die Abstellkammer, in die sie sich zusammen mit Gabriele schon einmal geflüchtet hatte. Sina drückte sich in die hinterste Ecke der Kammer.

Gerade rechtzeitig. Die Stimmen der Fremden füllten bereits den Saal. Sina nahm Schatten wahr. Hektisch herumspringende Schatten. Die Stimmen klangen ebenfalls aufgebracht. Ein heilloses Durcheinander. Keine Chance, einen verständlichen Brocken aufzuschnappen. Behutsam beugte Sina sich vor. In ihrer augenblicklichen Position konnte sie offenbar niemand sehen. Dazu war die Kammer zu finster. Sie selbst aber konnte immerhin einen schmalen Ausschnitt wahrnehmen. Sie erkannte zwei der Computerkonsolen. Und sie sah drei der Fremden.

Zwei von ihnen nur von hinten. Sie trugen Blaumänner, waren von mittlerer Statur und stämmig gebaut. Der Dritte war ungefähr fünf Meter von Sina entfernt. Er hielt den Blick gesenkt und schien sich mit der Computertastatur zu befassen.

Die Stimmen wurden ruhiger. Sina versuchte, sich auf das Gespräch zwischen den Fremden zu konzentrieren. Aber ihr Puls raste, der laut klopfende Herzschlag dröhnte in ihren Ohren. Sie konnte nur unzusammenhängende Wortfetzen aufschnappen. Ob da wirklich ein russischer Dialekt mitklang, vermochte sie beim besten Willen nicht zu sagen.

Und dann sah sie ihn! Zum ersten Mal sah sie einen der Unbekannten klar und deutlich vor sich. Er musste unmittelbar neben der Tür zur Abstellkammer gestanden haben und war einen Schritt vorgetreten. Sina befand sich dem Mann höchstens einem Meter gegenüber. Er hatte ihr sein Profil zugewendet, verharrte bewegungslos. Automatisch drückte sich Sina fest gegen die hintere Wand. Sie starrte den Fremden an, musterte ihn ängstlich: ein massiger Typ. Mit kraftvollen, behaarten Armen und speckigem Stiernacken. Seine feisten roten Haare hatte er bis auf Fingerbreite heruntergeschnitten. Das Gesicht war breit und rosig, so wie sich Sina einen irischen Bauern vorstellte. Die Nase war grobporig, die Augen wässrig blau.

Der Mann schien Sina nicht zu bemerken. Er wandte sich ab und trat auf die anderen drei zu. Sina glaubte, das Wort ›Suchen‹ wahrgenommen zu haben. Tatsächlich wurde es wenig später wiederholt – von einer Frau.

Ja, Sina hatte es ganz deutlich vernommen: eine Frauenstimme! Sie hatte es also wieder mit allen Fünf zu tun. Vier Männer und eine Frau. Sina versuchte, sich einen Reim aus diesem Aufgebot zu machen. Sie versuchte einzuordnen, wer in dieser Gruppe das Sagen hatte. Sie bemühte sich, eine Struktur in der Gruppe zu entdecken. Hinweise, woraus sie Rückschlüsse auf die Absicht der Fremden ziehen konnte.

Die Frauenstimme ließ sie jäh aus ihren Gedanken aufschrecken: »Noch ist sie nicht unten!«

Ehe Sina begreifen konnte, was die Unbekannte damit meinte, bemerkte sie ein leises Knistern. Das Knistern von Strom, von elektrostatischer Ladung. Dann ein helles, hochfrequentes Pfeifen. Sina registrierte, dass die Fremden den Fernseher eingeschaltet hatten. Den Fernsehapparat, mit dem man einen amerikanischen Satellitenkanal empfangen konnte. Sina schossen Bilder von ihrem früheren Besuch des Bunkers durch den Kopf. Als sie Gabriele damit verblüfft hatte, dass sich mitten in diesem unterirdischen Verließ amerikanische Basketballspiele abspielen ließen.

Die Fremden waren still. Sie wirkten aufs Höchste angespannt. Sina nahm wahr, dass einer von ihnen weiter auf die Tastatur des Hauptrechners einhämmerte. Die anderen starrten wie gebannt auf den Fernsehschirm. Sina wagte sich wieder ein Stück weit vor. Auch sie konnte die Szenerie auf dem TV-Schirm erkennen: es war abermals eine Sportübertragung. Offenbar wieder der US-Sender. Und natürlich wieder ein Basketballspiel. Sina war völlig verwirrt und konnte keinen Sinn darin erkennen, was die Unbekannten hier trieben. Im Moment der Katastrophe fernzusehen – was sollte das für einen Sinn ergeben?

Doch dann, allmählich, begann sie zu begreifen. Der Fernseher – das amerikanische Programm … in Sina erwachte ein furchtbarer Verdacht. Wahrscheinlich diente das Fernsehgerät den Fremden als eine Art Kontrollmonitor. Sina beugte sich weiter vor, um mehr von dem Basketballspiel mitzubekommen.

Ihr Verdacht bestätigte sich! Den Einblendungen konnte sie es entnehmen: Was sich die Fremden so konzentriert ansahen, war die Liveübertragung eines Spiels direkt aus New York. Die Methode der fünf Verbrecher war ebenso simpel wie effektiv: Solange sie das Spiel am Fernseher verfolgen konnten, hatte die Bombe ihr Ziel noch nicht erreicht. Riss die Verbindung aber ab, war New York zerstört. Sina erschauderte beim Gedanken an die Auswirkungen.

»Bisher nichts«, sagte einer der Männer mit heiserer Fistelstimme.

Sina hatte zunehmend Zweifel daran, dass sie Russen vor sich hatte. Die Männer, die ihr am Tag zuvor an der Telefonzelle aufgefallen waren, waren jedenfalls nicht dabei. Und überhaupt: War die ganze Russentheorie nicht ohnehin nur eine Spinnerei von Klaus?

Sinas Gedanken sprangen hin und her. Sie konnte nicht mehr klar denken und nicht mehr einordnen, was vordringlich war und was nicht. Sie dachte in dem einen Moment an Klaus, dann im anderen an die Fremden und im nächsten Augenblick an Gabriele, um sich gleich darauf Sorgen wegen der Bombe zu machen. Absolute Verwirrung! Sina zwang sich, nur auf das unmittelbare Geschehen vor sich zu konzentrieren: nur auf das, was sie im Moment sah und wahrnahm.

»Seven minutes«, gab eine dunkle Männerstimme von sich.

»Rede deutsch, Mann!«, bestimmte die Frau.

Sinas Verwirrung war perfekt. Englisch? Hatte einer der Fremden englisch gesprochen? Sie verabschiedete sich vollends von der Russentheorie und ging einen Schritt zur Seite. So weit, dass sie das Fernsehbild deutlicher erkennen konnte. Das Basketballspiel war offensichtlich in einer entscheidenden Phase. Immer wieder wurde das Publikum eingeblendet, das begeistert in die Kameras winkte.

»Können wir die Bombe wirklich nicht mehr umlenken?«, fragte die Frauenstimme fordernd.

»Ich kann nicht. Alles ist durcheinander gebracht!« Das war wieder die Fistelstimme.

Einer der Fremden im Blaumann setzte sich plötzlich in Bewegung. Sina spürte, dass er hochgradig nervös war. Sie sah, wie er unruhig mit seinen Blicken den Saal absuchte. Er war der einzige, der nicht auf den Fernseher starrte oder den Computer bearbeitete.

»Six minutes – sorry, sechs Minuten.«

Die Frauenstimme überschlug sich. Ein hysterischer Ausstoß. Wahrscheinlich Schimpfwörter. Aber alles nicht auf deutsch. Nein, es klang – Sina war sich nicht sicher – es klang so, wie sie sich Russisch vorstellte. Das gerollte R, die vielen Konsonanten. Sina musste ihre Einschätzung also wieder revidieren. Sie hatte es doch mit Russen zu tun! Oder zumindest mit einer internationalen Bande unter russischer Führung. Denn dass die russisch sprechende Frau den Ton angab, erschien Sina nur allzu deutlich. Die Unbekannte wechselte zurück in die deutsche Sprache. Sie keifte den Mann vor der Computertastatur an: »Abbrechen! Zur Hölle, abbrechen!«

Mit Sorge fiel Sinas Blick zurück auf den nervösesten der Gangster. Er wanderte noch immer im Raum umher und näherte sich bedenklich ihrem Versteck. Sina drückte sich zurück gegen die Wand. Ihre Schuhe gaben ein leises Knirschen von sich.

Der Fremde stockte.

Der Strahl seiner Taschenlampe flammte auf. Der Mann ging direkt auf die Kammer zu und baute sich in der schmalen Tür auf. Sina blieb fast das Herz stehen. Der gleißend helle Kegel der Taschenlampe fuhr den Boden der Abstellkammer ab, schwenkte dabei suchend hin und her. Nur noch wenige Zentimeter und der Strahl würde Sinas Füße erreichen.

Plötzlich ein lautes Rauschen. Und Stimmengewirr.

Der Unbekannte wandte sich abrupt von der Kammer ab. Sina erstickte einen Schrei und presste geistesgegenwärtig ihre Hände vor den Mund. Das war knapp! Sie fühlte, wie ihre Beine zitterten, wie sie sich vor Angst kaum aufrecht halten konnte. Trotzdem beugte sie sich wieder vor, um zu sehen, was die Fremden auf einmal so beschäftigte. Sie machte einen Schritt zur Seite. So weit, dass sie den Fernsehschirm im Blickfeld hatte. Alle fünf Fremden standen vor dem Gerät. Gaffend, mit offenen Mündern. Erst jetzt bemerkte Sina, dass die Übertragung des Basketballspiels abgebrochen wurde: Auf dem Schirm sah sie nur noch ein graues Flimmern. Sina stockte der Atem.

»Peilungssignal erloschen«, hörte Sina die Fistelstimme sagen. Diesmal aber mit deutlich ängstlichem Unterton.

Die Frau atmete heftig. Es folgte eine Salve stakkatoartig vorgebrachter Worte. Sina begriff auch ohne russische Sprachkenntnisse, dass die Fremde fluchte. Sie wagte sich noch einen Schritt vor und wollte unbedingt die Digitalanzeige am Computer, den Countdown, sehen. Sie riskierte, dabei entdeckt zu werden. Denn der Nervöse blickte sich bereits wieder misstrauisch um. Sina steckte ihren Kopf aus dem Türrahmen. Nur für den Bruchteil einer Sekunde. Aber das langte bereits, um die Zahlen auf dem PC-Schirm zu lesen:

05:07.04

Der Countdown war fast abgelaufen, und der Sprengkopf hatte sein Ziel sogar noch vor Ablauf der vorausberechneten Zeit erreicht! Sina war wie gelähmt. Sie hatten es also nicht geschafft. Die Bombe war in New York eingeschlagen. Sina fühlte sich elend. Hals und Mund waren wie ausgetrocknet. Ihr Magen schien sich umzudrehen und sie musste sich zusammenreißen, um sich nicht augenblicklich zu übergeben.

Die Frauenstimme war noch immer höchst erregt, als sie auf deutsch sagte: »Keine Sentimentalitäten!« Einen Moment lang war es still, so als würden die Fremden nachdenken. Dann flammte erneut die Frauenstimme auf: »Die Kanister! Sofort!«

Sina wurde abermals angst und bange. Was hatte das zu bedeuten? Kanister? Welche Kanister? Sie konnte aus ihrem Versteck heraus erkennen, dass die Unbekannten hektisch herumsprangen. Sie rafften offensichtlich ihre Habseligkeiten zusammen, schlossen die Geräte ab. Die Frau stürzte dazwischen, zerrte einen der Männer energisch zurück: »Keine Zeit dafür! Keine Zeit! Das bleibt hier! Alles!«

Sina war hin- und hergerissen, überlegte, was wohl als Nächstes auf sie zukommen würde. Sie bemerkte, dass zwei der Unbekannten verschwanden. Die anderen schmissen ihre Akten und Geräte wahllos in die Mitte des Raums zu einem Haufen zusammen. Sie gingen energisch und rücksichtslos vor. Ein entsetzliches Getöse aus zersplitterndem Glas, brechenden Kunststoffgehäusen und aufschlagendem Metall füllte den Saal. Nun konnte Sina auch die anderen beiden erkennen. Sie trugen Benzinkanister unter den Armen. Die Kanister, aus denen die Generatoren gespeist wurden.

Sina schreckte zurück. Schlagartig wurde ihr klar: Sie saß in der Falle! Wie ein Tier in seinem Käfig sah sie sich in der engen Abstellkammer auf der verzweifelten Suche nach einem weiteren Ausgang um. Doch es existierte keiner. Nicht mal ein schmaler Lüftungsschacht war vorhanden.

Sie hörte das feine Schaben, das ein Zündholz von sich gab, wenn es über die raue Fläche einer Streichholzschachtel gerieben wurde.

Sekunden später stand der Haufen in der Mitte des Saals lichterloh in Flammen. Sina war geblendet. Sie spürte die sengende Hitze, die von dem Feuer ausging. Wenige Momente darauf erreichte sie der Rauch. Schwarzer, ätzender Qualm. Sina musste husten. Aber das war inzwischen egal. Das Tosen der implodierenden Bildschirme übertönte alles. Sina hastete vor, sah sich von der Türschwelle aus ängstlich um. Sie war allein! Die Fremden mussten bereits geflüchtet sein!

Sina presste sich den Stoff ihres Pullis fest vor Mund und Nase. Sie hastete an dem Brandherd vorbei in Richtung Ausgang. Voller Panik musste sie sehen, dass sich die Flammen rasend schnell ausbreiteten. Die Tür zur oberen Ebene war nicht mehr zu erreichen!

Blitzschnell fasste Sina den Entschluss, es mit dem hinteren Ausgang zu versuchen. Mit dem, der zur tiefer gelegenen Bunkerebene führte. Als sie die Tür erreicht hatte, blies ihr starker Wind entgegen. Der so kräftig war wie bei einem aufziehenden Gewitter. Das Feuer saugte offenbar sämtliche vorhandene Luft aus den unteren Fluren des Bunkers auf.

Trotzdem rannte Sina ohne zu zögern weiter. Auch dieser Gang war bereits von beißendem Qualm eingenebelt.

Sie wandte sich kurz um, und sah, wie die ersten Flammen hinter ihr um die Ecke züngelten. Sina kämpfte sich die Treppe zur nächsten Ebene hinunter. Das Laufen fiel ihr zunehmend schwerer. Sie meinte, kaum mehr Sauerstoff zum Atmen zu haben.

Auf halber Strecke beschloss sie, noch einmal umzukehren. Sie hechtete die Stufen hinauf, zog die Ärmel ihres Pullovers über die Hände. Durch den Stoff leidlich geschützt, packte sie die Klinke der Tür und riss mit allen Kräften daran. Die schwere Metallpforte setzte sich in Bewegung und fiel krachend ins Schloss. Schlagartig brach der starke Luftzug ab. Vielleicht, hoffte Sina, konnte sie die Flammen auf diese Art ersticken. Sie setzte ihren Weg nach unten fort, folgte dem matten Licht ihrer Taschenlampe und war bemüht, bloß nicht ins Stolpern zu geraten.

Die Stufen wurden nasser, glitschiger. Zwei Schritte weiter und Sina stand im Wasser. Vorsichtig tastete sie sich voran. Sie beschloss, in der kniehoch überschwemmten unteren Ebene nach einem zweiten Aufgang zu suchen. Einer Art Nottreppe vielleicht, die sie zurück ans Tageslicht brächte. Sie watete durch das eiskalte Nass.

Dann ertönte eine gewaltige Detonation!

Die Stahltür, die Sina eben verschlossen hatte, wurde aus den Angeln geschleudert. Augenblicklich schlugen Flammen in das Treppenhaus über ihr. Dicke Rauchschwaden bahnten sich ihren Weg nach unten.

Sina riss entsetzt die Augen auf. Was nun? Sie wollte weitergehen, strauchelte und fiel mit den Armen voran ins Wasser. Sina richtete sich wieder auf, setzte ihre Flucht fort. Sie spürte, wie ihr die Tränen über die Wangen liefen. Weil ihre Augen so brannten und aus purer Verzweiflung. Sina begann zu schluchzen.

Sie spürte, wie die ätzenden Dämpfe ihre Lungen füllten. Unvermittelt hielt sie sich ihren feuchten Ärmel vors Gesicht.

Feuchte Ärmel? Sina zögerte, denn sie hatte plötzlich eine Idee. Ihre Augen tasteten das trübe Wasser ab, das ihre Beine umspülte. Sie bückte sich, um einen Stofffetzen aufzuheben, der auf der Wasseroberfläche trieb. Sina watete weiter und spähte nach anderen durchtränkten Stoffen.

Ihr Blick fiel auf eine zertrümmerte Tür zu ihrer Rechten. Sina erinnerte sich: Das war der Raum, in dem Gabriele ihre Kunstschätze vermutet hatte. Sina hielt ihre Lampe hinein. Im diffusen Licht erkannte sie verwüsteten Nazikitsch: zerbrochene SA-Standarten, zerrissene Hakenkreuzfahnen. Sie schnappte sich eines der tiefroten Fahnentücher und tränkte es im Wasser. Sie warf sich den Stoff um und wickelte das eine Ende um ihren Kopf. Unwillkürlich kam ihr ein sarkastischer Gedanke in den Sinn: »Wenigstens etwas, wozu diese Dinger gut sind.«

Sina hastete zurück zum Treppenaufgang. Das Feuer war bis auf halbe Höhe nach unten gekrochen. Einen anderen Ausgang zu suchen, hätte sie zu lange aufgehalten. Das würde einem Selbstmord gleichkommen. Der Sauerstoff würde nicht ausreichen. Verzweifelt starrte Sina in das Inferno. Sie fasste all ihren Mut zusammen, zog den Fahnenstoff bis auf einen schmalen Sehschlitz über ihrem Kopf zusammen. Dann rannte sie los. Die Treppe hinauf – zurück zur Schaltzentrale.

Der große Saal war ein einziges Flammenmeer. Sina stürzte sich todesmutig hinein. Sie konnte nichts erkennen und wusste auch nicht, ob sie selbst bereits brannte. Alles um sie herum war in Bewegung. Züngelnde Flammen bauten sich vor ihr auf, versperrten ihr den Weg. Sie wich aus, lief einfach in eine andere Richtung weiter. Die Hitze war unerträglich. Sina war sich jetzt sicher, dass die Fahne, in die sie ihren Körper gehüllt hatte, in Flammen stand. Trotzdem rannte Sina weiter.

Sie gelangte zum Ausgang des Raums. Konnte aber nicht sagen, wie sie ihn erreicht hatte. Unbeirrt kämpfte sie sich voran. Sie hatte die Hoffnung, die brennende Fahne bald von sich werfen zu können, ohne dass sofort auch ihre Kleidung Feuer fangen würde.

Aber keine Chance: Auch in der nächst höheren Etage tobte das Inferno. Der Teppich und die Holzvertäfelungen der Wände waren ein willkommenes Futter für die Flammen. Die Verkleidung des Korridors brannte lichterloh! Sina richtete ein letztes Mal hektisch die Stofffetzen und stürmte weiter. Doch sie kam nicht schnell genug voran. Ein umgestürzter, brennender Schrank versperrte ihr den Weg, so dass sie stolperte, fiel und sich den Kopf stieß. Tastend fuhr sie sich über die Stirn. Blut! Viel Blut! Sie musste eine Platzwunde haben.

Sina richtete sich hustend wieder auf, warf das Fahnentuch von sich. Im gleichen Augenblick fegte eine Feuerwalze fauchend über ihren Kopf hinweg. Sina fuhr erschrocken zusammen. Für Sekunden war sie völlig geblendet. Sie rieb sich die schmerzenden Augen.

In gebückter Haltung tastete sie sich weiter voran. Getrieben vom schieren Überlebenswillen. Sie streckte ihre Finger zur Wand aus. »Nur immer weiter vorwärts!«, bläute sie sich ein. Sie wankte, keuchte, konnte kaum noch ein Bein vor das andere setzen.

Plötzlich sah Sina ihr Bett vor sich. Nicht das aus ihrer Wohnung. Nein, sie sah ihr altes Bett. Ihr Kinderbettchen, in das sie ihre Mutter immer gelegt und ihr die schönsten

Einschlafgeschichten erzählt hatte. Sina erkannte die lustigen Blümchenmuster auf dem gelben Holzrahmen wieder. Und die flauschige Daunendecke mit dem bunten Kinderbezug. Sie ging dichter an ihr Bettchen heran.

Es war zum Greifen nahe.

Die Bettdecke war bereits ein Stück weit zurückgeschlagen. Sie musste sich nur noch hineinlegen. Sina bückte sich, um die weiche, zum Ausruhen einladende Matratze spüren zu können. Sie betastete das Laken. Es war angenehm kühl und duftete frisch. Ein Lächeln huschte über ihre Lippen. Endlich verschnaufen! Endlich wieder daheim. Sina schlug das Bettlaken weiter zurück.

Erst jetzt merkte sie, dass ihr Kinderbettchen bereits belegt war. Sie fuhr erschrocken zusammen, rieb sich erneut die Augen. Das Bild, das sie eben noch so klar vor sich sah, verschwamm. Die Vorstellung, ihr Bett vor sich zu haben, schwand schlagartig. Aber diese Person, die es sich unter ihrer Decke gemütlich gemacht hatte, blieb. Sie lag am Boden. Gekrümmt wie ein Embryo.

Sina gab sich einen Ruck, bückte sich erneut, griff die Gestalt bei den Schultern und drehte dieses regungslose, mit Ruß bedeckte Bündel Mensch vorsichtig herum.

Vor ihr lag Gabriele.

55

Uralter Gouda! Wie lange hatte sie keinen mehr gekostet! An der Käsetheke ihres Supermarktes hatten sie ja immer nur jungen oder höchstens mittelalten Gouda, aber niemals uralten. Sie vergötterte den herben, würzigen Geschmack dieses harten, spröden Käse, der auf dem Gaumen zerfiel wie Parmesan. Und dazu diese prächtigen Trauben! Kräftige grüne Beeren, beinahe so groß wie Taubeneier, und knackig frisch. Die Krönung aber war der Wein: ein 89er Blauer Spätburgunder. Sina, die eine ausgesprochene Vorliebe für französische Weine hatte, hätte es niemals für möglich gehalten, dass ihr ein Mosel so wunderbar munden konnte.

Der gebeizte Holztisch war mit Köstlichkeiten randvoll bedeckt. Darunter lag – alle viere faul von sich gestreckt und gemächlich an seinem Hundeknochen knabbernd – der Beagle Tom. Sina gab dem trägen Tier einen zarten Stups mit ihrer Fußspitze. Doch Tom ließ sich nicht stören, schaute nicht einmal auf. Ganz der alte, dachte sich Sina und gönnte ihm seine Ruhe. Sie lehnte sich entspannt zurück.

Sina fühlte sich rundherum wohl. Klaus war es wirklich gelungen, sie zu verwöhnen. Und Sina genoss es, heute verwöhnt zu werden. Sogar von Klaus. Den Groll, den sie gegen ihn hegte, hatte sie hinten angestellt. Fürs erste wenigstens. Aber Klaus sollte sich bloß nicht voreilig in Sicherheit wiegen. Er würde seine Abreibung noch bekommen. Das hatte sich Sina fest vorgenommen.

»Wann, sagtest du, wollten die anderen kommen?« Klaus tat sich schwer mit dem Reden, denn seine Wangen spannten sich unter den drei Beeren, die er sich gleichzeitig in den Mund geschoben hatte.

Sina setzte lächelnd ihr Glas ab. »Vor einer Viertelstunde ungefähr.« Auch sie schnappte sich eine dieser köstlichen Weintrauben. »Aber gib ihnen Zeit. Sie müssen viel aufholen und haben sicher eine Menge zu bereden.«

»Müschen wir ausch!«, brachte Klaus kauend hervor.

Tatsächlich. Da hatte er recht, dachte sich Sina. Denn bisher hatte sie ihrem Ex-Freund nicht einmal annähernd die ganze Geschichte erzählt. Diese Sache nahm sie einfach zu sehr mit. Alles, was sie danach gewollt hatte, war ausspannen. Und das hatte sie auch getan. Zuerst, gleich nach dem glücklicherweise nur kurzen Krankenhausaufenthalt, eine Woche auf Rügen. Aber der raue Norden konnte ihre Nerven nicht beruhigen. Das Meer, der Himmel, ja selbst der Wind erinnerten sie permanent an ihre Erlebnisse auf Usedom. Also hatte sich Sina in den Zug gesetzt und war weit in den Süden Deutschlands gereist. Eine Woche Allgäu. Märchenschloss anschauen, ein wenig Kletterei, abends deftig essen. Der pure Kontrast zur Küste.

Doch Sina wusste, dass sie auch heute, knapp neun Wochen danach, noch immer nicht wieder ganz die Alte war. Die entsetzlichen Bilder aus dem Bunker würde sie ewig im Gedächtnis behalten. Wenn sie abends im Bett lag und nicht einschlafen konnte, schien sich die ganze Tragödie immer aufs Neue zu wiederholen. In ihrem Kopf spielte Sina die letzten Stunden ihres schrecklichen Abenteuers Nacht für Nacht noch einmal durch.

Vor allem ihre Flucht durch den kalten und düsteren Wald war ihr in jeder Einzelheit in Erinnerung geblieben. Blutend, hustend und völlig erschöpft war sie aus dem Bunker gehetzt. Sie hatte kaum noch Luft bekommen. Der heiße Rauch hatte ihr das Atmen fast unmöglich gemacht und das grelle Feuerwerk aus roten, gelben und orangen Funken sie so stark geblendet, dass sie fast nichts erkennen konnte. Dazu dieses Getöse! Das Kreischen des Feuersturms – Sina war es lauter und schmerzhafter als das Triebwerk eines Düsenjets aus allernächster Nähe erschienen. Ihre Ohren waren zunächst völlig taub gewesen. Sie hatte sich minutenlang auf dem feuchten Waldboden wälzen müssen, bevor sie sich wieder hatte orientieren können, ihre Lungen einigermaßen mitspielten und sie endlich aufstehen konnte.

Und dann ihre Schuldgefühle wegen Gabriele! Sina hatte sich schreckliche Vorwürfe gemacht, dass sie ihre Freundin im Stich lassen musste. Aber es war nicht anders gegangen. Schließlich war sie selbst mit ihren Kräften völlig am Ende gewesen. Alles, was sie tun konnte, bestand darin, den erschlafften Körper ihrer Freundin bis vors Tor des Bunkers zu zerren. Wenn Sina es danach nicht schleunigst heraus aus dem Wald geschafft hätte, wäre es mit ihr selbst zu Ende gewesen.

Für Sina war es ein schier endloser Weg gewesen. Wie lange sie tatsächlich bis zur ›Schwedenschanze‹ gebraucht hatte, vermochte sie im Nachhinein nicht mehr zu sagen. Waren es Stunden gewesen? Oder bloß 20, 30 Minuten?

Die ersten Eindrücke, die sie aufgeschnappt hatte, als sie mit letzten Kräften in die Gaststube geplatzt war, hatten sich ihr fest eingeprägt: verständnislose und verschreckte Gesichtsausdrücke der Gäste. Ein Mann, dessen Kopf vom Alkohol gerötet war, hatte sein Glas sinken lassen. Ein anderer, er hatte am Spielautomaten gestanden, hatte ihm zugeprostet und wollte einen Trinkspruch loslassen, als sein Blick auf Sina gefallen war. Er war augenblicklich erstarrt.

Dann war es schlagartig still gewesen. Die Bewegungen

des Mannes waren eingefroren wie auch die der anderen. Sina wusste noch genau, was sie in diesem Moment gedacht hatte: Es war wie in einem billigen Western. In diesen klischeehaften Szenen, in denen jeder Gast des Saloons verstummte, sobald sich die Pendeltüren öffneten und der stadtbekannte Halunke hineintrat.

Aber hier war es anders. Kein revolverschwingender Cowboy hatte die Menge zum Schweigen gebracht, sondern eine zierliche Frau. Blutverschmiert und nur mit angesengten Fetzen am Leib war sie dagestanden. Verloren, wie ein kleines Kind ohne seine Mutter. Sina war es damals vorgekommen, als wären Minuten vergangen, bevor sich jemand zu rühren wagte. Bernhard war der Erste gewesen, der die Bewegungslosigkeit, diese absolute Starre der Situation, durchbrochen hatte. Er stürzte hinter seiner Theke hervor und war auf Sina zugelaufen. Bernhard war es gewesen, der ihr das erste Mal seit Stunden das Gefühl gegeben hatte, überhaupt noch unter Menschen zu sein. Er hatte beruhigend auf sie eingeredet. Er hatte ihr vorsichtig das nasse Haar aus dem Gesicht gestrichen und führte sie dann zu einem Stuhl.

»Unfall?« – »Etwa ein Totalschaden?« – »Wo ist Ihre Bekannte?« Die Gäste waren plötzlich mit Dutzenden von Fragen auf Sina eingestürmt, nachdem sie ihre anfängliche Zurückhaltung, das starre Gaffen, schnell überwunden hatten. Andere hatten sich zurückgezogen, tuschelten. Sina hatte Satzfetzen »… wohl wieder zu viel getrunken.« aufgeschnappt. Bernhard hatte abermals die Initiative übernommen, zusammen mit seiner Mutter hatte er Sina unter den Armen gepackt, und sie ins Nebenzimmer gebracht. Ein muffiger kleiner Raum stellte die karge Rückzugsmöglichkeit für das Thekenpersonal dar. Sina war in einen Lehnstuhl gesetzt worden. Der Fernseher war angestellt worden. Sie hatte Stimmen wahrgenommen. Die einer Ansagerin aus dem TV-Apparat. Und die der besorgten Wirtin. Diese hatte sich das Telefon geschnappt und offenbar mit dem Notarzt gesprochen.

»He, Süße! Nicht abdriften! Hier spielt die Musik!« Klaus stupste Sina freundschaftlich am Unterarm.

Sina schreckte auf: »Wie?«, fragte sie irritiert.

»Mannomann! Kannst du die Vergangenheit nicht mal Vergangenheit sein lassen? Das Ganze ist Wochen her! Du musst anfangen, dich endlich davon zu lösen.«

Das war typisch Klaus! Einfühlsam wie ein Rhinozeros. Sina zwang sich, ihren Ex nicht anzusehen. Wahrscheinlich hätte sie ihn sonst zur Schnecke gemacht. Wie sie es so oft in den letzten Tagen getan hatte. Immer, wenn er einen Versuch unternommen hatte, die Geschehnisse zu bagatellisieren. Aber der heutige Abend sollte anders verlaufen. Das hatte sich Sina fest vorgenommen. Diesen Abend wollte sie genießen. An diesem Abend wollte sie mit dem Albtraum der zurückliegenden Wochen brechen und einen Neuanfang starten. Also schluckte sie brav runter. Traube für Traube, Käsestückchen für Käsestückchen. Und mit jedem Happen schluckte sie auch einen Teil ihrer Erinnerungen herunter.

Sie zwang sich, die bösen Bilder aus ihrem Kopf zu verbannen. Und dieses Gefühl der Ohnmacht, das sie überfallen hatte, als die Wirtin und ihr Sohn sie in den Nebenraum der Gaststätte verfrachtet hatten.

Diese Ohnmacht oder vielmehr kindliche Hilflosigkeit hatte sie bei den Versuchen empfunden, Bernhard und seiner Mutter von der Katastrophe in New York zu berichten. Sina hatte sich alle erdenkliche Mühe gegeben, die beiden zum Handeln zu bewegen. Sie hätten Sina in Ruhe lassen sollen und lieber bei Polizei, Bürgermeister oder sonst wo anrufen, um der Welt zu erklären, wie es zu der fürchterlichen Bombenexplosion in den USA kommen konnte.

Doch die beiden hatten sie nur angestarrt. Mit großen fragenden Augen. Mit zweifelnden Augen. Sie hatten sie wie eine Geisteskranke angestarrt. Die beiden hatten ihr offenbar kein Wort geglaubt. Für sie war wohl alles nur das wirre Gerede einer gerade Verunglückten gewesen, die ohne jeden Zweifel infolge eines schweren Schocks den Verstand verloren hatte.

»Wenn du dich eh nicht mit mir unterhältst, kann ich auch gehen.« Klaus' Ton war nicht mehr einschmeichelnd. Im Gegenteil: Er klang ernsthaft gekränkt.

Sina erkannte, dass sie sich zusammenreißen musste, wenn sie den Abend retten wollte. Sie konzentrierte sich wieder auf das Hier und Jetzt und sah den voll gedeckten Tisch vor sich. Den schweren Holztisch, das Prunkstück ihrer sonst eher kleinteilig eingerichteten Wohnung. Der Tisch – vor Monaten hatte ihn ihr Gabriele geschenkt. Sina wandte sich Klaus zu und bemühte sich um ein Lächeln.

»Na also! Es geht doch«, lobte er sie. »Außerdem: Sei nicht ungerecht! Du magst ja recht haben – die Sache war schrecklich. Ein Martyrium, ohne Frage. Aber versuch auch, den Humor darin zu erkennen.«

Sina verschlug es fast die Sprache. Eine eben von der Rispe gepflückte Beere ließ sie zurück in die Schale fallen. »Ich hör wohl nicht recht! Wie kannst du bei dieser Sache das Wort Humor in den Mund nehmen?«

Klaus machte keinen Rückzieher: »Es war Humor im Spiel, Sina. Wenn auch rabenschwarzer Humor. Gib zu, dass du selbst lachen musstest, als sie dich in dieser ›Schwedenschanze‹ vor den Fernseher gesetzt hatten.«

»Moment, Moment! Ich habe nicht über die Situation an sich gelacht, sondern über das Programm.«

»Da haben wir's! Ich sag's ja: Humor!«

Sina schüttelte energisch den Kopf: »Das hat nichts, aber auch gar nichts mit Humor zu tun.«

»Sondern?«

»Verzweiflung!«

»Pah!«

Doch, doch: Es war eine Art Verzweiflung gewesen. Ein verzweifeltes, wohl fast hysterisches Lachen. Man hätte auch sagen können, dass Sina an jenem Abend kurz vorm Durchdrehen gewesen war. Das Fernsehprogramm hatte sie zunächst überhaupt nicht beachtet. Wie denn auch? Sie hatte mit sich selbst und dem Verarbeiten ihres Schocks mehr als genug zu tun gehabt. Erst als ein Nachrichtensprecher auf dem Bildschirm erschienen war und über den Landtagswahlkampf in Baden-Württemberg sprach, hatte Sina aufgehorcht.

Sie war sich in diesem Augenblick vorgekommen, als stünde sie im Mittelpunkt einer gewaltigen Farce. So, als wäre sie unfreiwillige Kandidatin bei einer makabren Ausgabe von ›Versteckte Kamera‹.

Die Wirtin war es gewesen, die sie auf den Sprecher im Fernsehen aufmerksam gemacht hatte. Sie hatte versucht, Sina zu beruhigen. Sagte, dass niemand etwas von einer Katastrophe wüsste. Ja, dass wohl selbst die Nachrichtenredaktionen nichts von irgendeiner Bombe in New York mitbekommen hätten. Sonst, so hatte die Wirtin argumentiert, würden sie wohl kaum über den Wahlkampf sprechen.

Das war der Moment gewesen, in dem sich die Welt um Sina herum zu drehen begonnen hatte. Sie hatte sich schwindlig gefühlt und hatte die Geschehnisse auf keinen

Nenner bringen können. Nichts hatte mehr einen Sinn für sie ergeben! War sie tatsächlich durchgedreht? Hatte sie sich alles nur eingebildet? Sina hatte an sich heruntergesehen, sah die zerfetzte, blutverschmierte Kleidung an ihrem Körper. Also keine Einbildung! Und dann hatte sie wieder zum Fernseher geblickt. Sah diesen gesetzten, unbekümmert blickenden Sprecher. Und seine Worte prägten sich bei ihr ein wie ein Brandzeichen: »Welchen Einfluss das Fernsehen in den USA mittlerweile ausübt, zeigt ein Vorfall aus New York, der sich heute am frühen Abend ereignete.«

Der Sprecher der Nachrichten schmunzelte, während er seine kleine Anekdote als erheiternde Überleitung zum Wetterbericht vortrug. Die Sache hatte ihn sichtlich vergnügt gestimmt.

»Ein bisher unerklärlicher Totalausfall eines der wichtigsten Sportkanäle löste heillose Verwirrung aus. Ausgerechnet während der Liveausstrahlung des Basketballspiels Chicago Bulls gegen die Mannschaft der Los Angelos Lakers brach die Satellitenübertragung zusammen. Tausende Amerikaner stürzte die plötzliche Unterbrechung eines ihrer Lieblingssportprogramme offenbar in tiefe seelische Krisen. Die Zahl der Fernsehgeräte, die aus den Fenstern geworfen wurden, soll jedenfalls in die Hunderte gehen. Das Telefonnetz brach wegen zahlloser empörter Anrufer bei der verantwortlichen Sendeanstalt kurzzeitig zusammen. – Zum Wetter …«

»Selbstgespräche? Bist du in deinem Singledasein so einsam, dass du Selbstgespräche führst?«

Klaus' Fragen wirkten für Sina, als würden sie aus einer anderen Welt kommen. Sina schreckte auf und sah Klaus verdattert an. »Oh,'tschuldige. Ich war …«

»Wieder abgedriftet. Ich habe es bemerkt.« Klaus schob

Sina die letzte Beere in den Mund. »So! Wenn die anderen zu spät kommen, sind sie selbst schuld, dass sie nichts abbekommen.« Klaus grinste Sina an. »Und ich finde trotzdem, dass du die ganze Geschichte nicht mehr so bierernst sehen solltest.«

»Isch bemüh misch ja.«

»Sprach da die Traube oder die Sina?«

»Sorry.« Sina schluckte das letzte Stückchen des saftigen Fruchtfleisches herunter. »Ich sagte: Ich bemühe mich ja. Aber du kannst dir vorstellen, dass mir im ersten Moment überhaupt nicht nach Humor zumute war. Auch nicht nach schwarzem. Ich hab's einfach nicht begriffen!«

»Aber du bist doch sonst recht clever und schaltest schnell. Ich mein: Du hättest nur eins und eins zusammenzählen müssen.«

»Leicht gesagt.«

»Also bitte: Du hättest es eigentlich längst ahnen können, bevor dich der Nachrichtensprecher mit der Nase drauf gestoßen hat. Schließlich hat Friedhelm dir diese Möglichkeit lange vor Ablauf des Countdowns erklärt.«

Sina wand sich: »Ja. Aber die Wahrscheinlichkeit, Klaus – die *Wahrscheinlichkeit* erschien mir einfach zu gering. Ich hätte diese Lösung nie ernsthaft in Erwägung gezogen.«

Klaus griff nach dem Gouda. Nach dem letzten Stück. »Du hattest die Traube, also bekomme ich den Käse.« Schon war er in seinem Mund verschwunden. »Friedhelm hat dir gesagt, wie voll es in der Erdumlaufbahn mittlerweile ist. Und er hat gesagt, dass ›himmlische‹ Zusammenstöße keineswegs mehr etwas Ungewöhnliches sind.«

»Ja, sicher. Aber dass unsere Bombe ausgerechnet in diesen blöden Sport-TV-Satelliten rauscht, ist einfach zu idiotisch!«

»Falsch! Dasch ischt einfasch genial!«

»Sprach da gerade der Käse zu mir oder der Klaus?«

»Haha! Ich lach mich tot«, spöttelte Klaus. »Wenn die New Yorker wüssten, was genau ihnen an jenem Abend den Spaß am Basketball verdorben hat, hätten sie wahrscheinlich Freudentänze aufgeführt, statt einen auf beleidigt zu machen und ihre Fernseher aus dem Fenster zu schmeißen.«

»Moment, Moment. Bewiesen ist gar nichts. Wir können nur *annehmen*, dass das A10 mit dem Fernsehsatelliten kollidiert ist.«

»Ach was! Fest steht, dass eure Bombe nie in New York und auch nirgendwo anders angekommen ist. Und fest steht ebenso, dass kurz vor dem errechneten Aufprall dieser Sportkanal ausfiel und seitdem nie wieder einen Mucks von sich gegeben hat. Die beiden Dinger haben sich gegenseitig zu Staub zerrieben! Das ist Fakt! Das A10 hat sich buchstäblich in Luft aufgelöst. Und das ist ja wohl das Einzige, was zählt. Diese Nazi-Rakete stellt keine Gefahr mehr dar. Nie mehr!«

Sina blieb skeptisch. Der Ausgang ihres haarsträubenden Abenteuers erschien ihr schlichtweg zu schön, um wahr zu sein. Sie konnte noch immer nicht glauben, dass dieser Albtraum so glimpflich enden sollte. Aber Sina wusste: Die Skyline von New York erhob sich genauso stolz über den Hudson River wie immer. Die Wall Street glich wie eh und je einer Ameisenstraße. Und die Freiheitsstatue war grün korrodiert wie seit Jahrzehnten. Nichts, aber auch absolut gar nichts, hatte sich dort seit dem Drama im Bunker verändert.

So unwahrscheinlich, so fantastisch diese Lösung ihr auch erschien, konnte es doch nur so abgelaufen sein: Die Bahn des Irrläufers, auf seinem todbringenden Weg in Richtung US-amerikanischer Atlantikküste, und die des in der

Umlaufbahn kreisenden Fernsehsatelliten mussten sich gekreuzt haben. Die über 50 Jahre alte Bombe bohrte sich mit unvorstellbarer Geschwindigkeit in den modernen Erdtrabanten – keiner der beiden Flugkörper konnte eine solche Havarie überstehen.

Als könnte Klaus ihre Gedanken lesen, sagte er: »Der Big Apple lebt, Sina. Du darfst getrost aufatmen. Good old New York hat die Sache ohne eine einzige Schramme überstanden. Egal, ob es nun ein sehr, sehr glücklicher Zufall war oder ob die fünf Gauner nachgeholfen haben.« Damit hatte sich Klaus offenbar sein eigenes Stichwort gegeben. Er hob fragend die Brauen: »Diese fünf Ganoven …?«

Sina brauste wie auf Kommando auf: »Gangster! Kaltblütige Gangster, die über Leichen gehen. Nichts anderes waren sie. Egal, welche Motive sie getrieben haben mögen: Sie waren knallhart und absolut rücksichtslos. Das Wort Ganoven ist viel zu harmlos!«, belehrte sie ihn ruppig.

»O. k., o. k., ist ja gut. Entschuldige den Euphemismus. Jedenfalls werden diese *Gangster* genauso erleichtert sein, dass alles glücklich ausgegangen ist.«

»Glücklich? Ich höre wohl nicht recht! Hör endlich auf mit dieser Schönfärberei. Die ist völlig fehl am Platz.«

Klaus spürte, dass er Sina bis dicht vor einen Wutausbruch getrieben hatte. Er lenkte ein: »Also gut. Es waren gemeine Verbrecher. Schande über sie.« Und mit gesenkter Stimme: »Du musst aber zugeben, dass unser Urteil über sie auf reinen Vermutungen fußt. Die Sache mit der Russenmafia …«

»Daran habe ich nie geglaubt«, unterbrach ihn Sina.

»Mag sein. Ich ja eigentlich auch nicht so recht. Wie gesagt: Am liebsten würde ich die ganze Bande als kleine Ganoven abstempeln und fertig ist die Kiste. – Trotz des Veilchens, das sie mir damals verpasst haben.« Klaus war sich offenbar selbst nicht sicher, wie er die Fremden einordnen sollte, und vollzog bei seiner Argumentation eine gedankliche Slalomfahrt. Zögerlich meinte er: »Aber wer sonst, wenn nicht die Mafia, hätte den technischen und finanziellen Background, um so eine Sache durchzuziehen? Da kann ich mich drehen und wenden wie ich will und komm doch immer wieder auf organisierte Kriminalität.« Klaus suchte nach Beweisen. »Was habe ich da neulich gelesen? Diese Russenmafia soll doch tatsächlich versucht haben, acht MIG-Kampfjets in den Iran zu verschieben. Von ähnlichem Kaliber war die Sache mit dem A10 auch. Um so etwas über die Bühne zu bringen, brauchst du einen gewaltigen Apparat, eine bestens durchorganisierte Truppe, eben eine Mafia. Dass das Orten und Anpeilen der Nazirakete von einer gewissen organisatorischen und fachlichen Kompetenz und vielleicht sogar militärischem Background zeugte, ist ja wohl nicht von der Hand zu weisen.« Klaus versuchte seine These weiter zu untermauern. Mit ausholenden Bewegungen unterstrich er die Bedeutung seiner Worte: »Das Ganze muss einer gigantischen Erpressung gedient haben – darauf versteht sich das Syndikat bekanntermaßen am besten. Nur eine millionenschwere Erpressung würde den enormen Aufwand, den die da unten in den Katakomben betrieben haben, rechtfertigen.«

Sina schaltete auf stur. »Ich habe jedenfalls nie etwas darüber gelesen, dass der amerikanische Präsident oder sonst wer durch eine auf New York gerichtete Atomrakete um einige Millionen Dollar erleichtert werden sollte«, sagte sie mit unüberhörbarem Spott in der Stimme.

»Das werden die auch ausgerechnet an die Presse weitergeben«, höhnte Klaus. »Nein, nein. Die haben das verheimlicht. Oder sie haben es selber gar nicht erst erfahren. Denn vielleicht waren die Typen von der Russenmafia zu diesem Zeitpunkt noch gar nicht so weit, um ihre Forderungen zu stellen. Du hast selbst erzählt, dass sie technische Probleme damit hatten, das A10 unter Kontrolle zu kriegen.«

»Probleme, die ausgerechnet ich gelöst habe«, warf Sina kleinlaut ein.

Klaus strich ihr sanft über die Hand. »Und damit im Endeffekt eine Katastrophe verhindert hast.«

»Trotzdem glaub ich nicht dran. Ich glaub nicht dran, dass irgendeine ominöse Mafia im Spiel war. Was heißt das denn überhaupt: Mafia? Kaum haben sich ein paar dunkle Gestalten zusammengefunden, um das ein oder andere Verbrechen zu begehen, werden sie gleich als Mafia abgestempelt. Als nicht greifbares Schreckgespenst. Man macht es sich damit verdammt leicht, findest du nicht auch?«

»Wer dann, Sina? Wer soll es sonst gewesen sein? Denk an den russischen Akzent.«

»Ach was! Russischer Akzent. Quatsch«, tat Sina die Sache ab.

Klaus blieb beharrlich: »Sie haben russisch gesprochen, Sina. Das weißt du.«

»Oder tschechisch oder polnisch oder rumänisch. Ich bin keine Sprachexpertin! Das klingt doch alles ähnlich, eine dieser Ostsprachen hört sich an wie die andere.«

»Mensch, Sina. Mach's uns nicht so schwer.«

Sina schüttelte Klaus' Hand ab. »Wenn – und ich betone das Wörtchen *wenn* ausdrücklich – wenn also tatsächlich Russen mit der Sache in Verbindung zu bringen sind, dann hatten sie bestimmt ganz andere Gründe.«

Klaus lehnte sich in seinem Stuhl zurück, legte die Stirn in Falten. »Und die wären?«

»Enttäuschung zum Beispiel.«

»Bitte?« Klaus konnte nicht folgen.

»Enttäuschung.« Sina wirkte trotzig, als sie fortfuhr. »Es könnten Sowjetsoldaten gewesen sein. Soldaten, die einmal in Deutschland stationiert waren. Und die sich wegen der Auflösung der Sowjetunion und nach ihrem schmählichen Abzug aus der Ex-DDR nicht mehr in den Griff gekriegt haben. Verstehst du? Männer, die früher voller Stolz auf ihr Land waren. Männer voller Würde, die mit ihren ordenbehangenen Uniformen und der Nase stets ganz oben durch die Gegend stolziert sind. Als sie gehen mussten – zurück in eine Heimat, die keine mehr war – muss sich in vielen von ihnen unwahrscheinlich große Wut aufgestaut haben. Versetz dich mal in ihre Lage: Die waren plötzlich der letzte Dreck. Hochdekorierte Soldaten der ruhmreichen Sowjetarmee waren von einen Tag auf den anderen nur noch menschlicher Ballast, ohne Aufgabe, ohne Ansehen. Verhasst im eigenen Land, weil sie dort ihren Leuten auf der Tasche liegen, aber niemandem mehr nutzen.« Aus Sina sprudelte es heraus wie aus einem Wasserfall. »Diese Leute hatten nach der Wende keinerlei Perspektiven mehr. Sie fühlten sich als Verlierer. Und da könnte es doch sein, dass sich der eine oder andere von ihnen an seine Kaserne auf Usedom erinnert hat. Er hat sich womöglich auch an die alten Bunkeranlagen erinnert, die ihn früher eigentlich nie besonders interessiert hatten. Aber plötzlich erschienen sie ihm in einem ganz anderen Licht. Denn plötzlich sah er in ihnen eine Chance, sich für die Schmach zu rächen. Und zwar an dem, der seiner Meinung nach an allem Schuld war und an den sein geliebtes Vaterland heimtückisch verraten worden ist. Er wollte Rache am alten Klassenfeind. Dem Kapitalismus. Der westlichen Welt.«

Klaus saß immer noch zurückgelehnt da – und schmunzelte! »Ist die Märchentante fertig?«

Sina, bis eben völlig von ihrer eigenen Theorie ergriffen, wurde laut: »Verdammt! Klaus, wenn du dich bloß über mich lustig machen willst, dann frag mich nicht erst nach meiner Meinung. Du wolltest wissen, was ich über die Fremden denke, und ich habe es dir erzählt. Also zieh das gefälligst nicht alles durch den Kakao!«

»Aber Sina. Sei doch nicht so naiv. Was du da erzählt hast, ist kindisch. Und noch dazu höchst widersprüchlich. Warst du es nicht, die festgestellt haben will, dass der Anführer der Bande eine Frau war?«

»Na und? Gerade bei den Sowjets haben viele Frauen Dienst getan«, entgegnete sie bockig.

Klaus schüttelte den Kopf. »Und dieser Opa Bernhard? Wie passt der in diese ganze Geschichte hinein? Soll er etwa auch ein Opfer durchgedrehter Ex-Sowjetkämpfer gewesen sein? Vielleicht, weil er im Zweiten Weltkrieg auf deutscher Seite gestanden hat – sein Tod als späte Rache des Feindes von einst?« In seiner Stimme lag eine gehörigen Prise Sarkasmus.

Damit hatte er Sina an einem wunden Punkt erwischt. Denn so lange sie auch über die Rolle des alten Mannes nachgedacht hatte, so lange sie sich über die recht merkwürdigen Begleitumstände seines plötzlichen Unfalltodes den Kopf zerbrochen hatte, war sie doch nie zu einer zufriedenstellenden Lösung gekommen. Wahrscheinlich, so musste sie sich schließlich eingestehen, hatte das traurige Schicksal des raubeinigen Greises trotz aller Zweifel rein gar nichts mit der ganzen Sache zu tun. Denn dass die Fremden ihre Absichten und ihr Versteck im Bunker leichtfertig aufs Spiel setzten, indem sie am helllichten Tag einen Menschen überfuhren, konnte sich Sina nicht vorstellen.

Trotzdem – um ihre Theorie von Klaus nicht vollends über den Haufen werfen zu lassen – blieb sie dabei, dass es vorsätzlicher Mord war: »Er ist absichtlich überrollt worden. Weil er das Gelände rings um den Bunker zu genau kannte und für die Verbrecher eine Gefahr darstellte«, behauptete sie starrköpfig.

»Sei nicht albern, Sina. Deine Erklärungen hinken gewaltig«, gab Klaus ein wenig zu barsch zurück.

»Deine Mafia-Fantastereien sind jedenfalls nicht weniger abstrus«, konterte Sina beleidigt.

Klaus steckte sein spöttisches Schmunzeln augenblicklich weg, als er merkte, dass der Abend auf der Kippe stand. »Nimmst du eine ernst gemeinte Entschuldigung an?«, beeilte er sich zu fragen.

Sina nickte. »Einverstanden. Aber lass uns das Thema wechseln. Bitte.«

»Können wir gerne tun. Obwohl ich deine innere Anspannung in dieser Sache – wie gesagt – nicht ganz nachvollziehen kann.« Klaus schnappte sich erneut Sinas Hand, hielt sie diesmal aber fest. »Entspann dich endlich, Sina! Nimm's leicht. Die Angelegenheit ist ausgestanden. Vorbei. Finito!«

Ihr Gesichtsausdruck wirkte alles andere als überzeugt. Sie blieb von quälenden Zweifeln und drängenden offenen Fragen geplagt. Dennoch musste sie den Tatsachen ins Auge sehen. Und die sprachen für sich. Wie es Klaus ganz richtig ausdrückte: Die Sache war ausgestanden. Ein für allemal!

Ausgestanden eigentlich seit über einem Monat: Als Sina erfuhr, dass der Bunkereingang nach den Löscharbeiten versiegelt worden war, fiel ihr ein gewaltiger Stein vom Herzen. Spuren waren in den ausgeräucherten Katakomben ohnehin kaum mehr zu finden gewesen. Jedenfalls nicht für die völlig unzureichend ausgerüsteten ›Dorfpolizisten‹, als welche Sina die Uniformierten abschätzig einstufte. Man hatte sich nicht die Mühe gegeben, Brandexperten des Landeskriminalamtes einzuschalten. Denn – es war ja schließlich nichts Nennenswertes zerstört worden. Zumindest aus Sicht der Ermittler.

So verwunderte es kaum, dass die Polizeibeamten, die ohnehin nur sehr widerwillig in den verqualmten Keller hinabgestiegen waren, nichts fanden, das ihre Aufmerksam erregte oder sie zumindest stutzen ließ. Nichts, das auf die Herkunft oder die tatsächlichen Absichten der fünf Fremden hätte schließen lassen.

Natürlich, Sina hatte sich Mühe gegeben, der Polizei bei den Ermittlungen zu helfen. Vor der Versiegelung des Eingangs hatte sie die Kripobeamten dreimal in die künstliche Höhle begleitet und musste dabei all ihren Mut zusammennehmen. Doch die Ergebnisse blieben dünn. Die Beamten hegten starke Zweifel an Sinas Glaubwürdigkeit. Die Sache mit dem A10 nahmen sie ihr gar nicht erst ab.

Das zersplitterte und bei den irrsinnigen Temperaturen des Feuerinfernos größtenteils geschmolzene Glas der Computerbildschirme, das Sina den Uniformierten unter die Nase hielt, beurteilten diese leichtfertig als nichtssagend. Schließlich, so fertigten sie Sina ab, hätten bereits vor ihr Eindringlinge dort unten gewesen sein können. Jugendliche mit Bierflaschen, die sie nach dem Austrinken an den Wänden zertrümmerten und den Boden dadurch mit Glasscherben überzogen. Zum Beispiel. Selbst als Sina auf einen Haufen kaum verschmorter Kondensatoren und Leiterplatten stieß, winkten die Ermittler ab. Wohl auch von den Jugendlichen, sagten sie. Denn die hätten neben Bier und Zigaretten – natürlich – auch einen Ghettoblaster bei ihrer Bunkerparty dabei gehabt. Wahrscheinlich würde man bei intensiverer Suche auch noch auf Drogenreste und Kondome stoßen, mutmaßten die Fahnder.

Kurzum: Nach einer Woche waren die Ermittlungen abgeschlossen. Die Akte ›Bunker‹ wurde zugeklappt. Man hatte Sina den Rat gegeben, nicht auf weiteren Nachforschungen zu beharren. Denn am Ende müsste sie selbst damit rechnen, wegen Einbruchs in ein staatseigenes Gebäude – nichts anderes war schließlich der Bunker – und womöglich sogar wegen Brandstiftung angezeigt zu werden. Der Leiter der Ermittlungskommission mochte Sina. Sie wusste, dass er sie nicht in Schwierigkeiten bringen wollte, deshalb reiste sie kurz darauf ab.

»He! Willst du nicht aufmachen?«

»Aufmachen?« Und wieder hatte Klaus Sina dabei erwischt, tief in Gedanken versunken zu sein.

»Ja! Es hat geklingelt. Zweimal schon.« Klaus' Ton war sanft, aber drängend.

»Oh.« Sina schob ihren Stuhl zurück und stand auf. »Danke, Schatz.«

Seine Augen strahlten. »Habe ich da eben ›Schatz‹ gehört?«

Im Hinausgehen sagte Sina: »Auch ein Mistkerl kann sich hin und wieder als Schatz entpuppen.« Mit einem zufriedenen Lächeln lief sie durch den Flur zur Wohnungstür. Sina betätigte ihre Sprechanlage. »Ja, wer ist da? Seid ihr's endlich?«

»Ja, Kleine.« Gabrieles Stimme dröhnte durch den ovalen Lautsprecher neben Sinas Wohnungstür: »Natürlich sind wir's. Mach endlich auf! Mit einem Gipsbein und kaum verheilten Verbrennungen steht es sich ausgesprochen schlecht. Und keine Vorwürfe! Es reicht voll und ganz, dass mir Friedhelm bereits die ganze Zeit damit in den Ohren liegt, wir wären zu spät dran.«

Sina betätigte den Türsummer. Sie ging bis zum Treppengeländer vor und schaute hinunter. Unwillkürlich musste sie schmunzeln, als sie die schroffen und immer gleichen Zurechtweisungen hörte, die Gabriele ihrem Bruder an den Kopf warf, während die Geschwister langsam die Treppen zu Sinas Wohnung heraufkamen.

DANKSAGUNG

Ich danke Kerstin Hasewinkel und Dr. Uwe Meier, mit denen ich die Idee zu diesem Roman entwickelt habe – in Erinnerung an viele konstruktive Nachmittage mit Milchkaffee und Orangenstäbchen.

Ebenfalls danken möchte ich Armin Gmeiner und Claudia Senghaas, die mich ermutigt haben, diese Reihe fortzusetzen.

Jan Beinßen

Wer waren die Fremden im Peenemünder Bunker wirklich und welche Absichten verfolgten sie? Können Gabriele und Sina ihre schrecklichen Erfahrungen hinter sich lassen und in ihr altes Leben in Nürnberg zurückkehren – oder haben sie auf Usedom zu viel gesehen und schweben weiterhin in Gefahr?

Die ›Feuerfrauen‹ stehen bald vor einer weiteren riskanten Herausforderung: Weiter geht es in den Fortsetzungsbänden ›Goldfrauen‹ und ›Todesfrauen‹.

Weitere Titel finden Sie auf den folgenden Seiten und im Internet:

WWW.GMEINER-VERLAG.DE